新人文

（第1辑）

主编　周维东　何浩

主办　四川大学文学与新闻学院
　　　北京·当代中国史读书会

四川大学出版社

图书在版编目（CIP）数据

新人文．第1辑 / 周维东，何浩主编．— 成都：四川大学出版社，2023.6
ISBN 978-7-5690-6183-3

Ⅰ．①新… Ⅱ．①周… ②何… Ⅲ．①中国文学－当代文学－文学研究－文集 Ⅳ．① I206.7-53

中国国家版本馆CIP数据核字（2023）第113403号

书　　名：	新人文（第1辑）
	Xinrenwen (Di-yi Ji)
主　　编：	周维东　何　浩
选题策划：	黄蕴婷
责任编辑：	黄蕴婷
责任校对：	张伊伊
装帧设计：	墨创文化
责任印制：	王　炜
出版发行：	四川大学出版社有限责任公司
地　　址：	成都市一环路南一段24号（610065）
电　　话：	（028）85408311（发行部）、85400276（总编室）
电子邮箱：	scupress@vip.163.com
网　　址：	https://press.scu.edu.cn
印前制作：	四川胜翔数码印务设计有限公司
印刷装订：	四川省平轩印务有限公司
成品尺寸：	170 mm×240 mm
印　　张：	16.25
插　　页：	2
字　　数：	303千字
版　　次：	2023年9月 第1版
印　　次：	2023年9月 第1次印刷
定　　价：	72.00元

扫码获取数字资源

本社图书如有印装质量问题，请联系发行部调换

版权所有 ◆ 侵权必究

四川大学出版社
微信公众号

目录

■ 笔 谈

"新人文"的追求　　　　　　　　　　　周维东　1

"新人文"何以必要？如何可能？　　　　何 浩　8

■ "现实主义"专题

从"现代文学"形态的现实主义到"当代文学"
　形态的现实主义：围绕《种谷记》的讨论
　　　　　　　　　　　　　　　　　　　程 凯　15

诗意边疆生成的情感逻辑
　——论白桦小说《山间铃响马帮来》　　李 哲　73

小说的兴起与现实主义的构成
　——以卢卡契、瓦特、巴赫金的认识探索为线索
　　　　　　　　　　　　　　　　　　　符 鹏　109

与"现实"缠斗：《讲话》以来的革命现实主义
　文学及其周边　　　　　　　　　　　　何 浩　148

■ 域外延安学研究

传播到太平洋彼岸的"边区形象"
　——中国共产党海外宣传事业中的延安木版画解析
　　　　　　　　　　　　　陈 琦 撰 刘 凯 译　164

革命的力比多，1945年重庆与延安之间
——抗日武装队的"行走"纪行
　　　　　　　　　　　郑珠娥　撰　陆　玲　译　183

俄罗斯《中国精神文化大典》中关于延安文学的
　文章或词条　　　　　　　　　　　　　　　200

读札

《大众文艺》与延安文艺的"刊物领导"
——从萧三《正确地认识马雅可夫斯基》中的若干
　疑点说起　　　　　　　　　　　郭鹏程　225

"西川风"系列读书会："延安文艺与世界文学"
　与"当代文学中的世界文学"综述
　　　　　　　　　　　　　卢思宇　苟健朔　249

○ 笔　谈

"新人文"的追求

周维东

2022年，因为和"北京·中国当代史读书会"有过较长时间的接触，彼此都有一定的了解，便与何浩、程凯、李哲等学兄商议，希望创办一本能够代表共同学术追求的集刊。几乎没有太多犹豫，大家一拍即合。我所在的文学与新闻学院非常支持这项工作，尽管当时学院已有近20种中、英文集刊，依然慷慨给予资助。

刊名确定为"新人文"，最初的想法，是探索学术的可能性和多样性，体现出对于"不成熟"的宽容和谅解。这与我们共同的学术成长经历有关。"北京·中国当代史读书会"创办于2011年，主要成员是中国社科院文学所的青年研究员，经过数年的探索，不断有新人加入，一批批学人获得成长，所形成的中国现当代文学研究的"社会史视野"，也受到了学界的重视。我自己的学术成长，受益于另一个读书会，"西川论坛"。它的前身是以李怡老师指导的研究生为主体的读书会，2012年扩展为各地学者参与的学术论坛，先后探讨过"民国文学""大文学""地方路径"等一系列问题，也有一大批学人在此成长起来。因为这些经历，我们对于"读书会"这种颇有中国现代文学传统的形式，有着共同的偏爱。在我的体会里，"读书会"的意义，是让尚不自信的学子有机会表达自己，让"不成熟"的看法可以自由发表并被讨论，进而探索出一些新鲜的话题。《新人文》希望尽最大可能保持这种学术生态，方法之一便是在编委安排上规避，两个读书会的"灵魂人物"李怡先生和贺照田先生高风亮节，让我和何浩担任主编，让"70后""80后"和"90后"学人担任编委，以减少编者与读者因声名的距离，从而让《新人文》始终处于开放和探索之中。

当然，这只是《新人文》能够出现并呈现出如此面貌的现实缘由。在更深层次上，"新人文"能够出现，还是因为我们相近的学术追求。

一

坦率地讲，我个人与"北京·中国当代史读书会"的关系并不属于"一见钟情"，相反我们在相当长的时间保持着距离，在很多具体问题上观点还存在分歧。最终让我们走到一起的，是读书会同仁纯粹而执着的学术精神。读书会以"社会史视野"为中心，坚持十余年持续关注革命历史文献，为了明辨史实常常深入历史原发地田野考察，这在今天的学术界难能可贵。在此之外，则是他们在文学研究中坚持的"社会史视野"。这个主张今天已为学界所熟知，但它的整体内涵并不一定为学界所了解，我也是在不断与读书会的接触中，感知到它的多重内涵，并发现了我们的契合点。

学界对"社会史视野"最直观的接受是一种方法论，可这种方法在今天的文学研究中已然十分流行，若论其独特性和新鲜感就并没有太多说道。但这些年"社会史视野"所具体展开的学术研究却不断推出新颖的文章，让人不能直接将之归为常见的方法论。如果探求这种"社会史视野"的具体内涵，就会发现其包含了诸多"新人文"的特征。

我对于"社会史视野"的关注和思考始于"民国文学"探讨。彼时，张福贵、张中良、李怡、丁帆等学人倡导"民国文学"研究，它是中国现代文学研究的全新视野，我对于这种学术主张充满期待，认为它提供了此前文学史研究诸种问题解决的可能性，这些问题包含了"纯文学"观念的危机：

> 首先是其强调文学自律的"纯文学"立场受到质疑：在实践层面，一些研究者对"纯文学"立场上自由主义作家过于走红、左翼作家普遍受到压抑的格局表示不满，以此为出发点，很多学者在"纯文学"的背后透析出另外的政治意识形态；在理论层面，理论家们引用伊格尔顿"审美意识形态"，更进一步指出"纯文学"的虚妄性，通过"知识考古"的方式，也探索出"纯文学"背后的真实用意。对"纯文学"立场的质疑，打破了一部分研究者企图将"文学"与"政治"完全剥离的幻想。[①]。

回首当年写下这段文字的初衷，大概包含了两个方面的期待。一是文学"内部""外部"研究的均衡发展。这个问题也是中国现代文学研究中的一个老问题，在2006年中国现代文学研究会第九届年会上，"中国现代文学的内部与外部研究"就是重要主题。"内部研究"和"外部研究"的说法出自

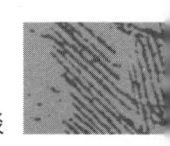

雷·韦勒克和奥·沃伦合著的《文学理论》，这本书本来就是新批评派的代表著作，它在中国学界的流行可以"纯文学"观念的影响力体现。我的硕博士论文都是典型的"外部研究"，在"内部研究"盛行的语境下，这种研究一方面有着学术探索的振奋感，一方面又多少有些焦虑，充满对"内部""外部"研究平衡发展的期待之情。是对于文学史"断裂"的弥合。在"重写文学史"思潮发生之后，文学史的"断裂带"已经从沈从文、张爱玲、钱锺书等自由派作家，变成了4070年代文学，如何处理这一时期的历史当时并没有恰当的观念框架。对于4070年代的文学，它们的文学史"原罪"是"政治决定论"（背后则是"纯文学"观念），无论如何研究都难以摆脱这一基本判断，只有打破"纯文学"观念，才可能重新建构文学与政治的关系。

我对于"民国文学"一部分意义的理解，其实可以用"社会史视野"来概括，只是我使用的概念是"空间"：

> 在"民国"的史学意义中，我们还能觉察到"民国"作为一种"方法"的存在，那便是在文学史研究中加入了"空间"维度。其实，无论是"民国文学史""民国史视角"，还是"民国机制"，背后体现的都是一种"空间思维"，更具体地说，都是将中国现代文学于"民国空间"中去认知、理解和研究。这个过程，看似彰显了"民国"，实际体现出的是"空间"精神。中国现代文学研究过去太注重时间的延续性，认识事物习惯于前后联系、左右参照，以便形成一个时间的叙事，这种做法导致的结果，便是对历史对象的认识遮蔽与彰显同在，大到整个"中国现代文学"，小到具体的思潮、流派、作家，文学史都不能为其塑造一个正面的、确定的形象。其实，这正是在文学史研究中缺少"空间"维度的弊端，如果不能在空间上把握一个对象的存在，这个对象便失去了它的独立性和确定性，没有独立性的事物怎么可能会有确定的形象呢？②

在我看来，无论是"纯文学"观，还是文学史的"断裂"，它们存在的共同问题，是历史观上的"元叙事"思维，它的外在表现是用一种观念统摄整个历史，内核则是时间对于空间的压制，为了保证"元叙事"的统一和流畅，必然会以牺牲历史的丰富性为代价。"社会史视野"作为一种方法在今天的学术界被普遍接受，合理性实是文学史"空间转向"的结果。作为一种方法，"社会史视野"并不排斥任何一种文学史观念，因此它是无限度的"重写文学史"，它最终的效果是文学史"空间"对于"时间"的制衡。

当然，这只是作为方法的"社会史视野"，也是一般意义上、为大多数学者理解的"社会史视野"。在我与读书会同仁有了更多接触后，理解到他们所提出的"社会史视野"有更加具体的内涵，它包含对于"新启蒙思潮"的反思，进而上升为知识分子的别样行动：

> 也就是说，在很多人心中充满朝气、冲力、理想主义、脱俗气质的20世纪80年代知识思想文化艺术界，其另一面却由于新启蒙思潮事实上堕入了现代中国启蒙运动主流曾堕入的——自认拥有现代观念、现代知识的启蒙者对自己的中国意义过度评估，把认作启蒙对象的社会在特定状况下的不好表现，过急判定为这个社会的本质等——陷阱，使得现代中国主流启蒙运动曾出现过的那些特别问题，在20世纪80年代一一重演：真诚但虚妄的自我意识；浅尝辄止的现实－社会意识；对自己置身其中的正在发生的历史进程中的太多部分不能有及时、准确的把握；有关时代现实介入的理解狭隘且片面；在和社会互动时，缺少必要的理解努力，更谈不上向社会积极学习，并通过深入社会来自我反观。

概括来说，贺照田先生所阐述的"社会史视野"，针对"新启蒙思潮"注重知识观念、忽略具体历史问题考察的弊端，因为有深刻介入当代社会思想发展的企图和冲动，他所说的"社会史视野"就不单纯是一种文学研究的方法，而是有效梳理当代思想问题的具体实践。读书会同仁的"社会史视野"研究成果，很多人会觉得晦涩，关键原因就在于他们关注的重心是"思想"而非"文学"，在一定程度上影响了文学解读的节奏和效率。

对于读书会的这种"社会史视野"，我在一定程度上是认同的。就读书会已经结集的成果，如《作为思想资源的五十年代》（贺照田主编，内部印刷，2020年）《社会·历史·文学》（贺照田、何浩主编，中国大百科全书出版社，2023年）来看，他们对于知识分子广泛参与社会运动时期（如40 70年代）历史的把握，避免了历史认知的观念化，为重新认识这一时期文学打开了空间。就思想史的意义来说，他们对40 70年代各种思想运动的清理，也有助于当代人反思和清理当代思想问题。当代社会出现的很多思想问题，既是具体时代的产物，也是历史积累的结果，如不能充分把握它们的历史脉动，就难以形成清晰的言说。

在文学史和思想史中形成的"社会史视野"，都只能算是"方法"，是实现历史认知的一种途径，如果说具有某种当下意义，那在于充分认识"现代"和"中国"的丰富性，避免历史认知的板结和固化。

二

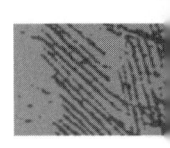

与"北京·中国当代史读书会"第二个契合点是对于历史中"人"的关注。在与读书会同学接触中，我发现他们不管在生活中，还是学术上，对于"人"的生存和精神状态都给予充分关注，70年代以后出生的学者会有更强烈的共鸣感。70年代之后出生的学者，开始接触学术大概到90年代之后，此时出现的"人文精神大讨论"颇能反映一大部分人的成长经历和现实体验。作为文化事件的"人文精神大讨论"，参与者以50、60年代出生的学人为主，彼时他们是文化界的主力军，能够将文化转型带来的个体冲击及时反馈给文化现场，而此时的"70后"同样感受到这种文化冲击，因为思想尚未完全成熟，不能以学术的方式表达这种思考。

就我个人感受而言，在我开始从事学术研究的时候，学术已经走向体制化，高校开始重视学位和论文，它们与个人职称和收入挂钩，"知识"和"规范"变得非常重要。在这种情形下，个人与学术研究很难发生直接对话，即使有学者愿意进行这样的对话，它也难以变成"学术语言"和"学术成果"。所以，当读到"读书会"如下的语言时，会有感同身受的感觉：

> 相对于一些通过文学文本处理历史问题的当代文学研究，读书会更希望在对历史中"人"的状态加以充分体察和剖析的基础上，探索、把捉、呈现当代文学、思想、精神、政治、社会、生活的感觉构成逻辑与经验构成方式，由此辨识、捕捉、显形那些尚未获得理解或足够理解，但在当代史认识深化中绕不开的节点的历史意蕴，探求视野更为打开也贴近历史当事人感受、认识的文学研究、历史研究、思想研究、社会研究、政治研究相互借鉴和促进的认识通道。[④]

> 把通过这些专史看到的人的面相相加，就能对文学所特别关注的由人的观念意识－无意识、精神意识－无意识、行为意识－无意识等积极参与塑造的那些"人"之生命状态、身心感受有很深入的把握。而对"人"的这部分生命状态、身心感受的把握与呈现，对和这部分生命状态、身心感受紧密关联的生活－工作世界、观念－价值世界的呈现和剖析，却通常正是文学之所以可被面无愧色地称为"人学"时，它最为核心聚焦也相当有力处理了的世界部分。[⑤]

因为对"人"的关注，读书会的"社会史视野"有了更生动的成分，他们对于柳青、丁玲、赵树理、徐光耀等作家作品的"新解读"能够别开生面，看到历史和文学的更多意蕴。当然，这只是显在的层面，在更深层次上他们对于当代人精神问题的关注和思考，是读书会能够长期坚守并保持生机的重要原因。

我对此问题的思考还是始于"民国文学"讨论，那是难得的一次学界整体反思过去文学史观念和方法的契机。我的感触来自文学史对"人的文学"思考的僵化：

> 准确地说，过去的文学史研究也并非没有注意"人的文学"的重要意义，只是仅仅将之理解为文学的性质问题，将"人"理解成某种观念和主义。这就将"人的文学"的内涵偏狭化了，"人的文学"不仅是中国现代文学的一面旗帜，也是文学史研究中的一个常识；它不仅是文学性质的区分标准，也包含了"人创造的文学"的动态内涵。忽略了后一个内涵，就忽略了人的具体性，就是对"人"的。⑥

在我看来，"人的具体性"首先体现为文学的具体性。关于"何为文学"的问题，我比较认同英国文学理论家伊格尔顿的观点——文学是一个时代的社会共识。因此，在历史中把握文学首先要获取这种共识，这就要看到人在特定语境下的具体感受，并辨析这些感受的合理性和特殊性。其次，"人的具体性"表现为研究者与研究对象经验的相通性。在这方面，我是"生命学派"的拥趸，钱理群先生在纪念王富仁先生的文章中对于"生命学派"的描述，直击了我对于文学研究的理想状态：

> 但在我看来，其内在的精神，即学术研究的生命特质，研究者与研究对象以及研究成果的接受者读者之间的"生命的交融"，是具有普遍性的，至少是构成了学术研究的一个派别，我称为"生命学派"的基本特征。而富仁正是这一学派的开创者和最重要的代表之一。⑦

钱理群先生悲观地认为，"生命学派"是80年代的特殊产物，之后已无法延续。对此，我只能部分认同。作为学术风格的"生命学派"延续的确具有难度，譬如直抒胸臆、汪洋恣肆的文风，心怀天下、不拘一格的视野，在学术界碰壁。但作为一种精神，"生命学派"秉承的理念，无疑是学术生产中自我检视必须坚守的，尤其是在进行历史判断的时候，知识和逻辑往往并不可靠，唯有"生命的交融"才能获得较为充盈的真实感，即使所得出的观点暂时看来比较偏颇，只要有研究者的生命经验作为支撑，都会有它存在的意义。

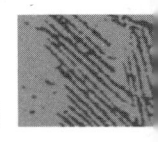

相对于"社会史视野",对"人"的关注对于"新人文"而言更加根本,它是前者的基础,如果没有对"人的具体性"的深刻把握,"社会史视野"就失去了灵魂和方向,又成为纯粹知识推演。人文问题在今天受到了空前关注,其中一个重要原因,是学术生产逻辑与个人现实感受之间发生了较为严重的偏差,它比以往任何时候都更需要关注"人"的本身。

关于《新人文》创办的初衷,在现实和理论的层面还能说出很多,但在它刚刚诞生的时候,太多期待只会让它承受太多负累。我像"文抄公"一样抄录一些过去的言,只想说明这个刊物是新鲜的也是陈旧的,是刻意的也是自然的,其中的两个契合点是它能够持续的基础,代表了我们的学术追求。

注释:

①周维东:《中国现代文学研究中的"民国视野"述评》,《文艺争鸣》2012年第5期。

②⑥周维东:《"民国"的文学史意义》,《社会科学辑刊》2013年第1期。

③贺照田:《启蒙与革命的双重变奏》,《读书》2016年第2期。

④何浩:《努力扎根于经验的沃野——记"北京·当代中国史读书会"》,转引自《社会·历史·文学》,中国大百科全书出版社2023年版,第448页。

⑤贺照田:《不能忘记历史,不能忘记社会,更不能忘记人(编后记)》,《社会·历史·文学》,第26—27页。

⑦钱理群:《"知我者"走了,我还活着——悼念富仁》,《在辰星与大地之间》,上海三联书店2019年版,第6页。

[周维东 四川大学文学与新闻学院]

"新人文"何以必要？如何可能？

何　浩

1980年11月，巴金在《青年作家》杂志创刊号的发刊词中说：

> 前些天我意外地遇见某省的一位青年作家。她插队到农村住了九年，后来考上了大学，家里要她学理工，她说："我有九年的生活，我有许多话说，我要把它们写出来，我不能全吃进肚子里。"我找到她的两个短篇，读了一遍，写得不错。她刚刚参加了省里的青年创作会议。她说："尽是老一套的话我们受不了。我说：吃得好，住得好，开这个会不讲真话怎么行！"她和别的几个青年作家站出来，放了炮。
>
> 我在这里引用的，并不是她的原句，但大意不会错。我同她谈得不多，可是她给我留下深的印象。她充满自信，而且很有勇气。她不是为写作而写作，她瞧不起"文学商人"，那些看"行情"、看"风向"的"作家"。她的脑子里并没有资历、地位、名望等等、等等。我在她眼里也不过是一个小老头子。这是新的一代作家，他们昂着头走上文学的道路，要坐上自己应有的席位。他们坦率、朴素、真诚，毫无等级的观念，也不懂"唯唯诺诺"。他们并不要求谁来培养，现实生活培养了他们。可能有人以为他们"不懂礼貌"。看他们来势汹汹，仿佛逼着我们让路。然而说句实话，我喜欢他们。……作家是战士，是教员，是工程师，也是探路的人。
>
> 这是我个人的看法，我就是这样地看待新人的。我热诚地欢迎《青年作家》的创刊。

巴金遇见的这位青年很可能接下来会在伤痕文学、反思文学、改革文学、寻根文学等观念意识下展开写作。但她在决定创作的意识瞬间，在拒绝学理工的瞬间，她对文学的希望是能够写出她九年的生活。她最初对于文学的希望，是能承载她九年里不吐不快的生活感受。

很难说新时期的文学充分理解和承载了这位青年作家当时的殷切期待。新时期以来的中国现当代文学观念意识和文学研究的后续展开，可以大致看

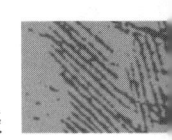

作三种视域下的推进：一种是"文学是人学"；一种是"文学是语言的艺术"；一种是"人是社会关系的总和"。第一种视域发展出诸如强调自我、文学审美性、纯文学等，在重写文学史口号下重新发掘和讨论沈从文、张爱玲等作家，以纠正过于从政治视野出发对文学的评判；第二种视域借助"语言论转向"，划分内部研究和外部研究，对抗反映论，相对贬抑日常语言，发展出诸多文体问题的讨论，以及先锋派等文学实践；第三种视域回应中国社会诸多现实状况，并借用西方诸种理论，发展出权力话语分析、文化研究、后殖民、女权主义，等等，影响颇大的"再解读"也可看作这一视域下的进展。

当巴金遇见的青年作家还没来得及充分述说和叙写她九年的生活，新时期的文学观念就已经推陈出新变换着大王旗。但这种种视域都过于出自对之前某些文学观念意识－历史社会状况的反弹，而对基于不同时期中国社会现实状况条件下历史应该如何发展才能让人更全面的发抒获得充分空间，文学与人的历史－社会处境的身心状态之间如何能形成细致且紧密的关切，缺乏深入细致的辨析。同样，我们很难想象这位青年作家有机会在这样的文学观念意识中，细致耐心地述说她的生命遭遇和感受，即便她坚持述说自己的遭遇和感受，她所感觉到的压力也很难让她展开在这种述说中所发现和渴望的调整。文学逐渐与她的生命现实感觉脱节，是可想而知的。

文学与现实被打为两节，实际上在1979—1983年期间李泽厚的知识规划中已经发生。李泽厚在1979年出版的第一版《批判哲学的批判》中的思路，认为研究康德哲学的意义仅仅在于用马克思主义实践论重构康德，批判西方资产阶级哲学的不彻底性。而在1984年第二版《批判哲学的批判》中，李泽厚认为，研究康德哲学的意义在于：马克思主义哲学的历史实践本身现在被分割为两部分——革命和建设，康德哲学恰恰可以帮助马克思主义哲学重构"建设"部分。早年李泽厚的客观性社会性美学中通过主体与现实的反复搏斗来建立主体精神结构的方式，现在也变成了"积淀论"美学中主体可以脱离现实、直接从人类文明成果中构建自身的方式。"实践"（使用—制造工具），与"积淀"（文化—心理结构）则形成了结构上的分工和对应关系。也就是说，在修订后的《批判哲学的批判》里，中国革命的去中心化，意味着在哲学和美学上，主体的构成方式同时也必须随之而变。

这实际上改变了新中国成立以来的知识逻辑。早至延安时期，革命的知识逻辑之一是，主体的历史内涵不能以抽象的人性积累方式获得，而必须在一个具体集体的实践活动中才能与世界发生深切的关联。可现在，主体不是直接依赖于与实践的反复互动来塑造、组织和纠正自己，而是依赖于"积淀"所形成的文化－心理结构。实践对于主体的塑造意义就变得越来越间接。相应的，主体内在结构的形成也就越来越不依赖于历史实践活动，它现在最主要的来源是传自远古的形式积淀（美的历程）。这个主体对自身状态的调整和纠正，也同样不需要对社会现实结构状况的深度介入，彼此在反复循环中互相校准。这里发生的最大改变是，这个主体仍然是实践的，他可以选择所有人类文化艺术遗产，但他不再与任何具体的集体有关。这个主体的道德建立依赖于每个个体与人类总体规律在知识上的直接对接，而不再依赖于一个彼此靠近、团结友爱，同时你必须为他人付出的集体。如果参照巴金遇见的青年作家，她接下来的文学观念会引导她叙述看似具体、实则抽象的人性，或引导她追求文学语言的新颖，或以各种理论立场辨析社会－个人，但不会引导她回到最初激发她创作冲突的生命感受，不会引导她正面处理她生命遭遇中的历史－社会－观念机制。

李泽厚知识架构中对人文精神和物质世界的理解、分配方式对新时期以来的文学观念意识影响巨大。20世纪80年代的文学观念，尤其是纯文学观念，不自觉要按照人类文明中"最优秀的作品"来脱历史地重新排序，进行新一轮的经典化。至于文学如何能真正把握和抵达当代中国人的现实生活层面里的感觉意识肌理，支撑其现实生活的充实饱满，这一重任已经被文学在知识前提中就放弃了。这样的文学观念下所探究的艺术潜能和审美能力，也因其在生成结构中就缺乏对当代中国人现实境遇的足够重视和观照，而很难在其具体展开中切实地帮助当下中国人理解、辨析他们自己在时代中的历史－现实遭遇。我们也就会看到，80—90年代，官方和知识界在看似不同的路径中，反而在共同打造着一个相似的世界图景：精神不断高蹈和开阔，现实同时成为大力发展经济。

以"人是社会关系的总和"为基础的文学观念看起来回到了现实问题的关切上，但其发展的路径和切入点过于以文化研究、后现代、后殖民主义等西方理论为依托。比如在反思西方现代性发展方案时，《再解读》和后来的研究者都从不同立场期待重新进入中国革命文学来寻找新的可能，并检讨其中的挫折。他们在进入历史经验时，或过多受制于西方检讨自身时所依赖的一些认识论，比如语言问题；或过于强调自身价值立场的当下意义，忽略历史经验本身的特别性，也忽略文本材料中语言的历史特征。不回到历史实践经验中语言的具体形态，实际上容易脱历史、脱经验地理解语言所对应的经验内涵。

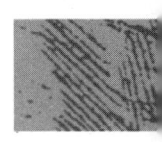

比如过多直接接受了西方后现代、后结构主义的语言论预设，将语言与现实、人与历史的关系，过快确定为一种"想象性"关系，使得《再解读》中不少文章虽然想回到历史经验，但实则没有真的对历史经验有一种努力逼近的探索，往往由于要破解政治/文学对经验的过度压缩和编码，其对经验的处理也多停留于直观索取或过快关联的方式。《再解读》格外重视语言的中介性，却抽象地理解语言的中介性问题。唐小兵会抽象理解"暴力"，黄子平也会将小说中的言辞快速抽离出其具体脉络来建立关联。如果我们对于革命作家们在特定时期对于语言的特别使用不做特别的处理，如果我们不穿透历史材料中语言文字的特定形态，洞察历史当事人的实际观念、意识感觉状态，如果不对特定历史时期的特定社会－文学－政治－语言等形态反复体察、琢磨，不与之缠斗，仅仅在某些问题意识的开启下直观把握历史，这种"再解读"就很难承担它所期待的通过重审历史经验来为现代世界何去何从提供思想资源的重任。问题还在于，"想象性"关系确实是语言与世界、人与历史之间的关系之一，但它只是其中的一个环节。

在"想象历史"中，文学与现实之间的"想象性"关系是确定的，需要讨论的是"怎样"，是路径、方式、角度、明暗。作者与历史的关系被确定为"想象"，作者需要发挥主动性去想象，但只能想象。想象当然并非纯然被动，它也是一种对历史的介入，甚至可以是一种扭转性的介入。但这种扭转性只能发生在特定的领域。"想象"预先设定了作者与历史之间发生关联的特定路径、方式、范围。但人文知识工作者与历史之间的关系，真的只能依赖于想象吗？为什么文学－作者－历史－现实之间的关系会在这一历史时期被确定为一种"想象"？它必然只能是"想象"吗？"想象性"现在反而成了一种真理。人文工作者与历史（现实）之间的关系，还可以是哪种形态？这些可能性的讨论在唐小兵的导言里被悬而不论。

后来的对话者看似对《再解读》有更贴近历史经验的探索，但其视野仍过于被自己论争对象的视野所牵制，所规定。这些对话者虽然批评和校正《再解读》对延安文艺的解构，认为它有着切实的真实性，但他们过于从价值立场出发来进入经验，实际上不自觉会以自身的立场为中心形成一个旋涡，使得历史经验在他们立场的需要中才能被想象性使用。如果说《再解读》的"想象历史"是以理论为中心来开展，其对话者的"想象历史"则是以自己的论敌为中心来展开。

"想象"并不是人文知识思想与历史现实之间的唯一关系。毋宁说，这种"想象""历史"的关系，是特定的知识架构在特定历史时期从众多的人文知识与历史现实诸种关系中选择性地突显出来的关联方式和关系。但这种文学与历史之间"想象性"认知关系的背后,有着穿不透时代氛围的知识感觉和现实感觉:现实政治过于强大,文学只能展开想象性编码。可这样的时代氛围是既定的,还是在某些特定历史阶段和条件下所发展形成,进而又被知识感觉所强化?这也是需要讨论的。如果在知识工作展开之前,我们的感觉意识已经预设了这一点,那《再解读》的"想象历史",实际上就是在一些既定感觉结构之下展开的知识工作。如果我们找不到拆散和突破这些既定观念意识结构的方式和路径,那其所展开的工作也很难有助于我们真正推进困扰着20世纪90年代中后期以来的诸多思想界和知识界的难题,也无助于我们突破学界长期以来形成的、在政治与文学对峙关系中理解革命文学的方式。

　　文学与历史不只是被特定时代感知和知识意识塑造出的"想象性"关系,它还可以更加积极地介入现实之中。但具体有效的路径和方式是什么?这无法抽象、一次性地回答。从实践来看,承认语言的中介性,承认文学与历史的想象性,但又不固守于此,较好的办法是尽量回到历史实践过程之中,紧贴历史事件发展逻辑。从历史事件的酝酿、聚集、发生、发展过程来说,"想象性"关系只是其中的某一个环节,或需要与其他众多因素配合起来发生作用,并在实践中不断被表述、整理、反思、检讨、校正。这些环节有时是依赖明确的政策文字、思想观念的推动,但有时也依赖不便于表述或无从察觉的、在实践中建立起来的直觉等的引导。革命文学的形态又特别对"现实性"有高度要求,这种现实性不仅是指"真实",还指反复多次在实践中往复的"外化""显形""落实"。当我们发现现实不容易被文学撬动时,也不能因此强化文学的想象性特征,不能在我们的认知结构中轻易放弃文学介入现实的多种可能性。这种历史境况反而可以促使我们再次将文学放置在具体历史脉络中,观察这些诸多环节在哪里出了问题,是如何被构造出特定的结构,以致引发了艰难的困境;要突破这样的困境,文学在这种历史结构中的位置又需如何重新调整;等等。

　　这都要求我们,在考察历史事件中的某一个环节时,在判断为什么历史当事人会如此这般去"想象"时,需要结合当时情境中的诸多因素、当事人对诸多要素的感知和理解,同样还需考虑不同历史当事人的内在构成的差异性,以及他们所能洞察和感知到的历史结构困境等因素,以作具体甄别和体认。这样我们才有可能不以自己的想象和逻辑来切割历史,而是进入历史当事人和历史事件的内部逻辑,来照射历史当事人面临的困局、他们的创造性

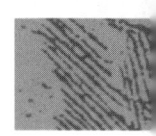

生机，以及可能存在的认知盲点和潜藏危机。

我们希望经由"与历史缠斗"后的"回到经验"，希望那位青年作家能经由与历史缠斗来回到她自己的生命经验，也希望重审革命文学在人与社会层面的经验呈现，来为我们今天理解中国文学、中国社会，甚至理解世界的现代处境，提供新的思想资源。

这大致可以解释为什么一定要在今天强调知识工作的"缠斗性"，且为什么一定要跟"历史"缠斗，跟历史中最搅动人心的部分缠斗，而不只是跟"思想"缠斗、跟"哲学"缠斗、跟"政治"缠斗、跟"文化"缠斗。"缠斗"此处特指直面人生时，与"直观""想象"不同的面对方式。"缠斗"将人从孤立化的"想象"位置卷入不确定的实践变动－校正－变动的往复过程之中。这种不确定中的"缠斗"并不是一种稳定的知识工作形态。也可以说，它特别针对现代中国尚未定型的历史时期。定型之后的现代中国需要何种知识工作形态，我们无从得知。但此时的"缠斗"将决定现代中国的知识工作是否能和如何能扎根于自身历史－现实之中，以及是否能够定型、如何定型、定型为何种形态。或者说，之所以此时代的知识工作亟须"缠斗"，是担心如果没有经过多重"缠斗"的方式所展开的知识工作，会过于直观或过于以每一当下的思想理解为中心来把握中国，而没有充分洞察到我们每一历史时期实际上都不自觉地受制于前一时期的历史构造机制。当现实发生巨变时，单纯反省文学、哲学、政治、思想或经济等某一部分，已经不足以让我们的良知立足于今天了，时代更需要能够在历史－现实－自我的缠斗中充分反省时代问题的知识工作。

尤其时至今日，无论是关注自我、考究语言，还是考察各种社会关系中的人的文学，都很难描述和确定身处这个时代中的我们百般纠缠又不可名状的生存感受。看似已经确定下来的世界，没有减少纷扰，反而增加了纷争、撕裂，让人不安。这种生存感受由于国内国际的世界格局变化而更加强烈。不只是文学，各学科化的知识在今天的时代－现实巨变中也面临挑战。作为"人文"的文学，还能在我们需要帮助的时候帮助到我们吗？是否我们需要重新感觉一种"新人文"，来寻找如何在当下时代捕捉、描述不可被轻易回收的痛楚、渴望和期待的灵感与能力？是否某些"人文"的关键意识和能力，在我们随历史浪潮激进发展文学研究时，已然丢失？若是，又如何重新练习、再次养成？

从这个问题意识出发，我们今天的学术工作，已经不只是需要在某个学科中展开检讨，而是需要从多学科的视野出发，共同探寻"人文"对于现实

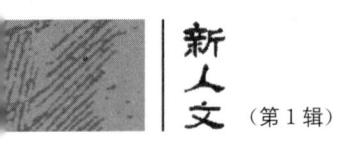

中具体生命感受的含摄力和表述力,探寻其作为"人文"的爆破点,并以此爆破力重新激活我们的现实感受力和穿透力。希望这样的"新人文",能让每一时代的每一生命,都不被我们的"人文"错过、辜负。

[何浩　中国社会科学院文学研究所]

○"现实主义"专题

从"现代文学"形态的现实主义到"当代文学"形态的现实主义:围绕《种谷记》的讨论[*]

程 凯

何吉贤(中国社科院文学所):这次是"现实主义七讲"的最后一讲。我们之前讲了这么多理论之后,最后关联到一个具体的作家创作,围绕一部作品来深入讨论,看看现实主义这个思潮贯彻到文学的写作中去所产生的形态和变化。程凯老师在柳青研究这方面下的功夫是比较多的,他在陕西待过一年,去过榆林米脂、长安黄埔村这些地方做过调研。读书会在2017年专门开过柳青的研讨会,大家的成果已经先后发表。但是关于《种谷记》这个作品我印象中讨论得还是不太深入。可能也是在那个会议之后,程凯关于柳青的思考继续在推进。所以,对我个人来说也挺期盼能够听他再来给我们讲讲新的想法。

关于现实主义从现代到当代的形态变化这个问题,我们熟悉文学史的研究者多多少少会有一点儿这种感觉,但是怎么样清晰地来追踪它,在我自己的阅读中好像也没看到特别清晰的说法。上一讲刘卓讲的时候用了旷新年的材料,讲从"写实主义"到"现实主义"到"社会主义现实主义"后面的动力是什么,强调文学、文化思想怎么样来关注当下、直面现实,这个动力再往前推,就是跟改变现实,跟对于未来的某种想象有关系的。所以,现实主义在不同的时段里面,它的转型多多少少是跟实践的方式,跟对于未来、对于更加符合一代一代人的想象和追求是有关系的。而柳青在当代文学史上,尤其他的《创业史》被当作社会主义现实主义最具代表性的作品,是一个史诗性作品。不过,我们从程凯今天讲的这个内容设计上可以看出来,从《种

---

[*] 教育部人文社会科学重点研究基地重大项目"中国现实主义的当代探索形态与话语分析研究"(编号:22JJD750012)成果。

谷记》到《创业史》的演变来看，它并非一开始就如此，那么这个变化的过程是怎样的？这个比较有说明性的例子可以体现现实主义从现代到当代的变化。好，接下来我们就进行这个很精彩的讲座。

程凯（中国社科院文学所）：谢谢吉贤的介绍！本来这次课程的设计是从理论史的角度来讲现实主义流变，我这讲有点儿是乱入进来，但这也给我提供了一个很好的机会可以重新整理一下对《种谷记》的看法。目前学界关于柳青的讨论通常集中在《创业史》上面，对于他的前期创作——包括短篇小说集《地雷》《种谷记》以及《铜墙铁壁》讨论得比较少。在我自己看过的论文中，我觉得很有启发的就是何吉贤老师2017年柳青研讨会上提交的论文《柳青的村庄》（**何吉贤**：论文没有完成，就是一个提纲，不好意思）。那个论文其实已经至少完成一多半了，只是后面《创业史》那部分没有写完。何老师在论文中做了一些非常重要的工作，比如他觉得《种谷记》这个小说的主人公一定程度上说就是王家沟这个村庄，因此，他对小说所呈现的村庄构成，尤其是人物构成做了一个非常详细的梳理，列了一张大表，把小说里面出现的那些有名没名的角色都列了出来，挨个注明每家每人的状况。当时我看了就觉得非常有帮助。所以这次讲课前我给大家发了三份材料，也是围绕小说所做的一些资料分类摘抄，其实是按照何老师的方向再前进一步，更细化了，希望帮助大家理解这部作品的"内容"。

关于这次课的题目我也想说明一下。这其实是一个研究规划。什么叫作"现代文学形态的现实主义"，什么叫作"当代文学形态的现实主义"以及如何从前一形态变为后一形态，我现在并不能提供一个成熟的解答，它是未来要回答的一个问题。并且，我希望提供的回答不是一个观念式解答，而是通过分析《种谷记》这类具体作品，逐一剖析不同时期、不同阶段现实主义的创作经验，从内部整理出一些理解线索出来。当然，关于"现代"和"当代"的区分，早在20世纪50年代就出现过一些论述和界定——当时的说法是"新现实主义"和"旧现实主义"。我提供的材料里引了竹可羽的文章《现实主义与浪漫主义的结合》（收入《论文学与现实的关系》一书）。它参照苏联"社会主义现实主义"来区分新现实主义与旧现实主义，强调新现实主义不是按照现实本身的样子来进行描写，而是要越过世界的自然进程去描写在将来可能实现和应当实现的人民的生活。这在当时是一种很流行的说法。这样一种"新现实主义"的写作要求——对于"写什么"和"怎么写"的规定性认识——在50年代以后对作家产生越来越决定性的影响。像徐光耀这些作为培养对象的青年作家，他们在后来的写作中会特别受到这种观念

"现实主义"专题

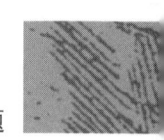

的左右。但对于那些"老作家"来说，像丁玲、周立波、赵树理、柳青等，并不是说出现了一种新的现实主义创作观念就能直接决定他们的写作，改变他们的创作轨迹。他们的变化往往经历一个自己摸索的过程，这个过程、这个变化特别要回到文学史的语境和过程当中去追踪，看到底哪些因素改变了他们的写作方式。

对于像丁玲这些在根据地、解放区经历、完成了创作变化的作家来说，其转折的关节点当然与"整风运动"以及延安文艺座谈会有着密切关联。不过，细看毛泽东《在延安文艺座谈会上的讲话》（以下简称《讲话》）会发现它从头到尾没怎么讲创作方法，大概只提了一两句"无产阶级现实主义"，而且所谓"无产阶级现实主义"的内涵、规定性到底是什么，在《讲话》里并没有展开阐述。（参与整理《讲话》文本的胡乔木在回忆中提到在编《毛泽东选集》时他曾想把日丹诺夫的社会主义现实主义定义加进去，引起毛泽东不满。[1]）整个《讲话》的要害是在讲小资产阶级知识分子出身的革命者的主体改造问题。落实在创作实践中，《讲话》的一个着力点是要改变作家主体形态与他的实践形态，特别是创作实践与社会实践之间的关系和距离。这涉及一个脉络颇为深远的问题，那就是：作家自己的思想、生活、实践形态对于形成一种现实主义立场和写作方式具有什么样的作用？这在传统的马克思主义文论当中本来是个始终被关注的问题，但到了60年代以后，到了结构主义兴起之后就发生了变化。我们知道后来有一个著名的说法叫作"作者已死"。这意味着作家与时代环境的关系，作家自己的社会处境，其主观立场和实践倾向等一系列维度变得不再重要。结构主义、后结构主义影响下的文学批评、文学研究通常以文本为中心，就是把文本看成是相对自足的，而且是充满歧义的，甚至断裂的语义符号系统，然后我们对它进行一系列拆解、解码、解读。但是对于传统现实主义来说，作者与世界的关系一直是一个不可或缺的维度，甚至是决定性的维度。

之前符鹏老师给大家讲第一讲时涉及的一本名著是瓦特的《小说的兴起》。我对这本书的印象也很深。我在发给大家的材料里引了书中的两个非常有意思的段落，就是对比18世纪的两个代表作家——笛福和理查逊在生活形态上的差异。书里面讲："笛福在一定程度上也是个乡下人，他对于庄稼和家畜颇为熟悉，他骑马在乡下到处转悠，就如在商店或办公室里一样悠然自在；即使在伦敦，那些交易所、咖啡厅和繁华的街道提供给他的，也是英勇故事中的那种乡村的景象；他无论走到哪里，都如在家里一样的自在。"[2]另一个典型是理查逊，他代表那种"正在出现的为城市办公室的眼界和郊区家庭的假斯文所围的中产阶级商人"。"他很少深入到他自己周边环境中的生活里去,他不能够忍受人群、躲避人群,为了这个原因,他甚至连教堂也不去。在他自己的印刷所里,他宁愿只通过一扇窥视窗来监督他自己的工人。"③这种生活形态的反差和他们创作形态的差异之间构成某种对应关系。像理查逊就长于写日记体小说,集中呈现一个人物内心生活的那种小说。作者有个概括:对于理查逊这样的写作而言,"唯独笔才能满足他的两种最为深刻的心理需要——一个是从社会中退出,另外一种是感情的宣泄"④。久而久之,现代作家逐渐变成了一种非常特殊的人群:一方面他好像要退出社会实践,但是另一方面又渴望通过写作来重构社会关系和现实世界。

　　作家跟世界的关系、距离、介入方式以及其特定形态如何决定其写作形态,关于这类问题,传统马克思主义者是非常关注的。我在阅读材料里列了一篇拉法格的《左拉的〈金钱〉》。拉法格讲左拉的生活是一种隐士生活,他曾经参与政治,但脱离了政府事务部以后一直过着一种孤独的生活,像狗熊躲在自己的洞里似的。拉法格觉得左拉因此丧失了正确地表现他要描写的东西的能力。拉法格自己的现实主义立场是作者如果要表现"现代"这样一种巨大的经济机体的话,作者就必须生活在这个经济机体附近,研究它的天性,深入它的内部,感受到它的爪牙,接受到它的刺激、支配。对部分传统马克思主义者来说,作者想要真实有效地把握现实,就有必要投入到他所要表现的那个社会实践的过程里面去,离现实越近,越沉浸在里面,才能产生越准确的叙述、描写和表达。

　　这个传统到了毛泽东的《讲话》有了进一步推进。我们可以注意在《讲话》中很少使用"现实"这个词,用得比较多的是"生活"。像我们大家耳熟能详的,说"生活是文学艺术的唯一源泉",而且是"取之不尽用之不竭的源泉"。毛泽东反复使用的"生活"在我看来基本上可以看成"实践"的同义词,至少是一个高度关联于实践的概念。因此,所谓"深入生活"首先意味着深入革命实践、革命工作,只有经过深入革命工作这样一种实践性中介,才能达到"深入生活"的目的。在毛泽东自己的思想体系中,实践之于观念特别具有一种优先性和校正性。这是毛泽东自己在对革命经验的总结、检讨中逐步发展出来的意识。他写《实践论》、发动"整风运动",都意在校正所谓"主观主义""教条主义""本本主义"。在这个意义上,《讲话》并非单纯以文本方式起作用,或者说恰好不是在观念论层面上起作用。我们后来想象《讲话》产生影响的方式是其文本整理发表后,文艺工作者都会找这个

"现实主义"专题

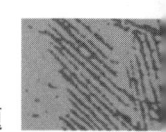

文本来看，学习其要点，对照调整。这是一种依我们今天的习惯所做的后设性理解。《讲话》的影响当然有思想、原则、认识层面的，但更根本上落实《讲话》精神的一个路径是改变作家的实践方式。在当时的语境下，《讲话》所倡导的两个"完全结合"——与革命队伍的完全结合以及与工农群众的完全结合——意味着文艺工作者要改变以文艺创作为第一任务的习惯，而把投身、参与、融入实际革命工作作为第一位的任务。也就是说，文艺工作者的"实践"首先不是写作，不是文艺工作，而是具体的革命工作、群众工作，为此，甚至要暂时搁置文艺工作者身份，以一个普通党员和普通干部身份去参加基层的、一般性的革命工作。这一方向不是《讲话》所直接规定的，却是《讲话》精神结合"整风运动"后所产生的实践改造方向。其具体落实措施就是1943年由党的文艺工作会议所推动的文艺工作者"下乡运动"。

关于"下乡运动"，在给大家的材料里面摘了一段凯丰在党的文艺工作会议上的讲话，叫《关于文艺工作者下乡的问题》。这个会上一共有两篇非常重要的讲话，一篇是宣传部部长凯丰的这个讲话，另一篇是组织部部长陈云的《关于党的文艺工作者的两个倾向问题》的讲话。这两篇讲话涉及《讲话》中一些没有谈及的要点，其实点明了《讲话》所开创的文艺体系当中的一些非常核心的要素。比如，陈云讲话里首先抛出的一个问题就是"文化人是以什么资格做党员的?""第一种基本上是文化人，附带是党员，这种党员是以文化人资格入党，而不是以千千万万党员中一分子的资格入党的。第二种基本上是党员，文化工作只是党内的分工。"[5] 显然陈云认为第二种立场才是正确的。也就是对于党的文艺工作者而言一个必要的意识前提是：要先把自己看成党员，其次才是文艺工作者。这个先后意识对于理解整个毛泽东时代文艺工作者的自我要求、努力方向来说非常关键。我记得刘卓以前讨论过所谓"共产党员作家"问题。这在毛泽东时代是个很真实的问题。之前我们读书会走访陕西长安皇甫村（柳青写《创业史》时的工作生活基地）时去看过柳青墓。墓碑的碑文写的是"中国共产党员作家柳青同志之墓"，这体现了他的一种自我理解和自我要求，其来源依据就与陈云这里讲的原则有关。

问题是所谓"共产党员作家"到底是什么意思，它意味着什么，为什么党员身份一定要放在作家身份的前面？陈云在讲话里有所阐述，他强调共产党不同于一般民主政党，它不是"各界联合会"，虽然每个党员入党前都有自己的"社会身份"，比如工人、农民、教师、文化人等，但既然共产党是一个革命组织、革命先锋队、一个革命熔炉，那么加入党组织就意味着搁置自己原有的社会身份前提，否则，你以工人身份入党，我以农民身份入党，然后大家各自在党组织中代表自己的界别，那共产党就成了各界联合会。假如文化人首先自视，甚至自傲为文化人，延续文化人的习性，仅把党员看成一种附带身份，在陈云看来，这是本末倒置。毕竟，在党的立场上，只有把党员意识放在第一位，才能突破原有自然社会身份带来的桎梏、限制。因为，从革命的角度看，一方面革命队伍是由工、农、小资产阶级等现实社会成员组成的，另一方面，哪怕是被认为最有革命潜能的工、农，其自然的、实际的状态也带有相当的"落后性"与种种积习，因此，革命政党、革命组织必须成为一个改造各社会阶级的大熔炉，各社会阶级的进步分子通过进入这个熔炉而得到锻炼、熔造，不断清洗原有阶级意识、习性中的积弊，成长为革命先锋队。所以在革命队伍中，超越性的党员身份意识一定要优于社会身份意识。

对党员的这种自我理解和自我要求在其他中共领导人的论述中也有阐发。我特别推荐大家参考刘少奇在"七大"上作的《关于修改党章的报告》（后来发表时题目改成《论党》）。那里面对中国共产党与中国社会的关系展开过较深入的阐发。比如，党员很多都是工农出身，他们从中国社会的有机基体中来，党组织对党员的要求不是说你入了党就要脱离原有的社会基础，恰恰相反，你要帮助党组织更深地扎根在中国社会原有的自然社会组织和社会基体中。所以他提出来，每个自然村都要有党员，大一点的村子要有支部。我们知道，在根据地，尤其陕北这些地方，很多村子非常小，可能十几个人就是一个村子，可是他也规定每个村子都要有党员，要尽力把党组织的根须扎进中国社会的每个细胞组织里面去。可另一方面，刘少奇又特别强调党员身份是具有超越性意义的，就是说你不再完全受限于你原有的社会身份和社会组织。你可能来自工人，来自农民，或者来自小资产阶级，来自商人家庭，来自城市，但是就像毛泽东在《为人民服务》（1944年）里说的，"我们都是来自五湖四海，为了一个共同的革命目标，走到一起来了"。既然是为了一个革命目的走到一起，而且你加入的这个党是一个无产阶级先锋队，那就意味着你要超越原有的社会、阶级身份带给你的规定性，不断克服原有社会阶级身份带来的约束、限制。由此形成的党才不是顾及、照顾原有社会属性的"各界联合会"，而是一方面能够扎根社会基体，一方面又能从社会中被重新整合出来，超拔出来，变成一个不断自我改造的、坚强的战斗群体，由此构成的党才足以成为中国现代转型的一个核心力量。无论刘少奇的讲话，还是陈云的讲话，都体现了共产党在一个特定历史时期，在经历了"整风运动"之后的一种自我理解和自我期许。陈云之所以要求文艺工作者

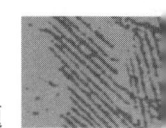

把党员意识放在第一位,特别要放在当时这样一种总体认识框架下来把握。

第二点就是凯丰在讲话里特别申明的要通过深入工作来深入生活。所谓"深入生活"不是从《讲话》后开始提倡的,之前已经有类似说法。那《讲话》前与《讲话》后,"深入生活"的核心区别在哪里?关键就在于《讲话》后强调深入生活必须通过深入工作,这意味着"工作"的内容、方式决定了体会、认识生活(现实)的路径,也会形塑表现生活(现实)的路径。所谓"深入工作",按凯丰的阐发,必须要打破做客观念,以普通干部身份真正参加基层工作:

> 这次下去,就要打破做客的观念,真正去参加工作,当作当地一个工作人员而出现。到部队里去就是军人,到政府里去就是政府的职员,到地方党去就是党务工作者,到经济部门去就是经济工作者,到民众团体去就是群众工作者。不管职务之大小,担任一定的职务,当一个指导员,当一个乡长,当一个支部书记,当一个文书,当一个助理员等等。……不要抱收集材料的态度下去,而要抱工作的态度下去。重心放在做工作,还是放在收集材料上面?放在工作上面。把工作做起来,把工作搞好,在工作中体验生活,与群众和干部打成一片,材料自然会丰富。⑥

换句话说,你不能以一个文化人、文艺工作者的特殊身份去"挂职",一旦你的身份特殊,意味着大家也会以一种特殊的眼光对待你,你就难以获得真正的锻炼、考验。同时,"工作"一定是长期工作,不能只下去两三个月,如果你只有一个临时身份,大家不会把真正的工作交给你,也不会以真正的工作标准来衡量、要求你。凯丰讲话里还提到了一种文艺工作者普遍会有的担忧:如果长时间深入基层,那自己的创作怎么办?如果全力投入事务性工作,没有时间创作,或没有时间学习提高,写不出来了怎么办?其实就是后来徐光耀他们下乡后都曾苦恼过的问题。而当初凯丰的回答很干脆:写不出来可以转行,反正都是革命工作,不是非搞文艺不可。这可以联系前面提到的陈云讲话来理解:作为一个党员,从事任何工作都是一种党内分工,都是"分内",从事文艺工作和从事其他工作并非基于个人志向、兴趣或专长,而要先考虑工作需要。不过另一方面他又有一种理想的设定:相信通过深入工作一定可以大大拓宽、拓深作家的生活感觉和生活理解(前提是小资产阶级知识分子的生活是"狭窄"的),革命工作、群众工作本身有一种创造力,这种创造力随着与基层群众密切、反复、深入的互动才能激发、锻炼、体会出来，由此这一过程也是对生活不断加深感知、理解的过程。按照《讲话》里的设想，"生活"这个源泉问题解决了，创作本身就自然从中生成。凯丰的说法是："在你参加工作后获得新鲜事物时，可能把旧的一套写作方法丢了，可是创造出一套新的写作方法来了。"⑦这似乎是说，你在深入工作、深入生活时不必特意去想创作的事，也不必专门琢磨创作方法怎么改变，然而，因为你深入了生活，你会慢慢获得新鲜的感觉，新的看待群众的方式，新的看待社会的方式，甚至新的看待环境自然的方式，在这看世界的眼光潜移默化转变的过程中，你自然不再满足于旧的一套创作方法，而会努力去创造新的一套创作方法。至于说这个新的创作方法到底是什么样的，有什么创作形态上的"标准""程式"，政治家反而不会做特别的规定。

  我们需要看到，下乡运动中的诸原则、诸要求之所以能被当时的文艺工作者们欣然接受并不单靠组织要求，也不是出于政治压力下的不得已。接受这些原则的心理基础是系于"整风运动"所扭转的对于中国社会的认识态度和认识方法。整个整风运动的重点在于批判主观主义、教条主义，并曾强调主观主义、教条主义的病根之一就是对中国社会的认识不足。所以整风的准备之一是大力提倡调查研究，其中的要害课题尤其集中在如何认识中国的农村和农民。这种认识上的急迫性一直延续到整风结束之后。1945年，毛泽东在"七大"上作口头报告时就再度重申理解农民的重要性："所谓的人民大众，主要的就是农民""中国民主革命的主要力量是农民，忘记了农民就没有中国的民主革命……就没有一切革命"；如果把农民这两个字忘记了，"就是读一百万册马克思主义的书也是没有用处的，因为你没有力量"。⑧他批评很多共产党干部，包括老干部、高级干部："不注意去研究农民，研究他的面貌，他的眼睛，他的个子大小，研究他姓张姓李，心里想些什么，有些什么吃的。有的人走遍了多少省份，走过两万五千里再加多少里，参加土地革命多少年，可是出一个题目给他：'什么叫富农？'他说对不起，没有研究。问他：'什么叫中农？'也没有研究。"⑨共产党从苏区开始就长期在比较偏远的农村地区活动，很多工农干部出身农民，但在毛泽东看来，他们并不真能理解、看清农民状态，包括农民背后的社会构成、阶级状态。因此，其讲话中反复强调要充分认识农村、农民，且一定要按照农民本身的面貌去认识和理解农民，而不是按照干部、知识分子的需求习惯去认识。这个不断深入认识的任务是作为一种政治任务向全党提出来的。由此造成的总体氛围对各级干部、知识分子、文艺工作者有莫大影响。所以"整风运动"之后，文艺工作者主动响应下乡要求不仅基于自我改造意识，也包含着重新去认识、

"现实主义"专题

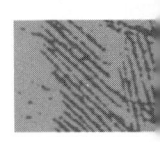

理解农民群众的愿望。

在1943年的下乡运动中，柳青是最早一批报名下乡并获准的。事实上，下乡也好，深入工作、深入生活也好，都是要落实《讲话》中所提倡的两个"完全结合"。但与哪部分革命工作结合，与哪种形态的革命工作结合，其实会有不同的想象与理解。还有就是，既然已经要求与革命队伍、革命工作完全结合了，为什么还要同时提出与工农群众完全结合，为什么仅有前者是不够的？这两个"完全结合"间又是什么关系？对这些问题的不同理解和不同取向很大程度上决定了作家们有差异的实践与创作道路。比如，当时在鲁迅艺术文学院任教的周立波在下乡运动时就写了一篇检讨性文章《后悔与前瞻》，表达自己希望能很快被派到实际工作中去，脱胎换骨成为群众的一分子的愿望。他对自己《讲话》前的下乡创作经验进行了一番检讨，认为自己虽是农民出身，但只熟悉旧式农民，不熟悉边区新社会环境下的农民，即便下了乡，也停留于用旧眼光看待农民，用旧现实主义的写法写牛生小牛之类的农村生活故事，而对于农村的新生事物（代表着农村发展方向的）——像生产运动、运盐、纳公粮一类的"大事"则写不了[①]。这种表述里蕴含着一种预设与想象，就是：与革命工作的完全结合意味着特别要与那些代表着时代前进方向的"新事""大事"结合，与这种"大事"、与围绕新事大事的革命工作结合也就意味着与群众"向新"的一面结合，从而摆脱看待农民的旧式眼光。周立波后来的代表作《暴风骤雨》就源于决心写大的社会运动，写天翻地覆的革命运动中农民群众的面貌，而这个面貌其实是被运动本身的形态、方式高度调动、决定、塑造的。于是，在周立波这里，与革命工作，尤其是与"大事""新事"结合、与革命运动结合，其实优于与群众结合，或者说后者是附属于前者的。但柳青则不然，当他响应号召真的去农村基层长期工作时，他所遭遇的不是农村的新天地和新生活，而是一个新旧混杂胶着的、极为复杂的现实农村社会。他作为一个乡文书，每天面对、处理的也没有什么"大事""新事"，绝大部分是家长里短的琐碎事务。所以柳青遭遇的挑战首先在于，也一直在于与群众结合的难度，所有工作上的难题都必须通过有效的群众工作才能解决。所以从柳青的下乡经历，特别能看出文艺工作者按照《讲话》的精神指引到基层后，要完成自己的主体改造和创作转变，到底会经历一个怎样的过程。

下面讲的就要结合《柳青传》提供的材料来看柳青在下乡三年的过程中做了哪些具体工作。柳青自己在一届文代会（1949年）上有一个发言叫《在转弯路上》，是他对自己下乡经历的一个自述和体会，相当于一个典型报告。但由于文章主要是从克服知识分子主体状态的角度来讲的，所以对于还原其工作、生活过程来说显得比较抽象。相比之下，还原度更高的材料是刘可风老师所写《柳青传》中的第四章。这里面记录的材料颇为难得，因为这是刘可风老师在柳青刚去世那两年间，花了很多时间去走访所有柳青工作过的地方，采访那些曾跟他共事的人，包括当年的乡村干部和群众，才得到的材料。她当时做了很详细的采访笔记。后来写《柳青传》的时候，为什么这些工作过程能写得那么详细，主要就是依据了当年的采访笔记。之所以说难得是因为柳青当年在陕北的工作经历是不太好还原的。当时的农村工作条件跟后来很不一样。我们如果研究《创业史》，想要还原长安县皇甫村一带的农业合作化过程，是能找到很多文字材料的，因为长安县当年是陕西省的农业重点县，地方档案材料非常完整、丰富，包括会议记录、经验报告、调查材料等，柳青小说中很多人物原型在地方档案中都可以找到相关记录。而柳青早年在陕北米脂下乡时，地方组织刚刚建立，党员干部大部分没有文化，文字记录资料极为匮乏。所以刘可风老师做的口述采访就是非常珍贵的材料，可以帮我们还原柳青下乡后的实际工作经历。

柳青他们当年下去以后第一个重要工作是发展党员。刚才讲过，刘少奇他们曾要求每个自然村都要有党员，没有党员的村子被称为"白点村"。柳青去的地方是米脂县的吕家硷乡。整个米脂、绥德地区划入边区比较晚，基本到了1940年才把国民党政权挤走。米脂还要更晚一点，差不多到了1941、1942年，也就是柳青他们下乡前一年才建立新政权。所以很多村子都没有党员。柳青所在的这个乡有三个村子，两个村子有党员，另外一个没有。《柳青传》里就专门写到他如何做"白点村"麻溪村的发展党员工作。这个村子旧势力比较强，有恶霸地主，大部分村民不敢接近新干部，所以只能从最底层来发展。柳青当时选择的一个发展对象就是恶霸地主家的一个长工。这个长工的老婆被恶霸霸占了，有很多怨气，他就被柳青发展成了村里的第一个党员。大家从这个例子里可以看出最初在基层发展党员时的某种无奈——村子里面原有一定地位的中坚力量，像那些中农，不会主动跟你接近，只能去选那些受苦深的。这些人往往没有文化且被压在社会底层，他们固然可能更具反抗潜能，但在非运动状态下，需要他们发挥的其实不是反抗而是带动、调动作用，可是以他们的个人能力以及在村里原有的地位、影响，他们在进行工作时会碰到重重障碍和力不从心之处。一方面，在农村发展党员的现实条件并不理想，另一方面，柳青在与这些农村党员深入接触的过程中也慢慢体会到他们身上值得敬佩的一面。比如，这些党员都是穷苦出

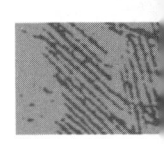

身，家庭条件恶劣，经常开会则难免误工误产，但他们在力所能及的范围内对工作依然很投入，很少怨言。

柳青初下乡的1943年秋收，边区推行了一项重要工作，就是减租减息。柳青最早深度参与的"大工作"就是这个减租减息，其中要做挨家挨户的串户调查。大家看边区史就知道减租减息是很实质性地触动农村社会的。在陕北，这个减租减息过程有一个长时间的博弈，《柳青传》里专门讲过这个曲折。像1943秋天减租减息后，到1944年春夏时节就出现了富户大量出卖土地的状况。因为富户在减租后的地租收入少了，但他还要为这些地来交公粮（公粮是跟地绑定的），加上人工负担重，他就不愿意要地了。原来耕种这些土地的佃户为了保地，拼命要把它买下来，由此形成对原有生产秩序的冲击。当时柳青做的工作是要劝说那些佃农不要急着买地或少买地，并促使农会在议价过程中起作用，防止地主抬价。随后展开的另一个重要工作是"变工互助"。柳青每天从早到晚跟着村里的变工队做了一系列周密的调查研究和分析，对于人畜之间、劳动力之间的变工标准做了比较详细的规定，据说还写了一份变工队的经验报告（《米脂县民丰区三乡领导变工队的经验——三乡干部一揽子会上的总结》），受到了上级的重视。此外还有一个对柳青后来的写作产生帮助的工作，就是摊派公粮。因为摊派公粮涉及家家户户的口粮，所有农户均极为认真地对待，整个评公粮过程贯穿着长时间的讨价还价。柳青参加这个工作的时候经常几天几夜连续作业，干完了以后再大睡几天。这个工作尤其需要细致、公平，因为很多人都会瞒报、申辩，所以要求工作人员仔细、精准地掌握各家情况，还要照顾、平衡各家各户需求，让结果能为大家所接受。这个过程给柳青观察人物提供了一个非常适合的条件，因为在讨价还价过程中每家人的性格、脾气、言行方式都有充分的展现。这些成为他日后塑造人物时的素材。

除了通过工作与乡村社会打交道之外，更重要的是，长期扎根基层使得柳青对乡村社会中的构成性因素、人物特别有体会并能与之保持互动。《柳青传》中曾介绍柳青在吕家硷尤为关注的一个人是富户吕能硷。他当过多年保长，建立新政权后选上了行政主任，可以看成是《种谷记》里王克俭这个人的原型之一。但吕能硷跟王克俭在一些关键处境上正好相反，比如吕能硷一直在村里放账、放高利贷，这类人常不免招人恨，但他在村里人缘却很好："上门开口的，不论贫富，不论远近，一视同仁，甚至到期还不出的借主，他也不硬要，态度仍然谦和如初。""竟然凭着放账在村里熬出个好人缘来。"[①]他不仅聪明能干，为人也正派，在村中颇有声望。柳青在工作中跟他有频繁接触，并且非常重视他，毕竟在村庄原有构成中，真正能起到带动、组织作用的恰好是吕能俭这种人，共产党想要在村子里面做工作，妥善处理跟这种人的关系起到决定性作用。因此，柳青并不因为吕能俭是富户，是放账的，就对他心存戒备，反而着意拉近与他的关系，常做他的思想工作，给他讲新道理，劝他不要放账，以免以后的政策变了"老百姓会把你的骨头砸碎"，还劝他辞掉长工，不要把农民典的地退掉，同时又支持他连任行政主任。在柳青耐心的教育团结下，吕能俭后来趋向进步，甚至到1948年还入了党。吕能俭这个人其实很有认识价值，把他和小说里的王克俭加以比照，既有重合之处，又有许多相反的地方。从中可以看出，一个富裕中农并不是说到了新政权建立后就一定一门心思只想自己发家，不顾其他人，或必然和村里人对立、疏远。从这个人物身上我们可以看出，在当时根据地的基层村落中，类似王克俭这样位置的人可能会有哪些不同的状态与发展方向，以及在实际工作当中，柳青会用什么样的工作意识去对待这类人。

前面集中梳理了一下柳青在下乡过程中做了哪些实际工作以及他的工作意识、工作方法。《柳青传》里介绍得还要更丰富一些，比如涉及他怎么改造旧小学，怎么推广种棉花，等等。无论工作内容是什么，其方法的核心都在于如何做细致的群众工作，如何与村落当中不同阶层的人、形形色色的人打交道，这个过程是一个不断深化对乡村社会和农民体会、感知、理解的过程，是一个不断形成新的社会感和政治感的过程。当他再拿起笔写乡村时，他心目中的乡村社会形象和农民形象已经和下乡前发生了根本的变化。柳青在《转弯路上》中提到过：他下乡前曾有个写农民保佃斗争的长篇写作计划，依据的是1942年"跟旁人'帮助工作'式地搞了个把月选举"时听来的素材，下乡之初还曾为这个写作计划破产而惋惜过，"但是不久之后，我真正接触了实际，我就庆幸我没有机会实行那个'计划'是占了便宜。"⑫

前面讲了柳青下乡后的工作经验、体会，后面要插进来讲一讲《种谷记》小说出版以后引发的评论与争议。因为柳青的《种谷记》在《讲话》以后所形成的体制——我们姑且把它叫作"毛泽东时代文艺体制"——中有较特殊的位置。《种谷记》发表后遭遇的很多批评使得柳青自己也一度认为这部作品不够成功。但实际上，这些批评意见必须放到从1943年到1949年解放区文艺发展的历史脉络中才能准确理解、定位。《种谷记》之于解放区文艺的代表性与特殊性要放在这一线索中来看。

《讲话》正式发表后的那几年，大概是1943年到1946年左右，根据地、解放区文艺创作的主流是一种"工农兵文艺"的激进形态，就是不单强调写

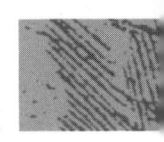

工农兵、表现工农兵，更强调创作能够直接与工农兵见面的作品（意味着偏于可见、可听，而非可读的作品），甚至进一步推崇以工农兵自己为创作主体的业余创作和群众文艺运动。于是那时会要求专业文艺工作者、作家暂时搁置自己写"大作品"、搞大创作的计划与抱负，转而去写通讯报道、经验材料、小型戏剧，或者干脆直接去帮助工农兵搞群众文艺。这其实构成对现代文艺生产机制的一种颠覆。在《讲话》前，延安文艺虽然也是一种革命文艺，但它诉诸的文艺生产机制同上海左翼文学时期差别不大，都是以同人杂志、报刊为依托，作者、读者群均是有新文学修养的知识分子、干部、学生。可《讲话》后，这套体制发生了根本变化。这个时期更鼓励一种非作品性的创作，鼓励能改编成通俗形式与工农群众直接见面的创作，其中很多都不是我们今天文学史上能够出现名字的创作，而是各种小戏、小唱本、故事、快板等。这些"作品"通常要结合到各种具体的工作情境、工作过程当中发挥作用。这类创作特别贯彻了《讲话》所说文艺要与革命工作完全结合、与群众完全结合的原则。

但到了1946年、1947年之后，一些延安作家又开始着手写经典现代文学意义上的长篇小说。像丁玲的《太阳照在桑干河上》、欧阳山的《高干大》、柳青的《种谷记》、周立波的《暴风骤雨》等。这批作品是第一批"当代文学形态"的现实主义长篇小说，它们的风格、写法都不太一样。这些作者基本属于在《讲话》前就开始创作历程的左翼"老作家"（柳青是里面资历较浅的），之前已经有相当的创作经验，而在《讲话》以后又经历了三四年的生活积累和自觉的创作调整，身处历史进程的激荡过程中，被激发出很多新的现实感觉、生活理解，渴望着将它们转化为写作实践。对比来看的话，他们几个人的创作形态以及创作与实践的关系是有差异的。丁玲跟周立波有点儿在运动当中来写运动。丁玲动笔写《太阳照在桑干河上》时，也在积极参加土改运动，她的写作与工作处在一个不断转移、交替的过程中——先在一个地方蹲点，写出一部分，然后中间停止写作一段时间，转移去参加另一个地方的土改，回来再写。周立波写《暴风骤雨》的过程也类似。这种写作是对"现实"的"及时"反映，有意与革命运动的发展取得一种同步性。我们如果还记得周立波在《后悔与前瞻》中所构想的写"大事"的志愿的话，就能意识到这种直接写运动背后的支撑意识是感觉到轰轰烈烈的群众运动中的工作是一种更值得去结合与表现的工作，相比起琐碎、普通的日常工作，革命运动中的工作以及被调动起来的群众状态都能更代表、显示出历史的动态、方向，也天然地带着强烈的矛盾、冲突色彩，容易形成一种史诗性结构。同时，对革命运动的及时表现也会马上转化为对革命运动的配合、宣传，甚至"指导"。所有这些都是"新现实主义"所急切期待的。

由此看来，《种谷记》在此时的诞生反而显得比较特异——它不是对现实的"及时"反映，它是有时间差的。小说描写的事件发生在1943年3月，相当于柳青自己最初下乡的那个时段，而《种谷记》的写作、完成已到了1947年，是他已经离开了陕甘宁边区在大连工作时完成的。这意味着这部作品就其题材、主题而言经过了比较长时间的积累、沉淀。邢小利老师编的《柳青年谱》提供了一个材料，提到这部小说之前有个底子：柳青1944年夏曾写过一个三万字的短篇小说，主人公是一个村行政主任，因为不愿让别人使用他的驴而拒绝参加变工队——这个情节后来被挪用到王克俭身上。但当时柳青没有把它拿出来发表，因为他觉得小说中作为正面人物的那个农会主任的形象太单薄了。到东北后，在一个较为平静的环境中（当时大连是被苏联人控制的安全区域），他开始重新构思、发展这一题材，写成了《种谷记》，所表现的主题还是1943年的变工互助，而这时轰轰烈烈的土改运动已经开始在解放区普遍展开了。

因此，《种谷记》出版后颇受冷遇也是可想而知的。丁玲、周立波写土改运动的作品后来都得了斯大林文学奖，广受称赞，而对《种谷记》的评价则是褒贬不一。我在材料中整理了几种比较有代表性的意见。一个是刘雪苇的《读〈种谷记〉》（收在他1950年出版的《论文学的工农兵方向》一书中）。刘雪苇是主张、宣传"文艺的工农兵方向"的，且他理解的"工农兵文艺"偏于按照工农兵自身面貌去写工农兵的文艺。所以他很赞扬《种谷记》在经典现实主义意义上的成功，尤其在描写的真实性上的深入程度。文中比较关键的是这一段话：

> 实践文学工农兵的方向，基本标志对作家来说是改造小资产阶级性。就是说与工农兵相结合的目的是为了改造小资产阶级，那么对于作品来说，便是把工农放在客观基础上，真实的在处理。然后要依据这真实性发挥到什么程度，来定作品成功到什么程度，在作品里处理工农的真实程度，同时也就反映了作者自己接近工农与改造自己小资产阶级性的程度。[13]

换句话说，作品本身的真实程度之所以值得称赞，是因为它能反映出作者改造自己的程度。他把柳青和赵树理做了一个对比，认为在理解农民的程度上二人可以并驾齐驱，但在艺术成就上，柳青比赵树理高。在刘雪苇看

"现实主义"专题

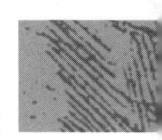

来,《种谷记》"突破了近二十年来无产阶级直接领导革命文学的一个水平——是二十年来描写人民作品的水平得到接近理想的胜利"[13]。他觉得之前写农民最成功的是《阿Q正传》,之后就没有什么成功的写农民的作品,是源于大家对农民的真实处境太隔膜,而《种谷记》突破了这一点,所以是20年来写农民最成功的作品。刘雪苇为什么这么称赞《种谷记》,其针对性何在?我感觉他是要回应全国解放的形势下,解放区的文艺创作水平如何衡量的问题——这个衡量不只要放在根据地、解放区文艺自己的发展历程中,而且要放到整个新文学的传统中。毕竟,随着革命胜利,解放区文艺被推向了全国并被树立为"新的人民文艺"的主流和方向。对于曾经的国统区作家、读者来说,一方面是好奇、关注解放区文艺,另一方面大家私下不免觉得解放区文艺显得较为原始、粗浅,像赵树理的小说类似一种农民文艺。大家从五四的新文学的标准看,尤其是从已经发展到40年代的新文学创作标准看,会觉得解放区文艺太简单,有点不够格。因此,刘雪苇在这里要凸显的是,《种谷记》这种作品哪怕是从经典现实主义的标准来衡量依然是非常有品质的,是20年来写农民写得最好的作品。这是刘雪苇评价的一个基本出发点。

跟刘雪苇看法角度不太一样的是竹可羽的《读〈种谷记〉》(1950年6月,收入《论文学与现实的关系》一书)。竹可羽是站在社会主义现实主义的立场上来评价这部作品。他对于社会主义现实主义有一个比较机械的理解,即深刻的现实主义再加上革命的浪漫主义。以此标准,他觉得《种谷记》里的革命浪漫主义成分还不够。他反驳了刘雪苇的一个意见:刘雪苇认为主人公王加扶憧憬乡村未来那段太知识分子化,不是农民能说得出来的,而竹可羽却认为这段不是写得太过分了、太夸张了,而是还不够,还达不到革命浪漫主义的程度,应该再加强[15]。

当然,关于《种谷记》,最有名的评论来自1950年1月4日在上海召开的"《种谷记》座谈会"。这里面提出的很多意见对柳青后来的创作调整、变化都有不小影响。有意思的是,这个座谈会的参加者,除了像周而复是根据地出来的,剩下基本都来自国统区的进步文艺界。会上最有分量的批评意见来自冯雪峰,他的评论体现了冯风雪峰自己对于现实主义的理解、标准。本来,在他发言之前,几个批评家对《种谷记》都持较为否定的态度,之所以评价不高是因为他们都倾向于拿赵树理来做参照,认为赵树理才写出了农民的真实性。这种以赵树理为标杆的倾向其实是因为解放区文艺所提倡的"赵树理方向"对国统区批评家构成了某种统摄。但冯雪峰的发言扭转了座谈会

29

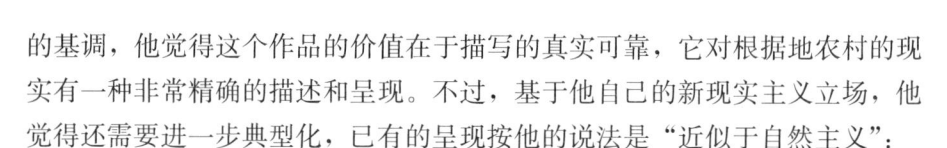

的基调,他觉得这个作品的价值在于描写的真实可靠,它对根据地农村的现实有一种非常精确的描述和呈现。不过,基于他自己的新现实主义立场,他觉得还需要进一步典型化,已有的呈现按他的说法是"近似于自然主义":

> 这个小说的价值是在把抗日根据地陕北一个村庄的面貌介绍给我们,介绍得非常精确和非常详细,一切都是照这个人原来附有的样子,不加改易的加以十分周到的分析。就比如王加扶农会主任也是照他原来的样子,不会有什么增加,这书中的人以及事物,我觉得都是不曾被典型化的人以及事物。这些人和事使我们觉得不但真实,而且真实到非常精确的地步。[16]

其实,我们今天细读《种谷记》这个作品,结合之前提到的那些历史材料,就能看出来,柳青并非只是精确地、不带任何加工地描写现实。从根据地乡村的实际到小说的表现、书写,其实经过了非常多的现实重构和艺术加工,包括典型化和提高。但当时的国统区批评家其实很难体会到其间的曲折、变化,因为他们对于根据地农村复杂的实际状况是很隔膜的,他们反而更容易带着观念想象的色彩去理解解放区农村应有的样子。

冯雪峰提出的另一个批评是小说的矛盾构造和表现、透视不够深入。这也是冯雪峰所一贯主张的,现实主义写作要有一个透视,有一种逼迫读者的力量。像路翎的小说就对读者有逼迫感,有压迫的力量。在这个意义上,冯雪峰觉得《种谷记》的精神强度还不够。但这个问题其实可以反向来思考:柳青之所以能够非常耐心地、精确可靠地对现实进行书写,而不轻易把笔下的人物典型化,这种"近于自然主义"的写法是不是柳青在探索表达一种新的现实感觉、体会时必经的一个阶段?也就是说,不过分典型化对他来说并非写作能力不足的问题,也非认识力、概括力不足的问题,而是试图完整呈现其新的社会感时所尝试的一种路径。这个时期柳青所要努力达到的一个写作状态,是如何通过充分还原、撑开小说中的乡村生活世界来重新看见一个新旧混杂却又朝新方向迈进的乡村社会,而不是像过去的短篇小说那样用抽象的方式、集中概括的方式来构造一种典型情境。所以,我觉得这是一个值得讨论的问题,就是:这种近于自然主义的写法,体现出柳青在写作成长过程中产生的哪些决定性自觉,由此形成他创作成熟过程中不能跳跃的一个阶段?

接下来我们正式进入《种谷记》这部作品的研读。《种谷记》的主题、内容有几个层次:一个层次是"工作",通过写集体安种这样一个临时任务

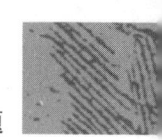

反映当时根据地"变工互助"这类新生事物遭遇的挑战；其次涉及乡村政权的改造，尤其是在民主政权下群众意识的变化、人的成长以及共同体的新变与成熟；另外还有一个重要层次是这个村庄本身，是村庄所连带的整个生活世界，包括环境自然，这个村庄的整体也构成了作者着力去描写、表现的"主人公"。当年在"《种谷记》座谈会"中有批评家指出这个小说比较沉闷，因为它不急着展开情节——其实，小说的后半部分情节明显变快，但开头部分确实写得非常耐心，因为作者就是要深入乡村生活世界的内部去写复杂的现实关系和矛盾构成。所以，我们来解读这个作品的时候，也可以尝试一种方式：先不急着进入情节主线或人物分析，而从理解这个村子来入手，看作者关于这个村庄写了什么，是从哪些方面来写的，所呈现的这些内容有什么样的意味。刚才提到的冯雪峰的评论曾讲因为这个小说描写得精确，所以它不只对当时不熟悉、不了解根据地农村的读者有一种认识上的帮助，而且还具有一种长远的认识价值——多年以后，后来者想要对这一特定历史阶段陕北边区的农村生活有所认识的话，这个作品仍是一个不可替代的文本。我们也可以从中体会到柳青式的新现实主义写作基于什么样的自我要求：他需要对现实、对生活熟悉到什么程度、写到什么程度才算是达到了现实主义的标准。

我们会逐层梳理一下小说对王家沟这个村庄是从哪些层面予以交代和表现的。首先是它的地理位置——地处陕甘宁边区东北边界，属绥德分区，是边区、白区的交接地带。这意味着它不在边区腹地，容易受到局势变动的影响，新政权建立得晚且不够稳定（小说情节的转折点之一是"伊盟事变"引发的忧虑）。整个陕甘宁边区本来是由几个地理自然条件相异的地区构成的，像关中、三边、陇东、绥米等。陕甘宁边区的领导人高岗曾在"七大"报告中讲到绥米地区的特点：中间势力强大（主要是地主士绅），土地集中，由于20世纪30年代红军曾在此地执行过比较激进的土地政策，很多地主士绅在政治立场上普遍摇摆不定。但他们在当地是主导性力量，因此，争取中间势力，对于共产党来说是政权工作中极为重要的问题。所以大家看小说里写到这个村子的大地主王相仙，包括经营地主王国雄，都属于反动政治力量，但新政权也尽量包容他们。一直到小说结尾，王国雄的挑拨离间已暴露并出逃后，干部们还是会给他留一个口子，如果他迷途知返，村庄还是会接纳他。这些都是基于当时的现实状况和政策原则。

从村落更具体的地理条件讲，王家沟是一个比较偏僻的、沿沟形成的山村，靠着五岭河，带有陕北地形的普遍特点——山地多，土地非常分散。小说里结合变工互助的难度对此有专门交代:"地段零散,一家的地东一块西一块,散布在四山里,耕地时两三个人一头驴,一天才弄得一晌,但是种起谷来,一个好受苦人领一个娃娃点籽,一天就是两垧多;假若按户按日轮流,一天的时间便大半跑了路……"⑰这不是个一般性交代,它是结合了集体种谷的必要性以及变工互助会面临的挑战而叙述出来的。高岗"七大"报告中对陕北农民的行动特点和共产党如何因势利导也提出过很有意思的说法:"在这样个体的落后的经济,交通又不便又分散的情况下,农民怎么样呢?那个农民做起事来就慢腾腾的,非常慢。我们要一下做成功,而他要看你的这一套,在他的经验上成不成?""在农村给他们任务是,一个时期给一件事,或者种地,或者给一件其它的什么事。不要给的太多了,给多了他就一件也不办。"⑱小说里所写的"种谷"就是一件基于时令所布置的"小工作",而非长时段的"大工作",更不是轰轰烈烈的群众运动。这种循序渐进式的、积少成多式的工作布置正符合高岗报告中对农民行为习惯的估计。其对应的是40年代中期到土改运动之前,农村政策中较为因地制宜、耐心细致的倾向,其形态大不同于土改之后诉诸全面、迅速、彻底发动的方式。不过,另一方面,这个小说也是选取了一个有点儿紧急的工作来写,目的是使得整个过程、时间紧凑、集中。小说开端处的领任务大致在3月中旬,中间写到桃花镇赶集是3月25号,最后的全村会是在27号,从头到尾应该不到两星期。当然大家读小说时感觉这个过程比较长,是因为它写得较为曲折起伏。

在自然条件之外,直接决定村庄面貌的是村庄的农户构成、经济条件、生产方式以及阶级状况。这个村子一共62户,其中有10户是石匠和木匠。他们工作的规律是正月十五以后就去延安打工,小年之前再回来,平时把收入都寄回家里,村里只留一两垧地,种山药跟南瓜。62户里面有10户出去打工,这个比例并不低。这些人的收入对改善家庭以及村子的经济条件都会起相当作用。柳青1945年写过一个短篇小说,叫《土地的儿子》,里面的主人公李老三翻身的途径就是出去打工做石匠,然后回家买地。除了10户常年在外的,剩下几十户中势力最大的是地主四福堂,他的土地占了全村土地的二分之一。家里三兄弟:大财主跟杜聿明在外面当官(旅长),最小的一个在外面念书,二财主在家看门。这个二财主王相仙在小说里从未露面,但依然是村里不可忽视的势力。他雇了一个伙计种十六垧地,剩余的几百垧地由本村的23户贫困户给他们家种。整个村子的基本阶级构成是1家经营地主、1家富农、4家中农、45家贫农。

"现实主义"专题

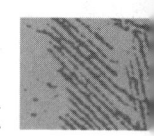

这个村子的经济情况在小说里不是像社会调查似的罗列或说明,而是糅进很多情节和生活场景的细节中穿插着来写。比如有一个细节写到全村吃晚饭的习惯都是借着天光,晚上家里不点灯,为了省灯油。所以到了吃晚饭时,

> 他把饭盆和家什端出来,全家就围坐在院子里吃夜饭了。蓝天上愈来愈加稠密起来的星星,给他们照着亮。为了节省灯油,天一暖和起来,王家沟除两三家富户和学校教员之外,大多数都借着天光吃夜饭,只有在洗家什和脱衣裳睡觉的时候,他们的窗子上才可以看见一霎时麻油灯光的闪亮。现在是全村吃夜饭的时光,每个院子里都围坐着一两簇人,从那里发出咀嚼声和拉话声,农会的院子里自然也沉默不住。[19]

这种场面描写是《种谷记》里不时穿插出现的,既交代生活习惯、经济条件,又富于生活气息,有光影感和声音感。而且这种有质感的、典型的生活细节在小说里不只一次性出现,后面还会有呼应,这样就更增强这种质感的印象。像后面写到开会一章(第八章)时就有这样的呼应:"夜幕严密地蒙盖着王家沟,村里只有四福堂的灰色院和王国雄的新窑院里,灯火透出疏林孤单地照着。此外,受苦人们家里,淡黄的麻油灯光次第倏忽一闪,便都归入茫无边际的黑夜中,婆姨们抚着娃娃睡了觉,男子汉全到学校里开会了。"[20]当地开会的惯例是只有成年男子开会,婆姨、孩子们都留在家里睡觉,睡觉之前会点一次灯脱衣裳,所以每家淡黄的麻油灯光会"次第倏忽一闪",然后归入黑暗。

从生产形态来说,这个地方以种谷、种高粱为主,副业就是拦羊、贩炭。有一个相关场景写得很生动——王加扶打山道上走下来,"从山崖上吃饱了草的羊群,互相摩擦着鼓鼓的肚皮,堵塞了村道。王加扶用烟锅在羊群中给自己拨着路,挤过了两三群羊之后,才到了存起家的大门外头"[21]。这本是一个过场式的日常场景,但写得非常贴切、传神。还有一个层面,按现在社会经济史的说法是关于"经济圈"。小说里写到这个地方有两个集市,一个是桃花镇,一个是正川,桃花镇属于边区,正川在"白地",就是国民党统治区。小说里没有明写,但推测正川应该比桃花镇更大,是等级更高的市镇,因为这个地方有比较正规的学校,小说里提到王国雄是执意把孩子送到正川去上学的。桃花镇每年会有两次骡马大会(三月二十五、九月二十五)。小说里专有一章写骡马大会的场景。另一个环节,大家读小说时一般不太注意,但作者是关注、写到了的,就是村落的庙宇和乡民的宗教信仰。

33

小说里提到农会主任王加扶已经不信鬼了，可是他信不信神还不敢说，言下之意恐怕还是在信。小说结尾处，会场上王加明出来揭发时，点明了这个村子里有几座庙：龙王庙、山神土地庙、老爷庙和"破破烂烂的灵官庙"。庙的主事人就是"善人"王存恩，他每年正月要到各家各户去敛灯油。这个村里还有巫神，小说里交代了他的名字叫王存贵，但也只有一个名字，没有事迹。

从这些零零散散的细节交代里能看出什么？大概可以看出柳青在构思这个小说时对一个村落的方方面面、里里外外有高度拟真的还原和构想，脑子里存了很多人很多事儿，也存了从环境到生产、从习俗到日常生活的各种细节。像村落的布局，家户窑院位置关系，包括寺庙学校，在他脑子里都有一幅地图式的构思，几乎没有什么遗漏。

在村庄的空间构成方面，核心是各家的窑院。小说里重点写了几个主要人物家的窑院，一个是行政主任王克俭的，一个是农会主任王加扶的，还有一个是"模范"王存起的，再有就是反面人物王国雄家的院子。其中刻画最细致的是王克俭家。王克俭这个人物是真正拥有家庭空间的，小说里他是个着力经营家业的人，他的家窑（包括那洞藏粮、藏物的暗窑）就是他的堡垒，是他的理想寄托之地。他的家庭关系、家庭空间是最丰富，也是最"写实"的。而其他的人物，像王加扶、王存起，好像也写到了家的内景，可实际上他们的家庭不是一个人物充分活动的空间。他们的活动空间更多是在"公"的场所。这就涉及村子几个重要的公共空间。一个是教员赵德铭所在的小学，它变成村子里面开会的主要场所，全村正式的会议或干部会都要在小学里开。另一个是非正式的、自发的公共场所"桥头人市"。每天傍晚时分，很多"受苦人"干完活儿、下了工就自发到桥头去聚集，聊天、议论长短。这个地方就成了村里公共舆论的一个集散地。与小学这一富于官方色彩的空间有关的一个新事物是教员赵德铭的黑板报。教员对这个黑板报非常投入，一刮大风就赶紧去看黑板有没有被吹坏。这里面带有柳青自己的工作经验。柳青自己在村里工作时就非常重视黑板报，因为它可以把从国内外大形势到本村的变工互助之类消息都及时反映出来，变成消息传递出去。一个办得好的黑板报就相当于一份本村的报纸，能让老百姓把自己的生活与外面的世界联系起来。

还有一个小说构造里面作用非常突出的层面，就是它的风景描写，乡土自然的描写。我在"材料三"里把这部小说里关于风景、自然、风物的描写做了一个摘抄，按从前到后的顺序排列。大家可以从中看出它的变化过程。

"现实主义"专题

总的来说，作者写村庄自然写得很有生机，或者说是着意表现、刻画自然的生机。这种生机感与刚才讲到的作者在写窑户院内景时的笔法形成一定反差。因为窑户院的内景常常显得比较昏暗，无论先进人物、落后人物，其家庭气氛均有些压抑，带着生活的"苦味"，与劳动的艰苦、精神生活的单调之间形成一种搭配。但外景的自然景色是很阔大的，甚至越来越明媚、清新，有种生机勃勃的感觉。从这个角度讲，它构成了小说不可或缺的底色衬托。如果没有这些风景描写，小说的色调会阴暗很多，阴沉色调下写新人新事难免显得缺乏支撑。因为柳青笔下这个王家沟的典型性恰好基于它是一个新旧交杂的村庄，还没有经过某种全面的改造，绝大多数村民尚处在自然经济、传统劳动和保守家庭关系下被决定、被束缚的状态，人的精神状态还没有发生真正的变化。相比之下，描写乡土自然的色调，包括描写自然的态度随着情节展开而愈发舒展的变化，本身就带有一种象征性和衬托作用。

就这点来说，可以做一个对比。柳青在1942年曾回过一次老家吴堡，回来后写了一篇小说《在故乡》。《在故乡》的开头就是一段对故乡风景的描写，大家可以做一个对比：

> 我牵着那匹因竟日的奔驰而疲惫了的白马，行近我们的村子时，似乎愈来愈觉得初春的阳光更加温暖。那黄秃秃的土山，和散布在山洼里赤条条的白杨树，甚至零落在路旁的碎石块，都给我以一种熟识和亲切的感觉。我一边走着，一边张望着四周，心想发现眼前的故乡同记忆的故乡有些什么差别。昏鸦哇哇地叫着，从这壁山崖上唰唰地飞到那壁山崖上去。牧人们领着一群一群的归羊，在村道上簇拥而过，咩咩的叫声淹没了村子里的一切动静。这村子一片节节排排的农家住宅，静穆地摆在晚来的炊烟底下……
>
> "还是那样，"我走着，还暗自想道，"故乡还是那样一个寂静的山村！"[22]

不难看出，这里的遣词、基调都仿照鲁迅的《故乡》，突出一种萧瑟、寂寞的感觉，构成主人公心境的外化。但到了《种谷记》的时候，景色的描写变得明亮得多。而且作者写风景的时候经常跟情节配合在一起，带着一种风俗史的书写方式。它实际上是和人的活动、人的生活场景、日常生活的空间特别结合在一起。像后面有一大段集中写下雨，就是因为安种这个工作有时令性，适于下雨后动手，所以大家对下雨都翘首以盼。小说里写到大家开着会，很多人就不时跑出去看天。所以最终下起的大雨就给人舒心、痛快的感觉，而雨后新晴的景色又显得格外清新：

> 小河涨了，变得像阴沟里淌出来的脏水一般浑浊，从山渠里冲下来的腐朽的芦草根，鸟雀孵过卵的破蛋壳，以及从道路上流下去的羊粪珠、驴粪渣……都在河水中漂走了。无法计数的蝌蚪在人们不知不觉中变成了青蛙；它们不知是逃避不洁的河水沾污，抑或出来享受这雨后清晨的舒畅，都爬到地上来，在沟滩里、道路上彼此交替着，做无目标的跳跃，使得早晨下河沟来的人脚下很是不便，似乎稍一不慎，一跷脚便会踩烂几个适才蜕化的小生命……㉓

这看上去是写自然，可又是与老百姓的喜悦心情相搭配的。所以后面马上就写"受苦人"的跃跃欲试：

> 受苦人到处活动着，拉谈着。他们起来，差不多每个人都是遵照着这样的顺序活动的，出得门限便仰头看天象，判断是否还有下雨的可能；随即拿了一把镢头到大门外边的空地上掏一两下，看看雨是否下饱湿了；然后有的去井上担水，有的拿着准备用以种谷的锄头，到小河里找一块合适的石盘磨起来了。在王家沟的沟里，从村前头王加明的坡底下起直到村后头灵官庙下边，约莫有不下一百处磨农具的地方；不知从什么朝代起，他们的祖先使用锄头、镢头、镰刀和铧磨下的痕迹，虽说被浑水淹没着，他们闭着眼睛都可以找到。裤子卷在膝盖以上，站在打到腿肚的河水里，满沟都是这磨锄的人，锄头在石盘上发出的刺耳的金属声，形成了充满全村的大合奏。虽在早饭的炊烟萦绕中依然飘着几点疏雨，但河沟里的人戴着破草帽紧张工作着，因为雨一住，天一晴便要种谷了。㉔

前面梳理了一下这个村庄的基本情况，接下来集中分析一下小说所呈现的村庄经历的政治过程，新政权是怎么样一步一步进入这个乡村社会的，村庄的"政治"又是如何变化的。之前讲到过绥米地区是1940年以后才划归边区，加上处于与白区的交接地带，其政治与社会的改造步骤均较为谨慎。王家沟这类村子中原本起支配性作用的首先是地主。小说对此的设定是，四福堂作为王家沟的首户一向保守、落后，对新政权持消极不合作态度，开会从来不到场。经营地主王国雄更是比较反动、起破坏作用的人物。这种人物设置放到当时边区环境来看或许具有相当的代表性、典型性，但如果放在当时"统一战线"的政策语境中，又显得阶级身份与政治态度间有太强的决定性。为了加以平衡，小说里专门设置了一个对比，就是在布置种谷工作时，

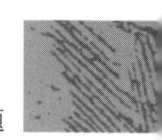

各个村之间彼此挑战，对王家沟发起挑战的是旁边的一个村子——白家沟，这个白家沟就有一个开明地主白三，他对新政权号召的各种工作都积极配合，使得白家沟成了一个工作先进村。这种对比设置背后有一层政策性的含义：在根据地依然实行"三三制"的阶段，地主也是团结对象，他并不必然被排斥在政权之外或被视为敌对，而要具体地看这个地主是开明还是保守、反动，那些有开明地主的村子会被视为"条件好"的村，它们更容易在各项工作中领先、带头。这与土改运动后把地主阶级整体视为反动有很大区别。因此，王家沟地主被设定为保守、落后，既是一种现实反映，也为了设置工作难度，突出新旧混杂、交织中旧的一面之顽固。

　　王家沟划入边区后政权改造的第一步是废除保甲制实行乡选。这也是共产党进入新区普遍采取的步骤，就是先推行一种形式上的民主，虽然在旧势力未清算、新势力未养成的情况下，往往这种选举流于形式，但这种形式民主的推行也是一种群众教育，让大家逐步意识到新政权是要让老百姓做主的，只是这种意识的扭转需要相当的时间，并不追求一步到位。王家沟在第一次乡选中，由二财主推举了王克俭来做行政主任，以方便其幕后控制。第二次乡选，小说中交代是在1942年，王克俭本来不想干了，但从能力来讲，一般村民中很少有能替代他的，所以他不得不连任。小说里末尾交代1943年10月的时候将会有第三次乡选。之所以几乎每年要搞一次乡选，就是要随着老百姓意识的变化、提高，争取选出群众真正拥护的代表，实现乡村基层政权的改造。不过需要理解和强调的是，这时的边区政府对基层，尤其是村落，处于一种"弱控制"状态。毕竟，在"三三制"框架下，政府足以调动的政治、经济手段有限，政府推行政策时更多要通过号召、指示、倡导、引导的方式，而不便采取施加压力的方式，更不用说命令强制了。像《种谷记》里所写的集体安种这个工作就是政府所提倡号召的，但政府并不能为推行这一工作提供多少实质性支持（如在推动互助合作时对"试办社"在经济、贷款、技术、管理方面有一系列倾斜、优惠政策），能否顺利实现更多依靠基层干部、积极分子的责任心和主动性。这时的党组织虽然在农村基层已经发展起来，但仍处于半地下状态，不能直接出面发挥作用，加上新发展的农村党员和积极分子的诸种条件限制、经验不足（这正是《种谷记》所着力表现的），就使得乡村里的新旧争夺中旧势力仍会很大程度上占据上风，旧思想、旧意识、旧风俗、旧行为习惯依然处于支配地位。在此整体态势下，乡村政权的改造必然是缓慢、曲折的。比如，搞乡选的初衷是为了赋予老百姓民主权利，调动大家的当家作主的意识，但处于旧意识轨道中的老百姓对选举这种民主权利并不理解，不觉得自己需要这个东西。小说结尾时，程区长有一段讲话就专门回顾了当初大家对选举的冷漠：

> 边区是讲民主的地方，但是不管在哪里，没有经济的民主，便没有政治的民主。他举出减租以前边区的两次普选（乡、县、边区政府的三级选举）的例子，那时候，群众必须经过宣传动员，众人才来投票，甚至需要干部或积极分子到地里去叫他们；老百姓因为忙过穷日子，不愿误工，钻在最不被人注意的地方避免当选，其次便是群众还怕地主，不得不跟他们跑，投他们所提候选人的票，因为他们不愿放弃他们几千年在农村里的统治权，而自己又不愿抛头露面，所以便提出可以替自己办事的人，至少不会反对他们的人当选，这些人做行政工作是"应卯"，不能替众人服务。⑮

从乡选这个线索来说，我们可以注意到《种谷记》的一个深层主题。一般来看，《种谷记》的主题好像就是写变工互助，但实际上它的潜在主题，并且是更核心的一个主题是在写乡村政权的改造，以此来呈现一个传统乡村社会由旧向新转变中的关键步骤与曲折。如果只写种谷这个工作，只写变工互助的话，小说到第十七章基本就可以结束了，因为这时已顺利完成了集体种谷的组织，之前面临的一些矛盾已陆续解决。之所以在此之后又特意安排了一个反复、挫败，就是要把小说主题引向另一个层次，使得之前积蓄的矛盾真正爆发出来，而不是在一个具体工作中被解决掉。就此来看，整个小说的高潮是最后的"大闹行政"——全村群众站出来主动要求撤换行政主任王克俭。这里面的关键动因还不在于王克俭曾是地主代理人，所以要撤换他，或者说由于撤换了他就实现了群众当家做主。如果这样看的话，就依然是从结果上赋予其意义，但实际上它的真正意义存在于它的过程中：它不是正常的改选，且这个撤换的要求是群众自己提出来的，既非上级指示、暗示的，也不是村里的党员干部主张、牵头的，这意味着在此过程中，群众开始显现自己的主人翁意识，开始决心要行使自己的决定权。这里面就有一个很鲜明的对比：最早乡选的时候是政府赋予老百姓投票权、决定权，可是大家都躲，都觉得根本不需要这个投票权；那在什么样的状况下，什么样的条件下，经过怎样的过程，就变成老百姓要主动去行使这个权利了呢？由此涉及这部小说真正属于政策、原则层面的一系列书写。

为什么后来群众对王克俭那么不满，一定要把他换掉？表面看，是因为王克俭破坏了变工互助，大家本来商量好要集体安种，最后他自己一个人跑

"现实主义"专题

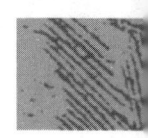

去下种了。不过,既然传统生产习惯本来就是各家各自安种,纵然王克俭不跟大家打招呼自己安种,也只是显露自私而已,为何会激怒大家?其中关键来自之前在发动集体安种这个工作的过程中,以王加扶为代表的干部坚持贯彻了一种民主的做法,这种民主还不是什么投票之类的现代权利意义上的民主,而是较为原始意义上的,但也更符合老百姓意识的、朴素的民主做法——有什么事和大家商量着来,耐心地商量,充分征求大家的意见。在一开始接过上级布置组织集体安种时,村干部们曾提出过几个不同的方案。首先王克俭就认为这是个形式化的工作,对付一下就可以,根本就不用费力重新去组织,也不必和群众商量,既然村子里已经有五个居民小组,每个居民小组有一个参议员,那每个居民小组就是一个互助组,参议员就是组长,就按这个做一个报表报上去就好了。另一个极端方案是教员赵德铭的,他认为村里原有的互助组很分散,地也分散,而种谷点种需要集中,如果按原来的组进行点种的话效率会很低,跑来跑去时间都花在了跑路上,所以他提出一个激进计划:把原有的几个互助组拆开重组,按照地块的远近重新组织,五六个人一个组,按天算工时。王加扶立刻觉得这根本不可能实现,因为不能把村民想象成军队或者机关那样,好比分了五个组,"哗哗哗"大家一站队这个组就分成了,现有的互助组很多是按照亲戚关系、亲疏关系组织起来的,尚且不稳定,把原来的组打破了以后肯定新的更难组织起来。他这话藏在心里没说出来,但他反对这样做,因为这等于是强迫命令,而且肯定做不成。所以王加扶在这个事情上面非常坚持原则,就是一定要自愿,虽然这样做起来很麻烦。那怎么能够自愿?就得跟大家在下面做工作,挨家挨户商量,说服大家,取得各家各户的同意、首肯,然后再拿到全村会上去表决。这个第一次全村会就是小说的第一个高潮。会上当然也有人反对,有人消极,但最后大家通过了共同认可的一个决议,就是实行集体种谷。后来,王克俭去赶集时听到伊盟事变的消息,觉得边区形势有变,这个事恐怕做不成了,就甩开别人,也不跟人打招呼,就自己跑去给自家安种。由此激起的大家的愤怒其实不能单从安种这个事儿上去理解,因为种谷是一个"弱工作",先种一天、后种一天,未必大家会有多大损失。大家的气愤源于他不尊重大家的民主决议,不拿大家的决定当回事儿:这个事儿既然在全村会上通过了,代表大家都认可,为什么你就可以不遵守?而且你不遵守你也不跟大家说,跟谁都不打招呼,你自己一个人就去种?这是大家被激怒的一个点。(与之形成对照的是之前王加扶充分和大家商量、逐一说服,不是直接拿方案到会上去表决,因此,虽然很多人未必对集体安种多热心,但既然农会主

39

任挨个跟大家打了招呼，在这种无关大局的事情上面就没必要刻意不配合。）所以最后就产生了自发的集体罢免行动。这个罢免既非上级指示的，也不是村干部发动的，而是大家聚在桥头人市上议论这个事，不满越来越集中，随着有人挑头说要罢免行政主任，所有人就都呐喊起来了，形成了一个集体的、一致的行动。

这个行动意味着村民主动要求去行使民主权利，而且这一要求很快得到了上级的认可、鼓励。程区长下来跟大家讲话的时候，马上就宣布尊重大家的意见，行政主任立刻撤换。这样一来，不仅肯定了群众行使民主权利的意愿，也加强了这一临时行动所凝聚起来的团结意识。在这个过程里面，群众实现了一种自我教育和自我成长。这样一种新的全村的团结，是让群众感觉到自己民主力量前提下的团结。所以这个小说很重要的一个政治主题是怎么样通过真正的、实质的、朴素的民主来实现团结，包括干部的团结、全村的团结。这种团结所形成的集体意识一方面是以传统的乡村共同体意识为底色的，但另一方面又是经过了现代革命思想和实践方式调动、改造的。这个"民主－团结"其实是20世纪40年代中期根据地、解放区一个非常核心的政治命题。那个时候的中央文件、政策文献经常提这个问题，就是怎么样通过民主达到团结。在抗战时期，总的路线是统一战线，是要把社会各阶层、各阶级团结起来进行抗战，但同时这种团结又要伴随着社会改造，并不是无原则或权宜式的团结，因此，整个社会以及各阶级、各阶层都要经过一种民主的改造，这个民主中既包含让人民当家作主，包括给民众赋权，也包含对各种反民主因素、对各种保守反动势力的斗争。只是这种斗争的目的不是造成分裂，而是要形成更牢固、更健康、更有机的团结。到了抗战结束，经过土改运动等充分调动阶级斗争的政治过程后，"民主－团结"的主题渐渐被"人民共和"取代，这个"人民"概念里包含了对最大多数的团结，但也预设了对敌对阶级（像地主阶级）的整体性排斥。

前面围绕乡选问题讲了第一轮政权改造。可以看到其实乡选一开始并没有真触及、触动乡村原有的构成、构造，它是经历了一个较长的过程后才慢慢发挥作用。我们回到《种谷记》涉及的乡村改造的最初几个步骤上去。其中，真正触及乡村社会的首先是减租算账，小说里面交代1943年王家沟搞了减租算账。它的一个主要成果就是把地主四福堂斗倒了。原有的支配势力倒了台，才使得"从前不问一点村事的受苦人掌握了大权"，"农会主任、副主任、自卫军排班长……都变成'紧急分子'了，一有点事竭力往人前边挤。又是生产，又是文教，弄得神人不安——不是订农户计划，便是组织变

"现实主义"专题

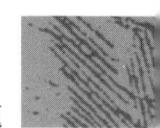

工队；不是动员合作社股金，便是组织妇纺小组、识字班、读报会、黑板报"。㉖换句话说，所有"新政"，一系列社会改造的举措，都是在减租算账以后才开始真正落实、实施的。这也反映出程区长在讲话里面特别强调的经济民主跟政治民主的关系——一定要先有经济民主，才有政治民主，光给老百姓许诺选举权、投票权是不够的，你得真的改变他的土地关系、财产关系，他有了权、有了土地、有了生产发家的方式以后，才会发展出积极的政治民主的可能。我们如果对照之前《柳青传》里记录的那部分材料，可以意识到其实减租算账在边区来说是一个很大的挑战，它的过程并不那么顺利，碰到的阻力非常多，而且有一个曲折、反复的过程。像《柳青传》里讲的柳青当年费很大劲处理的土地买卖风潮，其实对于乡村原有的社会经济秩序形成很大冲击，需要较长的时间消化。《种谷记》里面对这部分表现得并不太多，但也有所涉及。比如它里面有一个很有意思的人物叫王加明，外号"大汉"，他的特殊处境就和之前的减租算账很有关系。他在减租前夕把地撂了。他原来是给四福堂种地的，后来起了争执，就赌气说：我不种你的地了，把地还给你。结果接下来就开始推行减租算账。本来如果他没撂地的话，减租对他来说是很有好处的，但因为撂了地，他就没占着便宜，后来有点翻不过身来，必须得靠贩炭之类来弥补，这造成他一直有一种吃亏心理，心存怨气。所以不是说减租必然使农民都受益，而且它带来的冲击和变化有些部分是很曲折的。

减租之后的进一步"新政"是1942年左右开始的"大生产运动"。小说里交代1942年冬天县里召开了劳动英雄大会，王加扶就在这个会上当选了劳动英雄。这个时候已经开始推行"劳动英雄制度"，就是通过表彰劳模和先进模范来树立典型经验，再以典型经验宣传、推动新的工作方法。小说里写这个县的模范村是郭家湾，曾在县劳动英雄大会上做典型报告。王加扶在下面听着就很惭愧，越听越觉得自己这个村子不行，人家那个村子怎么什么都那么先进，什么都那么模范，自己村子条件太差，工作也费力、推不动，什么工作下来以后这个村子里都不能齐心一致。这里面可以注意的是对王家沟的一个基本设定：这个村子有一个劳动英雄王加扶，有一个带头人，然而整体来说它不是一个模范村，它创造模范村的条件并不好——它的地主保守，消极不配合，它的行政主任王克俭也比较弱，是个工作不积极，较为自私自利的中农，整个的所谓进步力量、进步势力在这个村子里面显得势单力薄。所以王加扶他们这些所谓"新人"在推动工作时常常遭遇非常多阻力，总感觉推不动。

随着生产运动展开的是组织变工互助，这是春耕开始以后的一个工作，也是从生产组织入手改造农村的一个主要推动方向。小说里写村子的情况就是开始的时候大家都很新鲜积极："全村百分之九十五以上的人家，都参加了变工队，吃了'齐心猪'，通过了变工公约……当时，谁要是找不到变工的对象，谁便像带着狐臭找不到婚嫁的对象一样不光彩。"②起初有点一哄而起，但过了没几天就不行了。生产条件好、能力强的王克俭先打了退堂鼓，既然行政主任带头退出，互助组也就接二连三地垮台了，或者今天变工明天不变工，形成自流。这在边区推动变工互助的初期是普遍存在的过程。以前读书会讨论过史敬棠编的《中国农业合作化运动史料》，其上卷很多资料记录根据地变工互助的早期情况都是如此，开始组织得快，垮得也快。一个原因是早期的变工组织比较严格遵循自愿原则，反对强迫命令，或者说没有条件强迫命令。这种自发的组织并不好维系，农民还是习惯以户为单位的生产，户与户之间协作很容易产生各种矛盾。《种谷记》里就很生动地还原了各种类型互助组的构成方式以及它们各自遭遇的矛盾。从中可以看出，坚持下来的几个组或者彼此有亲属关系，或者原来就关系比较密切，互相看着顺眼，生产水平也比较接近。但这些组固然可以维系得久可也不愿意再扩大，不愿意吸收外面人参加，怕拉进来以后处不来，更不愿意吸收生产条件不好的，怕吃亏。这与互助组既要向长期互助发展又要争取扩大、以富带贫的发展目的显然构成落差。剩下个别条件不好而仍能坚持的组就特别要靠积极分子来支撑。

事实上，组织变工互助是锻炼培养农村积极分子和党员干部的一个重要途径。之前提到过，当时农村党员的家庭、生产条件通常比较差，他们很多是贫农、佃农、长工出身，没有文化，属于社会当中被压得很底层的那批人，他们很少有机会锻炼领导能力、组织能力、表达能力，而组织变工互助，能让他们先承担起组织劳动的任务，通过这种小规模的、可以发挥生产特长的组织逐渐培养领导能力和树立起威望。小说里面写互助组刻画得最完整的是"模范"王存起那组，整整写了一章。这个组有六七个人，个个是奇葩，而且还互有很深的矛盾、解不开的疙瘩，纯靠王存起这个"模范"咬牙撑下来，他得跟这个做工作跟那个做工作，有时还得说谎，骗骗这个骗骗那个，最后才把互助组勉强巩固下来。这一章对人物的刻画非常"写实"，且带着很强的喜剧色彩。

接下来要梳理一下村里的行政系统。王克俭是村的行政主任，相当于村长，他之前是个老甲长，非常会办"公事"，就是保甲长要应付的那些公粮、

"现实主义"专题

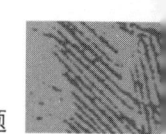

支差之类。旧政权对村庄的要求是汲取性的，完粮、纳税、支差，不会搞什么减租减息、互助合作之类调动村庄自己能动状态的工作。他的工作基本属于事务性的，都是"差事"，不带政治性，也不需要理解、思考。王克俭做这种"差事"性质的工作一向很干练，况且新政权也需要村长做很多"差事"性质的工作，这方面他挺称职，也愿意做，但他对变工、识字之类涉及乡村改造的"新工作"一概不感兴趣。他作为一个生产条件优越的中农显然认为如何种地之类事情是不需要政府干预、操心的。在行政系统之外，从政治影响力上讲，起要害作用的是村里党的系统。这个村子没有明确说建立了党支部，但有四个党员：农会主任王加扶，农会副主任福子，自卫军排长维宝，还有一个"模范"王存起。这四个人再加上外来的小学教员赵德铭构成了村子里新工作的核心。值得注意的是，当时根据地的党员身份是不公开的，村民并不知道谁是党员。所以王国雄在背后管他们叫"暗部"，因为他们常在私下合计，在背后推动工作。那他们的工作方式是怎样的呢？大家可以看小说里写种谷工作布置下来以后，会先开一个干部会——四个党员加行政主任加教员，几个人碰头商量。这个商量的过程并不顺利，于是，会后几个党员私下开了个碰头会，商量怎么推动这个事儿。他们的商量结果使得第一次村民会取得了成功。但对此，王克俭颇有不满，他觉得这些"暗部"老是自己在一块捏咕，防着他。相应，这些党员积极分子对王克俭也很不满，觉得他太消极。这种不满的累积使得他们更不愿意跟他去谈，去沟通，由此形成一种心结和潜在的对立。这显然不是一种正常、健康的关系，所以到小说结尾，王克俭被罢免后，这些党员也有一个自我检讨，就是觉得应该早点儿去帮助王克俭，不该基于情绪疏远他，就党员立场来说这显然是一种不成熟。

事实上，柳青笔下的王家沟党员、积极分子都有各自的缺点、缺陷。这就造成了在工作的时候他们中并没有一个绝对的主导，相对的主导者是农会主任王加扶，可王加扶也是一个比较谨慎、弱势、不够自信的人。由此形成的一个好处是：所有的工作、决定都得大家商量着来，有点儿像一种自发的集体领导。按说王加扶是劳动英雄，又是农会主任，应该是个可以主导、决断的人，但他的性格设置是常常自我怀疑。而且这些干部之间私下不免互相抱怨：比如教员赵德铭觉得王加扶做事太"面"，农民性强，王加扶则认为赵德铭很多想法不切实际，过于理想化和激进，维宝也觉得赵德铭知识分子气重。不过，他们互相之间的抱怨、意见并没有发展成公开的矛盾或冲突。面对工作的时候，他们依然能彼此商量合作。除了这几个人之外，还有一个

43

起到比较关键作用的党外积极分子，就是六老汉。他对党员、积极分子不断起到督促的作用。

除了村里的行政、干部系统外，还有一个值得注意的层面是这个村子跟上级的关系，就是跟乡、区、县之间的关系。从这层面的描写可以看出，小说要重点表现的是整风运动之后边区基层工作作风的转变。像小说里写乡长跟乡文书经常下乡巡回，轮流到各村去办公，背着一个蓝布包，所有政府的图记、条例、材料、笔墨都在里面装着，到了任何一个地方以后可以随时现场办公。区政府也完全没有衙门气。作者是通过王克俭的眼光，用一种比较抱怨的口气来讲区公署的：

> 区公署的办公处随常像冷清的寺院一样，只留着一两个看门的人，而工作人员却都背着粗蓝布挂包，拖着棍子分头在四乡奔跑，叫受苦人多上粪、多锄草，宣传栽树，一有工夫便溜崖、拍畔、增加耕地。难道这不是多余的吗？哪一个受苦人不懂这些呢？乡政府的门上老挂一把铁锁，窑里的桌椅板凳上到处覆盖着一层灰尘，乡长和乡文书则像讨饭的叫花子一样，一夜换一个睡觉的地方，把人家往地里送的粪，栽活的树，溜的崖，拍的畔，甚至挖的水沟的数目都填到表里去了。而有人要找他们开路条，打介绍，或者说理，却必须逢人打听他们的去向，到处追赶；你追至王庄，又听说他们早到了李村。这像什么公家，什么衙门？[28]

但这种四处流动的工作方式与王家沟之间又构成什么样的关系？前面讲过，王家沟是一个比较偏僻的村子，它与乡、区政府之间有一定距离，这造成村子平时开会、布置工作的时候，乡区干部一般是不会到场，没法给干部们"站台"的。这客观造成王加扶这些人必须得独立工作，你不能指望说开会、动员、布置的时候乡长来站一下台或替你讲一下话，或帮你处理难题。这其实是很值得注意的状态。因为小说里也专门安排了一个对比，就是王克俭的大闺女嫁到了外村吴家，她公公家所在的村子就是一个核心村，什么区公署，什么乡政府，都在这个村子。所以她回王家沟省亲时就奇怪：你们村子开会乡长之类的都不来吗，我们村子一般开会上级都是派干部来参加的。有没有上级干部来参加，其实很关键。我们看王家沟的种谷过程，一开始的布置是由区下派的一个助理员按照指示信来传达的，这是县里的一个指示，由助理传达，教员和农会在乡政府领任务。从领任务到执行、开展工作的整个过程里都没有一个上级领导或下派干部的帮助。其间只有乡长和乡文书来

"现实主义"专题

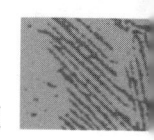

检查过一次工作，觉得他们工作做得不错，但他们当时觉得自己其实问题很大，碰到了挺多困难，但乡长、乡文书说你们已经没太多的问题了，待了一晚上就走了。最后一个关键的时刻是工作真的碰到危机了——本来种谷已经组织好了，结果因为王克俭的自私，眼看工作要垮台、崩盘，干部们就急着要找上级帮忙，他们认为自己是独立处理不了的，因为换行政之类的决定必须得到上级批准，所以赶紧给乡里写信。写信的时候，小说里讲本来不认字的王加扶也死盯着信纸，叮嘱一定要把情况写得严重些，让上级充分意识到紧急性。结果信送到乡里去，正赶上区长就在这个乡里，所以最后是区长和乡长一起到王家沟。区长的讲话高屋建瓴，很有政策水平，大家都心服口服，也就顺利地解决了危机。但这个情节设计，大家如果细想的话，其实是太过偶然、理想。如果按照小说之前交代的，区长他们成天在下面四处跑，这个信送到乡里就碰巧能赶上区长在，实在是几率很小的事情。假如这些上级干部都不在的话，都找不到的话，村里的危机如何收场？很可能这个工作就彻底失败了。因为撤换行政之类的吁求是区长才能拍板同意的。如果撤换没有在当天实现，没有及时拍板的话，对群众高涨的情绪会有很大打击。如小说中所写，很多人已经做好准备了，如果不马上出个结果，他们第二天就要自己去下种了。所以如果上级不及时到场的话，这就不是一个团结、提升的结局，而变成一个涣散、失败的结局。这里面始终存在的一个问题是这些村干部独立工作能力、解决问题能力的不足，遇事习惯性地依赖上级。这种特点放到当时的历史条件、历史状况中去衡量是非常真实的。因此，柳青的这种看似诉诸偶然性来解决问题实则暴露不足的情节安排也是他的现实主义分寸感的一种体现。他没有脱离历史地把这种人物难以克服的不足作为小说的一种主要矛盾勉强地试图从内部、从人物的成长上去解决。这个问题其实要等到柳青写《创业史》的时候，等到写梁生宝这样的新条件下的新人成长时，再去正面回应、解决。所以大家看梁生宝这个人物在思想意识上是有高度自主性的，他能够独立得出和上级，甚至和中央正确指示一致的思想认识。《创业史》里有一章专门写梁生宝跟县委书记的交流谈话，讨论互助合作的组织原则，虽然表达的方式、语言使用不同，但梁生宝对"正确"原则的把握绝不在领导之下，意味着他能基于他自己的经验体会而自然地与中央的正确路线达成一致。这样一种对社会主义新人所能达到的认识水平的刻画与《种谷记》里写新人的笔法已经拉开了很大距离。

后面一个部分要梳理一下村庄的家户和村民，涉及这个村子里的各种人物构成。这方面《种谷记》表现出几个特点：首先是作者对全村人物构想得

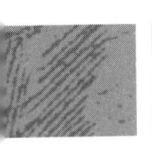

非常全面、完整。我算了一下，作者提到的村里有名有姓的人物加没名没姓的将近100人。之前讲过这个村子一共62户，100人来说的话，覆盖了大部分家户。可以看出，柳青在构思小说的时候，脑子里面几乎是把整个村子都装进去了，这是个挺值得琢磨的写法。在"《种谷记》座谈会"上魏金枝他们曾提出意见说，小说没必要写这么多人，人物十个以内就可以了，那样可以写得集中，重点突出，现在这样写了几十个人，读者根本记不清楚。大家看这个小说时确实会碰到这方面的困难：很多人有个名字，前面有一闪而过的表现，等后面再出现的时候，你已经把这个人忘掉了。尤其难记清的是彼此的人物关系，因为它的人物关系会力图还原村庄里的人际关系，很多人彼此间有亲属关联（这个村子是同姓村，几乎都姓王，从他们的字辈可以看出辈分差别，但名字的相近也造成一种阅读障碍），又叠加上亲疏远近和矛盾纠葛，颇为复杂，但很多关系层次只能简单交代，来不及展开叙述，因此并不容易记住。不过，反过来说，如果小说里的人物集中在十个人左右的话，可能人物情节会更集中、紧凑、清晰，但整个村庄给人的感觉就不会那么丰富，不会那么充分、准确地还原村庄的社会关系与层次。

小说的另一个特点是人物尽量个性化。除了几个主要人物外，它的许多人物我们可以称之为"人物细胞"，就是来不及展开描写，但都颇有特点，有浓厚的生活基础，很多人物可以撑开各自的空间，每个细胞有成长为饱满人物的可能。因为篇幅限制，很多人物还只具雏形，但可以看出它有比较坚实的形象基础。人物细胞通常可以有机地结合进情节，之间不是罗列、平行的状态，而是组合进一系列有规定性的人物关系中。比如王克俭找变工对象那段，他找的人都是他自己看得上、能接近的，跟他较为一致的，借此就带出了几户中农形象。而且在形象塑造上，作者很注意以行动性表现来刻画人物，而不停留于外在刻画。相比之下，左翼文学或根据地农村小说中，很多作者会以集中的外貌描写来突出人物形象。比如欧阳山的《高干大》里，主人公高干大出场时就有一段专门的外貌描写："一个年纪四十五六，长方脸儿，两撇胡子，歪下巴，歪嘴的黑大个蹲在地上，其实年纪虽不小，可是骨骼粗大，手脚有劲，胡须头发都是乌黑乌黑的，脸上皱纹很多，不过不显得老。两眼精明通透，像两颗黑宝石一样。"[20]这种外貌描写不是有机地结合在一个情景或人物动作过程当中，而变成较为孤立的一种外形描述。这种静态的描写常出现在农村题材小说中，而且老把农民写得有点儿奇形怪状。而柳青通常都是以行动来写人，让读者通过人物的言谈举止、与人交往的态度以及别人对他的看法去感知这个人，而不是描绘他长什么样。《种谷记》里的

很多主要角色，像王加扶、王克俭什么的，读者如果回想的话，未必记得这个人物的高矮胖瘦之类，小说里基本没写，但会对他的行为举止、态度原则、脾气秉性和思想性格，即这个人物动态、活气的一面有印象。

至于小说中怎么写次要人物，可以通过一个例子说明。有一个人物叫王天佑，在小说里前后出现过两次。第一次出现是他找王克俭借驴。因为王克俭在找互助对象时认为他爹王加诚人厚道、本色，是个"好成色"，考虑加入他做组长的那一组，双方已经谈好了。王天佑作为王加诚的儿子就被派来王克俭家借驴，不想王克俭特别宝贵他那个驴，生怕别人不小心伤了牲口，同用驴大剌剌的王天佑起了冲突，小伙子甩手而去。不难看出，这个小伙子的气性很大，两句话就吵翻了，同时，他对王克俭能摆出这副不耐烦的态度也是因为家里同王克俭家生产经济条件相当，都是家业兴盛的中农户，他并不怕这个行政主任。等到他第二次出现的时候，已经到了小说结尾处罢免王克俭的全村会上。大家在围攻王克俭时，陆续有几个人站出来揭短，这时王天佑就跳出来了，把他原来借驴吵架的事儿拿出来说。这番表现就显得这个小伙子报复心有点儿重，受不得气。他爹王加诚在这种处境下开始时是特别拦着他儿子的，毕竟他跟王克俭都是中农，属于村里受尊敬的，原先关系不错，况且出于厚道认为不应该在人家倒霉时落井下石。结果没想到王克俭掉过头来威胁王天佑，说你把我说得太不像人了，你要想想现在天是阴的，没准哪天天还会晴，等于说将来会有翻天算账的一天。然后王加诚就被激怒了，回过头来也开始批评王克俭。像王天佑、王加诚这些人在小说中都属于次要角色、人物细胞，在作品中只闪现一两次，但它的线拉得很长，前后首尾都有呼应，有限的描写中还很见性格，同时他们的这些脾气秉性、行为逻辑又都是在特定情节、在情节发展中起推动作用的。

除了次要人物外，柳青还擅长写群像。有一种群像是结合自然场景的群像，比如说大家去水井边打水的场面、赶集的场面、雨后大家去河边磨刀的场面等，都类似于风俗图。还有一种群像是结合关键情节的群众性场面，尤其是开会。小说中有几个高潮都跟开会有关：第一次通过集体安种决议的全村会，桥头人市上的会；第二次罢免王克俭的全村会。柳青特别擅长写开会，他写开会的段落可以当成民族志小说来看。他笔下的每个会议都有它特定的态势跟形势，尤其是那种处理棘手问题的会，容易引起矛盾的会，以及有斗争性的、激烈的会，整个会场态势的变化是很微妙的，同时又很难预计、掌控。同时，一个全村会的会场上又往往有着比较稳定的结构：哪些人愿意扎在一起，他们往往有着比较一致的意见，这拨人跟那拨人是什么关系，这些都是平时村庄结构关系的反映。而在表态、讨论时，哪部分人、持什么意见的会先说话，哪些人沉住气后说话，不同代表发言的效果、分量，这些又和他们平时在村里的地位以及别人看待他们的态度、眼光相关。随着会议起伏，各色人等会有形形色色的表现——支持的、反对的、打岔的、扭转方向的，整个会场是一个大表演场，能够很集中地呈现村里面各种人物的面貌与彼此的关系。

村中的其他人物如果细说的话，基本可以按照变工互助的组合关系来整理。因为当时的变工互助是纯自愿的，所以变工组的构成通常与彼此的亲属关系、经济地位、亲疏远近、立场态度、脾气秉性、历史渊源有关，体现出村庄多层次的结构关系。我可以把这些互助组快速过一下。首先是王加扶组、王存起组，它们属于先进组，靠积极分子带领的。还有一个王存富（六老汉）组，也属于比较进步的。另一个是王加福组，这组都是富农中农，生产条件好。小说里交代过上级特别重视王加福，认为他是富农阶级代表，每次布置工作会特别关注他的动向。王加福、王加禄都被写成进步富农，他们之前有家底，但因为捐租太重，实际上已经比较破败，地已经卖得差不多了，等到新社会后重新赎回了所有典地，所以对于政府号召都积极响应，变得有进步倾向。还有一个群体是村子里的"激进派"：都是一些年轻人，家庭负担不重，没有什么家累，包括福子、维宝和招喜。招喜是自卫军的班长兼基干，以他们为中心汇聚了一批年轻人。持中间、谨慎立场的是王克俭考虑的几个变工对象，都是一些中农，包括之前提到的王加诚、王天佑，还有一个颇为生动的落后分子王存发，非常猥琐自私落后的一个老汉。还有一组与王克俭关系比较近，属于守旧派，就是善人王存恩和他周边的一批人。上级对这批人也有一种理解，乡长当初布置任务的时候就交代对这批人要求不能太高，他们只要跟着走就行。再往后，就是反对派和反动派了：跟全村对立的经营地主王国雄以及四福堂。这些是村庄基本群众构成。还有一些人物有姓名、身份，但是在小说里没有什么表现。比如有一个木匠王存善，他还是村的议员。另有一批是有表现但无姓名的，就是说在特定场合有动作、发言，但没有交代姓名。事实上，到了桥头人市会以后，开始出现一系列这种没有名字的发言者。大家可以注意这个变化，就是在小说前面的篇幅里，出现的人物基本都是有名有姓的，哪怕他没有任何事迹，没有动作，可他有名字，而且这些人相对来说在村中的位置比较清楚。而到桥头人市会以后，小说的写法发生了一种变化，主旨也有变化。之前的主旨写变工互助，重点呈现村庄各家各户之间的关系，怎么把它们组织起来，所以每家每户包括这些

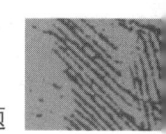

个体有比较充分展开的空间。但后面的主题更突出基层政权改造的问题，写群众怎么主动要求撤换行政主任。在这个过程里，在桥头人市会跟后面的村民大会两个场景里面，重要的不再是每家每户的成员，而是整体性的群众群像。这时就出现了很多争相发言的人：比如"一个叫做王加什么的""一个脸上有一片黑痣的人""头上笼着昨天才从桃镇买来的羊肚子手巾，招喜那一组的一个年轻人""一个结巴子""一个三角脸的人""一个头上长一颗山药大的瘤子的人"，等等。他们的出现形成一个群众争先恐后发言的状态，构成了小说的高潮。

最后还有一个人物层次在小说里面其实挺重要的，就是村中的女性，尤其是婆姨们。比较集中写的是王克俭的老婆、王加扶的老婆、王存起的老婆。为什么小说里写的都是婆姨？以陕北习俗来说，女孩出嫁很早，十五六岁就嫁人，因此村子里其实没有什么女青年，不存在像后来《创业史》里面改霞式的人物。这个村里要不然就是小姑娘，要不然就是结了婚的媳妇和生了孩子的婆姨。这些婆姨都是家庭劳动力，往往娶媳妇的目的——像王加扶的婆姨急于给孩子娶媳妇——就是增加一个帮手，相当于给自己找个仆人。当地的社会风气很保守，所以这些婆姨都不上地，非要上地不可则一定要躲人，而且不开会，所有村里的会议都是男人在开。就家庭内部情境来说，夫妻关系普遍非常冷淡。无论落后的王克俭，还是进步的王加扶，对老婆的态度都是很厌烦和无可奈何的。婆媳之间则是一种绝对支配的关系，媳妇就像家里的长工和仆人。而且白天的时候，因为男人都去上地，家里非常寂寞，只有婆媳两人对着面干活。所以总体来说，整个村庄的家庭环境都是比较抑郁、扭曲的状态。换句话说，在此时新旧交替的乡村社会变化中，家庭这部分恰好是尚未经过改造的，尚未受到触动的。新社会的改造变化之类绝大部分还是发生在家庭之外，发生在公共事务和劳动生产上，像是投票选举、变工互助之类的。小说里面只写了一个新家庭，就是模范王存起家，他媳妇是妇女主任[⑧]，夫妻恩爱，婆媳关系也很好。但大家也能感觉到这部分写得比较刻意，跟整个的村庄的环境不太协调，也不太有说服力。妇女主任这个新女性的角色在小说里似乎没什么存在感，她缺乏实在的工作空间和发挥余地，小说里提到她领导一个"妇女识字班"，但并未展开任何具体的叙述。她唯一起作用的一次是说服了王加扶的老婆给孩子吃药治病。相比之下，最生动的妇女形象反而是王克俭的老婆，她是个落后分子，但塑造得很立体，颇富喜剧色彩。她是一个真能带出一个典型中农家庭的多方面向的人物：一方面她持家非常精细，也很吝啬，平时跟丈夫、儿子、儿媳妇过生活就感觉像是一个生产合作社似的;另外一方面,她出嫁的女儿带着外孙子回门,她又打心眼儿里喜欢、高兴,使得整个家庭不再压抑,显得很亲密、温暖,有种天伦之乐的感觉[31]。

  以上梳理的是小说的一般人物构成、组合,最后要集中讲一下小说的两个主人公,就是行政主任王克俭和农会主任王加扶。他们也是《种谷记》这部作品的两个构造性人物。前面提到过,王克俭这个人物有个前身,柳青最早构思小说的时候就是要写一个落后的行政主任,当初短篇小说的素材最终被挪用到长篇小说中。可见在最初的写作动机中,王克俭这个人物是第一主人公,到了《种谷记》里其实依然可以看出他是小说里写得最结实、最立体的一个人物。当然这样一个比较负面的形象(他有点儿像20世纪60年代所说的"中间人物")占据第一主人公角色在"新现实主义"的写作中会有些问题,因此,柳青后来花了很大力气去塑造王加扶这个正面主人公,力图使他在分量上压过王克俭。但就完成的效果看,尤其是在表现现实的质感和认识价值上,王克俭依然有其不可替代的位置。

  首先,他是小说当中各种矛盾的汇聚点。之前说过这个小说有几层主题线索,在工作任务层面,集体安种这个工作能不能实现,王克俭是决定性因素,也是最大障碍。他一开始显然不愿加入,但他在村里是个风向标式的人物,他参不参加决定了这个事能不能办成。其次,在能否实现村子的团结上也绕不开他。虽然因为只顾自己发家,他在村里已经显得孤立了,但他依然是王家沟非常有能力和威望的一个人。所以虽然结尾时他被大家撤换了行政主任职务,但值得注意的是:最后六老汉站出来说,如果王克俭认错了转变了,我们接下来选行政主任还选他,区长很赞赏六老汉的这个意见,认为从整个村子的团结、从长远考虑,不能把王克俭排除在外,一定要把他争取过来,同时,大部分群众也觉得他能够迷途知返[32]。然后,从再深一层主题,就是村政权改造上,他更是一个由旧转新的焦点。之所以村里的行政工作绕不开他,原因是他有这个能力。当初提议撤换他的时候,王加扶就不同意,因为有很多事儿,像读写、记录、算账、统计,村里没有人能替代他。小说结尾是大家公推"模范"王存起代理行政主任,这其实有点儿勉强,因为王存起不太识字,要完成诸多文字工作只能请教员帮忙。所以,如果王克俭诚心认错、转变的话,未来很多工作还得靠他。这样看来,在当时乡村的现实条件下,王克俭式的人物代表着新政权最初进入乡村时不能不依靠、不能不借助的一批人。他们不是和新政权那么一条心,也比较保守、自私,但他们同时是新社会的受益者[33],有与新政权合作的基础和现实态度,更重要

"现实主义"专题

的是，他们是地主富农靠边站后，在乡村生产、经济、文化上占优势地位、发挥影响力的那批人，不仅一些具体的工作要靠他们做，他们对一般中农，乃至贫农、雇农都有很大影响力，是村里实质上的"当权派"。但他们基于谨慎、保守意识，和新政权、新社会有距离感，处在摇摆之中，也处在被争取、争夺的位置上，新派老派都在拉他们，他们的变化轨迹，包括其间的矛盾斗争，显示着乡村社会由旧向新过程中的较量、拉扯和曲折，很具认识价值。就此可以参照一下之前讲到的，在当时的实际工作中柳青为什么要在吕能俭身上花那么多工夫，就可以看出，争取乡村社会中现有的中间（中坚）力量，耐心地影响、教育、培养他们其实是有效工作的一个要害。因此，王克俭这个人物虽然属于负面人物，但塑造得并不简单，而对这种人物现实处境、困境的充分描写能起到一种认识上的引导作用，促使读者（包括革命工作者）不仅从抽象政策层面，更从生活世界的实感和生活矛盾中去体会、感受到这种人物的处境、作用与对工作构成的挑战。

王克俭在小说里面起的另一个重要作用是勾连，他是个纽带式人物，带出了村中各个层级的人：一方面连着二财主、王国雄，同时又跟党员积极分子共事、打交道，村里的中农群体又都跟他比较亲近，尤其守旧派更看重、信赖他。但他自己的立场是要努力保持自立自主，尽量和哪派都不沾，保持距离。他有一个说法："毛主席蒋委员，我谁也不反对。新社会没吃亏，旧社会也不沾光，不管怎么，我就是好好种我的地。"㉞这显然是一种乱世中的自保态度，毕竟这是个动荡年代，一会儿国民党来了，一会儿共产党来了，以他老百姓的立场看，要想在动荡环境中存身，就得独善其身，保持中立，不能太积极。所以他言行非常谨慎，做事以能应付差事又不开罪任何一方为限。同时，他也不想去积极表现来取得什么利益，在他看来这是不本分的"占便宜"。他这种态度其实很具代表性与典型性。王克俭这个人从各方面讲都是农村当中所谓"中间势力"的有力代表。比如从生产的角度来说，他是富裕中农的样板㉟，精耕细作做得特别好，为此得过政府奖励——当时的边区政府非常鼓励发展生产。他对这个奖状特别在意，上面已经落满了苍蝇可还贴在墙上不摘下来，因为这是他和政府真正"同心"的地方。他能意识到，恰是由于新政权既不扰民又致力富民，他在新社会才有了真正立身的根基，至于工作能力什么的对他倒是身外之物，甚至是个累赘。也是基于这一点，他有非常认可新政府、新社会的一面，是新政府、新社会给了他无后顾之忧地发家立业的可能。因此，当他听到伊盟事变的消息，觉得边区不稳，国民党可能回来时，是颇为伤心的。问题是，边区政府虽然鼓励生产，也不反对个人发家，但在推动生产运动时仍会掺入社会改造的因素，尤其是推行变工互助，把生产形式的改造作为社会改造的一个切入点。等到这一步骤时，王克俭就开始感受到冲击，感觉到政府鼓励的方向与他自己的理想、习惯不一致的地方。事实上，无论早期变工互助还是后来的合作化运动中，受冲击比较大的都是相对自立的中农，他们基于自己较好的生产条件和传统意识通常倾向单干，不愿"与别人拉扯"，并且也怕自己在互助中被穷户占便宜。王克俭代表中间势力的另一个典型层面就是他在道德意识上非常恪守正统。小说里讲他小时候读过两年书，熟记《朱子格言》，他评价别人的时候用的那些词，比如"成色"（他称赞王加诚这个人"好成色"）、"四正"之类，都是传统理学、王学里评价人用的词。所以他自认正派，洁身自好，他以前曾帮四福堂收租粟，也是一清二白，从不克扣、揩油。[3]他平日在村里认可、结交的都是村里老派、正统的老农，反之，他觉得招喜那些青年积极分子都是二混子。他能从保甲长连任到行政主任，固然基于他的能力，也是因为他传统意义上的"正派"和有"群众基础"。

此外，王克俭在《种谷记》里不光是个角色，还构成小说中一个不可替代的叙述视角。很多时候叙述者要靠王克俭从一个富裕中农的价值立场、评判视角去看待、打量各色人等，评价新旧现象。从这个角度讲，王克俭在小说里是一个具有比较充分的"内在视野"的人物，他和另一个主人公王加扶都具备这一面——他们不单属于行动中的人，而且是经常思考、观察的人。他们两个人的视角还常构成一种交叉关系，就是一个事儿既可以从王加扶这儿看，又可以从王克俭那儿看。这种扣着人物视角来写的方式，一方面可以搭建对某种对象的客观叙述，同时又在叙述中呈现了观察者自己的情感态度、精神状态，甚至他的世界观或理解方式。比如说小说第五章里写王克俭开完全村会以后回到家，夜不能寐，辗转反侧，心里面一直在复盘整个开会的过程，批评各人的表现，独白式地发泄不满，其中还穿插着经由失眠、烦躁的王克俭的眼光去看到的窑洞的内景，去感知到的他婆姨耍性子的姿态和情绪，这些反过来又加深了他的烦躁不安。这类写法到了《创业史》时得到了发扬，就是怎么从一个人物的视角来生成叙述，而且运用得越来越娴熟，成为一种贯穿式写法，而在《种谷记》里，它还处于发端、试验的状态。

王克俭这个人物的视角不仅有向外的一面，更有向内的、内省的一面，通常情况下，这种内省也是外在变化的折射。比如，小说里面经常写到王克俭的"困惑"，有许多是故意借助落后人物的"不理解"去写新社会和积极分子身上发生了哪些新的变化，有些则是呈现他自身的思想"限制"。像他

"现实主义"专题

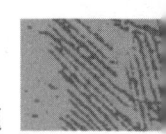

最早的一个困惑是：他觉得自己非常勤劳节俭，但是为什么很少积存，攒的家业为什么还是这样少？这是要揭示自耕农自己对小农生产的限度看不清、看不透，目的在于铺陈互助生产的必要。后面又写他不理解村干部为什么那么积极地组织变工："工作人员之所以不顾一切地发展变工，那是为了朝他们的上级显功，因此你向他们提出任何变工的困难和弊端，都是枉然的；而村干部是老百姓，自己还种着地，每天受苦累断筋骨，不知他们哪里来的那股劲？减租算账说是为了日子过不了，扑在前面还有理由，这变工又是为了什么呢？……他们真像吃了迷药了……"⑤这种不理解其实也是一种被"赋予"的心理活动，带着作者的意图。前面还讲到过他开全村会回来以后的郁闷：他奇怪原来开干部会的时候大家意见并不一致，甚至有争吵，为什么过了一晚，不知经过什么不可思议的变化，干部们在大会上竟然和谐一致了。这本来是因为党员们私下有商量，做了工作，他之所以看不透正表现出他与这种诉诸协商、说服的"民主"做法非常隔膜，他对"民主"的理解是"民主是谁爱怎么就怎么"⑥，是一种消极的"互不相扰"，而非积极地组织、推动手段。最后一个困惑是他想找人变工时，被很多互助组拒绝了，他觉得有点儿难受，有点儿接受不了："他奇怪人都变得对他这么无情滑头，难道仅仅为了和天佑变工没弄好，便把他的名声坏到这步地步吗？他突然发现他仿佛不是王家沟的，仿佛是外村人一样孤独和生疏。"⑦这表面在写村里人对自己的不理解，其实是在写王克俭看不到自己身上已经发生的变化，这个变化是随着新社会的到来潜移默化地发生的：新社会给他创造了发家立业的条件，促使他一门心思地在发家路上埋头苦干，但这也无形中强化了他的自私心理，走上一条与传统共同体或新式集体相逆行的路，而他对自己的变以及周边环境和人的变都缺乏一种真正的洞察、反省能力，仅当遭他人冷遇时才觉得错愕。

由此看出王克俭这个人物身上存在一个很大的内在矛盾，这个矛盾的要害处特别体现在，一方面，他是个非常自信的人，他很相信自己的判断，近于独断，他也很自立，并且以自立为荣，他做决定时往往跟谁也不商量，跟家里人也不商量——除了善人王存恩，善人大概是他唯一的商量对象。他在和他人的关系当中努力不受他人左右，不和他人拉扯。基于这种自信、独断，他是非常有行动力的。所以他一旦在桃花镇上听说伊盟事变这个事儿，就马上判断时势要乱了，政府顾不上种谷这些事儿了，立刻改主意说他要下种，并不顾及别人的反应，不去想村里其他人会怎么看。另外一方面，就像刚才讲的，小说呈现、赋予这个人物的另一个发展逻辑是他越来越不理解周边发生的变化，同时这意味着他也越来越不理解和难以把握自己的处境。所以他在这个小说里呈现出的是一个逐渐"失控"的状态，从一个本来在村里颇有威望的人最后变成了大家围攻的对象。这个失控相当程度上源于他过分的自主性带来的偏差，并非出于他人的批评或政治压力之类，而是说他自己不知不觉地偏离了自己以为遵循的价值体系。为什么这么说？刚才我们提到小说里交代他熟读《朱子格言》，一心按照《朱子格言》来立身处世，但大家可以想，在传统社会的宋明理学式教化体系中，怎样在乡族当中处理人我关系、群己关系，是修养功夫的一个非常核心的内容。柳青在现实当中打交道的吕能俭就是一个可参照的坐标：他虽然放债，但他跟乡里的关系反而处得很好，大家并不因为他聚财而讨厌、疏远他。吕能俭这种人物的处世方式、原则和所依据的资源是很值得去琢磨的。而王克俭则是偏离了自己以为遵循的轨道而不自知。小说里特别强调的一个层面是：王克俭的"变"未必是其旧习气未除的后果。换句话说，他的自立、自信、独善其身在旧社会的恶劣环境（坏风气）中可能是好的，也会赢得他人尊敬，但同样的自立、自信在新社会却慢慢走向负面。这里的分叉反而与新社会的一些积极变化有关。这个人物要到了新社会以后单独发家兴业的能力才体现、发挥得越来越充分——他家里的生产条件好，养驴每年下骡子，前后下了四头骡子，变得很有竞争资本，苛捐杂税的减轻使他有了初步的积累，这个上升的过程强化了他的自立、自强意识。但与此同时，他的发家欲望又产生了他的苛刻、扭曲，既对自己苛刻、对家人压榨，也对他人吝啬。他的过分精细和计较难免令其他村民渐渐对他敬而远之。在这样一个过程中，他自己和家人也变得超常的辛苦，像奴隶一般劳动，由此形成的家庭关系也显得很压抑、紧张。这都使得发家欲望所激发的劳动似乎呈现出一种"异化"的状态。

我给大家发的材料里面引了一段小说第一章开头的描写，写王克俭一家怎么下死力干活。这段颇能代表柳青式的现实主义写法。新中国成立后的农村题材小说，尤其涉及合作化运动题材的小说经常会写类似情节，就是单干和互助的对比，互助劳动往往显得非常欢乐，大家一起干劲十足，单干则非常孤单、辛苦。柳青在小说开头要写的也是独门独户小农生产的辛苦。可他的方式不是直接写劳动场面，而是通过吃饭来写。整个小说开头从王克俭家的内景写起，描绘王克俭老婆坐立不安，等父子两个回来吃饭。她为什么坐立不安呢？不单因为她关心在外劳动的爷俩，还因为她也很精打细算，反复热饭非常费炭，所以她盼着爷俩能尽快回来。但王克俭他们是尽量多在地里干，因此常常吃饭很晚。等到他们回来后，作者描写的场景是："那黑燕皮

"现实主义"专题

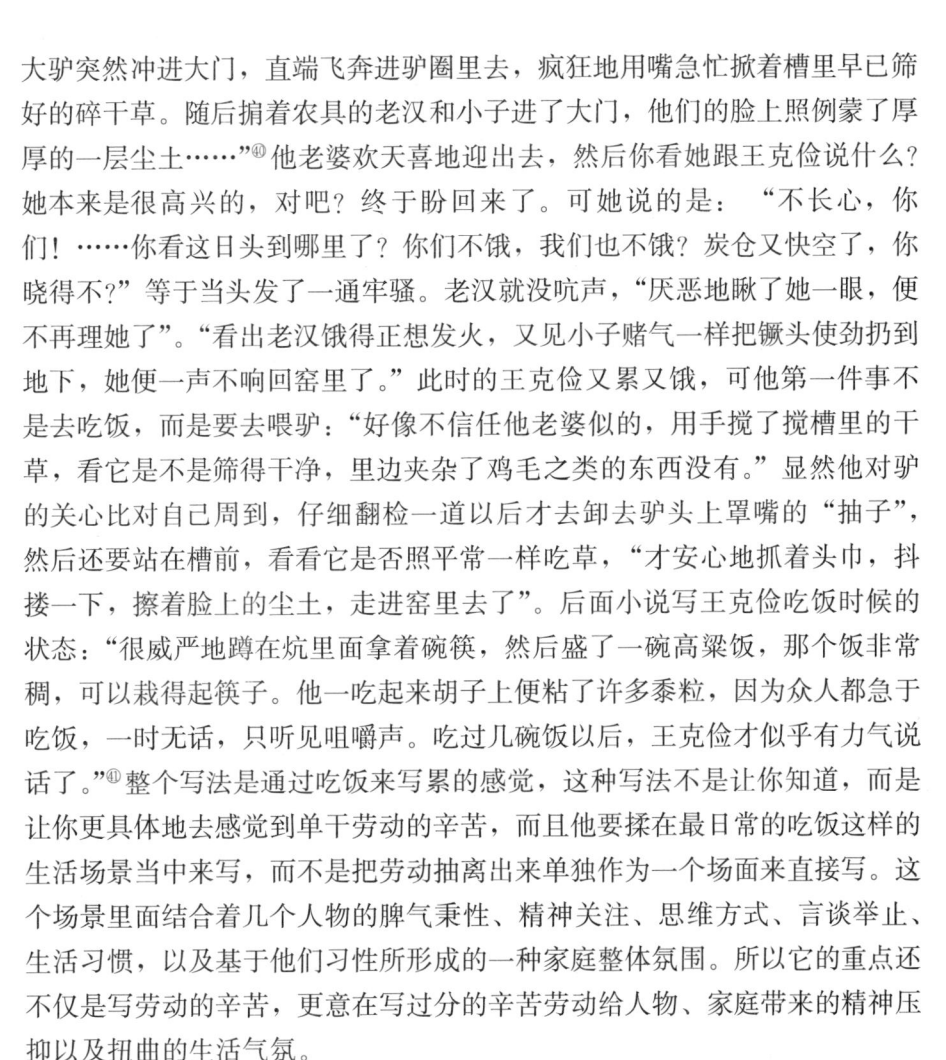

大驴突然冲进大门,直端飞奔进驴圈里去,疯狂地用嘴急忙掀着槽里早已筛好的碎干草。随后掮着农具的老汉和小子进了大门,他们的脸上照例蒙了厚厚的一层尘土……"[40]他老婆欢天喜地迎出去,然后你看她跟王克俭说什么?她本来是很高兴的,对吧?终于盼回来了。可她说的是:"不长心,你们!……你看这日头到哪里了?你们不饿,我们也不饿?炭仓又快空了,你晓得不?"等于当头发了一通牢骚。老汉就没吭声,"厌恶地瞅了她一眼,便不再理她了"。"看出老汉饿得正想发火,又见小子赌气一样把镢头使劲扔到地下,她便一声不响回窑里了。"此时的王克俭又累又饿,可他第一件事不是去吃饭,而是要去喂驴:"好像不信任他老婆似的,用手搅了搅槽里的干草,看它是不是筛得干净,里边夹杂了鸡毛之类的东西没有。"显然他对驴的关心比对自己周到,仔细翻检一道以后才去卸去驴头上罩嘴的"抽子",然后还要站在槽前,看看它是否照平常一样吃草,"才安心地抓着头巾,抖搂一下,擦着脸上的尘土,走进窑里去了"。后面小说写王克俭吃饭时候的状态:"很威严地蹲在炕里面拿着碗筷,然后盛了一碗高粱饭,那个饭非常稠,可以栽得起筷子。他一吃起来胡子上便粘了许多黍粒,因为众人都急于吃饭,一时无话,只听见咀嚼声。吃过几碗饭以后,王克俭才似乎有力气说话了。"[41]整个写法是通过吃饭来写累的感觉,这种写法不是让你知道,而是让你更具体地去感觉到单干劳动的辛苦,而且他要揉在最日常的吃饭这样的生活场景当中来写,而不是把劳动抽离出来单独作为一个场面来直接写。这个场景里面结合着几个人物的脾气秉性、精神关注、思维方式、言谈举止、生活习惯,以及基于他们习性所形成的一种家庭整体氛围。所以它的重点还不仅是写劳动的辛苦,更意在写过分的辛苦劳动给人物、家庭带来的精神压抑以及扭曲的生活气氛。

固然王克俭对自己身上的变化以及由此带来的与身边人以及乡邻关系的紧张不够自知,但他也能慢慢感觉到乡邻对他态度的变化,并由此产生不安。这种不安源自一种在共同体生活中会体会到的道德压力,同时也伴随着趋于孤立而产生的脆弱感。从心理需求的角度,他也很渴望得到理解,由此不难解释为什么他会特别信任、亲近善人王存恩。他在听闻伊盟事变消息后决心提前下种时全然未与家人商量,却专门对善人倾吐郁闷,对善人在全村会上遭奚落,他也感到愤愤不平。善人几乎成了他在村里唯一的"盟友"和知心人。柳青后来在写《创业史》时也写了一个顽固的守旧人物王二瞎子,但值得对比的是,王二瞎子在《创业史》里被塑造成了一个令人厌恶的角色,他的创伤经验造成他精神的彻底奴化,既食古不化又极端自私,是新的乡村无法容纳、迟早要被去除的人物，只不过基于他是贫农，最终的结局是以自然死亡的方式退出历史舞台。而《种谷记》里的善人这个形象虽然守旧，但他身上有一种传统道德的人格力量，基于笃信传统价值、道德规范而有一种道统在身的责任感，他因此显得很无私、很大度，哪怕大家，尤其积极分子、年轻人不耐烦他的说教，公然轻慢他，他出于善心和公心也要尽力、耐心地表达自己的意见。相比招喜、维宝那些青年激进派的暴躁、轻率，善人甚至显得更可爱、可亲，与人为善（他曾劝王克俭参加变工，"随潮流走"，倒不是因为他赞同潮流，而是感觉到村里舆论已经对王克俭不利，怕王克俭跟村里人形成对立）。这种对比、反差恐怕不是柳青有意设计的。他的主观意图是想把新人、年轻人写得可爱，把守旧人物写得可笑，但他在现实生活中所观察、接触、体会的旧人与新人中，或许是前者更有深度、厚度，而后者尚缺乏坚实的生活土壤。而写王克俭会特别跟善人这样的人亲近，在善人那里找到安慰和道德支撑，很能体现出柳青对王克俭这类人精神需求的一种理解、把握和现实刻画。

王克俭这个人物在小说里到结尾也没有转变过来。这种难以轻易转变恰好说明对于中共、对于依然处于"弱控制"状态的新政权，改造王克俭这样的人物既是不可回避的，又面临相当大的挑战与难度。王克俭的行动和思想逻辑是来自传统社会所养成并在他自己身上锤炼多年，且行之有效的一套价值观、行为准则和处世之道。新社会试图去触动、带动、改造这样的人时，并非单纯靠经济、生产手段，像分配田地、减租减息之类就可以达成的，恰如王克俭的"失控"所显示的，仅是经济的解放反而有适得其反的效果。所以，实质性的改造要去触碰、转化他自以为是的价值观和行为准则。这样一种更深层次的改造在《种谷记》里其实还没有真正开始。小说在王克俭身上表现的是这个较为保守的人物在新形势之下逐渐失控、脱序的过程，写到他与新势力的矛盾，但是没有写新势力主动去接触、影响、改造他的过程，也没有形成新的力量跟他这种保守力量去展开斗争、团结的态势。小说里曾写到一段，就是他们的集体安种一度组织成功了，王克俭也加入了互助组，之前的工作矛盾消除了。那个状态按叙述者的说法是呈现出一种"受苦人式的和解"："村干部的团结便象征着全村的团结。行政以前一开会便只是吃烟，一句话也不说；……而现在他也说话了，似乎和众人已经在精神上相通了。众人也对他特别亲热，好像他们之间曾经有过很伤感情的误会，而现在解释清楚一样。受苦人一相好，方式也是很朴质的……"[42]但这种"受苦人式的和解"很快被证明是不牢靠的，表面的和解化解不了深层的矛盾，而当时的

"现实主义"专题

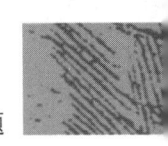

干部，如王加扶他们，并没有能力去面对、处理这种深层矛盾。因此，从王克俭的角度恰好可以看出当时乡村中新势力的这种"弱"和不成熟。这些新势力相对于中间势力无论在经济上还是在文化上都还处于劣势，他们的工作意识、自主性，包括他们的"斗争－团结"意识，都还处于很初步的状态。在"《种谷记》座谈会"上，周而复等人曾批评小说没有写出党的作用，意思是没写出一种成熟的政治力量的引导，但这种没有写出，或者准确地说是没有人为地赋予一种成熟的政治引导，放在小说所要刻画的一个边区典型村庄的内部环境中，反而体现了现实主义的规定性和真实性。

最后谈谈王加扶。王加扶在小说里是正面主人公。他是一个劳动英雄，可又是一个总在发愁的劳动英雄。在行动力上，王加扶跟王克俭之间形成一种反差。大家会发现王克俭这个人物一出场的时候目标就非常明确，心无旁骛。他知道自己要干什么："到地里一捉住耩把，他不会想起任何事情，眼盯着铧边上的无定河水一样翻滚的湿土，差不多全世界在他脑子里都不存在了。"[43]这是王克俭一出场就树立起来的非常坚定的姿态。王加扶出场的时候恰好相反，他出场亮相是在开会领任务的场合，变工互助的任务已经布置下来，他却非常犹豫，"这工作一宣布便好像抛来一块千斤石，落在他的心上，顿然感到了它沉重的分量。当发动村与村之间挑战竞赛时，他竟红着脸，一次又一次地看着教员，不敢应战"[44]。这里面暴露出一个问题：王加扶之所以能成为劳动英雄，理应有能力超出常人的一面或者是某些方面表现特别突出，问题是，之前有哪些事迹使他足以成为劳动英雄在小说中并没有展开交代，因此我们也很难把握他除了比较吃力的工作状态还有哪些特别能体现其光彩的地方。作为劳动英雄，他本来应该是一个引领者、带动者的角色，在其他的村民群众做不到或者意识跟不上的时候，他能够通过某种主动、积极的行动来带领大家前进。像《创业史》里的梁生宝就被写得很自信，他在小说里一出场就是一个对自己所做所为的意义价值有理解、有信心的状态。所以他才会不在乎别人看他的眼光，去买稻种的路上，饭馆伙计看他从鞋窠里掏钱付账流露出鄙夷的眼光，但他完全不在意，就是因为他心里清楚这种节省不是自己小气，而是为大伙儿省钱，为了做有意义的事。小说里描写他在秦岭太白山的映衬下冒着春雨赶路，完全是一个在历史当中行进的主人翁形象。但王加扶这个"新人"却是一个有缺陷的劳动英雄，而且是一个不断困扰于自己缺陷的劳动英雄。在人物心理展开的内容中，王加扶总是在不断检讨自己的缺点和缺陷，比如"他已经四十多岁了，旧社会长期的苦难把他磨练得像老牛一样，没一点性气，总是皱着眉头子想，想……"[45]"咱一辈子给财主受苦，旧社会真和毛驴一样，用着的是咱的苦力，谁晓得新社会又用得着咱的嘴了？"⑬他的家庭拖后腿啊，老婆不争气啊，后来工作"弄坏了"什么的，他觉得这都是他的错，都是他的缺点，包括太老实、心眼太死板之类的。他总结自己的缺点主要有几个方面：一个是家庭负担重，老婆落后，家里有很多拖累；另一个是工作上面办法不多，不敢拿主意；还有一个很难克服的缺陷是嘴笨，不会讲话，不善当众发言，所以不太能去做说服工作，也没有办法进行动员号召，凡是动嘴动笔的工作只能指望教员帮他；再有就是农村干部常见的限制——没有文化不识字，难以通过学习提高自己。这些其实是根据地农民带头人、积极分子，包括党员干部当中普遍存在的一些缺陷、不足。就此我们要意识到这里面存在的结构性矛盾，也可以说是难题。事实上，到了1943年、1944年左右，经过了整风运动和树立群众路线，中共在推动工作作风转变时力推的核心工作方式就是宣传劳动英雄，建立"劳动英雄制度"，即从基层、从普通劳动者中选拔劳动、工作出色，能配合政府号召的人，大力表彰他们，让他们成为群众带头人，带动大家进步。但这些劳动英雄的家庭状况、生产条件、文化基础、思想意识可能有诸多客观上不理想的地方，这些难免成为他们的包袱与负担，也成为他们进步的阻碍。当时很多劳动英雄、模范都是类似于王加扶这种拖着长长的旧社会尾巴的"新人"。《种谷记》比较特殊的地方是它除了客观地写主人公有哪些"缺陷"，还着意赋予主人公的特点是：这个人物基于责任心和上进心会更加意识到和焦虑于自己的这些缺点，从而形成一种心理负担和自责的定式。自责本是一种责任心的后果，也可以成为向上的动力，但在心气、目标和实际总有落差时，自责又会产生诸多负面效应，包括他在工作中会过分谨慎。谨慎本来算是好的工作作风，但是王加扶时常涌现的自觉反省常常会阻滞他的行动意志。像在一开头响应上级号召的时候，他就不能挺身而出，而当工作陷入纠结状态，他在跟其他干部讨论的时候也常常欲言又止。

不过，我们也要看到另一面，即之所以柳青赋予王加扶这样的老"新人"以自责的特质，是因为这种自责和自我审视里面蕴含、对应着"新人"身上那种由旧向新的潜力，以及不断自我克服的持久力。这使得王加扶式的"新人"不同于那种容易流于自满，乃至迅速腐化的"新人"。而这种有持久自省能力的"新人"才是柳青心目中的理想类型。劳动英雄称号对王加扶这种普通农民来说是一种稀罕的荣誉，这种荣誉、鼓励会以什么方式作用在身上，会朝哪个方向发展，决定着"新人"的成色和前途。对王加扶而言，劳动英雄的称号是与超常的责任意识、与"千斤石"挂钩的，其责任感不只针

"现实主义"专题

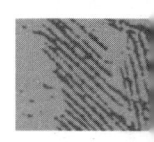

对上级,也是对工作本身的,更是对乡亲父老的,所以他会不断感到一种不适应或者跟不上,使得"有缺陷的主体",不断产生自我更新与进步的内在需求。所谓"有缺陷的主体"本来是新文学传统中写民众的基本出发点之一。像在《阿Q正传》这样的新文学经典中,阿Q是一种典型的、有残缺的主体状态,他的精神机制就是一种自我欺骗、自我麻痹,而新文学的机能就是要揭露、批判这种自我欺骗、自我麻痹。在这样一种新文学传统中,民众能够意识到自己身上的缺陷,尤其是精神缺陷,往往是产生自觉革命的第一步,很大程度上是必经的一步。从这个意义上讲,王克俭能不断看到自己的缺陷就是一个群众带头人自我革命的出发点。但这种自省意识与传统的自省不同,它不是诉诸一种"致良知"式的、对人的自然心性有充分信心和调动的向上力,而是要放到革命要求中加以衡量,换句话说,它需要依托革命不断提供的参照和导引。因此,小说里写到一个重要层面:王克俭总觉得单凭自己是看不清、看不透自己的缺陷的,他很希望上级领导,像乡长、区长能给自己指引。所以小说最后有一个情节是说他请区长给自己"整风",结果区长说:你的"风"很好,不需要整,有很多值得大家、值得其他干部学习的地方。王加扶觉得这像是对他的讽刺。后来区长指出了他的一些问题,可是这些问题并不是王加扶自认为难以克服的那些缺陷。这就形成一个悖论:王加扶把他所体会到的工作要求转化到自己身上所产生的缺陷意识与上级领导站在一种对农村带头人的期待的立场所看到的优缺点并不吻合。以王加扶的立场、水平,他意识不到区长对他的满意并非客套,而是基于对群众英雄的正面理解。这种偏于正面的理解首先是基于对群众英雄现实条件的体认、体贴,其次是出于"新人"成长要循序渐进的政策原则,更重要的考虑是要把群众英雄自己意识不到的优势放在突出位置上以教育、纠正其他干部。所以,区长特别叮嘱赵德铭这样的知识分子干部向王加扶学习:"你必须学习他们看人、看事、看问题的立场,王加扶他们就是你的先生……"[47]赵德铭就反思,到底能从王加扶他们身上学到什么。他总结的是:"你不要看他是个老粗,他有眼光,有气魄,总是不慌不忙,看得准拿得稳……"[48]因此,小说最后形成了一个认识上的翻转。以区长为代表,上级不是站在认可王加扶自我认知和困惑的立场上,而是站在高一级的革命立场上,尤其站在那个历史阶段处于核心位置的整风运动与群众路线所确立的认识立场,来重新审视王加扶这样一个人物。而这个立场的要害,如区长所强调的,是要"站在群众的立场看群众",意思是说,不能以一般党员干部的标准(以"无产阶级先锋队"的政治水平)来衡量这样的"新人",而要从一个成长中的

59

群众带头人，他的内在进步动力和程度，包括他为克服困难所做的努力当中来认识他的优点。王加扶老说自己家庭负担太重是他难以克服的缺陷，但在程区长看来，家庭负担重还能积极工作恰好是他最大的优点。

不过，进一步讲，区长陈述的原则固然是体贴而鼓舞人的，但现实中的王加扶式人物不会因为群众路线立场上的宏观肯定而豁免于面对自己的缺陷与成长曲折。什么意思呢？就是说对王加扶式的群众带头人而言，即便上级不对他们提过分要求，可在工作当中，在生活当中，他该遇到的困难还是会遇到，该克服的缺陷、短板可能一时半会儿还是克服、弥补不了。这意味着这些群众英雄的成长在借助新政权的引导的同时不能削弱自我克服、反省的强度与自主性，从被肯定的群众变成可以自我肯定的群众不可避免地要经历一种内生的洗礼。这样一种洗礼，这样一个过程，其实像胡风等人一直关注的，一定是一个充满矛盾、曲折的过程，而不可能是在新政权的带动下可以非常平滑、顺利完成的过程。所以这种主体转换的过程会始终伴随着一种"滞重"的感觉，会伴随着自我的挣扎，乃至自我搏斗。胡风他们对现实主义写作的期待、要求是现实主义必须突入民众主体的这个层面。而王加扶虽然尚未达到自我搏斗的程度，但他身上是有这种精神上的"滞重"色彩的，他是带着旧社会的尾巴，带着难以克服的矛盾和自省的重负在前行。从这个角度讲，王加扶这个人物也是处于新文学传统延长线上的一个"新人"。相比之下，模范王存起这类"模范"似乎是没有什么尾巴的，但这也造成他们的形象比起王加扶在现实主义的质感上就显得单薄得多。

事实上，王加扶身上那些所谓"落后"的尾巴比较容易写出真实感。一是相关现实在乡村中随处可见，二是传统现实主义写作手法中提供了很多工具去写这种状态，哪怕只通过"写实"手法也可以表现、传达出来。相形之下，对于"新现实主义"写作而言，难度更大的或许在于要写出程区长促使赵德铭他们努力去辨认的，工农干部在思想立场、行动方式当中值得学习的那些层面。赵德铭接受了区长的批评以后曾反思自己对王加扶的看法，感觉到王加扶身上确实有可贵之处：不要看他是个老粗，但是他有眼光、有气魄，总是不慌不忙，看得准、拿得稳。但是，我们回头检视小说的情节和叙述，会发现在小说的情节、叙述中王加扶这个人物并没有特别表现出他有眼光、有气魄，或者不慌不忙，看得准、拿得稳。在一些层面上，比如说在掌握互助的民主原则上，他确实有坚持原则、拿得稳的时候，可同时，他也时常体现出不那么有眼光、看得不那么准的一面，比如他时而会被王克俭、王国雄轻易地蒙蔽。所以这个小说最后提出来要达到的认识水平和小说在具体

情节当中所展开的那样一种对人物的表现仍存在一定距离。这里的难题在于，怎么能写出既属于群众本色，又对革命者和知识分子有反向教育意义的人物现实。它背后对应着现实主义怎样能兼顾现实性和理想性，如何能通过一种双重深入，深化这两个面向而又能把它们有机地结合起来。这对于所谓"当代形态的现实主义"是一个很大的挑战。从《种谷记》到《创业史》，如果说柳青在写作上更加成熟了，那就是在这方面做了愈发深入的摸索和尝试。

说到小说的理想性和思想性问题，最后可以再讲一点。之前梳理《种谷记》的相关批评时提到过，像竹可羽他们都认为这部作品的思想性还不太够，尤其是革命浪漫主义色彩不够。但我们从王加扶这个人物的描写里能看出来，柳青其实是试图在王加扶这个老农身上赋予某种信念，某种对未来理想社会远景的憧憬与构想。而且王加扶身上的这个层面，柳青是尝试通过人物的语言去表达出来，就是让王加扶自己直接说出来。为什么直接说出来很重要？因为这意味着，作者在写这个层面的时候，试图贴合这个人物自己的思想水平、表达习惯来呈现这样一位老农出身的劳动英雄，他设想的理想社会是什么样的。王加扶在工作过程中曾产生一段由衷的感慨：

> 王加扶奇怪人真是千般万种，维宝是这样，而福子又是那样。干部里边尚且如此，群众中更是多种多样了。他上着山，好像做梦一样，晌午在学校里谈论到的人一个一个浮现在他脑里：王存发、王加福、行政、存恩老汉、老雄……各人以各人的姿态活动、说话和思想着！王家沟一个村还这样参差不齐，全边区，全中国那便不知要复杂几千几万倍了。王加扶脑里出现了毛主席的圣人一般的影像，他琢磨不到毛主席用什么方法领导全国；而他自己，他觉得王家沟这么一个小村落都有点拿不下来了。[49]

从这段话里可以感觉到作者自己的视野和人物视野的重合。它看上去是王加扶自己的感慨——一个村子里的人千般万种，这么多的人，如此参差不齐，怎么能在工作中去面对、去理解、去认识这些人？似乎工作越深入，对人的理解就越复杂，就越不可能一概而论地把握。这种感慨与其说是王加扶这个人物的感慨，不如说同时叠合了作者自己的感慨（人的难以捉摸、参差不齐是小说中不同人物都会产生的感慨，王克俭、王存起、赵德铭都有类似说法），这实际上是作者在深入现实，尤其是经由工作潜入生活底层后会遭遇和强烈感觉到的——所谓"群众"不再是一种抽象、整体的存在，而是一个个具体的人。很多下乡工作者的体会都是，刚下去时看老百姓都差不多，待得越久越感受到千差万别，而且了解越深越发现人的不易被穿透，每个人身上都存在很多不可解、不可测的因素，这些因素又连带着乡土社会构成的复杂逻辑。因此，所谓的"改造"，尤其希望用某种笼统的估计、理解或普遍适用的方法去使他们转变，是极难的，并且也不稳定。一方面，人们（"群众的脾气"）可能被某种形势激发达到令人惊异的状态；另一方面，可能回过头来又变得"本性难移"。这些现实感觉的呈现其实对所谓"群众路线"构成了认识上的挑战。因为"群众路线"所设定的"群众"仍是一种整体性存在，对群众的可变性、可改造性实际上基于对动员工作、形势带动以及社会改造方案的信心。群众路线的革命要求一方面促使革命者深入农村社会的现实、生活脉络中，获得了充分的实感、经验，并由此转化出许多因地制宜的工作方式；另一方面，革命理论、认识中观念论的、主观的、乐观的部分仍会阻碍、扭曲工作者按照乡村社会自身脉络去把握它，限制那种更多从其自身脉络出发去转化它的设想。

上面那段话里还有一个很值得注意的点是王加扶所说的"圣人"：他把毛主席看成圣人。这个极富传统文化色彩的"圣人"概念完全不同于现代意义上的领袖、统治者之类。圣人之难得、超越特别体现在他能够透彻地理解人情、世情，能够"齐不齐"，让百姓苍生各安其位，从而消弭纷争，令天下太平。这个"圣人"的说法在小说其他地方还出现过，比如王加扶后来评价程区长也是个圣人：他像个老中医一样，站得高看得远，又能把住脉搏，手到病除。王加扶觉得困扰不已的问题，复杂难缠的矛盾，区长可以举重若轻地看待、处理。这是他理解的圣人的本事。另外还有一段王加扶对理想社会的憧憬，是竹可羽、刘雪苇他们的评论中都特别提到的，其实是以一个农民的口吻所展现的"社会主义远景"。但这个"社会主义远景"确实有着特殊的重点与品质，相比一般社会发展史所承诺的社会主义面貌，它更融入了根据地新民主主义社会建设的理想社会品质：

> 一村就是一家，吃在一块，穿在一块，做在一块。种地的种地，念书的念书，木工是木工，石匠是石匠，管粮的把仓，管草的捉秤。六老汉照旧打钟。存恩老汉识几个字，要是他愿意，就让他给咱们写帐，克俭哥给四福堂讨了半辈子租粟，对粮食有经验，给咱管仓库，他和存恩老叔对，在一块办事也相宜……㊿

这个未来图景核心的特质体现在，它所想象、所要求的是一种彻底的社

"现实主义"专题

会性解放，其憧憬的合理社会的核心要旨是各具所能、各安其位、各得其所。每个人可以按照能力、按照品性从事所适宜的工作（类似"圣人"所诉诸的"齐不齐"）。王加扶给每个人都设想了一个恰当的位置——克俭干什么，六老汉干什么，存恩老汉干什么——村子里这些形形色色的，平时可能有矛盾、有冲突的人，在阶级眼光和政治眼光中被区分成差异性乃至矛盾性阶级、立场的人，在王加扶的理想中最后都能互相搭配、合作，形成一个团结的整体。它既是在原有村落共同体基础上建立的，又克服了自然共同体难免的矛盾、冲突，经过一种合理的社会改造，把所有人重新包容进来。这就是王加扶对未来农村社会抱有的理想，而这种改造、团结、包容的品质与此时新民主主义社会改造的现实理解间构成一种内在的配合关系。但随着之后土改运动的推行，随着农村社会主义改造的展开，革命所诉诸的农村社会理想和改造路径也会发生关键性变化，其间有哪些差别，又有哪些延续，这恐怕要结合从《种谷记》到《创业史》的变化轨迹来展开分析。

《创业史》的题词中有一条农村格言："家业使兄弟们分裂，劳动把一村人团结起来。"可见，村庄的"团结"始终是柳青关注农村现实与理想状态的一个坐标。只是，在共产党大力推行农村社会主义改造、社会主义革命的形势下，村庄的"团结"意味着什么，它会以什么形态实现？其路径、形态与农民自己的社会理想之间又是什么关系？反过来说，我们也可以从《种谷记》所呈现的"前土改"形态来设想，假如中共的农村改造不必然走向土改、合作化、集体化，而是延续、发展新民主主义社会的政策，那又会是怎样的路径、形态？会避免什么样的破坏，又会遭遇哪些难解的问题？与此相关，还可以想象，如果没有后来梁生宝那样的"新人"，那么一个更具真实性土壤的王加扶式的新人（甚至是转变了的王克俭）会在历史、社会的转变中发挥怎样的作用，又将经历什么样的命运？这当然不是柳青自己能提出来的问题，却是我们从他的现实主义写作提供的图景中可以去提炼、追问的问题。

我就讲到这儿吧，已经讲得太长了，大家可能都听累了。

讨 论

何吉贤：谢谢程凯，太辛苦了。我先谈一点感受和提点问题。我们就从柳青自己的作品本身来说，从《种谷记》到《创业史》确实是有变化的，你今天也说了很多从刘雪苇、竹可羽到上海那些批评家对于作品褒贬不一的评论,那么我们怎么样不仅放在柳青整个创作的系列里边,还能放在更长的时间里边看。像《种谷记》这样一部作品是深入一个村庄内部来整体性地勾勒一个村庄在十几天的时间里边发生的变化。我觉得柳青是很内在于这个村庄的。比如说你里边讲到为什么他不怎么从人物外貌描写而是从人物性格的个性化来写人物,我觉得其实是因为柳青内在于这个村庄。在一个村庄内部生活的人,他不仅仅是到一个村庄里边,他可能几代人都生活在里边,因此对于一个人的判断会勾连着非常丰富的时间脉络和各种细节。如果只是外貌描写的话,基本上就是一个外来者的观察视角。这是一个例子。我的问题是:为什么包括柳青自己——刘可风的《柳青传》里有记录——会一定程度上觉得《种谷记》是一个不成功的写法?而我们现在反过来说如果当代文学里边有一个"长篇小说的陕西传统"的话,在一定意义上其实是类似《种谷记》这样的,那它对于后来的文学是否构成借鉴?比如《白鹿原》这种小说。《白鹿原》也是在一定范围之内的几个关系里边去写,它可能不一定是写一个村庄,但也是在一个范围限定的结构里面来写。我觉得《种谷记》如果放在陕西的当代长篇小说传统里边的话,也许更能看出它的影响。这是我的一个疑问,就是我们现在怎么样来评估《种谷记》带出来的这样一种传统?柳青在什么意义上说它是一个不太成功的写作实践?如果你有时间的话可以再补充一点。

程凯:这确实是个挺大的问题,就是当年小说发表以后为什么评价很参差?这其实也影响了柳青对自己作品的评价、估计。其实,"《种谷记》座谈会"上那些批评家都是很有经验的,为什么他们会有很不一样的判断?不过,其中每个人的情况确实不一样,我细读完作品以后回头再看他们的批评,觉得确实很多是批评家自己的问题,包括冯雪峰。你看他认为小说中的人物没有典型化,没有经过任何加工,但通过我们刚才的这些人物分析,像王克俭啊,王加扶他们,怎么可能是没有经过加工的呢?如果你把它跟当时陕北根据地一个真实的村落,像柳青自己下乡的那个村落的实际状况来进行一个比对的话,其间加工的过程是非常明显和复杂的。所以柳青是经过了相当的沉淀才能写出这个小说的,而写的过程中他是不断地去找怎么进行一个恰当的构造,包括提炼、集中和典型化。他自己后来回顾时确实认为当初缺乏长篇创作的经验,在小说结构上尤其吃力,所以"扶得东来西又倒"。但我还是觉得在当年的批评里面有很多批评家由于自己对于根据地现实的隔膜而有一种简单的理解。

这个到咱们后面再讨论到周立波等作家时,可以重新来加以比较。即丁

玲、周立波他们这批解放区作家的长篇小说出来以后，其反响、讨论、批评引导是怎么构成的。这个之所以重要是因为文学批评对创作者确实有很强的影响与引导作用。《种谷记》出来以后，它所面对的批评，包括新中国成立初的批评，本身很值得去勾勒。有一些因素我这次没来得及讲，像是《讲话》以后，根据地、解放区的即时文艺批评变得比较少。《讲话》前延安等地有很多文艺杂志、副刊会登作品、登评论，但整风以后，同人报刊全部停掉了，只留了一个《解放日报》，很多小说创作直接发在《解放日报》上，相应的作品评论在当时就变得很少，对很多作家来说，他不是在一个能够马上得到回馈的情况下去进行写作。但到了新中国成立后，开始出现一种更新的现实主义要求下的评论，像竹可羽在其中就挺有代表性，而这些新要求、新方向会很快对创作形成一些压力。柳青后来写《铜墙铁壁》的时候就要调整，要写革命战争中群众英雄的考验、成长，主人公要特别突出，人物要集中，当然这种调整反而可能不太成功，所以他要重新去深入生活，重新去下乡。为什么他坚持一定要再回到农村去？我是觉得，他的一些基本创作原则在写《种谷记》中就奠定了，而写《铜墙铁壁》时，从搜集素材到写作的过程都让他不够踏实，不能达到他的理想状态。所以他还是要回到像写《种谷记》时那种重新深入一个乡村生活世界的必经步骤、过程中去，但他的工作要求、创作要求又深了不止一个层次，也就是要经历一个愈加深厚、坚实而又愈加有理想性的现实把握、塑造过程。这也是《创业史》的创作过程要比《种谷记》更漫长的原因。

刘卓（中国社科院文学所）：我从你这个话题开始说，你提到柳青的一个自然主义阶段或柳青式真正的现实主义。你用的材料我当时用过，我用了几个方案去分析。第一个是把它放在20世纪40年代的有关创作谈和理论论争的一些语境之中，因为这些批评家基本是国统区来的。我有一个感觉，国统区的作家倾向于谈革命浪漫主义，延安来的批评家和作家反倒谈实际的事儿。所以你刚才说这些批评家有自己的问题，确实他们没有经历过你刚才在报告里提到的——延安不仅给了作家主体改变，也给了他们一套共产党的组织、动员实践所带来的分析眼光。这些是上海的批评家所没有的，所以这些东西他们也看不出来，但他们又有一个革命胜利在望的理想。第二个，为什么冯雪峰能看到"真"？我也比较过冯雪峰为什么觉得还不够典型。冯雪峰同一时期也写了丁玲《太阳照在桑干河上》的批评，他觉得丁玲就写得典型化。然后我就想，原因到底是什么？从题材角度，从什么叫主要矛盾的角度，《太阳照在桑干河上》写了主要矛盾，写到与地主的阶级斗争，但冯雪峰看得比陈涌要宽泛一些,他注意到了丁玲所写的那些后来被认为属于没改造好的地方,实际上那些是丁玲自然带进来的。陈涌就直接关注到阶级斗争。这里边有一个问题,现实主义小说的情节和它的矛盾在那时的现实主义讨论中构成了一个对应,你只有写这个社会的主要矛盾,以矛盾构成你的情节,构成你小说的推进,才被认为是典型的。是不是只有阶级斗争是主要矛盾?很显然,我觉得从事后视角看就不是。这也是我读蔡翔老师那本书(《革命/叙述——中国社会主义文学−文化想象(1949—1966)》)第一章时的一个困惑,我当时问过他:蔡老师你为什么用组织动员方案,不用阶级斗争叙事呢?但是蔡老师没有完全回答我。当时我比较质疑,说你写的还是一个政治学上的套路,套用过来,只写了政治性的关系。但如果配合程凯刚才对柳青的解读,可以看出柳青是勾勒了一整个的社会关系在那儿。柳青他对于这些人物的书写,人物之间关系的对照,次要人物和主要人物的选择,所有这些人物加起来之后,加上情节选择来形成一种非阶级斗争式的矛盾推进的结构,就是你刚才说的他提供了一个社会图景,这个图景是不是共产党的理想社会主义模式,不知道。当时这个(写法)不是情节上的新,而是柳青思想上的新。思想的新尤其是要跟延安的作家来比,这么一比的话,丁玲和周立波都还是有点靠着共产党在组织动员中那个最突出的显性特征来写,这是我的感觉。

我在听你开始讲的时候就觉得这解决了当初讨论《创业史》时大家解决不了的问题。柳青当初一直跟严家炎老师说是否能写出梁生宝的典型性是一个政治问题,并不是一个写真实的问题。这个"写真实"就像你刚才提到的,是不是一个必经的现实主义阶段?还是说我们去理解自然主义、理解现实主义,有一个更扩大的视野?以前我们总会说柳青为什么写得好,因为他有生活,但是不是也因为他有不同眼光,不同的角度呢?比如丁玲也尝试过写《一二九师与晋冀鲁豫边区》,写《记砖窑湾骡马大会》之类的文章,但她很快就缩回来了,她要表现她自己的感受,她要写得很抒情。到土改的时候她就直接去套运动过程,她就没有经历柳青这样一个阶段。柳青这里有一种模模糊糊,从生活来的感觉。这种生活的感觉,我在柳青的相关讨论里没有看到一个好的分析。但是我看吴组缃分析《红楼梦》,其中有两点分析特别给我启发。他讨论前现代的小说怎么能够把握到封建社会衰落的矛盾:它的情节和它的主要矛盾、主题之间是分裂的,也就是说,我同样能把握到这个社会的真实,但我不一定用你给我限定的题材或给我限定的主要矛盾,它的情节是散的。吴组缃先生分析说,这就是模模糊糊的生活的感觉。他分

析其中的次要人物构成，就像打台球一样，每个人物之间的连接不是组织动员上的因果关系，而是一个带出一个来，而只有深入其中的人，才能从彼此的视角里看出来它会构成一个模糊的整体感觉。这样一来，小说的结构就完全不是在一个西方近代资本主义、资产阶级个体成长的意义上去构造它的社会构建关系。这一点的意义有多大，能走多远，是从哪开始的我不知道，但我确实觉得你说的柳青式的现实主义对于如何把现实主义的理论图景、有关典型问题打开，意义会很大。

程凯：你刚才讲的可以直接写篇论文啊。

刘卓：还有我再补充一个资料。你刚才说延安时期专业批评家少，这其中有一些变化。我当时读材料的时候就感觉确实专业批评家少，但当时报纸上有很多群众来信，不管是《厂长追猪去了》，还是《白毛女》，还有小戏歌剧，都有一些群众来信来去影响创作过程。反倒是新中国成立之后专业批评家开始增多了。1949年之后我觉得还是愈发受现实主义观念的影响。我始终都觉得这是两条路：文学观念跟艺术创作其实是各自在往前走。在创作实践中，柳青为什么能够发展出一种与政党意识形态不太一样的社会视野？像丁玲他们在新中国成立之后很难说在思考社会问题上能超过给定的东西，而柳青或者李准他们有时候就能超过去。那个东西是怎么来的？我觉得这是可以进一步思考现实主义的问题，但它不等于技术上的方法论，也不能简单地说就是生活，就是感性。

何吉贤：我自己有一个内在期望，想得到解答。关于如何把握一个村庄，在人文社会科学研究界有很多的积累，在社会学、历史经济学、人类学领域都有相当积累。但是从文学这一块讲，它所做的特别贡献是什么？这条路是不是有值得总结的经验，有可以理论化的一些问题？这一点其实是我一直在考虑，又没有想明白的。程凯在文本分析时分得非常细，而我们现在要把它重新给捏起来的话，我们要捏成一个什么样的形状？这里面可能存在很多不同的方向。

何浩（中国社科院文学所）：我想接着刚才提的问题和程凯的回答讲。我还是觉得这样的理解是有点儿把柳青的《创业史》《种谷记》回收到一个比较容易把握的框架里边来。柳青《种谷记》的特殊性到底在哪里？我自己看《种谷记》的时候确实觉得它非常特殊，很不一样。就像程凯说的，1949年之前解放区也出了一批长篇小说，但是《种谷记》以及后来的《创业史》都非常特殊，我一直在想它们的特殊性到底在哪里。吉贤你之前梳理的那个脉络我觉得还可以再细一点，就是不那么快地建立起一个脉络。《种谷记》

当时给我的冲击非常非常深，我完全没想到。这个冲击的深有一个层面，就是我突然发现我在任何一个脉络里边都很难直接把《种谷记》放进去。它其中有一个不一样的地方，你看程凯之前提的那个座谈会里边，国统区的作家和冯雪峰他们是有交锋的，程凯在讲的过程中也举了路翎的例子做对比，路翎的方式承续胡风，非常有力量，但你看，到了写《洼地上的"战役"》时，看起来仍是一个现实主义的叙述，但他对现实的把握其实是有问题的，看起来他是非常有力量的，逼迫人的，特别能把人带入进去，但还是非常有问题。这个有问题我现在还没法展开来说，也不一定能说得清楚。

我回过头来想，《种谷记》有那么黏稠的，行笔那么艰涩的、有摩擦感的行走方式，它不只是给我们描述出来一个村庄，而是让我们感觉到他描述村庄时行走的艰难。一个知识分子或者说一个政治干部真的要去面临经验、面临现实的时候，这样的一种训练的功夫意味着什么？我们怎么才能够真的抵达村庄？比如说社会学、人类学也在做很多工作，要去把握一个村庄，但我们仍然觉得他们把握的村庄反正就有点儿不对劲，有些地方不那么到位。那我们怎么才能够特别到位地、准确地抵达？就是冯雪峰所说的精准度。当然，单单精准度还不够，精准度上还要再叠加别的，对于一个村庄的把握可能就非常有效、非常有力。我并不把《种谷记》当成一个典范，我也没觉得它已经达到了一个典范的位置。但《种谷记》所摸索出来的重新去抵达现实，重新去抵达经验的方式和路径，我觉得是跟1942年《讲话》之前的所有的那些深入生活、现实主义都不一样的，所以国统区的人会感到很陌生。它也跟后来柳青能够达到《创业史》的高度有内在的关系。这还不是说《种谷记》没有写主要矛盾而《创业史》写了主要矛盾，看起来把握了主要的社会斗争方向和一个更宏大的结构，我觉得不是。更内在地说是柳青能够把握住梁生宝跟村庄之间的内在关系。当然，这个我觉得要有分寸地讲，即便在《创业史》的把握中，柳青还是叠加了1956年之后"农村社会主义高潮"中的很多叙述，但柳青这个时候已经能够更加饱满地去抵达现实了。这个能力不是一个直接的、我们现在可以方便讲述的框架所能阐释出来的，而这一点正是《种谷记》不容易讲的、特殊的地方，是《种谷记》给1942年《讲话》之后的现实主义带来非常大的冲击和开拓出来的一个实践方式。我觉得就这一点而言，周立波没有，丁玲也没有，赵树理更没有。赵树理的那种方式绝对不是柳青的方式。赵树理的方式我也同意，我觉得他在很大程度上还是跟农村非常贴合，但是跟柳青的贴合的方式是不同的，我觉得不只是贴合的程度，而是方式，是怎么样去贴合的。在20世纪，从传统社会到现代社会有

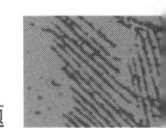

一个巨大的转换，当我们所有人都不知道怎么样重新来有效地抵达中国社会的时候，柳青的《种谷记》是把这个问题和特别艰苦的一个磨练过程给呈现出来了。这个是我特别意识到的《种谷记》特殊的地方。

柳青经过那些摩擦度非常大，缠斗性非常高的艰难叙述之后，要达到的是什么？他达到的不是一个分析性目标，而是更深地进入村庄里边去，进入村庄的一个感觉里边，一个状态的把握里边。我觉得柳青的叙述里往往有这一层，就是抵达现实的摩擦度。我们为什么特别要强调真实性和精准性？精准性和真实性是用来干吗的？有了这些之后，我们（文学）跟人类学和社会学对于村庄的叙述一下子就分开了。我觉得它们没有经过这一层，它们很难说是经过了这一层之后来达到对一个村庄的内部的更加内在于它的感受性和整体性的把握，但是柳青的《种谷记》中有这种状态。

程凯：中午跟吉贤通话其实也说到，接下来咱们读书会要讨论周立波、丁玲、赵树理，届时还会碰到这些核心问题。比如《讲话》以后现实主义写法的转变之类的问题。我觉得这些问题可以彼此参照来思考，咱们之前也开会讨论过丁玲、赵树理，但是很多问题现在看其实都还可以重新回炉，重新讨论。比如说就围绕《讲话》以后20世纪40年代中后期解放区出来的几部长篇小说，我们就可以组织专门的讨论。关于《种谷记》的讨论也不是说这一次就过去了，这次等于是起个头，帮大家捋一捋这个作品到底写了什么。刘卓、何浩的发言里，已经涉及很多对比的问题，就是把《种谷记》放在很多不同的坐标里面掂量，可以把《太阳照在桑干河上》《暴风骤雨》这些作品一起参照着来读，我们再来看它们互相之间到底有什么不同，每个创作的独特性到底在什么地方。

何吉贤：我最后说两句吧。今天是"现实主义七讲"的最后一讲，结束在柳青笔下《种谷记》里的王家沟村，我们接下来会到周立波的清溪村去——《山乡巨变》所写的那个村子，构成连续性的推进，相关的问题还会再继续讨论。当代文学的研究，从洪子诚老师为当代文学尤其是"十七年文学"学术化、问题化做了一种开创性工作之后，蔡翔老师又把"十七年"里边的文学和政治部分大大地拓展出来，而读书会这些年的工作可能对当代文学的研究又会有一个新的拓展，会产生出新的代表性研究，这是很值得期待的。

最后在我们暑期的系列讲习班结束的时候，还是要非常感谢这次应邀参加系列讲座的各位主讲老师，从符鹏、谢俊、初金一、刘卓，到程凯，大家都做了非常辛苦、非常详尽的准备。这是读书会举办的暑期讲习班的第一次，也是一种尝试。希望以后这样的活动还会继续开展，大家一起来参加。当然也非常感谢何浩在幕后做了很多的组织工作，特别感谢为这次讲习班服务的各位同学，像夏天、宁媛媛、梁苑茵。我们以后还会在读书会的各种会议、读书活动、考察活动中和大家相聚，一起读书、讨论。感谢大家！后会有期！

注释：

①胡乔木：《胡乔木回忆毛泽东》，人民出版社1994年版，第57页。

②③④瓦特：《小说的兴起》，生活·读书·新知三联书店1992年版，第205、205、214页。

⑤陈云：《关于党的文艺工作者的两个倾向问题》，《文学运动史料选（第五册）》，上海教育出版社1979年版，第19页。

⑥⑦凯丰：《关于文艺工作者下乡的问题》，《文学运动史料选（第五册）》，上海教育出版社1979年版，第11、12页。

⑧⑨毛泽东：《在中国共产党第七次全国代表大会上的口头政治报告》，《毛泽东在七大的报告和讲话集》，中央文献出版社2000年版，第106、110-111页。

⑩周立波：《后悔与前瞻》，李华盛、胡光华编，《周立波研究资料》，知识产权出版社2010年版，第59页。

⑪刘可风：《柳青传》，人民文学出版社2016年版，第73页。

⑫柳青：《转弯路上》，孟广来、牛运清编著，《柳青专集》，福建人民出版社1982年版，第6页。

⑬⑭刘雪苇：《读〈种谷记〉》，《论文学的工农兵方向》，海燕书店1950年版，第150、153页。

⑮竹可羽：《读〈种谷记〉》，《论文学与现实的关系》，作家出版社1957年版，第53页。

⑯《〈种谷记〉座谈会》，孟广来、牛运清编著，《柳青专集》，福建人民出版社1982年版，第126页。

⑰⑲⑳㉑㉒㉓㉔㉕㉖㉗㉘㉞㊲㊳㊴㊵㊶㊷㊸㊹㊺㊻㊼㊽㊾㊿柳青：《种谷记》，《柳青文集（第一卷）》，人民文学出版社2005年版，第30、21、75、16、216、216、205、11、25、25、105、52、92、143、6、7、149、10、14、31、38、219、218、121、153页。

⑱《高岗在七大上的大会发言——争取中间分子、生产、作风问题（1945年5月1日）》，《中国共产党第七次全国代表大会档案文献选编》，中共党史出版社2015年版，第567页。

㉒柳青：《在故乡》，《柳青文集（第四卷）》，人民文学出版社2005年版，第65页。

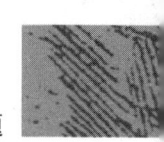

㉙ 欧阳山：《高干大》，人民文学出版社1979年版，第5页。

㉚ 作为妇女主任，为了登记填表方便，她还给自己起了个"官名"郭香兰，但村里人还是叫她"存起家""存起媳妇"。（柳青：《种谷记》，《柳青文集（第一卷）》，人民文学出版社2005年版，第154页）

㉛ "母女四人和一大群娃娃挤在一盘炕上，大人们有说有笑，娃娃们又哭又闹。……王克俭的老婆则更快活，总是用年轻时含情的眼睛看着他，殷勤地拍打他身上的灰尘，使老汉在儿媳妇面前真是局促得很，因为在他眼角里扫见她几次低头抿嘴笑着走过他身边。但老婆不能压抑她的热情，她一视同仁地抚摸每一个大点的外孙的头，亲吻每个小点的外孙的嫩脸蛋……总而言之，一切天伦之乐都表现了出来，顾不了勾起勾不起愣子媳妇想娘家的心思。"（柳青：《种谷记》，《柳青文集（第一卷）》，人民文学出版社2005年版，第136页）

㉜ "众人评论王克俭，有人说他弄得众叛亲离，经过这回刺激，可能转变；天佑肯定他会死顽到底，直至他穿上寿衣。大多都反对天佑这种态度，连他老子王加荣也在内。他们拿减租斗争以前和减租斗争以后的王克俭比较，他已经大大的不同，除非像老雄那样的人，没有死顽到底的，人糊涂是一时，不能糊涂一辈子。"（柳青：《种谷记》，《柳青文集（第一卷）》，人民文学出版社2005年版，第223页）

㉝ 王克俭基于同白区的对比，能体会到新政权下是一种"升平盛世"，因此在听说伊盟事变后带着无限惋惜的心情看待新社会可能一去不返："他惋惜着这几年的升平盛世将要结束，匪盗会复炽，保甲会恢复，抽丁会重来，训练员会委派，征粮征借会一月一回，军队会跑到驴圈来抓差……总而言之，从王家沟起沿无定河二十里以上乡村的情景，全会原样在这里出现，而在他的语调和情绪上，看出他对边区新社会的依恋"。新社会给他带来了空前的发家机会："王克俭在他的'空'窑提高了灯笼一看，禁不住叹了气，一时又百感交加。光看他这浮产，新社会这几年他的日子算过圆了，要什么伸手拿什么，一年除过出一次公粮，其余全填到这窑里来了……"（柳青：《种谷记》，《柳青文集（第一卷）》，人民文学出版社2005年版，第169、172页）

㉟ 小说开头曾交代过王克俭的发家史："他爸在世时，他们少一半种着自己的祖产，多一半则种本村四福堂财主的租地，由于和四福堂情厚，在秋收以后的农闲时期，又要他们包揽着讨租粟。老人死后，他和小子继续了这份职务，一直到新社会有了减租法令，四福堂财主拿门外的远地同别处的地主兑换成本村和邻近的村地以后，合不着另用讨租粟的人，他才失去了这一笔收入。但他们已经和老人在世时大不相同了，多一半种着自田自地，少一半租种财主的地。这几年驴下骡子，加上新社会一切捐税负担都顶轻，他又添置了一些，统共已有二十六垧地；而四福堂财主的地他是只种五垧半了。他越来越感到腰里有劲，今年正月里公家开始普遍订'农户计划'时，区乡干部竟把他当做富裕中农的典型，订得特别仔细。……当核算完毕的时候，他们竟宣布他可以做到'耕二余一'。"（柳青：《种谷记》，《柳青文集（第一卷）》，人民文学出版社2005年版，第9页）

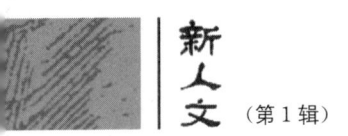

㊱ "比起老雄,王克俭便太老实了,驮了半辈子租粟,除过应挣的工钱,和租户给他筛一壶酒,巴结地给他装几把瓜子酒枣之外,可以说一干二净;有时遇到穷租户,粮食装起全家掉着眼泪送他起身,他还一路难过着回来。"(柳青:《种谷记》,《柳青文集(第一卷)》,人民文学出版社2005年版,第99页)

[程凯　北京师范大学文艺学研究中心、中国社会科学院文学研究所]

诗意边疆生成的情感逻辑

——论白桦小说《山间铃响马帮来》*

李 哲

导 语

中篇小说《山间铃响马帮来》取材于新中国成立初期在云南边疆少数民族地区的部队生活,也是作家白桦在 20 世纪 50 年代最受读者欢迎和好评的作品。但在 80 年代重提这部作品时,白桦却在诸多场合反思了它的"失真"问题:"我在 1951 年创作的《山间铃响马帮来》,1954 年拍成了电影。我当时写的和生活比较起来是失真的,把消极面掩盖了起来。"[①]表面看来,白桦的反思耦合着 80 年代主流文艺思潮对"十七年"时期文艺真实性的质疑,但两者的根本差异却有待分梳。和现代派文艺青年最终走向对"真实"本身全面彻底的解构不同,白桦对《山间铃响马帮来》"失真"的反思恰恰出于把握"真实"的要求,所以他才会不无遗憾地认为"如果当时能忠实地对待生活的话,这个作品就会深刻得多。但是没有这样做"[②]。事实上,身历中国革命的白桦始终处于内涵驳杂的革命现实主义传统内部,如何深入地理解生活并把握和撬动现实也构成了他对文学的期待和要求。从这个意义上说,白桦对《山间铃响马帮来》的反思需要回置到 20 世纪中国革命经验的内部,尤其是回置到 40、50 年代之交革命和文学有关"真实"的感觉构造中,唯其如此,我们才能真正理解白桦所关切的"真实"究竟意味着什么,以及这种"真实"何以没有被《山间铃响马帮来》这类作品真正把握和充分赋形。

作为深度卷入新时期思想解放的作家,白桦对文学的理解却依托着"歌颂/暴露"这一似乎在新时期已然显得过时的框架,如他在反思《山间铃响马帮来》"失真"的原因时就认为:"我们当时是遵从党的教导,要歌颂,不

---

* 教育部人文社会科学重点研究基地重大项目"中国现实主义的当代探索形态与话语分析研究"(编号:22JJD750012)成果。

要暴露缺点。"③在这种表述中，"歌颂"和"暴露"构成某种尖锐对立的结构，而其潜意识中也隐含着"歌颂/虚假"和"暴露/真实"两两对应的固化认识，由此，《山间铃响马帮来》的"失真"问题也会非常自然地归咎于由"歌颂文学"体式规定的政治教条和艺术公式。但如果回置到20世纪革命经验和文学意识内部，"歌颂/暴露"框架背后纠缠的历史逻辑却复杂得多。仅就新中国成立初期的部队文艺而言，"歌颂文学"本就是为矫正"从落后到转变"的教条和概念化倾向而被提倡的。在当时很多部队文艺管理者看来，"从落后到转变"模式存在的问题在于"写落后人物比较生动，表现转变比较无力，而转变后简直有些概念化"④。与此相对，"歌颂文学"则聚焦于"能够真实地表现新的英雄人物"，其最终目标则是捕捉革命战争中正面、积极的现实经验，"掌握日新月异、飞跃向前发展的新生活、新事物、新人物"⑤。再具体到白桦所在的昆明军区，时任军区文化部副部长的冯牧即专门撰写了《更好地反映我们英雄的年代》和《关于新人物的表现问题》等导向性文章，而"写光明、写英雄"也成为对白桦这类部队作家的直接要求。不能否认，当这种"写光明、写英雄"的主张作为文艺方针和创作规范落实到作家个体层面时，确实会或多或少地构成某种压力和导向，如白桦所说："当时虽然内心有造假的歉疚，由于很容易发表、成名而坚定不移地写下去，严格地说，作品离开生活的真相越来越远。"⑥但需要进一步辨析的是，白桦所说的"作品离开生活的真相越来越远"的问题究竟能否简单归因于作家个体在政治外力作用下的"内心造假"？或者更具体地说，作品的"失真"和以"内心"表征的作家主体情感究竟有没有直接的因果关系？

事实上，对白桦等人走上专业作家道路起到重要作用的冯牧曾在文章中明确提到了"歌颂"的情感问题："当我们表现新英雄人物时，必须在作品中表现出作者对于人物的无限热爱，以感染读者也产生同样的情感。那种主张必须客观地'冷静'地、不露思想痕迹地描写事物的论调早就应说为我们所摒弃了。我们要热烈地歌颂，热烈地描写，必要的时候甚至可以以作者的口吻说话。"⑦由此可见，"歌颂文学"（尤其是像《山间铃响马帮来》这类在全国文艺界反响热烈的成功作品）不可能以"内心造假"为前提，相反，"歌颂"本身蕴含的抒情机制恰恰对创作主体的真诚和热情提出了更高的要求。

具体到解放战争和新中国成立的历史情境而言，冯牧所说的"热烈地歌颂，热烈地描写"更非某种刻意的政治要求。在这一方面，身历革命的文学青年白桦本人就是一个典型的例证，不妨参看他如下一段回忆文字：

"现实主义"专题

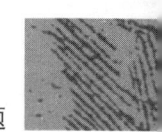

  1952年底,我第一次从西南进京,在火车上我竟然会请求列车广播员让我向同车的旅伴们讲话,我唯一的目的是想要让他们都像我一样感受到新时代、新中国的幸福心情。我们的新中国得到了独立,独立意味着什么?意味着自强之路就在我们的脚下。我们的人民正在走向繁荣富强,我们解放军战士愿意献出自己的青春和生命,来保卫欣欣向荣的祖国。回到故乡的第一个夜晚,我就在母校的广场上,给我的老师和同学们作了一次热情洋溢的演讲。⑧

  解放战争的胜利和新中国的鼎定令年轻的白桦处于高度的亢奋中,而他"感受到新时代、新中国的幸福心情"直接构成了冯牧"热烈地歌颂,热烈地描写"⑨主张深厚的情感依托,更成为他本人展开文学创作的基本前提。因此,像《山间铃响马帮来》这类"歌颂文学"之所以动人并产生巨大影响,正源于白桦在特定历史情境中激荡着某种与"歌颂"高度匹配的主体情感状态,当然,这种情感状态也在表达时获得了与之匹配的形式媒介。从这个意义上说,《山间铃响马帮来》不可能像白桦所说的那样是一篇"内心造假"的文字,而恰恰是一部真诚而充满热情的作品。

  承认《山间铃响马帮来》是一部真诚而充满热情的作品,并不意味着取消白桦在新时期反思其"失真"问题的维度,而是沿着白桦自身的逻辑把这种反思向前推进一步。在这里,白桦试图反思的文学"失真"问题将变得更具尖锐性和挑战性:《山间铃响马帮来》是一部真诚而充满热情的作品又如何,仅仅靠"真诚"和"热情"确立的文学能够理解和把握白桦所期待的"真实"吗?进而言之,所谓"真诚"和"热情"本身难道不需要反思吗,它们本身难道不会成为文学理解和把握"真实"的障碍吗?本文试图借助《山间铃响马帮来》追问这些问题,我将尝试对白桦文学中"真诚"和"热情"的情感逻辑予以分析,这种分析既要追溯情感在白桦作品中生成的历史情境,也要考察这种情感借以展开自身的文本形式媒介和它所依托的文学资源。基于这种对情感本身结构性限度的彰显,我将对《山间铃响马帮来》的"失真"问题重新做出解释,也将对与此相关且影响深远的"诗意边疆"想象问题予以批判。

一

  对身历革命的青年白桦而言,"歌颂"所依托的情感是真诚而炽烈的,在20世纪80年代以后的回忆中,他更多是用"单纯"一词对这种情感予以表述。所谓"单纯",自然有晚年白桦对自己青年时代的珍视和感念,但也掺杂着他对自己当时政治不成熟状态的轻微自嘲。而当他在20世纪八九十年代语境中把自己50年代的作品归之于"单纯"时,那种看似透明实则层次丰富微妙的感觉自然也会渗透其中:"那时候我的作品全都是这样的一些简单作品,包括《山间铃响马帮来》、《骑车保边疆》……我把边疆生活看得很简化、诗意化。"[10]那么从50年代初中国具体的历史情境来看,这种所谓"单纯"的情感究竟意味着青年群体怎样的主体状态?"单纯"又呼应着什么样的时代氛围呢?

具体到青年白桦来说,其"单纯"的情感的生成和他解放战争时期参军的经历密切相关。白桦原名陈佑华,在20世纪40年代,他先后就读于潢川中学和信阳师范,在校期间已经投身民主革命运动,是中共信阳支部的重要成员。1947年,白桦因参与响应"六二"总罢课活动而被开除,次年被信阳支部组织输送参军,隶属于中国人民解放军中原野战军第四兵团(陈谢兵团)十三旅(后为十三师),并随部队南下作战,直至云南边疆地区。在部队中,白桦曾先后担任宣传员、记者、教员等文职工作,后在昆明军区文艺领导冯牧的鼓励和扶持下转型为专业作家。在新时期文坛现代主义风行的整体氛围中,解放战争时期的从军经历仍然构成他在自我身份认同上特殊的历史连带感:"我并不是像有些人误解的那样是个现代派;不!我是个幸存者,幸存者不可能和许多战友为之付出过青春的事业割断,不可能把滋养过我的心灵的一切否定掉,特别那一切是劳动人民崇高的美好的品性。"[11]尤其值得注意的是,白桦会用"家"的意象来比喻"战争中的军队":"一个执行着严酷的历史使命的武装集团却是一个温暖的家,这两个概念好像不相干,但事实又的确如此,从这个意义上来说,我们的军队是举世无双的。"[12]对年轻的白桦来说,所谓"单纯"的情感正是在这个如"家"一般"理想的群体"中发生的:"1947年以前那一段时间我是孤独的,等我进了部队以后,我觉得自己又找到了一个家,找到了一个团体,找到了一个自己理想的群体,所以我就没有孤独了,我的思想也变得单纯起来了,非常之单纯。"[13]和那个在"特务暗探横行的白区"工作时感到"孤独"的自我相比,"单纯"则意味着白桦已经处在了由部队所营造的理想的"人和人之间的关系"中。白桦多次提道,令他深受感动且经久不忘的正是那些身处严酷战争却仍然缔结着良性关系的"人":"印象最深的还是战争当中的人。我生活在军队的基层,我可以忘掉战争的规模和场景,那些战士和各级指挥员的形象却是永远也忘不了的。"[14]而对20世纪50年代初期在部队从事文字工作并最终走上专业文学创

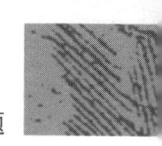

作道路的白桦来说，这些"人"非常自然地成为他的书写对象和情感触媒：
"我写了一群好人，互相爱着，和星光那样互相照耀着，互相影响着，互相推动着，互相震撼着各自的心灵！"[15]

需要指出的是，白桦晚年对"人和人之间的关系"的描述更多诉诸他部队情感记忆的诗意表达，但如果结合他在20世纪50年代有关军旅题材的创作来看，这种"人和人之间的关系"又可以分为三个紧密关联但又互有区别的类型，即"战友关系""军民关系"和"民族关系"。

部队内部在战火中缔结的"战友关系"是白桦参军后最早接触和受感动最直接的关系，这种关系在转化为文学书写中的"战斗情谊"时显得颇为顺畅，白桦曾坦言，"我写他们的时候没有费多大的劲"[16]。早在解放战争中作为随军记者南下途中，"战斗情谊"就已经在《渡江前后》《廉村战斗得炮记》等战地报道对战士的描写中自然流露出来，而从事专业文学创作后，"战斗"和与此相关的"战斗情谊"依然是白桦作品的常见题材，如《竹哨》中小李和老牛在丛林中的战斗协同，以及《边疆的声音》中小战士谢根生和老兵张经武的精诚合作，都写得生动饱满。

和"战友关系"密切相关但又溢出其范围的"军民关系"也是白桦这类部队文艺工作者关注的重点。在行军期间所做的报道《小港口抢险记》中，白桦即用生动的笔触表现了"四兵团十三军三十八师宣传队冒雨和老俵们合作共同抢险的故事"[17]，其"雨中"的"火把"意象和《军民一家》的歌声为"军民鱼水情"赋予了颇为鲜活的意趣。伴随着部队南下途中历次战役的节节胜利和云南的和平解放，这种基于文学书写层面的"军民鱼水情"被表现得更为浓郁和热烈，尤其是在包括二野第四兵团在内的解放军入滇的历史时刻，这种情感更是得到了集中而充分的释放。在相关的文学作品中，云南民众"狂热的迎军行列"常常成为情感表达的焦点意象，如与白桦同期入滇的穆欣曾在报告文学中写道：

> 车过贵州西境的最后一线——兴义县城不久，便进入云南省境。这一点是滇桂黔边解放区所属罗（平）盘（县）分区，沿途到处都有人民的行列在公路边迎军。天虽那样冷，但他们在那里已候有一整天了。特别是罗平西边但板桥乡，有数千欢迎的人群把道路阻塞着，又是舞蹈，又是歌唱，向经过的每一辆车子献旗。[18]

白桦本人也曾经在回忆中多次提及这种盛况：

> 1950年初，滇东南温暖如春，各族人民和滇桂黔边纵的游击队员

们在滇桂边境迎接我们，大军一过百色，就进入一个花朵和歌舞的世界。震耳欲聋的锣鼓，夹道欢呼的人群，使我们一路上喜泪如雨。[19]

与"战友关系""军民关系"相比，"民族关系"是白桦在从事专业文学创作后更为频繁表现的对象，而像《山间铃响马帮来》这种表现"民族关系"的边疆文学作品更是成为广受读者好评和文艺界欢迎的文艺作品。但无论是从云南边疆社会史的经验逻辑来看，还是从50年代初昆明军区的文艺脉络来看，《山间铃响马帮来》等边疆文学作品中的"民族关系"都是和"军民关系"一脉相承的。在其短篇小说集《边疆的声音》的后记中，白桦非常明确地指出：

> 这些作品里的正面人物，都是我在边疆战斗中工作中相处很久的朋友、同志和战友。我爱他们，我希望把这些曾经是"奴隶"的边疆人民解放后的新面貌描绘出来，把这些曾经被人们传说地形容为"烟瘴高原"的魅力而长春的景色描绘出来。[20]

如果考虑到传统上曾视西南边地少数民族为"蛮夷""猓猓"的大汉族主义倾向，或者对照民国时期诸多国内外记者、探险家和学者有关云南的调查（包括诸多作家的云南书写），就会发现白桦在50年代初期把少数民族表述为"正面人物"的逻辑并不是自然而然的。作为部队文艺工作者的白桦非常清楚地知道，边疆地区良性民族关系的建立是和解放军在边疆少数民族村寨中"做好事、交朋友"的工作经验密切相关的——只有在一系列具体群众工作展开的过程中，曾经的"奴隶"才有可能转化为"朋友"，而只有成为"朋友"，少数民族才会有成为"正面人物"并得到作家动情"描绘"的可能。从这个意义上说，所谓少数民族，首先就是群众，只有当他们被认识和理解为"军民关系"中的"民"时，一种正面的、诗意的少数民族书写才能在文学文本中得到显现。这实际上引申出当代文学史中一个非常特殊的现象，即在50年代文学书写中充满抒情性的"民族关系"是经由"军民关系"的媒介才被理解和赋形的，而从文学类型上来说，那个在文艺界反响强烈且影响深远的边疆文艺实际上也是由部队文艺转换而来。

在50年代初期的文字工作和各类体裁的文艺创作中，白桦始终致力于表现部队中理想的"人和人之间的关系"，而由此产生的情感也弥散于诸多作品中的整体氛围。但是，作家白桦对部队中"人与人之间关系"的理解也存在诸多限度——在那种浓郁甚至不乏热烈的"单纯"情感中，"战友关系""军民关系"和"民族关系"之间不同的层次常常变得含混，甚至消弭掉了

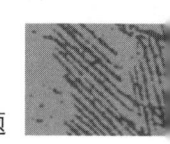

彼此的差异。

首先,白桦对部队中同志、战友"没有费多大的劲"的书写过程常常暗示着某种自然性,他往往会在不自觉中把"战友关系"和这种关系所生成的"战斗情谊"本身视为自然而然产生的历史因素,这就使他很难把握这种情感在历史中展开的现实机制。这种认识上的盲区和白桦这类知识青年在部队中所处的位置密切相关。解放战争在很短的时间即在全国范围内取得胜利,这种快速发展的情势使得解放军部队不得不同样快速地扩充自身,其中也包括在作战间歇和长途行军的过程中大量招募白桦这类沿途的知识青年入伍。这类仓促入伍的知识青年大多在部队中担任宣传员、教育干事、随军记者等文职工作,他们对老根据地的革命工作经验缺乏切身理解,而更多携带着在白区从事民主革命的身心感觉(包括和老解放区迥然有别的文艺趣味)。因此,他们更容易沉浸于战争接连胜利带来的兴奋感,而往往会忽视胜利背后的现实工作逻辑以及胜利本身蕴含的挑战。以白桦所属的二野第四兵团为例,其自太岳开出时就要面临晋冀鲁豫出身的士兵不愿离乡离土的问题;在历次战斗胜利后又会遭遇如何改造国军俘虏的问题;在胜利渡江后,诸多二野官兵也曾因中央令三野驻守上海和江南富庶地区而派遣自己远赴西南产生消极情绪;即使是在部队抵达云南边疆地区后向边防军的转型过程中,恋家、畏难的情绪依然会不时浮现。从这个意义上说,为解放战争取得胜利奠定基础的"战斗情谊"并不是自然的,而是一系列艰难、耐心、细致的政治工作所取得的结果。随军南下的白桦并非不明了这一点,他也深知政治工作的重要性:"这是我们军队所特有的政治工作,并不单单体现在政治工作人员身上,而且体现在每一个同志身上,体现在我们相互之间。"[21]不过,白桦虽然在情感层面沉浸于政治工作所营造的部队氛围,但他对这一工作内部机制和挑战性的理解却是非常不足的,在很多时候,政治工作都被直接描述为一个"单纯"的精神感召过程:"中国的劳动人民非常善良诚恳,明事理、识大体,我们所需做的工作就只是把他们的奋斗目标告诉他们,把榜样(包括自己)立在他们面前就行了。那个时候的政治工作很好做,从来没有把同志当敌人,而是当亲人。"[22]

白桦基于"单纯"情感对"同志关系"理解上的不足自然也会影响到他对"军民关系"的理解。如在前文所提到的《小港口抢险记》中,白桦很难把握和呈现双方如何"合作共同抢险"的工作逻辑,而只能从文学层面调动诗意的物象和歌声,以及传达自己能直接感触到的军民情感——这种过于"单纯"的情感其实含混了"军民关系"和部队内部的"战友关系",使两种虽然连带但又有所不同的情感类型难以有效区分。而在解放军入滇后，部队文艺工作者对"军民关系"的理解则发生了更为明显的变化，在这方面，上文提到的有关云南民众"狂热的迎军行列"的书写即表现出某种症候。对一路长途跋涉且经历战争生死考验的二野四兵团官兵而言，这种"狂热的迎军行列"给他们带来的情感冲击是可以想见的，但相对于此前行军战斗阶段的书写而言，白桦等人对"军民关系"的书写实际发生了某种偏至。

例如，写于行军途中的《小港口抢险记》所呈现的乃是一种军民"合作共同抢险"的双向关系，但在书写预示和平解放的"狂热的迎军行列"时，却只呈现出"民拥军"这个单一的向度。当然，对"军民关系"的偏至理解并不仅限于白桦一人，如果统观当时的宣传报道和文艺创作，会发现"民拥军"已经是颇为流行的题材，甚至得到了云南省军政首长的肯定："进入云南以后，对于人民欢迎共产党、人民政府以及解放军的那种热情，写得多，这是好的。"[23]需要指出的是，当白桦等人开始从部队文艺工作者转向专业作家时，他们对"军民关系"理解上的偏至也沿袭下来，并滋生出某种危险的偏向：一方面，"民拥军"理解模式的泛化和固化使得那种在特定历史时刻才会产生的情感被不假思索地套用于那些并不与之匹配的历史情境，从而使得情感本身也变得空洞而不及物；另一方面，对"民拥军"偏至的理解也在有意无意地忽略和规避"军拥民"这一更为重要的维度，而缺少了这一环节，"民拥军"的文学场景和相关情感常常会落入某种夸张和造作的"歌颂文学"窠臼。在白桦等人最初转向以描写少数民族为主的边疆文艺的过程中，上述两个偏向都充分暴露出来，并直接构成了转型过程严重的障碍。

如前所述，20世纪50年代初期边疆文艺中被正面呈现的"民族关系"常常是以"军民关系"为基础展开的，但这种在文艺层面表现颇为明显的延伸关系背后却有着远为复杂的历史逻辑，其延伸的过程也颇为曲折。和白桦同在云南部队的公刘曾经提到云南边疆地区在解放初期尖锐复杂的斗争形势："云南全境解放后，大兵团作战行动宣告结束。但从全国各地流窜麇集而来的恶势力，数量之多，堪称全国之冠；不少县城重新沦陷，常有敌机越境空投，有些地方居然自称'小台湾'，气焰一时颇为嚣张。这一不曾预料到的情况，竟使部队付出了不亚于淮海大战的惨重代价。"[24]白桦本人的回忆更为清晰地描述了新中国成立初期云南边疆鼎定的阶段性过程，他尤其指出由于某些政策上的失误[25]，边疆少数民族地区曾"产生了一个被敌人利用的叛乱"[26]，而此后则是在军事上"非常血腥、非常残酷"的剿匪斗争，直到"我们又进行了第二次解放，第二次重新把这些丢掉的城市和村庄夺回

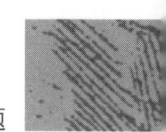

来"⑰。在边疆地区激烈而严峻的剿匪斗争突然展开的情势下,原本那种以"迎军"场面书写为代表的"民拥军"模式马上变得突兀起来。而与此同时,曾对民主革命青年产生巨大影响的苏联卫国战争文学则一度复现,并从情感层面契合了知识青年作家面对边境战争的心态:"为了适应变局,某些以为可以'刀枪入库,马放南山',从此掩卷的名著,例如前苏联作家别克的《恐惧与无畏》,肖洛霍夫的《憎恨的哲学》等等,就再度成了指战员们背包中的珍藏。由是,形势乃赋予了文化部门一个指导阅读的重要任务。"㉘对包括白桦在内的云南作家群体而言,确实出现了一个沿着此种维度展开的创作路径,如此,以别克、肖洛霍夫作品为代表的苏联卫国战争文学会很自然地成为他们理想中的范本。白桦晚年的回忆也佐证了这一点:"作为边防军人体验的更为复杂些,在执行重大任务时也有偏差,但我写时不敢触及,否则人性可表现得淋漓尽致。如苏联著名作家肖洛霍夫的《静静的顿河》把国内战争写得很复杂,敢揭示人性阴暗的一面。"㉙

当然,以严酷和复杂的剿匪斗争为题材、以苏联战争文学为范本的"暴露文学"并没有在白桦乃至整个云南边疆军旅作家群体那里成为现实,正如白桦在后来回忆的那样:"我最初的写作动机是希望反映真实的边疆生活,甚至写了几个提纲。后来都因为不符合党的文艺方针而被领导和同事所否定,转而写作以歌颂为主的诗歌和小说。"㉚白桦的这一表述当然关联着他的作为历史当事人的痛彻感受,但将新中国成立初期复杂的文学状况叙述为"暴露文学"向"歌颂文学"的瞬间转换,并将此种转换归因于作为外力的政治方针,也会遮蔽当时文学与现实之间关系的复杂性。例如白桦在提及云南边疆地区匪乱时,就点出一个云南"第二次解放"的阶段:"我们又进行了第二次解放,第二次重新把这些丢掉的城市和村庄夺回来。"㉛如果考察白桦此后一系列的专业文学创作,会发现他大多数的代表作品都集中在这个阶段,包括《山间铃响马帮来》在内的众多作品也正是试图反映云南"第二次解放"的具体过程。需要指出的是,"第二次解放"最为核心的历史经验并非军事领域的剿匪斗争,而是一个以解放军部队为主体展开的"做好事、交朋友"的群众工作实践,正是后者而非前者最终决定了边疆少数民族地区匪乱的平息和基层政权的稳固建立,如白桦本人所说的那样:"后来,再逐渐纠正已经酿成灾难的错误政策,争取少数民族对共产党的认同,组织在边防军指挥下的联防队……这是我经历的最初的边疆斗争。"㉜

不可否认,白桦等人所展开的专业文学创作当然受制于当时政治意识形态和具体文艺政策的规定性,当时昆明军区文艺界的领导冯牧明确提出了

"写英雄、写光明"的主张,由此形成的"歌颂文学"套路也确实导致诸多紧张、尖锐的斗争难以得到正面和直接的表述。从这个意义上说,白桦在晚年所假设的那种以严酷和复杂的剿匪斗争为题材、以苏联战争文学为范本的"暴露文学"没有展开,确实可以有理有据地归咎于政治意识形态和具体文艺政策。[3]但如果聚焦于白桦在现实中展开的创作路径,并着眼于那些边疆文艺作品对"第二次解放"过程的表现,我们又会清晰地看到白桦自身在现实理解上的诸多限度。这其中至关重要的是,白桦对"军民关系"偏至的理解也影响了他对"民族关系"的认识和表现。当他以单向的"民拥军"来把握部队在少数民族地区"做好事、交朋友"的经验时,更多是情感性地把握"交朋友"的过程,而规避了以部队为主体的"做好事"环节。

事实上,冯牧所定的"写光明、写英雄"的大方向和"歌颂文学"的政治要求并没有从"写什么"的题材层面阻塞"做好事、交朋友"这一正面工作经验的表述。真正对此构成限定性的恰恰来自对文学作品效果上的要求,如冯牧在诸多具有导向性的批评文章中,都把"感人"确立为衡量一部作品成败的最高的标准。在这种"感人"效果的要求下,写作重心很容易从对现实经验逻辑的叙述转向诗意人物形象的塑造,用冯牧肯定苏策的小说《生与死》时的话来说,即"使我感动的不是故事和情节,而是人"[34]。具体到白桦这些依托"做好事、交朋友"工作实践从事创作的作家来说,也是"交朋友"的部分更容易得到诗意的表述并获得"歌颂文学"所要求的"感人"效果,而内含着复杂现实层次的"做好事"工作却常常令他们力不从心,甚至不得不将这些现实经验的规避作为实现作品"感人"要求的条件。这里不妨把白桦和与其同时期从事创作的作家林予进行一个简单的对比。林予所创作的《勐铃河边春来早》非常正面地描写了"做好事、交朋友"的工作过程,也折射出诸多非常重要的现实经验层次,但是,林予所描写的"做好事"工作过程充满了乏味、苦闷和挫折,这种日常得近乎琐碎的现实内容似乎很难成为作家情感着力的界面。和林予相比,白桦在文学层面的聪明之处在于,他基本放弃了对"做好事"这一最具挑战性工作正面、直接和客观的表述,而将笔力聚焦在"交朋友"的维度上。在小说集《边疆的声音》后记中,白桦写道:"这些作品里的正面人物,都是我在边疆战斗中工作中相处很久的朋友、同志和战友。"[5]从文艺政策和写作规范的层面看,白桦所使用的"正面人物"一词与冯牧等人提倡的"新英雄人物"存在一个微妙的偏离,正是这种偏离,使得白桦的创作最终耦合了冯牧等人在效果层面对文学"感人"的要求。如果说"新英雄人物"的塑造要求作家对现实中涌现的新的历史要

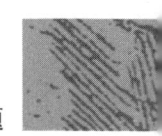

素予以迅速捕捉和准确把握,那么"正面人物"所指涉的普通人却更强调"人与人之间的关系",尤其是情感层面的连带。正是在这个意义上,白桦将边疆的少数民族称为"朋友",也即将他们纳入了自己"朋友、同志和战友"一体连带的情感构造之中。在这里,作为"正面人物"和"朋友"的少数民族人物形象从叙述的现实客体转化为抒情的媒介。

对白桦来说,所谓抒情并不仅仅是"歌颂文学"的导向和要求,也隐含着他认识现实遭遇挫折后的策略性选择——借助这种选择,他将自己的文学创作全然置放在自己沉浸其中且最为熟悉的"单纯"情感中。基于此,白桦在诸多描写边疆少数民族关系的作品中顺畅地延伸了"同志关系"尤其是"军民关系"的情感逻辑。但也正如前文所论,对"军民关系"及其情感逻辑的偏至理解同样沿袭过来,并对其作品的"感人"效果产生直接的威胁。这里且以白桦后来收入短篇故事集《鹿走的路》的小故事为例。在白桦笔下,这些故事通过书写西南边疆的少数民族"在解放以后的新生活"表达对"祖国和毛主席"的"热爱"[36],这其实已经具有了"歌颂文学"的基本体式,为了增强作品的抒情性,白桦着意采用了儿童文学体裁,即以"少数民族的小朋友们"为主人公。但就抒情的艺术效果而言,这类作品却是极其失败的,它们只是在表面上契合了"歌颂文学"的体例,但远未达到冯牧对文学"感人"的要求。其中,《毛主席像》讲述了洪林寨爱尼族(哈尼族)少年冒险潜回被匪徒洗劫的寨子抢回毛主席像的故事,不无惊险的故事情节本身实际上是为抒情服务的,其最终目的在于指向对领袖的热爱:

> 谁都知道,则莉的毛主席像,是她爹到昆明开会带回来的。带回来多不容易啊!用纸卷了十几层,装在粗竹筒里,怕压折了。全寨就只有这一张,平时是挂在则莉家里当门墙上;开个会就挂在会场上。那张彩色的、和蔼可亲的毛主席像,是全寨最宝贵的东西,谁都梦想自己家里能挂一张。[37]

按照当下对"十七年文学"固化的理解,这种夸张的、概念化的书写很容易被全然归之于"歌颂文学"作为文艺政策和书写规范的限定性,但结合具体的历史情境就会发现,作家对军队在少数民族地区群众工作理解上的缺失也是非常重要的原因。事实上,边疆少数民族地区对祖国和领袖的热爱本身并非夸张矫饰的虚构,但这种现实性的"热爱"只能放置在云南"第二次解放"的历史过程中、放在部队"做好事、交朋友"的工作实践中才能得到贴切的理解。在"做好事、交朋友"工作中,部队与供销、贸易、救济、医疗等多个部门有深度结合，他们深入少数民族的山寨中，为他们提供各种急需的帮助，并宣传党的方针政策。如此，我们才能理解冯牧对解放军"工作队"性质的强调："他们要把毛主席的民族政策带进每一间兄弟民族的小竹屋，他们要帮助兄弟民族翻身当家作主人；他们要帮助兄弟民族生产、救灾、治病，帮助他们在荒僻的山野中建设自己新的生活。"⑧"做好事"的众多措施也有轻重缓急之分，医药问题和《山间铃响马帮来》所反映的贸易问题在当时是最为急迫的，宋任穷就曾指出："在少数民族中，解决医药、贸易问题比办学校更重要，医药问题不解决就会死人的。"⑨医药、贸易的急迫性也常常带来"做好事"工作的有效性，当少数民族群众获得了他们生活急缺的物资援助（尤其是在受灾的情形之下）时，或者是生命垂危的人或他们的亲人在部队医护人员救治下转危为安时，他们常常会用"感恩共产党"和"感谢毛主席"这类符合宣传口径的语言表达自己的感激之情。在这种具体经验的对照下，我们能看到白桦在《毛主席像》中的情感书写是高度去历史化的。在现实工作中彼此联动的"做好事、交朋友"被作家畸轻畸重的书写策略拆解了，而缺少了"做好事"这一前提性的现实理解，"交朋友"及其所连带出的情感也就成为一种空洞、抽象且令人感到夸张造作的"无缘无故的爱"。在白桦50年代初期带有试笔性质的诸多习作故事中，这类失败的表述比比皆是，对党、祖国和领袖的"爱"总会从与之配合的历史时刻和现实情境中被抽离出来，而粗暴地塞入由空洞抒情衍生的概念化情境中。

如果考虑到部队在少数民族地区"做好事、交朋友"本就是部队群众工作的延伸，考虑到新型"民族关系"的确立和部队良性"军民关系"的工作经验密切相关，那么白桦对边疆地区"民族关系"文学反映上的单薄正应归咎于他对"军民关系"乃至整个部队工作经验理解上的偏至。

二

如前所述，白桦边疆文艺作品中对"民族关系"的理解承接了"军民关系"的情感逻辑，其对"军民关系"背后军队群众工作经验理解上的结构性缺失也一并顺延下来，并直接构成了"歌颂文学"的情感障碍。不过，白桦在创作上对此情感障碍的克服没有从现实理解层面上对解放军"做好事、交朋友"经验的补足着手，他将更多精力聚焦于形式层面对少数民族之"民族性"的诗意呈现。这种对"民族性"之美学潜能的激活和发掘，使得"边疆"最终成为诗化的抒情场域。

"现实主义"专题

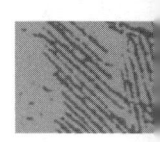

在20世纪50年代初昆明军区部队文艺向边疆文艺转型的情境中来看，白桦的这种书写策略与其时部队文艺整体的工作状态和生产方式密切相关，这其中尤其重要的是作家在少数民族地区的采风活动。1951年，白桦和苏策、林予以及电影导演严寄洲等人到滇南金平勐拉坝的太阳寨、白石崖等地采风，其中，白桦以此次采风的见闻为基础创作了成名作《竹哨》。前文曾提到，50年代军队作家和少数民族的接触都依托着以军队武装为中心的军事行动和群众工作，对他们认识少数民族至关重要的采风本就是军队"做好事、交朋友"工作的有机环节。对白桦而言，勐拉坝采风过程中的见闻体验和相关素材最终纳入了专业的文学写作，而他基于"军民关系"所结构的工作框架和情感逻辑也自然而然地成为对少数民族予以艺术呈现的依托。正是在这个意义上，《竹哨》等作品并没有从叙述层面突破"民拥军"报道的架构，其着重描写的仍是少数民族民众对解放军的热爱。《竹哨》最具突破性的地方在于，白桦着意地凸显独具少数民族风情的民俗、宗教、歌舞、服饰等，并以具有浪漫主义气息的诗学形式将它们转化为抒情媒介。这里仍将《竹哨》与林予同时期创作的《勐铃河边春来早》做一个对比。《勐铃河边春来早》试图正面把握解放军在山寨中"做好事、交朋友"的经验，也非常细致地展现了诸多少数民族村寨中的民俗仪式，但由于作者采用了相对纪实的笔法，这些仪式往往被指认为某种落后、迷信乃至不乏野蛮的陋习，因而很难获得审美的呈现。而和林予小说的纪实性笔法不同，白桦的《竹哨》却将写作重心转向了一种以"感人"效果为旨归的形式营构。这主要表现在三个方面。第一，白桦在《竹哨》中凸显了少数民族人物的儿童身份，也用"少年"指称解放军战士，而且在整体上放弃了现实主义小说的体式，转而使用和浪漫主义传统密切相关的童话等非现实体裁。第二，作为童话的《竹哨》把充满诸多现实张力的边疆转述为一个充满异域性的诗性审美空间，与此配合，白桦在遣词造句上调用了大量关于色彩、声音、气味的感官描写。在这样一个诗性审美的空间中，原本严酷的剿匪军事行动被转述为紧张刺激且不乏传奇性的冒险经历。第三，白桦着意凸显了少数民族的风俗、宗教、服装、歌舞，并用浪漫主义的笔法把这些原本被视为落后、迷信的"陋习"转化为极具审美性的诗意细节。在《竹哨》中给人印象最深刻的并不是剿匪过程，而是伴随这场军事行动展开的各种具有瑶族风味的仪式，如出征时刻的"献酒"，误以为战士小李阵亡时具有招魂意味的"祭祀"，以及在小李死而复生般归来时的"欢庆"，等等。白桦显然没有像林予那样对这些仪式进行自然主义的客观描述，而是将瑶族少女莎丽娅美妙的歌声贯穿其中，如此，仪式也就获得了一种浪漫主义的表述。对白桦而言，上述一系列形式层面的创新巧妙化解了他作品中少数民族书写和"歌颂文学"要求之间的错位。少数民族同胞对部队的歌颂依然放置在"民拥军"这一偏至的情感结构中，部队群众工作经验的现实环节也没有得到补足，但这些被赋予浪漫气息的仪式以及由瑶族少女吟唱的热情歌谣却使得脱榫于现实的情感获得了诗意呈现的媒介，由此，一种具有"感人"效果的"抒情"确立起来。

在《山间铃响马帮来》里，《竹哨》中的诸多"抒情"笔法运用得更为频繁，也更加纯熟。这其中尤其值得注意的是，白桦已不再像写《竹哨》时那样修饰性甚至点缀性地使用少数民族的风俗、宗教、服装、歌唱元素，而是利用这些元素组织出完整的情感逻辑。这其中最具特色的是，白桦尤其凸显出少数民族"歌唱"的意义，这些在小说各个段落中出现的"歌"使得情感逻辑的展开具有了音乐的韵律性，使得"歌颂文学"的写作从很容易空洞和僵化的"颂"巧妙地落在"歌"这种更为自然的情感媒介上。

当然，《山间铃响马帮来》的"歌"依然承载着意识形态的内容，但白桦会把它们安排在特定的场合里，如"大丰收""马帮来"和"五月街"的部分即与"歌"有着紧密的联系。下文将要论及："大丰收""马帮来"和"五月街"各自关涉着新中国成立初期云南边疆地区的重大历史事件，但在白桦的笔下，它们都被艺术地演绎为充满民族性且不乏浪漫气息的仪式。

（一）"大丰收"

《山间铃响马帮来》开头部分的"大丰收"关涉非常重要的历史信息。在新中国成立初期的边疆地区，帮助少数民族群众恢复生产是解放军"做好事、交朋友"工作的重要内容，白桦用诗意的语言呈现了这一点：

> 这是边地头一年的大丰收，眼看着各族人民和解放军在春天一起栽种下的每一颗种子，都已经变成千万颗金色的果实，这些粮食就能保住来年各族人民不再吐清水；不再在青黄不接的时候，爬进雾森林里去拾菌；他们怎能不把全力投向收获呢？草舍里的纺棉车和土场上的纺麻车都停止了旋转——女人们也都下田了。坡田上像闹市，歌声不断地回荡着。[40]

不过，白桦没有从现实层面去细致描写解放军如何帮助少数民族同胞从事耕种的过程，而是通过"边地头一年"这个有意味的时间界定，将"大丰收"确立为具有开端性的历史事件。与此配合，小说对"大丰收"场面予以

"现实主义"专题

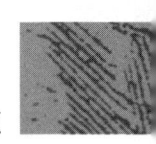

写意性呈现，将其转述为充满民族风情的欢庆仪式，所谓"坡田上像闹市"这种奇崛的比喻也来自于此。"不断地回荡着"的"歌声"更进一步强化了"大丰收"的诗意氛围，"歌声"本身也是作为"大丰收"仪式的有机环节才出现：

> 你们的坡地一片金啊！
> 你们的裙子一片红啊！
> 我们的天上一片蓝啊！
> 我们的心上一片新啊！
> 这是为哪样哩？
> 是天仙保佑？还是鬼神灵？[41]

红花怎能忍得住哩！她用大而圆的眼睛望望老木杆，就仰脸代表苗家姑娘答唱起来，这歌声婉转而高昂：

> 啊！哟！
> 蒙段啊！
> 我们的坡地一片金啊！
> 多谢瑶家大哥一片心啊！
> 我们的裙子一片红啊！
> 多谢瑶家大哥来变工啊！
> 我们的天上一片蓝啊！
> 边界地人民见青天啊！
> 我们的心上一片新啊！
> 边界地人民团结一条心啊！
> 不是天仙保佑，也不是鬼神灵；
> 毛主席的太阳照亮了边界地啊！
> 解放军带来了丰收的好年成啊！
> "啊——"[42]

在少数民族中颇为流行的"对歌"是恋爱或试图恋爱的青年男女传情达意的媒介。在这里，对唱的双方也正是瑶族男青年达洛和苗族少女红花，双方以"敏钗"和"蒙段"相称，似乎更加确证了这种形式的"情歌"属性。但问题在于，对唱的男女双方并不存在恋爱关系，相比性别而言，民族身份在这种对唱中更占据主导地位——小说尤其强调了达洛作为"瑶族人联防队长"的身份，而红花则是"代表苗家姑娘答唱"。这种错位的关系意味着，

87

"情歌"形式其实承载了"边界地人民团结一条心"的政治内容，它的功能首先在于昭示边疆地区新型民族关系的诞生："几百辈子在一个山岗上居住，可谁也不爱搭理谁——除了吵架、打架。今天能够在一起你帮我、我帮你，可不是个小事体。"㊸在瑶族青年达洛第一段歌声的结尾处，发出了"大丰收"历史原因的设问："这是为哪样哩？是天仙保佑？还是鬼神灵？"而红花在歌中的回答更是将毛主席、解放军等政治内容予以毫不含糊的确认："不是天仙保佑，也不是鬼神灵；毛主席的太阳照亮了边界地啊！解放军带来了丰收的好年成啊！"相比白桦早期《毛主席像》等"歌颂文学"习作而言，这里对毛主席、解放军的"歌颂"的生硬度大大降低了，"歌"这一具有少数民族民俗意味的抒情形式在充满政治意涵的歌颂对象和"天仙""神灵"之间建立了符合情感逻辑的呼应。从历史政治层面来说，解放军和毛主席取代了少数民族原本信奉的"天仙"和"神灵"，但如果从抒情相关的艺术层面而言，白桦却把毛主席和解放军这类高度政治化的意象置放于"天仙"和"神灵"的位置上。就这一点来说，白桦笔下的男女对唱只是借用了"情歌"形式作为媒介，它实质上已经被转化为欢庆仪式上的"颂神曲"，正是后者接榫了政治，并在一定程度上契合了"歌颂文学"的情感要求。

（二）"马帮来"

和"丰收"一样，"马帮"同样关涉着新中国成立初期云南边疆少数民族地区巨变的历史现实。熟悉云南历史的人都知道，马帮在云南与内陆和境外东南亚地区的贸易交通中发挥着极为重要的作用，也正因为此，民国时期有关云南的文学书写常常会把马帮描述为极富地域色彩的意象，白桦当然也沿袭了这种描写方式。不过在白桦这里，"马帮"更明确地指称着"解放军护送着的大马帮"，由此，"解放军"和"马帮"具有了某种同构性。这种同构性需要放在新中国成立初期云南边疆民族贸易政策中予以审视。在中央政府的统一部署下，民族贸易政策意在以国家力量重建边疆地区的市场网络，即以内陆主导的"民族贸易"取代该地区以法属殖民地为中心的"跨境贸易"，进而确立人民币在边境地区的主导地位。在当时特定的历史情境之下，民族贸易并不完全遵循市场法则，其中多有对边疆少数民族地区的福利性补贴，如宋任穷所说，在"搞物资交流"时"不要想赚钱，应该准备赔本。弄些他们喜欢的布、丝线、针、茶叶等等"。㊹从这个意义上说，小说中的如下叙述是有所本的："我们来推销货物不是为了赚钱，是政府帮助兄弟民族买来便宜货，让大家都能吃得上盐，吸得上烟，穿得上布。……今天国家帮助

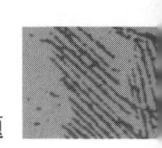

人民,给边界人民解决土产运销困难。"⑮ 当然,这一国家层面的惠民政策需要通过非常具体的工作落实到边疆的各个少数民族的村寨中,也要让每个同胞从中受益,因此,它也构成了解放军"做好事、交朋友"工作的重要方面,其具体方式,即为解放军和供销社系统合作,通过马帮进入村寨完成贸易。

同"大丰收"部分一样,白桦没有从现实构造层面展开对马帮相关历史内容的直接呈现,而是从文本形式上展开诗意描绘。这其中包括以下两个方面:

第一,白桦对马帮的描写聚焦于"马帮来"的诗意场景,这实际上是把马帮及与之同构的解放军置放于哈夏克苗人充盈着浪漫主义的期待视野。从新中国成立初期云南的文艺脉络来看,这种描写内嵌于"民拥军"的书写模式,也承袭了解放军入滇时那种"狂热的迎军行列"意象。在小说中,"大丰收"和"马帮来"构成了两个紧密衔接的承续性事件,两者都因解放军到来而发生,前者已经解决了哈夏克人的生存和温饱问题,而后者将进一步解决他们生活资料的流通问题。由此,"马帮来"意味着某种更为高阶的"盼望":"解放军护送着的大马帮也快要到了!这个消息深深地印在每一个人的心里,谁都在盘算着要买点什么——特别是买些盐,多少日子就断了盐,过着淡日子啊。"⑯ 在马帮所运送的众多货物中,白桦准确地凸显出"盐"这一意象,并由此把"盼望"形象化为某种"有滋味的生活"。

第二,白桦正面描述"马帮来"的文字也是写意性的。他尤其注重呈现"行路难"的场景描写:"暴风雨在山谷里显得越发猛烈,森林摇摆着、呼啸着,像是一群不服气的狮子。一列长长的马帮藉着闪电的短暂光亮冒雨前进。"⑰ 这种冒雨行进的场景描写和哈夏克人的"盼望"构成某种呼应,艰难的行路正是为了达成哈夏克人"盼望"的满足。这其中尤其值得注意的是有关"时间"的描写。当贸易组负责人韩欣试图避雨停歇时,解放军张长水却要求要继续赶路,他非常坚定地说:"我们先头派的友人到哈夏克,预告明早赶到,我们对兄弟民族不能失信,兄弟民族很守信用,我们更要守信用。"如果从历史层面看,白桦所把握到的"信用"问题是非常核心的,这在相当程度上决定着民族贸易政策的成败。不过,这里的"信用"问题并没有从历史现实层面呈现,而是转入了某种服务于抒情机制的仪式描写。作家借小说中的大黑这个人物之口说出了"马帮来"中仪式时间的属性,他提到"他们要在下半月街日以前赶到"。在这里,"马帮来"是和"五月街"这场盛大的活动密切相关的,这里的"准时到达"并非在履行商业性的契约,而是对少数民族仪式礼节的虔诚恪守。由此，指涉解放军进入山寨过程的"马帮来"本身也成为一个充满诗意的仪式。

通过上述极具形式感的诗化表现，马帮连同和它同义的解放军都被置放在一种神话性的位置上。在充满少数民族风情的盛大仪式中，所谓的"来"其实被表现为"神"的"降临"，由此，承载着明确政治意涵的"歌唱"也就成为极具浪漫主义气息的"降神"曲目：

> 远处那些开着鲜花的树丛传来瑶人们的歌声，歌声由远而近，瑶人们在达洛率领下属也整队赶来欢迎马帮来了。
> 月姐儿落下山岗，
> 在云海里升上来和蔼的太阳，
> 解放军从太阳里出现了啊！
> 他们就是太阳的光芒。[48]

（三）"五月街"

小说结尾处的"五月街"构成了最后也是最盛大的一场仪式。在这时，白桦开始用最为恣肆的笔墨对"赶街"予以诗性的表述：

> 早晨的天空明朗朗的，藤条江上的独木筏像出弦的箭，它们载着一群群花朵似的人，远远望去，又像落满花蝴蝶的树枝在浅浪上漂浮，各族人民穿着节日盛装行走在碧蓉蓉的山岭上。河坝上来的普耳族姑娘，打扮的那么动人，她们头上像一个精巧的花篮，而花篮中埋藏着一束小巧的银铃，走过来香喷喷，响叮叮。[49]

不过，在"五月街"华彩般的仪式单元里，本应出现的"歌唱"却奇怪地缺席了，政治开始以更为明确和直白的方式出场，白桦着意提道："街棚上高高地挂着一条大横标语：'我们各族人民领袖毛主席万岁！'"[50]"大横标语"和其中"毛主席万岁"的口号，都是非常明确的政治表意符码，这意味着极具民族风情的"五月街"已经成为政治宣传意义上的"群众集会"。作为组织者的张队长"站在毛主席像下，在那奇怪的麦克风下对大家说话"。这里的"说话"和"歌唱"有着本质的不同：后者带有乐音的性质，它有承载情感的形式媒介，也会生成随情感波动而自如起伏的韵律和节奏；前者更像是噪音，它更多是通过"奇怪的麦克风"将政治意涵直接转化为巨量分贝的物理声音，这种声音无意取悦于人，其巨量分贝直接表征着可以明确量化的政治效能——"他的声音从喇叭筒里出来，比几十个合起来吆喝的声音还

"现实主义"专题

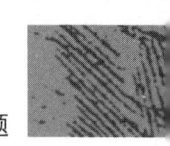

大"。㉛但在这个具有群众集会性质的"仪式"上,张队长只扮演了一个主持的角色,更多且更为强劲的政治表达则通过老木杆这个哈戛克苗人之口得到淋漓尽致地表达:

> 我们的太平日子不是一天来的,是我们流血流汗,在我们大家的长者——毛主席教导下,团结一心,多少次和敌人拼才争来的!让我们的敌人看着我们的日子一天天好起来吧!祖国在支持我们,毛主席的军队在保卫我们!没办法的不是我们,是那些光想在别人土地上占便宜的帝国主义!是卖国的国民党残兵!他们好像扑灯蛾,我们就像不曾熄灭的大火,叫他们来投火吧!来多少烧死他们多少!㉜

一直处于蒙昧状态的老木杆突然获得上述政治觉悟,无论从历史逻辑还是从文学叙事逻辑上来看都会显得特别突兀,其何以在极短时间内掌握娴熟的政治宣传话语也未在小说中得到必要的交代。但从"歌颂文学"的情感逻辑来看,这种政治表达又是可以理解的。事实上,小说中的"大丰收""马帮来""五月街"固然可以视为三场各自独立的仪式,但也可以视为一场整体性大仪式中三个连贯的单元。与此匹配,情感也成为一个连续进阶的叠加过程,而"五月街"居于这个情感叠加过程的高潮部分。但具体到老木杆来说,其情感发展的逻辑却与此一过程略有出入——他从最初轻信特务的蒙昧,到觉察被骗的懊悔愤怒,再到此后手戮仇人的酣畅快意,其作为边疆少数民族人物曲折复杂的情感发展逻辑已具有了诗学层面的完成性。所以在"五月街"部分试图将情感进一步提升到某种更具挑战性的政治高度时,"歌唱"这类形式媒介已经不再具有与之匹配的诗学能量。从这个意义上说,白桦借助少数民族仪式化书写生成的浪漫主义抒情策略虽然精彩,但并没有完全弥合"歌颂文学"中情感与政治脱节的问题。老木杆在"五月街"场合的政治表达暴露出白桦小说"民族性美学"的限度,这种"民族关系"描写依然处于"军民关系"的内部,也因对"军民关系"偏至理解的沿袭而落入和《毛主席像》类似的"民拥军"套路之中。

白桦并非不清楚《山间铃响马帮来》中情感与政治内蕴着充满张力的结构。而化解此种张力的方法之一,可能是从他所倚重的情感层面展开反思,即将那种经由"单纯"情感把握到的抽象政治落实在复杂的历史经验层面,以此反向充实自身情感层次的不足,并通过情感接榫现实能力的提升真正获得对峙政治甚至重构政治的沉厚力量。但白桦的文学显然没有在此种理想的维度上展开,他更多基于专业创作的要求而调用自己熟知的各类文学资源,

91

并基于此为情感赋予更具美学强度的形式媒介。这种维度的努力使得白桦文学中情感的展开逐渐脱榫于历史经验和现实构造，也就是说，情感开始沿着自己的逻辑展开自己，并借助各种文学资源生成了一个诗意而自足的情感世界。当然，这样一种情感不仅无法化解与政治的张力，反而将两者的对峙进一步强化，最终导致白桦用一种表征着个人情欲的"恋爱"书写冲破了"民拥军"这一固化的模式。

这里仍以《山间铃响马帮来》中的各种仪式化场景为例。如前文曾述及，作为第一场仪式的"大丰收"把少数民族男女对唱的情歌转换为欢庆仪式上的"颂神曲"，这种"颂神曲"又指向了毛主席、解放军所表征的政治意涵。不过，当政治主题在"颂神曲"中得到充分表达之后，抒情的过程并未随之终结，紧接着政治被唱出的，正是男女恋爱的内容：

> 灵巧的敏钗说的对啊！
> 年成好来谷穗儿肥，
> 你的包谷长的大哟！
> 春来酿喜酒哟！
> 你和哪个一起醉？㉟

虽然恋爱内容紧密衔接着政治内容出现，但从情感逻辑上看，它并非政治的顺延，反而隐含着某种峻急的转折。如前文所述，和红花对唱的瑶族青年达洛并非红花的恋人，而她的恋人大黑本身又不是歌唱者。这种错位意味着即将出现的恋爱成为某种无法为政治主题统摄和笼罩的情感形态。当本应用于恋爱的"情歌对唱"形式在小说中被转化为蕴含政治主题的"颂神曲"，那么恋爱本身就开始寻求更具美学强度的形式媒介，并在这种寻求中将自身的情感从政治歌颂那里挣脱出来。基于此，后文恋爱描写干脆弃用了情歌对唱之类的媒介，而转用某种更为直露的方式予以表达。在小说第一场恋爱场景出现时，大黑表达爱意的语言就凸显出这种直露性："'你的……'大黑找不到恰当的话了，她抚摸着他的马说，'你的马越来越胖了！'大黑用很大的勇气小声说，'你的脸越来越好看了！'"在这里，大黑的情感已经被表述为某种强烈的情欲冲动。和这种情欲冲动构成对应关系的则是"羞怯"的心理状态，如大黑直露的表白本身就是经历"小心翼翼""找不到恰当的话"等"羞怯"心理状态的呈现而实现的。而小说中对少女红花的"羞怯"的书写则更为频繁，早在和达洛对歌的内容从政治转向恋爱时，作者就如此写了红花的反应："红花的脸马上泛起一阵绯红，她低下头紧张地靠着包谷穗，她

"现实主义"专题

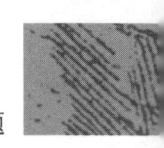

的举动引起了田野间人们一阵嬉笑喧哗。"[54]而在听到大黑直露的表白时,红花更是"涨红着脸,头紧勾着,没法答应他"。由此可见,白桦笔下的"恋爱"实质是一组由"冲动"和"羞怯"组成的充满张力感的心理结构,而通过两人隔门互相窥视的场景,因"冲动"和"羞怯"对峙而出现的暂时均衡状态得到了某种带有才子佳人小说趣味的表达:

> 他绕着路经过红花的门前,他边走边看那露着一点缝的小竹门,红花一定在收拾包谷圈吧?还是正在给马饮水呢?——大黑想象着红花的行动……
>
> 其实,红花正把眼睛放在门缝上,她看见大黑走过门前那一排树荫,红花的眼睛发着爱慕的光,但她没有勇气叫他一声,一种难为情的情绪使她相反地拉紧了小竹门。[55]

在这里,"羞怯"被形象化为"露着一点缝的小竹门",它构成了对"冲动"的压抑性机制。需要指出的是,"羞怯"和"冲动"之间并不纯然是互相抵消的,恰恰相反,"羞怯"尽管在压抑"冲动",但也在通过压抑激荡出更为强劲的"冲动",如躲在门背后的红花"正把眼睛放在门缝上",她的"眼睛发着爱慕的光"。此后小说有关大黑和红花恋爱场景的描写虽然是断续的,但能够看出其中存在一个"冲动"不断冲决"羞怯"的情感升级过程。及至小说第六段,作者白桦已经开始用近乎强劲的语言力道去渲染恋爱,他形容大黑"眼睛里炽燃着一种逼人的火",而当红花答应等待的时候,他"高兴地扑过来大叫一声"。至第十段作者写到两人月下幽会的情节时,"羞怯"的束缚已经全然消失,而原本处于压抑状态的"冲动"得到了全然的释放:"大黑紧紧地抱起她,亲吻着她的眼睛、嘴及头发……"在这里,所谓的恋爱已经全然转换为某种诗化的情欲书写。由此我们可以看到,白桦用"冲动/羞怯"结构出一条强劲而充满动势的情感逻辑,这条情感逻辑始终沿着自身的轨迹发展,它有时潜隐在政治主题的内部,有时又被表达为某种与政治间离的人情之美,但它最终总会摆脱一切政治主题、文艺导向和书写规范的束缚,而在某种去政治化的"解放"话语中淋漓尽致地释放自己,并构成了小说情感逻辑真正的高潮段落。

《山间铃响马帮来》对"恋爱"部分失范的情欲书写需要放置在部队文艺向边疆文艺转型的构造中来理解。中国近代社会的复杂性和中国革命面临的挑战性决定着,作为民族优秀分子的中国共产党组织及其干部队伍必须缔结为兼具理想性和行动力的道德团体,而在中共众多的组织形态中,被白桦称之为"理想的群体"的部队更是如此。在和地方民众之间工作展开的过程中，官兵和地方社会中异性的情感必然会受纪律、作风等因素的严格规范，而这一点表现在文艺上，便是"军民关系"对"男女关系"或隐或显的制约。新中国成立初期诸多的部队文艺作品都处于此种情感结构之中，而像《百合花》和《柳堡的故事》等作品也恰恰是借助部队纪律、作风和情感的张力生发出非常独特的爱情书写形态。随军入滇的白桦自然也置身于这样一种情感形态之中。而在他早期的文学创作中，这种"冲动/羞怯"也是颇为普遍的，其抒情诗《把边江畔的朴陶和姑娘》即写到一位傣姑娘对解放军战士的淳朴的爱恋，但相比《山间铃响马帮来》中的大黑和红花炽烈的恋爱来说，这位傣姑娘的情感是内敛而深沉的，这种基于"军民关系"的节制表达使得这种情感可以顺畅地隐喻少数民族对解放军认同的政治主题。而在小说《竹哨》中，白桦更用瑶族少女莎丽娅对解放军战士小李的情愫来表征少数民族民众对解放军官兵的情感。同样，只有在"军民关系"的框架中，这种被冯牧称为"像恋爱一样"的民族情感才得以成立。从艺术表现方式上，我们也能够清晰看到这种"军民关系"框架如何形塑了"恋爱"的美学形态。无论是《把边江畔的朴陶和姑娘》中的傣姑娘，还是《竹哨》中的莎丽娅，她们的所谓"恋爱"其实都是女性对男性英雄单方面的且带有仰视的"爱慕"。而与此相对，诗歌和小说中的解放军战士却是天真少年，这类英雄有宏大的政治理想和崇高的道德理想，对姑娘的爱，他们却懵懂无知。只有这种设置才能够使得小说中男女的恋爱避开部队纪律和作风的禁忌，并在"军民关系"的隐形框架中得到含蓄蕴藉的表达。当然这种设置也沿袭了白桦对"军民关系"的偏至理解，"单恋"本身就是"民拥军"模式的特定形态，其难以遮掩的"自恋"情结也可视为那种偏至理解产生的不良后果。

和女性作家茹志鹃基于"军民"和"男女"之间充满张力的均衡情感营造"爱情牧歌"的情愫不同，白桦更多从"冲动/羞怯"蕴含的情感冲突着手，这在《山间铃响马帮来》中生发出对"军民关系"整体情感范式的颠覆式书写。相比此前以"男女"分别对应"军民"的书写，白桦《山间铃响马帮来》中的恋爱已然抛弃了"军民关系"的架构，而是在少数民族内部年轻的男女之间直接展开。这种人物关系上的调整意味着白桦的恋爱书写开始挣脱部队文艺的书写规范和心理束缚，当然，这种挣脱不可能像他新时期的类似书写那样以情理冲突的方式直接展开，而是别出心裁地采用了诸多有意味的形式营构。

首先从空间层面来看，哈戛克这个边地苗寨的美学空间为他情欲化的恋

"现实主义"专题

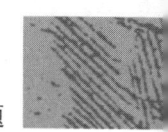

爱书写提供了诗化的可能。在白桦这类作家的文学想象中，少数民族所在的边疆是一个礼教缺失的原始自然场域，他们有关少数民族热情奔放、能歌善舞的想象、有关"公房""走婚"的人类学知识架构出一个自由而不乏美感的情欲释放空间。需要说明的是，白桦在小说开头以充满趣味的动物描写起笔，并通过一只小猕猴的"溜圆的贼眼珠"映照出哈戛克苗寨神秘而梦幻的印象。由于白桦采用了童话体裁，且将动物书写、民间传说、神话、歌谣等非现实的形式因素杂糅其中，哈戛克苗寨也就被形塑为一个浪漫主义意义上的情迷空间，而其失范的、情欲化的恋爱书写就在这个空间中得到诗化。其次从语言笔法层面看，《山间铃响马帮来》大量调用了颜色、声音、气味方面的语汇，这些语汇大多充满强烈的感官色彩，如"醉心""发馋""怎样忍得住"等，它们非常清晰地指涉某种难以在传统的部队文艺及其"军民关系"架构中得到体现的身体冲动。这样一种感官色彩的语言全然拉开了《山间铃响马帮来》和此前《竹哨》等作品的区别，它使得"恋爱"不再像《竹哨》中那样构成表征军民情感的喻体（"像恋爱一样"），而是直接占据了书写对象的本体位置。换言之，在《山间铃响马帮来》对"恋爱"正面、直接的表达中，那种原本处于压抑状态的感官因素被全面激活了。最后需要指出的是，对边疆民族的浪漫主义书写有着源远流长的传统。具体到包括白桦在内的昆明军区作家来说，有两条脉络是值得重视的。第一是俄罗斯文艺中的相关书写，白桦本人晚年的回忆曾经提到过托尔斯泰《哥萨克人》和肖洛霍夫《静静的顿河》等作品对自己的影响。更值得重视且对云南军旅作家有直接影响的则是沈从文。早在20世纪30年代，沈从文就已经在《边城》系列作品中尝试对情欲非道德化的诗意表达，而当他在40年代流亡云南时，这种表达已经相当成熟，不少作品已经直接触碰到边地少数民族的诗化呈现。而在50年代初期的昆明军区，沈从文在三四十年代的作品依然会被偷偷阅读，诸多部队文艺工作者在学习写作的过程中，也会偷师沈从文书写"边城""边地"的艺术形式和文学语言。可以说，新中国部队文艺内部潜伏着一条隐秘的沈从文传统，在白桦这类作家通过文学营造的诗意"边疆"图景中，依然能够辨识出沈从文"边城"的印记。

综上所述，白桦笔下的抒情并不是一个按照政治意识形态要求陶铸的、被动的情感格套，相反，它有着自身的情感逻辑，这种情感和政治的离合充满了张力。一方面，"抒情"在"歌颂文学"的意识形态建构中扮演了某种政治修辞术的角色，正是在情感所营造的诗意感觉中，原本抽象、生硬的政治话语呈现为某种"感人的政治"。但另一方面，"抒情"绝不会在政治表意完成之后停止，而是沿着脱榫于政治的逻辑继续展开自身，直到在诗化的情欲书写中抵达自己真正的高潮。在《山间铃响马帮来》这里，苗族青年男女大黑和红花的恋爱不过是小说多重叙事中的一条辅线，但就小说的抒情机制而言，恰恰是他们的恋爱占据了情感的主轴。从这个意义上说，老木杆借助"铁嘴巴"宣讲的政治话语不过完成了"歌颂文学"在意识形态上的"规定动作"，而盛大的"五月街"仪式也好，乃至整部小说也好，其情感最终的落脚点实则是大黑和红花具有大团圆意味的"树下相会"场景。白桦几乎是在用彩笔画的技法渲染着这个的场景："红花也跑到街旁一棵红花树下，揭开这包彩线，彩线的颜色哪只有五彩，简直有十彩。树叶子在她头上抖动，幸福的光彩笼罩着红花。"无论是"红花树"，还是"五彩线"，乃至"红花"这个名字本身，都在昭示这个鲜艳、明丽的色彩世界，情感（包括情欲）就弥散于这片令人目眩神迷的色彩之中，也在这个诗意世界中达到了最为饱满和浓烈的状态。

三

在《山间铃响马帮来》整体的抒情结构中，特务李三是一个分析和定位颇为困难的人物。在作者白桦笔下，李三公开的身份是来哈戛克寨做小生意的商人，但暗地里却是一个和帝国主义、国民党匪军勾结的大特务，利用哈戛克苗人对自己的信任从事种种破坏活动。如果仅从形象塑造而言，这个人物是极其概念化和脸谱化的，甚至可以说是失败的。但从小说文本与新中国成立初期云南边疆地区历史现实之间的关系层面来看，这个人物又蕴含着某种张力。

如本文开头部分所说，白桦在20世纪80年代将《山间铃响马帮来》视为一部"失真"的作品——在"要歌颂，不要暴露缺点"的意识形态要求下，自己不得不"把消极面掩盖了起来"。白桦在小说中多次提到特务李三不断制造的"谣言"和暗中筹谋的"秘密"：前者包括苗族青年参与的远征队伍在勐丁受困，贸易公司要来寨里以低价驮走棉花，"解放军跟苗人近"；后者则引出了杜尔少校和刀司令这类颇凶险的反动人物。在小说中，这些内容大多被一笔带过，远远谈不上充分展开，但恰恰是它们非常直接地对应着50年代边疆地区剿匪斗争复杂的现实状况。从诸多同事、友人的回忆中可知，作为白桦文学创作起点的金平县正是50年代初期匪患最为严重的地区之一。与白桦同属十三军三十八师并担任一一二团副团长的张英才曾是参与

"现实主义"专题

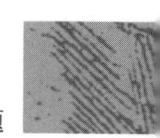

过剿匪的军事指挥官，他在回忆中提及："1950年4月，匪首贺光荣、刀家柱、李秉钧、唐明轩等人，勾结国民党特务和26军的散兵游勇，乘我地方政权刚刚建立、忙于征粮之机，煽动群众抗粮抗税，裹挟群众制造暴乱，抢劫仓库，破坏交通，焚烧房屋，围攻县城。匪特袭击占领猛拉、勐丁等区政府，杀害我区长、区政府人员和征粮工作队人员。"[36] 由此我们看到，白桦在小说中提到的勐丁远征也好，刀司令也好，都是在历史上有所本的。从这个意义上说，《山间铃响马帮来》并不是也不可能成为一个"纯净"的文本，严酷的剿匪斗争恰恰通过李三这个脸谱化的反面人物得到了曲折隐晦的表现，而丰富、复杂的历史现实也被压缩、凝集在他的"谣言"和"秘密"之中。基于此重新审视白桦"把消极面掩盖了起来"说法，就会发现充满诗意的《山间铃响马帮来》并非"掩盖"的结果，而下文将要论证的是，这个"掩盖"过程本身非常内在地构成了小说整体的情感逻辑，并且直接参与着小说美学意蕴的最终生成。

在《山间铃响马帮来》有关"军民一家""民族团结"的政治意识形态表述中，特务李三是被视为敌人的反面人物。但更值得注意的是在小说的艺术层面：李三是哈戛克苗寨这个诗意空间中令人不安乃至反感的"异物"——他是整个抒情机制展开的阻碍性因素，也是诗意情感氛围的破坏者。前文曾提到，大黑和红花的恋爱构成了小说情感逻辑的主轴，而在作者白桦的着意安排之下，李三总会在两人恋爱的时刻突兀地、破坏性地出场。李三第一次出场正是在大黑向红花吐露衷肠的时刻。红花因大黑夸自己"越来越好看"而羞涩得"无法答应"时，"一个留着小胡子的汉人走过来，他是李三"。正是由于"李三的一句话打破了这紧张的局面"，这对即将互诉衷肠的恋人才陷入了由"露着一点缝的小门"隐喻的隔膜中。第七段中红花和大黑月下幽会、拥吻，则是因为李三的小伙计毕根的出场而遭到中断："在大黑和红花站的位置往下二百步地方，正是李三的地道出口，毕根又带着李三和杜尔少校的秘密约定，乘黑用头顶起了石头，爬出地道，绕着树往下溜……"而到了小说第十段，李三更是暴露了自己的狰狞面目，他所率领的匪帮绑架了红花："他们终于把红花的长长的青色头巾抓下来捆住了她。红花的长发盖住了脸搭在胸前。"[37] 从政治意识形态层面来看，对反面人物李三的描写发露出边疆少数民族地区尖锐、残酷的剿匪斗争，李三是最邪恶的敌人，是小说"军民一家"和"民族团结"等政治主题最危险的破坏者。但就艺术形式层面而言，李三的种种破坏行为又如此频繁地并置于大黑、红花极富浪漫气息的恋爱场景，这其实意味着反面人物李三的"破坏"不仅指向政

97

治主题，也构成了对小说诗意氛围和抒情美学的亵渎。

在《山间铃响马帮来》中，白桦为作为反面人物的李三安排了"商人""匪徒"和"特务"三重身份，这些具有明确政治预设的身份关联边疆剿匪斗争中的倾向和立场，但对这个人物形象的艺术塑造，白桦又采用了诸多别具匠心的语言形式，也调用了丰富的艺术资源。

就哈戛克苗寨的公开身份而言，李三被设定为一个"厚脸皮的商人"。在中国革命政治的感觉构造中，归属于资产阶级的"商人"常常游移于革命同盟者和革命对象之间，但从未占据革命政治光谱的中心地带。具体到白桦等人从事文艺创作前后"三反五反"的政治形势，尤其是云南边疆地区民族贸易政策的推进，小说将李三这类从事跨境贸易的私商贩子视为反面人物是顺理成章的。不过，白桦对"商人李三"形象的艺术塑造并未紧扣政策和具体的现实，也没有过于直接地调用资产阶级批判的政治话语，而更多是从文学自身的领域中寻找资源。事实上，中国民间对商人本就有非常朴素的理解，而为数众多的民间故事也常常凸显他们贪婪、油滑、奸诈、虚伪、市侩的形象，正如白桦在小说中借老木杆之口所说："从古到今，商人为了做生意，就是到处拉拢，胡言乱语，哄三骗四，他是为了钱。"㊳不过值得注意的是，大多数民间故事中"厚脸皮的商人"并非全然的恶人，而常常被表现为丑角。也正基于此，白桦对作为"厚脸皮的商人"的李三更多采用相对轻快的讽刺笔法，这就和政治层面严厉的资产阶级批判拉开了距离。白桦会在小说中频繁使用和"钱"相关的意象，以此凸显李三和他伙计毕根的"铜臭味"，如"他紧捏着银元口袋掖在半长裙子下头"，或"他把银元口袋狠狠地往腋下一挟""左手提着银元布袋，右手拿着小刺条抽打着红花"，等等。这种描述甚至也出现在李三最后毙命的时刻："这个敌探和奸商应声随银元布袋一起，当啷一声摔下来……"㊴这种近乎模式化的书写在艺术上并无新意，白桦只是在机械地沿袭民间故事中书写商人形象的套路而已。但如果从小说整体情感逻辑的展开过程来看，这个"厚脸皮商人"实则扮演了一个丑角，他在美学上的功能在于"破坏"，即使得浪漫空间和诗意氛围的生成过程遭遇阻碍。例如，白桦在用李三出场中断大黑和红花的幽会场景时，尤其用非常直接的语言塑造了他觊觎红花的猥琐形象："李三眯缝着眼盯着红花那摇摆着的多褶的短花裙，和她那丰满的身材。"㊵这不仅仅是在叙事上打断了大黑和红花的爱情故事，更意味着两人的恋爱暂时丧失了从美学层面继续展开的可能。

除了"厚脸皮的商人"之外，李三的另一重身份是抢劫村寨的"匪徒"。

"现实主义"专题

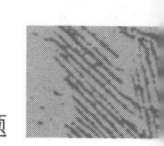

就和历史的对应性来说，"匪徒"身份的李三关联着20世纪50年代初期云南边疆剿匪斗争的尖锐性和严酷性。需要指出的是，剿匪斗争常常是以直接的军事行动展开，所以将李三设定为"匪徒"的背后乃是一组泾渭分明、你死我活的"敌我关系"。对作为亲历者的白桦而言，这场斗争是"非常血腥、非常残酷"的，如本文第一部分所述，直接而现实性地反映这场血腥、残酷的斗争曾经构成了他们在从事专业文学创作时的一种可能，但这种可能在"歌颂文学"的要求中没有最终实现。需要指出的是，"歌颂文学"的政治意识形态要求和文学体式并未全然阻碍现实的剿匪斗争进入文本，而从白桦对李三"匪徒"身份的设定来看，剿匪斗争还是在《山间铃响马帮来》中得到了曲折的表现——当然，这种表现不可能是直接的、自然主义式的，而是依托了白桦精心营构的形式美学。一个特别值得注意的现象是，小说中李三对哈夏克苗寨的抢劫本是专门针对马帮货物的，但作家的描写却聚焦于对少女红花掳掠的场景，这显然是把抢劫纳入了以恋爱为主轴的情感逻辑内部。白桦用令人动容的笔墨描写了红花的受难："他们终于把红花的长长的青色头巾抓下来捆住了她。红花的长发盖住了脸搭在胸前。"事实上，在诸多民间故事中，关联着"抢亲"蛮俗的"掳掠少女"是极为常见的叙事，且不必说家喻户晓的《梁山伯与祝英台》，即使白桦在云南的战友和同事公刘参与整理的民族史诗《阿诗玛》也同样有"掳掠少女"的经典情节。从相关文类的母题类型比较来看，匪徒李三和马文才及热布巴拉父子之间的亲缘性很容易得到辨识。就艺术形式而言，民间故事或神话史诗中的"掳掠少女"常常是对爱情予以诗学表达的功能性环节，它既是男女主人公爱情的试金石，也是营造其故事悲剧性的重要媒介。《山间铃响马帮来》的作者显然洞悉此道，因此，匪徒李三对红花的掳掠场面不仅成为整场抢劫行动的焦点，"掳掠"本身也构成了小说整体抒情乐章中的悲怆变调。也正为此，少女红花在陷入险境时的绝望呼号竟然成了对"掳掠"极具审美性的呈现：

> 小红花——被全寨人比做"红花"的姑娘——披头散发叫蛊贼绑起来了吗？你们的心不惊吗？你们的眼不跳吗？你们的小红花就要在这个夜里被蛊贼抓到外国，那是还有外国洋鬼的地方，多么可怕呀！我决不能在吃人的外国活着，我要死在金水河里，我们中国地方的藤子挂住我的头发，让失守也别冲到外国，叫各族人民能看看这个吹号角被蛊贼抓住的苗家姑娘。[61]

红花的呼号显然不是现实性的描写，其中夹杂着颇为丰富的内容，包括对敌人"憎恨的哲学",也包括明确而强烈的"爱国主义"意识,但这种呼号最终仍会落在作为情感逻辑主轴的"恋爱"上。因此,红花的呼号最后必然会以朝向恋人的呼救收束:"大黑……你能救救我吗?……"[62]这声朝向恋人的呼救实际上完成了一个形式的闭环,一些与政治意识形态和现实历史相关的内容都被收拢在"掳掠少女"这种民间故事的经典情节内部。

"特务"是李三第三个也是最为重要的身份,它将"商人"和"匪徒"扭结为一个双重的表里结构。对哈夏克苗寨淳朴的老百姓而言,"厚脸皮的商人"是虽讨厌但尚可容受的市侩,"匪徒"则是必须与之殊死搏斗的敌人,但将两者扭结为表里结构的"特务"身份却是暧昧的,难以辨识的,它意味着"恶"将获得迷惑性的伪装,因而也有着更大的威胁性。对"特务"身份的警惕心理其实暗示出新中国成立初期某种充满张力的政治感觉层次,具体到白桦所在的云南边防部队来说,这种心理更是他们因应边疆复杂斗争形势所必需的。也正是基于此,当时主管昆明军区文艺的冯牧在谈及边防军战士时才会强调"他们没有一刻放松了警惕、他们手里的枪握得很紧"[63]。在文艺领域,和此种政治感觉层次形成对应的乃是新中国成立初期颇为风行的反特小说——在一个正常身份背后洞察隐秘之恶,既应和了敌我斗争的政治逻辑,也构成某种极具吸引力的文学叙事方式。在《山间铃响马帮来》中,白桦围绕特务李三展开的诸多叙述沿袭了反特小说的讨论,也在情节曲折性和惊险性的营造上取得了一定的效果。但相比这种未能脱出通俗套路的叙述,"特务"身份在小说形式层面的演绎及其在整体情感逻辑中引发的美学效应却更值得辨析。小说对李三的特务身份有一个看似颇为日常化的描述:"李三在这一带作过二十多年的买卖,他和这里的人混得烂熟,他能说出瑶人、苗人、彝人的历史,但瑶人、苗人、彝人谁也不知道他的过去,谁也不知道他的过去,就连他现在人皮里裹着的是什么心还不是很清楚。"[64]这其中有两点值得注意:第一是对李三自身而言,"特务"身份没有在现实层面展开定义,而是被艺术性地刻画为一颗"还不是很清楚"的"心";第二是从以老木杆为代表的哈夏克老百姓角度来看,李三的"心"及其"还不是很清楚"的状态是作为他们蒙昧视野中无法识别和洞察的盲区而显现的。在白桦笔下,《山间铃响马帮来》中的"反特行动"实则呈现为一个消除盲区的过程,即老木杆对"不是很清楚"的"心"予以辨识和洞悉的过程,或者说,是老木杆的视野朝向李三幽暗之"心"突进的过程。这样一个过程也可以从情感逻辑对诗意空间的营造上予以描述:《山间铃响马帮来》整体的抒情氛围可以比作一幅鲜艳、明丽的水彩画,老木杆连同他所"醉心"的"金黄色的收

"现实主义"专题

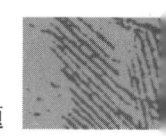

获"都是这幅水彩画中风景的一部分,而特务李三的存在则像是一抹令人不安的暗影——只有将这抹暗影抹去,情感逻辑所营造的诗意风景才有可能在美学意义上最终完成。

由于李三的特务身份及其"不是很清楚"的"心"深深地潜隐在哈戛克这个浪漫诗意空间内部,所以老木杆对李三特务身份的辨识出现了一个美学层面的悖论:如果老木杆"现时只醉心于自己坡地上的金黄的收获"[35],那么他就无法辨识出特务李三邪恶而丑陋的"心"之本相;而如果他辨识出特务李三邪恶而丑陋的"心"之本相,那么他所"醉心"的"金黄色的收获"连同哈戛克这个美好的诗意世界整体都会遭到玷污、亵渎乃至美学意义上的颠覆。着眼于这个悖论,老木杆这个人物形象的塑造其实构成了一个难题:究竟如何做到既让这个老人的眼睛在诗意的世界中敏锐地辨识丑恶,又能够让这个在他眼中显现出丑恶的世界依然是一个诗意的世界?令人叹服的是,《山间铃响马帮来》的写作有效回应了这个难题,白桦以其高超的形式技艺化解了老木杆这个形象隐含的悖论。

白桦的高明之处在于,他为老木杆设置了和特务李三对应的多重身份——作为"农民"的老木杆对应着作为"厚脸皮商的商人"的李三,而老木杆的"猎人"身份则对应着李三"匪徒"和"特务"的身份。

从小说开头"边地头一年的大丰收"的表述来看,"农民"是老木杆一个刚刚获得不久的新身份,它关联着解放军部队在边疆地区帮助刀耕火种的少数民族群众提高耕作技术并解决基本生存问题的历史。正因为此,获得"大丰收"的老木杆有着对解放军高度的认同,其"醉心于自己坡地上的金黄色的收获"正是这种认同的艺术呈现。当然,也恰恰是基于这种高度认同而产生的信任,老木杆才会"醉心"并对隐藏的敌人丧失警惕。所以,当他以这样一个新获得的农民身份和作为商人的李三打交道时,自然处于非常弱势的位置。在游走四方、见多识广的商人面前,农民老木杆显然缺乏自信,而李三也正是凭借自身的见识来使后者不得不甘居下风:"我跑过十几二十年的江湖了,我懂得的事还没你这个山头上蹬一辈子的老苗人懂得多吗!"[36]正是在这种弱势位置上,农民老木杆最多将李三识别为"厚脸皮的商人",而无法辨识其背后的险恶。但当老木杆作为猎人出现时,情形却截然不同了。早在小说开头处,作者就写下了一个与农耕生活的田园美学极不和谐的场景:"小白狼就象是疯了,乌黑发光的眼睛一看见远处山岭上流窜的马鹿和黄麂,它就腾空跳起来,两只前爪在空中飞舞,咬着尾巴乱转。"[37]和文章开头处充满童趣的小猕猴"溜圆的贼眼珠"不同,小白狼这只猎犬"乌黑发

101

光的眼睛"透射出凶悍的野性。由此，老木杆先于农民而存在的猎人身份被悄然激活了："我又何尝不愿意去打猎哩！"如果说作为农民的老木杆是"沉醉""糊涂"并丧失警惕的，那么作为猎人的老木杆却内蕴着和小白狼同样凶悍的野性，也会因这种野性而变得警觉、清醒和敏锐。

当老木杆以猎人身份出现并重新展开其视野时，李三的"特务"和"匪徒"身份则相应地被转喻为"猎物"，而对他的辨识、围剿和最终击毙都被统合为一场声势浩大的"狩猎"行动。需要指出的是，白桦对哈戛克这个艺术世界的构造奠基于某种人性论意义上的文学政治，其交织着文明论和阶级论的"人兽辩证法"直接构成着边地历史叙述的逻辑，也在美学上为李三这个反面人物的猎物化提供了可能。从猎手变为农民的老木杆正是用"人兽辩证法"表达了他对"解放"这一政治议题的理解："这才叫真正的过日子，红花！人跟人都平等，人把人当作人看；以前边界地的人都叫官家逼得像些野物，人见人就拼，就杀。那真正的野物在一边看笑话，在一边喝人血"。[68]不过对这个"现时只醉心于自己坡地上的金黄色的收获"的农民来说，隐含"人兽辩证法"的历史已经过去了，在由解放军缔造的"人跟人都平等，人把人当作人看"中，已经不再有危险的"野物"。也是在这个意义上，他对商人李三也做出了过于"人性"层面的评断："人总还是人……有人味儿，有良心，这么多年在一起，人不亲地土亲……"[69]但是，小说隐身的叙述者清楚地知道李三的危险，在李三第一次出场时即称"连他现在人皮里裹着的是什么心还不清楚"，在这里，李三的"特务"政治身份转入了蕴含着美学潜能的"人兽辩证法"之中。

在"人兽辩证法"的基础上，猎人老木杆的"狩猎"也呈现出极富浪漫主义气息的美学形式。和慈祥却糊涂的农民老木杆相比，猎人老木杆被塑造为一个战士姿态的英武形象："老主人全副武装，火药枪上一道道的银圈发着光，没有鞘的刀别在腰带上，一把牛筋绳是准备捆野物的。"[70]在解放军帮助下刚刚从事农耕的老木杆那里，过往的打猎生活构成"心里久抑着的念头"，而至小说第八段，这种"久抑着的念头"终于在广袤的原始森林中挥洒为酣畅自如的行动。对老木杆而言，"狩猎"美学和政治斗争意识是交融在一起的，如他在计算自己平生猎物的数量时，也"把匪类也当野兽来计算"：

"我今天能满五百吧？"

老木杆一辈子打死过四百九十七只野兽，其中包括一只豹子，二十

"现实主义"专题

一只野猪,十五只岩羊……和两个蒋匪残兵。[71]

在进入第九段以后几个段落中,白桦开始对老木杆的狩猎和李三匪帮的抢劫暴行予以穿插描写,由此,两个彼此间隔的平行空间形成了奇妙的呼应:在哈戛克苗寨,李三暴露出自己匪徒的身份,当然也暴露出自己"人皮"下的"兽心";在原始森林中,老木杆的狩猎也愈发像是敌我之间殊死搏斗的隐喻——他新发现的猎物是一只"凶狠而又狡猾的岩羊",经过一番激烈的较量,他给予它致命的一击,"岩羊像一块石头,沉重地掉下来,小白狼飞快跑上去咬住已经死了的仇敌"。[72]在这种描写中,"狩猎"美学和斗争逻辑更为紧密地结合在一起。衔接着猎杀岩羊而写的,正是和李三匪帮的交战。老木杆得知自己女儿被匪徒掳掠的消息时,匪徒李三在"人兽辩证法"层面的身份转换终于在老木杆这里发生了:"他悔恨自己错看了人,只认识有皮毛的野兽,不认识穿衣服的野兽。"这样一种转换其实意味着,狩猎并没有在打死岩羊之后结束,此后对李三的战斗恰恰成为狩猎行动的延续。

在第十一段,作为军事行动的"搜林"也被呈现为一场气势恢弘的围猎:

到处的牛角呜呜地大声鸣叫着,附近各寨都在呼应,一刹那间,遍山亮彻着火炬。

"啊!啊!"这浩大的声势震撼着山野的夜。各族人民看得很清楚,帝国主义和蒋匪残余的鬼魂就在这山上的树林子里。不管瑶人、苗人、爱尼人、彝人、沙人、傣人……,不论山上的、山下的、山坡的、河坝的、十里外的、十里内的;不分男的、女的、姑娘、儿童都拥来了,要用火烧死敌人啊,人群像潮涌一样,都朝着墨似的绿林奔去。他们手里有快枪、机枪、火药枪、老弯刀、弓、弩和标枪……[73]

可以看到,这段惊心动魄的描述将反帝、民族大团结的主题很好地编织在"围猎"这一无比浪漫的场景中。有趣的是,白桦将李三所代表的"帝国主义和蒋匪残余"称为"鬼魂",这实际上使得"围猎"也成为一场盛大的驱鬼仪式。而正是在驱鬼仪式的"法力"中,作为"鬼"的特务李三现出了原形:

"搜哇!把蛊贼搜干净喽!把李三那只狐狸精抓住哇!"[74]

特务李三最终是以"狐狸精"这一颇具民间文学传统意味的身份毙命于

103

猎手老木杆的枪火下：

"满五百！"熟练的猎手老木杆朝着李三的头举起枪，轰！一团火，这个敌探和奸商应声随银元布袋一起，当啷一声摔下来，像死了一只野狐狸，小白狼扑上去撕咬。⑦

在"满五百！"这个"把匪类也当野兽"的"计算"中，被小白狼"撕咬"的"野狐狸"李三也像此前两个"蒋匪残兵"被纳入了果子狸、麂子、岩羊等猎物的行列，甚至可以说，对他的击毙构成了此前猎杀岩羊的场面的戏剧性再现。需要进一步指出的是，"野狐狸"的毙命标志着诗意边疆图景中的丑陋暗影被彻底抹除，正因为此，白桦在写李三毙命时，尤其提到了他的"回顾"："在火光下老木杆看见绝崖上正挣扎着往上爬的李三，他象只野兽似的惊慌地回顾了一下，火光一闪，照见他那副讨人厌的脸。"⑯在这最后时刻，老木杆不仅仅识别出李三的邪恶，而且也看到了由"那副讨人厌的脸"所表征的"丑陋"，而在将其像污迹一般清除之后，诗意边疆图景才能光洁如新。

需要指出的是，《山间铃响马帮来》对李三这个"异物"之"丑陋"的清除并不是对"丑陋"之"异物"的清除。这其实意味着，所谓"异物"始终存于文本之中并构成情感逻辑展开和诗意场景生成的必要介质，就像蚌珠借之为核的沙粒一样。同样，对"丑陋"的清除过程也不意味着将其在文本中抹去，而是要将"丑陋"连同消除"丑陋"的过程本身予以诗化。从这个意义上说，白桦试图以苏联战争文学为范本来表现的剿匪斗争并没有在"歌颂文学"中全然成为禁忌，而只是转化为"狩猎"这个浪漫主义文学场景。白桦甚至也没有降低战争血腥和残酷的程度，借助某些浪漫主义的文学资源和巧妙的形式技艺，肖洛霍夫式"憎恨的哲学"诗化为小说"狩猎"场景中猎犬和猎物的搏斗。如在小说第八段，白桦写到了猎犬小白狼"狂追"并"咬住了黄麂的喉管"，之后又"用左前爪擦净了自己嘴上的血迹"。而在和更为凶狠的猎物岩羊搏斗时，小白狼又被后者用"锋利的双角挑下来"且"肚子被划破了一道口子，洁白的毛染上了血"。⑰在这里，"血腥"得到了浪漫主义而非自然主义更非现实主义的表现。而在第十三段有关"五月街"的描写中，狩猎中的"血腥"依然不得不通过对小白狼的描写再次提及："小白狼摆着尾巴迎接着来赶街的人们，它身上的血迹已经脱了，仍然是一只洁白的狗。"这是一个极具净化意味的美学场景，在脱了"血迹"之后，这只"洁白的狗"如此自然地融入了"五月街"盛大的仪式描写，也融入了整部

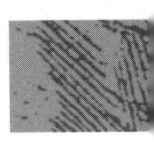

小说所营造的诗意边疆图景之中。

在《山间铃响马帮来》以诗意情境营造为导向的情感逻辑中来看，李三这个人物和新中国成立初期云南边疆剿匪斗争的现实对应性几乎构成了一个令人诧异的症候。问题恰恰在于，为什么李三这样一个反面人物成为整部作品中最能够反映"真实"的部分？或者也可以反过来问，为什么在历史构造中最具重要性的"真实"只能聚焦于反面人物李三，即只能通过他公开散布的"谣言"和幽暗内心不可告人的秘密予以表现？对这个症候性问题的回应当然不能回避《山间铃响马帮来》创作时所面临的意识形态要求，尤其是"歌颂文学"在文艺政策和导向上的限定作用，但作家自身在文学创作上的路径选择也是不可忽视的反思维度。就文学创作本身而言，《山间铃响马帮来》情感逻辑对李三及其"丑陋"的排异过程也无可避免地成为对现实的排异过程。这种现实排异性不仅仅来自特定意识形态下"不准写"的外在要求，也来自作者在"写"现实时所采用的非现实的创作路径。从这个意义上说，《山间铃响马帮来》以营造诗意边疆图景为旨归的情感逻辑本身就是脱现实的，这也是白桦会在晚年反思时将"简化"和"诗意化"等而视之的原因。在所谓政治和文学之外，现实排异性产生的原因还在于白桦作为历史中人在现实理解方式上的结构性限度。由于对"军民关系"和部队群众工作理解的偏至，白桦把军事领域的剿匪斗争设定为新中国边疆生成经验的核心，而由此展开的"真实"并不就是"现实"。所以即使白桦在当时按照本心创作出了直接反映剿匪斗争的作品，也并不意味着他真正把握到最具核心性的"现实"——在那种借助苏联卫国战争文学范本烛照出的"真实"中，"做好事、交朋友"这类至关重要的现实经验仍然会因过于日常琐碎而被排斥在战争美学的视野之外。由此可见，现实排异性其实构成了白桦文学自身内在的机制，因此，《山间铃响马帮来》的情感逻辑只有在和现实的脱榫中才能确立和展开。也正是在由此展开的那幅诗意边疆图景中，"现实"才会被确认为暗影、污迹和美学意义上的杂质，而为了保持这幅美学图景的单纯和洁净，绘图者就必然会用更浓重的笔墨来涂饰暗影、污迹和美学杂质，也即涂饰"现实"本身。

结　语

综上所述，白桦在晚年所反思的"失真"问题不仅仅缘于"歌颂文学"在政治意识形态上的要求，也和"歌颂"本身赖以成立的"感人"效果密切相关。如在《山间铃响马帮来》这类作品中，真诚而炽烈的情感更多趋向了形式技艺上的美学呈现，在这种情感逻辑的展开中，对"现实"的规避、过滤则构成了某种有意选择的书写策略，而由此形塑出的"诗意边疆"也具有了某种脱嵌于现实构造的形态。事实上，白桦最初的文学创作也同步于滇南地区解放军转型为边防军的历史，他在《山间铃响马帮来》这类作品中对"边防"予以了诗意的表述：

> 张长水呼吸着清凉的夜风，一只夜鸟飞掠过去，他哪能就去睡呢，他自己也说不清这会儿是兴奋还是愉快。他用手按着冲锋枪转过身来，他看见站哨的战士正注视着前面——异国那些闪动着不安的火光的山岭。[28]

在这里，由"那些闪动着不安的火光的山岭"所表征的"异国"并非地理意义上与滇南接壤的邻国（尽管越南民主共和国早在1945年就已经宣布独立），小说着力描绘的是金水河对面的"外国兵营"，以及兵营中和特务李三暗通款曲的"某帝国主义殖民军指挥官杜尔少校"。从这个意义上说，白桦笔下的"边疆"已经脱嵌于滇南这一特定的地域，而成为新中国与帝国主义殖民者直接对峙和正面抗争的反帝前线。在这个抽象而更具笼罩性的"边疆"上，杜尔少校所指涉的法国殖民者仅仅被称为"外国"，而此时尚未在滇南边疆地区动弹的美国却更为明确地出现在帝国主义序列中，正如苗族少年小那所说的那样，"你没瞧见俘虏的土匪，那些枪都是美国造的枪"。在这里，"美国"的存在意味着滇南和万里之外的朝鲜战场已经隶属同一条战线，也意味着边疆地区的剿匪成为对抗美蒋反动派之解放战争的自然延伸。

在小说情感逻辑展开的过程中，这种充满政治意涵的"边疆"最终获得了某种诗意的呈现。如在上引文字中，"边疆"的现实状况被回收在战士"兴奋""愉快"和"不安"混杂交织的情感之中。相比老木杆这类"醉心"于"甜日子"的普通百姓而言，白桦笔下的解放军其实是一组孤独的"独醒者"形象：

> 祖国甜蜜地熟睡着……而我们的前哨战士醒着！注视着那些发射冷枪的地方，静听着别人不会听到的不平静的响声，战士的心随着奇怪的响声跳动，战士的眼睛盯着那些不安定的鬼祟的火光。[29]

因为"醉心"带来的盲视，此时的老木杆尚无法共享前哨战士们充满警惕的"边疆感"，这正是战士"孤独"和"不安"的来源。从这个意义上说，对李三及其"丑陋"的排异过程并不意味着将其彻底抹除，而是将其从哈戛

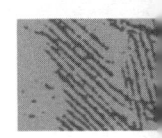

克苗寨所隐喻的"祖国"内部抉发出来，并使之成为一个隔离于"边界"之外的对立面。随着"帝国主义和蒋匪残余的鬼魂"在"边界"之内的覆灭，"帝国主义"作为一个与"祖国"毗邻、对峙的外部意象却更加清晰地昭示出来，原本只在战士视野中存在的"异国那些闪动着不安的火光的山岭"也为老木杆这类普通的苗寨民众所感知和警惕。从这个意义上说，白桦笔下的"边疆"并非现实的边疆，而毋宁说是一个情感的边界——在这个泾渭分明的边界上，"兴奋""愉快"和"不安"混杂交织的情感被截然界分出分明的"爱"和"憎"。当然，这条情感的边界也成为美学的边界，它既将那些充满浪漫气息的意象和氛围都收束于内，也将那些严酷、晦暗和丑恶的东西阻隔于外。

注释：

①㉙白桦、郑丽虹：《文学对人性的解剖最深刻》，陶广学编著，《白桦研究》，河南大学出版社2015年版，第145页。

②③㉖㉗㉛白桦、张鸿：《白桦座谈创作与人生》，陶广学编著，《白桦研究》，河南大学出版社2015年版，第132、132、131、132、132页。

④⑤陈荒煤：《为创造新的英雄人物而努力》，《陈荒煤文集》第4卷，中国电影出版社2013年版，第71、72页。

⑥⑧㉚㉜白桦：《江湖秋水多》，《如梦岁月》，学林出版社2002年版，第123、123-124、123、123页。

⑦⑨㉞冯牧：《关于新英雄人物的表现问题》，《文艺生活》1951年第1卷第2期。

⑩⑬朱建国：《白桦珠海说孤独》，陶广学编著，《白桦研究》，河南大学出版社2015年版，第108、107页。

⑪⑫⑭⑮㉑㉒白桦：《由衷的、有感而发的歌唱——〈今夜星光灿烂〉拍摄前和谢铁骊同志的谈话》，陶广学编著，《白桦研究》，第53、53、53、61、61、58、59页。

⑰白桦：《小港口抢险记》，杨国伟等编，《刘邓大军风云录》下，人民日报出版社1983年版。

⑱穆欣：《南线巡回》，第198页，生活·新知·读书三联书店出版社，1951年6月第1版。

⑲白桦：《英年一去不复返——悼念饶华同志》，云南省社会科学院编，《饶华诗文选集》，内部资料，2002年2月印刷，第454页。

⑳㉟㊱白桦：《边疆的声音》，作家出版社1953年版，后记，第169页。

㉓宋任穷：《做宣传工作应时时刻刻考虑到为人民服务的问题》，《宋任穷云南工作文集》，中央文献出版社2006年版，第239页。

㉔㉘公刘：《仁人归天——冯牧他再也不能和我们中秋团圆了》，《公刘文存·杂文

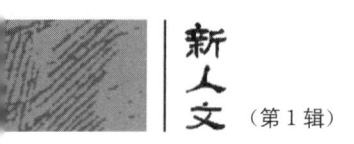

随笔卷》，安徽文艺出版社2018年版，第470页。

㉕ 参见王海光：《征粮、民间与匪乱——以中共建政初期的贵州为中心》，《中国当代史研究》第1辑，九州出版社2011年版，第229－266页。

㉝ 这里所说的"没有展开"更多是正面、直接的"暴露文学"形态，本文第三部分将会论证，"剿匪斗争"作为题材本身还是在白桦的诸多作品中得到了呈现，尽管这种呈现是通过一种曲折的方式完成的。

㊲ 白桦：《猎人的姑娘》，中国少年儿童出版社1980年版，第164页。

㊳㊶ 冯牧：《英雄的业绩和英雄的赞歌——略谈西南军区部队作者的一些表现"保卫边疆，建设边疆"主题思想的文学作品》，《西南军区1953年文艺检阅大会文艺评奖得奖作品选集第1集：小说》，中国人民解放军西南军区政治部编印。

㊴ 宋任穷：《边防的中心工作时少数民族工作》，《宋任穷云南工作文集》，中央文献出版社2006年版，第332页。

㊵㊶㊷㊸㊹㊺㊻㊼㊽㊾㊿51525354555657585960616264656667686970717273747576777879 白桦：《白桦小说选》，四川人民出版社1982年版，第271、273、274、273、292、272、285、287、318、319、319、319、274、275、277、298、293、317、276、313、313、276、272、279、272、281、293、301、301、314、316、316、317、317、314、296、296页。

㊹ 宋任穷：《开展少数民族工作要注意掌握政策》，《宋任穷云南工作文集》，中央文献出版社2006年版，第234页。

56 张英才：《岁月足迹》，军事谊文出版社2014年版，第303页。

63 冯牧：《英雄的业绩和英雄的赞歌——略谈西南军区部队作者的一些表现"保卫边疆，建设边疆"主题思想的文艺作品》，《西南军区1953年文艺检阅大会文艺评奖得奖作品选集第1集：小说》，中国人民解放军西南军区政治部编印，第377页。

[李哲　北京师范大学文艺学研究中心　中国社会科学院文学研究所]

小说的兴起与现实主义的构成
——以卢卡契、瓦特、巴赫金的认识探索为线索[*]

符 鹏

引 言

各位朋友、各位同学，今天的讲座我将围绕现实主义问题展开。大家可能有这样的疑问：现实主义有必要重新讨论吗？为什么要重新关心现实主义？的确，现实主义问题早已被学术界边缘化。我自己是文学理论专业出身，就本科以来接受的知识训练来说，现实主义的问题在专业的教学研究中并不被特别关心，和西方的新理论相比，它被视为一个"过时"的思潮。今天要讲到的卢卡契、巴赫金，过去的讨论不太注重他们的现实主义思考的创造性意涵。比如，学界常常讨论卢卡契作为马克思主义理论家的思想内涵，但对他早期的小说认识与其现实主义理解的关系，则缺少足够的重视。而对巴赫金的关注，也主要是围绕他的对话理论、狂欢理论，基本上不涉及他对现实主义的讨论。更令人遗憾的是，瓦特的现实主义认识，基本上被学界遗忘。

重新讨论现实主义理论，并不是对这三位理论家的思想观念泛泛而论，

---

[*] 教育部人文社会科学重点研究基地重大项目"中国现实主义的当代探索形态与话语分析研究"（编号：22JJD750012）成果。

本文的写作起源于2020年"北京·当代中国史读书会"组织的暑假讲习课。这次课程为扩充读书会学生的理论视野而设，主题是"视野与方法：现实主义问题七讲"。课程最初由读书会的何浩老师提议，我具体参与组织，课程得到不少朋友的鼎力支持，尤其是读书会的贺照田老师、何吉贤老师、程凯老师、刘卓老师（中国社会科学院文学研究所），以及读书会的重要朋友谢俊老师（中央戏剧学院）、初金一老师（耶鲁大学）的直接参与和贡献。本文是这个系列课程的第一讲（7月6日），课后由读书会的博士生同学李铮（中国社会科学院大学）、吴艳（中国人民大学）和硕士生同学程玉婷（中国人民大学）共同细心整理出逐字稿，后由我2022级硕士生詹为涵同学精心疏通口语化文句，我在此基础上进一步修改、调整、完善，最终形成现在的文字形态。在此，特别向各位朋友的支持和帮助表示感谢，向各位同学的辛苦付出表示诚挚谢意！另外，需要说明的是，本文的修改立意不是指向严格意义上的学术论文，所以在一定程度上保留了讲稿的风格，包括课后的讨论环节，希望这种尝试有益学界对于现实主义问题的进一步关注和思考。

而是希望以"小说的兴起"为视点,重新把握他们认识探索的理论意涵,并在彼此参照的视野中界定其意义位置及内在关系。要进入这一问题,我们首先需要清理现实主义作为术语在批评话语中的特定针对性。"现实主义"一词经常被用来界定作品和流派,认为它作为作品类型,区别于古典主义,乃至浪漫主义、自然主义、现代主义、后现代主义等流派。但我们很少追问这一表述奠基于哪一种理论认识。在我阅读现实主义理论的有限范围内,卢卡契的理论完成度最高,一贯性最强。韦勒克指出,他在马克思主义的语境中,将现实主义与古典主义之间建立联系,提出了最为严整的现实主义理论。[1] 就民族国家的不同语境而言,现实主义观念与实践的意义整体性,在俄苏和中国最为突出。但就我们把握现实主义所需要的认识前提来说,这两方面仍然不够,其整体性还不足以奠定我们认知的基本构架,尤其是面对中国现实主义问题的基本观念感觉。

在我看来,从观念层面追问现实主义构成的特质,并非仅止于确认它在文学史脉络中的相对位置,而且在根本上关涉对现实主义历史根基的当代思考。概括而言,现实主义作为文学把握现实的方式,其特质包含着我们对当下处境中人类生存经验的再理解、社会关系状况的再构想。尤其是对于20世纪中国而言,现实主义的文学经验究竟对中国人、中国社会意味着什么,乃是一个有待重新开启的文学、历史、政治、文化与思想研究议题。就这种尚未被充分表述的文学能量而言,什么样的视野、方法与感觉是我们进入中国语境的现实主义文学所必要的认知意识?这些维度是这次讲座的问题意识所在。当然,我们对现实主义构成之特质的讨论,不能直接提供处理中国问题可凭借的工具,但通过理解现实主义与其所源自的历史与思想语境之间的构造关系,便有可能建立反观中国现实主义问题的视野,进而内在地体认和界定中国的现实主义经验,重新构想现实主义的内涵,进而在世界文学语境中定位中国文学的现实主义特质。

要深究小说的兴起与现实主义之构成的关系,就必须首先了解"小说"和"现实主义"概念的理论针对性。关于这一问题,瓦特在《小说的兴起》中对"novel"和"fiction"之间差异的辨析,为我们提供了进入这一问题的方便入口。在汉语中,这两个词通常都被译为"小说",因此,它们在西方语境中本来的差别反而容易被忽视。瓦特认为,18世纪后期定型的"novel"特指长篇小说,与以往的"fiction"(虚构)传统之间有一个基本的对照;以散文写虚构故事所构成的文学类型,在西方文学史里有复杂且历史悠久的脉络,并非18世纪以来新兴的小说所能直接对应。"novel"这个法

"现实主义"专题

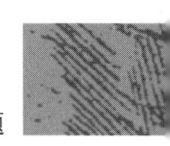

语词，本身有"新式""新奇"的含义，那么，新质进入文学意味着什么？瓦特力图把"novel"从"fiction"的传统中剥离出来，辨识它新生的特定含义。

与之相应的是"realism"这个词的对译。《小说的兴起》中译本涉及"realism"的地方全部翻译为"现实主义"，可能会给大家造成误解。瓦特在书中讨论洛克和笛卡尔的相关论述，涉及哲学中的"realism"，即汉语对译的"实在论"或者"唯实论"。瓦特是基于对哲学实在论的辨析，来讨论18世纪新的文学类型的认识论脉络的。不过，此时出现的对现实主义意义上"小说"的理解，与哲学上的实在论并不完全相同。这个问题随后再讨论，这里先提出概念上的差别，这种差别是理解上重要的分殊点。

不过，一旦进入"现实主义"概念的语用问题，会发现仅止于这些辨析是不够的，语义含混随处可见。这当然与现实主义理论表述的困难有关。18世纪出现的小说文体，不同于之前的古典主义，乃至古希腊的作品，对其的分析缺少直接可凭借的观念资源，问题背后隐含着复杂的历史与思想脉络。关于现实主义的文学史脉络，诸位可以读韦勒克的《文学研究中的现实主义概念》，这篇文章通过对不同民族国家语境、不同批评家使用方式的比较，指出现实主义的含义及其指涉对象在不同文学史传统中的多样性。也即，没有一个时刻存在某个普遍的现实主义概念，在不同语境中被共同分享。例如，奥尔巴赫在《摹仿论》中讨论现实主义的文学作品时，18和19世纪的英国文学、俄国文学基本被排除在外。[②]韦勒克指出，英国和俄国文学中的道德说教不是奥尔巴赫关注的价值。[③]这表明，奥尔巴赫所看重和认定的那种现实主义的典范类型，不同于英国和俄国文学中的现实主义写作。除此之外，卢卡契和巴赫金对现实主义的典范形态也各有界定，他们关注的文学类型和作品对象也不相同。正是因为这些理论界定的困难，我们在文学理论中经常直接使用的"真实""再现"等现实主义概念，其实并不具备抽象的普遍适用性，而是依语境而有区别。

具体到今天要讨论的三位理论家，他们的写作代表了三种不同的认识现实主义的方式。卢卡契的方式是历史哲学的辩证分析，他在《小说理论》中沿着这一路径讨论小说文体的出现。这本书并不专门讨论现实主义，但和他后来的现实主义论述关联密切。巴赫金主要通过哲学和形式分析，处理俄国文学和德国文学中的现实主义问题。他的分析最终落在德国文学，尤其是歌德身上。瓦特承续英美经验论的传统，他的方式是一种经验主义的社会学分析，关注经验与社会的构造关系。可以说，三个路向差别很大，但在认识层

面存在交叉和相互影响的维度。

尽管存在上述认识路径的差别，但如果进一步追溯现实主义问题包含的认识论契机，不难发现，从历史情境来说，相应的理论认知孕育自19世纪后期现实主义作为文学思潮的终结。当一种艺术类型自身发展趋向完成的时候，我们才能够获得一个观察与反思的位置，形成对它的理论把握。关于这一点，大家可以关注柄谷行人的《日本现代文学的起源》和比格尔的《先锋派理论》，这两部著作都是在这一方法论意义上开展艺术体制的批判工作的：日本现代文学在走向消失的时候，欧洲先锋派在走向危机的过程中，我们才得逐渐看清楚它们作为艺术体制背后隐含的动力与原理。因此，我们需要回到现实主义理论产生的时刻，才能把握它的构成方式。与此同时，理论家并不仅仅是出于某种纯粹的知识趣味才形成认识现实主义的动力。这与个人在具体的历史处境中遭遇的精神危机有关。卢卡契写作《小说理论》和他面对第一次世界大战的个人苦恼有很大关系。巴赫金关于小说的分析，也根植于他复杂的苏联经验。而瓦特对18世纪个人主义兴起的语境当中的现实主义构造的分析，同样和他在第二次世界大战被俘的经验密切相关。因此，我们只有内在于理论家的个人经验来观察他们进入理论问题、探索理论可能的过程，才能建立理解现实主义问题的现实感和理论感。

一、《小说理论》：卢卡契构想现实主义的起点

在我们要讨论的三位理论家中，卢卡契最早关注并思考现实主义问题，而且如前所述，他的理论完成度最高。尽管他早期著作《小说理论》并不是现实主义的论述，但这个具有理论性的起点成为他后来构想现实主义的思考基石。对此的讨论，可以为我们思考小说的兴起与现实主义的构成这一命题提供基本认识参照。

（一）《小说理论》的认识张力与卢卡契思想的现实感

《小说理论》的写法和一般的理论著作有区别，它高度地思辨、辩证，同时又有诗意。《小说理论》写于1914—1915年间，1916年发表。如果你看出当中"一战"经验的投射，就会发现抒情笔调下面那种来自绝望感的诗意。这种诗意渗透了论述的过程。《小说理论》于1962年再版，卢卡契为这一版写了序言。这篇序言从"一战"情景开始讲述，高度凝练地梳理了他写作心态、感觉的变化过程。这篇序言尽管隐含着后设视角，但仍然可以作为

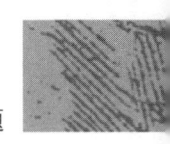

我们理解《小说理论》的重要前提。

第一次世界大战给卢卡契带来了两难的处境。他在序言中将自己写作的动机追溯到1914年战争的爆发，尤其是社会民主党支持战争的态度对左翼知识界的影响。卢卡契这时认同社会民主党，但总体上对德国政治失望、反对战争的非人道，他等待战争结局的心态充满矛盾：既希望德国胜利，又希望德国失败。如他所言，"本书可以说是在对世界局势的永久绝望的心绪中脱稿的。直到1917年，我才找到了直至那时看来都无法解决的问题的答案"④。《小说理论》呈现的个人意识与世界之间的强烈紧张感，相当程度上内在于这种不可能性。卢卡契将小说称为被上帝遗弃的世界的史诗，在最终意义上，它无法完成对世界的拯救和重构。

通过蕴含在理论方法中的经验层面，我们能够进一步看到卢卡契所认识的政治和意识前提，及其所依托的感觉方式和知识资源。序言对《小说理论》的路径有一个概括，即融合"'左'派伦理学与'右'派认识论"⑤。这其实是卢卡契在20世纪60年代的后设视角指认的世界观或意识形态，而《小说理论》是他在20年代德国的思考尝试。当时在"一战"爆发的语境中，他还没有转向左翼；所谓"左派的伦理"，可以理解为对当时德国处境乃至资本主义制度的不满，卢卡契把它视为一种伦理性的寄寓，和左翼实践并不对等。另一方面则是"右"的认识论。我们下面通过1962年序言中的具体段落来讨论其中的认识论分析和《小说理论》写作的关系，由此可以看到不同知识构型在当时卢卡契思想中的相互塑造：

> 当时我正处于从康德转向黑格尔的过程中，然而我同所谓"精神科学"（geisteswissenschaftlichen）方法的关系并没有什么改变，这种关系主要是基于我青年时代从狄尔泰（Dilthey）、席美尔（Simmel）、马克斯·韦伯（Max Weber）著作中得到的印象。《小说理论》事实上就是这种精神科学倾向的一种典型产物。1920年，我在维也纳结识马克斯·德沃夏克（Max Dvořák）时，他告诉我，他认为这部作品是精神科学思潮最重要的出版物。⑥

这段自述包含着关键的认识信息。首先，卢卡契经历了思想的转变，他把这个转变环节表述为"从康德转向黑格尔"。总体上看，《小说理论》分析的主导方法是黑格尔式的，但仍然带有很强的康德色彩。卢卡契的新康德主义倾向，至少可以追溯到1910年出版的文集《心灵与形式》，其中收录了他对以浪漫派为代表的哲学和文学的分析。从文集的名字便可以看出它和康德哲学的联系："形式"指认识的先天构造，可以对应于康德哲学中的先验能力，即我们的认识之所以如此构造的那些先验前提。卢卡契早期的文学批评写作，基本是从心灵与形式的关系着手。但在"一战"这个节点上，他开始意识到，以抽象形式来把握精神问题的方式已不能够有效回应当时的社会和战争语境。新康德主义哲学就其和现实的关系来说，已经遇到很大困难，卢卡契在这个关头遭遇的危机，可以说是这种困境的直接显现。

19世纪后半叶以来的新康德主义和精神科学，乃是对以兰克史学为代表的德国实证主义思潮的反省。实证主义思潮的出现和德国民族国家的构建有很大关系，19世纪上半叶兰克所奠定的德国史学传统，希望通过历史实证来确立德国历史的独特性，并由此奠定德国政治的形而上学。这段学术史呈现出历史研究与民族国家命运诉求的高度扣合。但1871年德国建国之后，实证主义思潮与德国的宗教和形而上传统的冲突逐渐显现出来，它作为构造民族国家意志的方式难以为继。因此，19世纪后半叶，不少德国知识分子认为，必须推动德意志观念的重塑，否则德国人将面临精神的败坏和瓦解。正是在这种语境下，出现了新康德主义和精神科学的思潮。

狄尔泰是19世纪下半叶以来德国学术思潮转变中最重要的人物之一。他提出的精神科学蕴含着人文科学的自觉，也就是要将自身在方法论层面上同自然科学区别开来，确立人文科学的相对独立性，构造人文研究的独特原理和方法。在这个意义上，狄尔泰的精神科学区别于以往哲学中抽象的实证论，也同新康德主义发生了分歧：新康德主义试图在理性主义的传统内确立人文科学的基础，但在狄尔泰看来，这种抽象的方式不问生命本身，忽略了人的基本生命经验。《小说理论》正是希望面对人的生命经验、生命诉求，以及不同诉求之间的互动关系，试图在研究中实现对这些关系的综合。在此意义上，卢卡契呼应了狄尔泰的精神科学，并受到这一脉络中的席美尔、韦伯的直接影响。因此，他在序言中称这部著作为精神科学的典型产物。

需要注意，对于《小说理论》提出的方法，到了20世纪60年代的卢卡契已经转向批判。他以后见之明反观《小说理论》的写作情境，意识到精神科学在当时缺乏客观基础。"形成一般综合概念体系，通过推论进行普遍向个别现象分析的过渡，并以此达到我们所说的全面的观点，这就是当时的时尚。"[7]这里的"时尚"可以概括为精神科学的"抽象综合"。也就是说，对于个人和世界的关系，《小说理论》的分析并不是通过考察实在的、物质的、真实具体的关系来达到理解，而是尝试把握个人经验和世界意义的张力，在两者之间寻求建立统一性的中介。这种进行综合的尝试，仍是发生在德国的

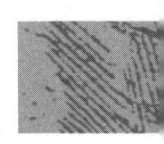

观念论或意识哲学的内部。它和过去的观念论的最大区别在于，不再依据理性把生命经验、感性经验排除在外。对卢卡契来说，这一点是小说诞生所依赖的根本的认识论前提。

作为反映当时精神科学一脉的重要文献，《小说理论》同时吸纳了其他方面的思想资源。从理论构架来看，卢卡契敏锐地关注到黑格尔哲学在德国的复兴。19世纪后半叶德国的史学和哲学研究由实证主义和新康德主义主导，但到19世纪末20世纪初，德国人寄希望于黑格尔的学说来摆脱自身的精神与政治危机。⑧那么，作为德国人应对危机的媒介，黑格尔具体怎样发挥作用呢？我们可以结合卢卡契序言的文本来把握。《小说理论》的一个突出特点，是将心灵和形式之间的关联方式历史化，卢卡契借助黑格尔《美学》在历史哲学层面关于史诗和小说的分析，将黑格尔式的精神辩证运动用于对小说形式发展的考察。这构成了他对黑格尔理论接受的起点。在理论的展开上，卢卡契从德国浪漫派那里汲取了灵感。这一点突出地表现在他对"反讽"这个浪漫派的核心概念的取用上。在《心灵与形式》收录的论文《浪漫派的生活哲学》中，他把诺瓦利斯作为典型，刻画出浪漫派的总体性与现实之间的鸿沟。由此建立的"反讽"理解，构成他的现实主义理论的重要的前提。⑨

正是通过上述方法论的综合，卢卡契建立了他后来所说的"右派的方法论"，即在从新康德主义向黑格尔主义转变的过程中，他借助了黑格尔《美学》的构架和浪漫派的思想，确立了分析小说的认识路径。可以看出，卢卡契对于18世纪末19世纪初的德意志精神运动寄予很高期待，他希望借助这些资源来应对20世纪初期德国的精神与政治问题。在1907年的论文《浪漫派的生活哲学》中，他曾特别强调过这场精神运动对于德国的意义：

> 弗里德里希·施莱格尔曾经写道：法国大革命、费希特的知识学以及歌德的威廉·迈斯特是这个时代的最重要的事件；这个总结蕴含着德国文化运动的全部伟大意义和全部悲剧。对德国而言，只有一条可以通过文化的道路：内省之路，精神的革命之路，对于一场真正的革命却没有人去严肃的思考。原本要付诸行动的人们现在只能要么失语，要么沉沦，或者变成在头脑中玩大胆妄为的游戏的纯粹的乌托邦者；原本可以称为悲剧主人公的莱茵河彼岸的人们，现在只能把他们命运交给诗作。⑩

这场精神运动作为历史遗产处于悖谬的地位，一方面它包含着德意志精神革命的原理，但另一方面这场精神革命又无法走向真正的现实革命。在卢卡契生活的时代，许多德国知识分子认识到当时的德国现实在某种程度上是这场精神运动的"历史的反复"，希望返回其中寻找回应现实的思想资源，但这种资源的天然不足，以及新的现实处境，都决定了它难以为他们提供面对现实的全部可能性。具体到《小说理论》，卢卡契在这样的现实处境和认识处境中所做的尝试，并没有跨越永恒价值和价值的历史实现之间的方法论鸿沟。通过从康德到黑格尔的认识论转变，他来到了这道鸿沟之前，但方法论的限制使他无法实现真正的跨越。对他来说，这个跨越只能由马克思主义来实现。不过，即使在转向马克思主义之后，唯心论的哲学传统仍持续形塑着他的思考方式。正是基于这种隐秘的思想联系，理解《小说理论》对于把握卢卡契后来的现实主义认识至关重要。

（二）形式变迁的历史哲学：《小说理论》的认识构造及其意义

如果仔细辨认卢卡契在《小说理论》中使用的理论概念，会发现，他以"心灵与现实"取代了先前的"心灵与形式"，建立论述的基本结构。在此，他将《心灵与形式》中依托康德哲学提出的形式问题，通过美学范畴的历史化，转化为现实问题。对于精神和形式之间的关系，卢卡契的理解不再从抽象的形式层面推演，而是确立了一个朝向现实的理解层面。通过形式的历史化，"现实"这一范畴显现出来，不过，它仍是黑格尔意义上个人生活形式的对应物，而不是马克思主义意义上直接可感的、活生生的现实。

需要注意的是，卢卡契在论述这一关系时将希腊问题作为认识前提。他赋予古希腊的古典主义与现实主义相当的意义，两者在他的认识架构里构成对等的两项；实际上，他从古希腊的作品中提炼出的认识方式，此后成为其理解现实主义的基本参照。如果以西方"古今之争"的认识转型为参照，可以看出，卢卡契其实是在尝试解释从古典世界到现代世界的转变。通过肯定古希腊世界的完整性与生活的先验本质，他将生存意义的典范性赋予古希腊。这个古典视野对于卢卡契相当重要，构成了他理解小说兴起的基本视点，成为他后来与一般的现实主义论述区分开的关键差别。甚至他后来对苏联文学的批评，也同样隐含着这一认识前提。

卢卡契以"总体性"（Totalität）概念来概括希腊的古典本质。[①] 在这里，古希腊代表内在的完满和自足：部分在整体中互相平等，经验与意义、与理念浑然无分。为了阐述这种含义，他进一步界定其"内在性"的特质：

> 作为每一个个别现象的构成性的根本实在，总体性意味着封存在它

"现实主义"专题

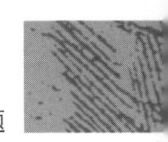

> 内部的某些东西是完整的；它之所以是完整的，是因为一切都发生在它的内部，没有东西被它排斥在外，也没有东西能指向比它更高的外部；它之所以是完整的，是因为它内部的一切向着完美成熟，通过它自身的方式服从于责任。只有在一切被形式包容之前就已变得同质的地方；只有在形式不是一种强制，而是向着意识的转化、向着潜伏着的一切事物的表面的到来的地方，只有在知识就是美德、美德就是幸福的地方；只有在美就是可见世界的意义的地方，存在的总体性才是可能的。⑫

也即，总体性是希腊人赖以生活的基础，每一种具体的生活不需要在自身之外寻找意义，或者说，古希腊世界的完整性对应着生活的先验本质，也就是意义。然而，古典世界的总体性的损毁，使生活概念及其本质的关系发生了根本性变化。在向现代世界转变的过程中，古典世界的"内在性"消失了，生活概念的先验意义前提不复存在，具体的生活的意义不再自足；经验与形而上的意义的合一状态瓦解，自我经验与世界的关系变得抽象，个人意识无法充分掌握世界，陷入游离的无家可归状态。生活变成了具体的下降的形式，不再有形而上学所召唤的上升。现代世界政治和社会的变化，没有给生活意义的"内在性"留出位置，人的行动失去了方向和意义构建的前提。

卢卡契认为，这一变化呈现在文学层面，便是史诗的衰落、小说的兴起。史诗对应了那个具有总体性的古典世界，而小说则代表了个人重新把握世界的努力。个人意识能否掌握世界的问题，后来成为现实主义理论的一个内在关切，瓦特和巴赫金的论述对此也有不同形式的体现。《小说理论》的作者给出的回答并不明朗。在具有史诗意义的小说里，形式展现出个人意识把握世界的诉求，但完整、充分的把握仍然无法实现。在这样的认识逻辑下看形式变迁的历史哲学问题，可以说，从史诗到小说的演变是历史认识的变化在文学形式上的表现，它发生在总体性失落、内在性成为问题的历史过程中。卢卡契使用黑格尔的概念来表述这一历史哲学的事实，把史诗和小说当作伟大史诗的两种客体化形式：

> 它们的差异并不是由其作者创作信念的差异，而是由作者创作时所面临的历史哲学的现实所决定的。小说是这样一个时代的史诗，在这个时代里，生活的外延总体性不再直接地既存，生活的内在性已经变成了一个问题，但这个时代依旧拥有总体性信念。⑬

卢卡契以史诗的尺度来看待小说兴起的意义，界定小说写作的目标，因为对于小说而言，重要的并非内容，而是形式：

> 小说的形式的不和谐,即意义的内在性在进入经验生活时所遭遇的拒绝,提出了一个形式问题,与其它艺术形式相比,小说的这个问题的表面性表现得十分不明显,而且因为它看上去更像是一个内容问题,所以,比起那些明显的纯形式问题,它就更需要用伦理学和美学之更有力、更深入的合作来解决。[14]

换言之,小说不能实现把握世界的总体性目标,最终显现为小说在形式层面的不和谐。这种不和谐,以往常常被视为小说故事的矛盾。而卢卡契将之界定为小说在诞生之初就包含在形式层面的问题,即它不能直接对应经验及经验背后的意义。但卢卡契并不认为可以孤立地把握这一形式维度,而必须进一步追问其背后的伦理学和美学问题。他提出,小说是"内在生活的内在价值的历险形式"[15],小说人物在历险中遭遇意义的困难,其中的紧张感被赋予伦理性的含义。这种含义在美学层面的呈现,便是他从浪漫派那里借用的"反讽":"主体性的自我认识及其自我扬弃,被最早的小说理论家、早期浪漫派美学家称作反讽",而"小说的反讽是世界脆弱性的自我修正"。[16] 在浪漫派的反讽中,主体试图凭借其信赖的观念完成对世界的重新整合,在此,观念和世界之间的矛盾被看作是观念对世界的蔑视。在卢卡契看来,在观念和世界之间,浪漫派总是试图纯粹地以观念来超克不和谐的两极。而在现代小说里,这种强烈的反讽形式有所弱化,但两者之间的冲突仍没有根本解决。事实上,在观念和现实的抽象形态之间,本应存有具体的个人与世界的关系,但这种活生生的联系还没有被充分展开。因此,现实是自我的心灵探索的方向,但自我无法抵达现实:

> 小说的内部形式被理解为成问题的个人走向自我的旅途,那条路从纯粹现存现实——一个本质上是异质的、对个人又是无意义的现实——之阴暗的囚禁中延伸出来,朝着那明确的自我认识走去。[17]

> 小说是内在生活的内在价值的历险形式;小说的内容是心灵出发寻找自我的故事,是心灵为接受检验的,而且由此找到其本质的历险故事。[18]

为了寻找意义,自我不得不向外探索。小说的内部形式被理解为心灵的历险,个人经历成长、接受考验,尝试寻回自身和世界意义的有机联系。卢卡契认为,歌德的《威廉·麦斯特的学徒生涯》(以下简称《威廉·麦斯特》)鲜明地体现了这一自我探索过程。这部作品综合了小说写作的两种可能类型:"集中于纯粹行动的抽象的理想主义"和"把行动内在化使之降格

为沉思的浪漫主义"。前者根据主人公内在心灵的理想，寻求对现实世界的改造，如《堂·吉诃德》；后者则认识到现实世界的不可改变，从而由行动回退到内心的理想，这一撤退显现为浪漫派的反讽修辞。对他来说，以《威廉·麦斯特》为代表的教育小说（Bildungsroman）是两个类型的中间道路，它包含了内在沉思和抽象实现的综合。不难看出，这正是卢卡契此时依赖的精神科学的认识逻辑：

> （主人公）不得已接受了社会的生活形式，把自己封闭起来，让只能在心灵里面实现的内心严密地封存，从而与这个社会达成和解。他的最终归宿表现的是世界的当下局势，而不是对这世界的抗议，也不是对它的附和，只是对它在理解前提下的体验，这个体验努力要使两个方面都得到公正的解决，并且把心灵不能在世界实现的原因不仅仅归结为世界的非本质，还归结为心灵的虚弱。[19]

在这种认识逻辑中，《威廉·麦斯特》包含了两个方向。一个方向是现代世界的非本质性，在这种新的生存语境中，本质性的意义失去了载体；这一判定来自观念的强度，如康德式的观念冲动，其以否定的姿态证成世界的非本质性。《威廉·麦斯特》带有观念的否定性，却不受其强度的限制。在主人公意识的方面，心灵意识到自身本不具备观念所规定的强度，因而它尝试把握世界的行动成为一种妥协，最终通向心灵在世界中的重新安置，这就是小说叙事的结局。在这个意义上，心灵和本质之间达成了妥协，但矛盾得到的只是掩饰而非解决，世界并不因此发生真正的改变；被构造为抽象实体的世界仍然对个人有高度的统摄力。在此意义上，卢卡契认为《威廉·麦斯特》的综合没有实现真正的突破：

> 《威廉·麦斯特》中的人物和命运结构决定了它们社会环境的结构。在这里，我们也有一个中间状态：社会生活不是一种稳固的、安全的、先验世界的映像（Abbilder），也不是封闭于自身、明白地划分的、出于自身目的能把自身实体化的秩序；这样一个世界就排除了小说人物寻找或迷失其道路的任何可能性。但是，它也没有变成一个无定形的团块（Masse）。因为在那样的情况下，旨在发现一种秩序的内心就始终是无家可归的，如此一来，要达到那个目标从一开始就是不可想象的。社会生活于是成为了一个日常世界，在这样的世界里，生活意义部分地穿透这个世界是可能的。[20]

以这种方式理解个人命运与社会环境之间的关系，仍然是精神科学的路径，这种路径渗透着意识哲学的德国传统。这区别于后来卢卡契从马克思主义获得的立场，即社会环境对个人命运在结构上的决定性，尽管他后来也没有把社会的作用绝对化。而从意识哲学的角度来看，此时的卢卡契认识到个人意识向外在世界展开自身的可能性及其限制。在我看来，这正是现实主义写作面临的挑战：从个人的意识构造及其对生活意义的把握出发的认识，如何能够穿透世界？这一穿透对世界本身意味着什么，又将怎样触及世界当中的人？而文学穿透世界的内在诉求，对作家的艺术认识和实践提出了怎样的要求？

不仅如此，借助卢卡契小说理论的这一面向，我们可以重新看待小说叙事所包含的限制性视角，重审有限的意识世界在小说结构中可能发挥的作用，在叙事展开中可能的意义位置。在这一点上，意识哲学有可能激活我们习以为常的文学理解。个人所经历的生活，在其直接可感的意义上仍是一种意识生活；坚实的物质生活，如果能够抵达，也必须通过意识的媒介。小说作为文学形式的可能性，也就寄托于个人和世界之间意识作为媒介被把握的方式上：在何种程度上，个人能够同现实世界的坚固实体构成互动？卢卡契对浪漫派的批判正是立足于这种互动的要求，他指出，歌德避免了浪漫派的危险：

> 把现实浪漫化到使它完全超出现实的领域，或者从艺术赋形的角度看更危险的是，把现实浪漫化到一个彻底远离问题、超越问题的、小说的形式对此再也不能胜任其要求的领域。[21]

卢卡契从浪漫派寻求总体性的努力中看到了危险：意义和观念的诉求，以其精神强度试图摆脱可见形式的依附；现实世界在此否定性的作用下被遗忘。虽然观念哲学在其脉络之内没有真正地面对现实，但卢卡契发现了一个内部的超越者，他认为歌德身上已经体现出观念的历史哲学穿透世界的可能。不过，在卢卡契转向马克思之前，这个世界仍然是抽象的，不是直观可感的、生产性的物质世界。通过对德国观念论的批判和延伸，卢卡契为现实主义铺垫了一个重要认识视野，即小说所体现的个人意识。由此可以追问个人意识在叙事中的构成方式，它如何打开自身，它的自我重构要求怎样的条件，以及这些对个人面前的那个世界意味着什么。对卢卡契来说，《小说理论》"不是在寻找什么新的文学形式，确切地说，是在追寻'一个新世界'"，但这一"新世界"只是"非常天真、彻底虚幻的乌托邦"。在新世界来临之前，作者提出了他的希望："人应该有的自然生活能够产生于资本主义的解

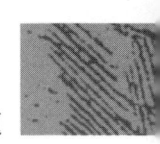

体,而资本主义的毁灭又被看作类似于无生命和否定生命的社会与经济类型的解体"。[22]在这里,卢卡契已经将目光投向经济和社会类型与人的具体关系,但他并没有对此展开充分分析。即便他的左派理想在此仍然只是虚幻的乌托邦,但他的论述仍然有力地建立了小说构造和资本主义解体之间的对应关系。在这一理解的延长线上,我们可以更充分地看到《小说理论》与其后来的现实主义论述的关系。

(三)精神科学的魅影:从《小说理论》到现实主义理论

第一次世界大战之后,卢卡契逐渐转向马克思主义,1923年出版的《历史与阶级意识》是这个转向的标志,这部著作在共产主义阵营内部引发广泛的讨论。卢卡契作为马克思主义者的身份备受争议,德默兹曾认为他在"马克思主义的伪装下,富于独创性地实现了唯心主义美学的复兴"。[23]20世纪60年代的卢卡契对早年接受唯心主义影响的阶段多有批判和否定,但他和之前观念论探索的联系从未完全隔断。从30年代开始,借助马克思主义的视野,卢卡契尝试从理论层面讨论现实主义的观念机制。其中,1933年他写作的《叙述与描写》一文,为我们提供了理解这一关系脉络的方便入口。

在1933年的《叙述与描写》中,他分析了自然主义和现实主义的差别,仔细辨析不难看出,他的认识方式仍关联着早期论述中对史诗和小说的区分。他特别有意识区分叙述的有机性和描写的无机性,而两者的差别以意识与社会的同构关系为基础,在叙述中,人物的意识处于把握社会关系的能动地位,而描写则将人物的意识活动从环境中孤立出来:

>……作品中盛行的描写不仅是结果,而且同时还是原因,是文学进一步脱离叙事旨趣的原因。资本主义的散文压倒了人的实践的内部的诗,社会生活日益变得残酷无情,人性的水平日益下降——这都是资本主义发展的客观事实。从这些事实必然产生描写的方法。但是,这种方法一旦存在,一旦为重要的、有坚定风格的作家所掌握,它就会对现实的诗意反映产生影响。生活的诗意的水平低落了,——而文学更加速了这种低落。[24]

卢卡契认为,描写的方法与资本主义的现实同构,是黑格尔意义上的散文压倒了亚里士多德意义上的诗,是对生活的诗意、文学的诗意的否定。而生活的诗意、文学的诗意之所以重要,乃因为它包孕人的心灵,是意识对现实的能动作用，是人性的尊严所在。那么，在资本主义的现实面前，叙述的方法为何能够捍卫生活的诗意、人性的尊严？这是因为叙述方法包含着史诗的精神品质：

> 描写把一切摆在眼前。叙述的对象是往事，描写的对象是眼前所见到的一切，而空间的现场性把人和事都变得具有时间的现场性。但是，这是一场虚假的现场性，不是戏剧中的直接行动的现场性。现代的伟大的叙事作品正是通过所有事件在过去的前后一贯的变化，把这个戏剧因素引入了小说的形式，然而，旁观的从事描写的作家的现场性恰恰是这种戏剧性的反面。他们描写状态、静止的东西、呆滞的东西、人的心灵状态或者事物的消极存在，情绪或者静物。㉕

"叙述的对象是往事"，这个概括对应于古典主义作品，古典的叙述基本不会试图介入现实和现场。在《小说理论》中，卢卡契曾把古典主义戏剧作为从史诗到小说演变的过渡阶段；作为这一阶段的代表，但丁的作品在内在性和完整性的意义上保留了史诗的特性，但其结构的方式已经是戏剧的：人物在与面前现实的对抗中各自成为个体。《叙述与描写》同样以形式的历史哲学过渡状态来把握作品的价值，指出现代叙事作品的伟大之处：把戏剧因素引入小说的形式，事件的发展包含着动态的一贯性。在此意义上，小说的叙述通过向古典戏剧汲取戏剧性的力量，赋予现实主义作品伟大的品质。不难看出，卢卡契通过对叙述与描写的辨析，追问形式所表现的心灵状态，将批判指向心灵的消极和被动性。而这样的认识取向，根植于他在精神科学阶段对意识能动性的关注。仔细阅读《叙述与描写》会发现，这样的观念视野贯穿在他的整个论述过程。这意味着，卢卡契不是以马克思主义彻底否定了自己早期的精神科学观念，而是以此突破了早期精神科学探索的困境。因此，关于这些可见的精神科学的余绪，需要在新的马克思主义的认识构架中，才能充分定位其对于此时的现实主义理解的意义位置。

> 描写不但根本提供不出事物的真正诗意，而且把人变成了状态，变成了静物画的组成部分。人的特征平列地存在着，并且按照这种平列方式加以描写，而没有使它们相互渗透，从而在它们最歧异的表现中，最矛盾的行动中证实个人性格的生动的统一。外在世界的虚伪的广阔性，正是同性格表现上的模式化的狭窄性相适应的。人显得是现成的，是千差万别的社会要素和自然要素的"产物"。社会规定和人的心理生理特征相互交错的这个深刻的社会真实永远地消失了。㉖

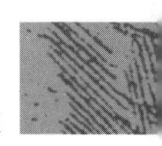

在卢卡契早期小说观念中,"外在世界"与"心灵状态"相对,自我向外探索,试图改造世界,获得意义感。此时,他从马克思主义立场出发,重新理解外在世界和心灵的关系:"外在世界的虚伪的广阔性,正是同性格表现上的模式化的狭窄性相适应的。"在这里,他对外在世界的广阔性做出区分,有"虚伪的广阔性"和"真实的广阔性"。描写的方式呈现的外部世界的"广阔性"之所以是虚伪的,是因为它是静止的、无机的。与之相应的是性格表现的模式化,这种模式化否定了人的心灵面向世界的能动可能。此时,卢卡契相信,社会的规定和人心的能动之间包含着更为复杂的互动关系,文学只有把握这种关系,才能呈现"社会真实",呈现外在世界真实的广阔性。

综上所述,卢卡契的《小说理论》是理解现实主义问题的重要理论资源。他从历史哲学角度对小说兴起及其结构性矛盾的认识,尽管受制于精神科学的认识范式,但由此揭示的主体意识与世界之间的张力关系,洞察了现实主义小说写作之可能的核心。这种理论洞察力对此后的现实主义理论的发展至关重要。下面我们要讨论的瓦特和巴赫金,无不受益于卢卡契早期的理论探索。

二、形式的现实主义:瓦特的经验论视野

(一)《小说的兴起》:一项开创性研究的历史-观念意涵

瓦特在 1957 年出版的《小说的兴起》一书,作为一项开创性研究,通常被认为是他最重要的学术贡献。不过,如前所论,卢卡契不是已经讨论了小说兴起的问题吗?的确,《小说理论》比《小说的兴起》早了四十多年。但前者是从历史哲学出发建立概括和区分的尺度,并没有直接讨论历史与社会问题,其中也没有 18 世纪英国文学的位置。而这正是瓦特的研究对象。瓦特希望回到 18 世纪的社会和思想语境,重新揭示小说兴起的认识意义。这种经验论的研究进路不同于卢卡契从观念论出发的视角。更为重要的是,瓦特和卢卡契一样关注小说的形式,只不过,他将之从观念论中解放出来,力图解释小说形式与历史现实之间的构造关系。

如何理解瓦特由此建立的现实主义认识的意义位置,中文学界的关注相当不足。中文学界对他的介绍始于 20 世纪 80 年代末的形式主义美学思潮,但在新批评等潮流兴起后,他很快被边缘化。而最初的介绍,无论是翻译还

是研究，都比较粗糙，缺少足够有分量的讨论。但英语学界从20世纪60年代以来持续关注瓦特，并出现了一系列研究。其中，特别得到关注的是他的人文主义取向。瓦特继承了英国人文主义传统对道德论的重视，这在他早年的著作中已经有所体现。英国思想中的道德论传统可以追溯到启蒙运动时代的政治经济学，这种学说不仅关心"经济人"的现代个人形象，而且关注个人行动的道德情感问题。18世纪兴起的现代小说，核心问题几乎都和道德有关。道德问题对英国文学的重要性远大于对法国文学和德国文学。而瓦特对这种传统的接受，既与他早年在剑桥大学所受教育有关，更直接地受到20世纪50年代美国学界人文主义潮流复兴的影响。他在这一潮流中居于非常重要的位置，受重视的程度超过后来被广泛关注的纽约知识分子群体。

不过，瓦特关注道德问题，并不仅仅是外在的思潮作用，更与他个人的生命境遇和思想关切有关。1939—1946年，瓦特在英国陆军服役，任步兵上尉。1942年他负伤被俘，战争结束前被关押在日军控制的战俘营，成为修建缅泰铁路的强迫劳动力。严酷的施工过程中，仅盟军战俘就有超过12000人丧生。这段残酷的战争经历对他影响很深，尤其促使他关注具体的人的处境与道德选择，并接受人文主义的道德省察视野。[7]更具体地说，在50年代的美国学术语境中，瓦特的这种写作诉求特别指向对新批评的回应。当时的新批评建立了一种严格的形式分析，思潮起初的道德关注在这种方法中面临内倾和固化，并不把直接、直观的社会历史因素作为分析的关系性对象，而后者恰恰为瓦特所关注。《小说的兴起》力图结合社会历史分析与形式结构分析，也即在小说的形式构造与社会历史语境之间建立联系。由此，瓦特提出了"形式现实主义"（formal realism），其论述包含针对新批评的方面：分析形式因素的构造性和指示性，从而在结构的层面之外，揭示形式在道德意志层面的意涵。瓦特的这种形式分析工作，包含着特别的知识贡献。巴赫金在20世纪20年代指出，马克思主义没有发展出内在的形式理解，缺少"社会学诗学"，一种贯通形式与内容的社会性认识[8]；而瓦特通过自身的传统和经验，建立了形式和社会历史关联的路径，尽管他并非典型的马克思主义者，但这种探索本身也可以说是对这种理论缺憾的补足。

进一步辨析瓦特建立这种分析路径的方式，会发现他整合了一些特别的理论资源。首先需要提到卢卡契。瓦特在书中引述了《小说理论》中"小说是上帝离弃的时代的史诗"的观点。但这部著作对他的影响不止于此，《小说的兴起》对个人意识和世界之间构造方式的关注，经过了卢卡契的中介作用。瓦特注重从形式角度勾勒小说与社会的复杂同构关系，这与卢卡契、戈

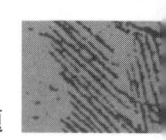

德曼的脉络有关；背后亦有与《小说理论》可共通的战争经验、"超验的无家可归感"。以此为前提，瓦特尝试将早期卢卡契的观念论式的论述纳入经验论的认识脉络，为之赋予特定的历史与思想意涵。具体来说，在经验论的认识脉络中，特别需要提出的是瓦特与利维斯夫妇之间的关联。1956年，在《小说的兴起》序言中，瓦特致谢利维斯夫人（Q. D. Leavis），感谢她对他的研究的启发和引领，并提到她的著作《小说与大众读者》（*Fiction and the Reading Public*）——1932年完成于剑桥大学的博士论文。这本著作从社会学角度讨论通俗文学，《小说的兴起》中第二章"读者大众与小说的兴起"，很明显是对其思路的转化和发展。此外，还有一个隐含的重要线索，就是利维斯（F. R. Leavis）的《伟大的传统》（*The Great Tradition*, 1948）。从瓦特的论述来看，他对这部经典著作非常熟悉。利维斯在书中将乔治·艾略特、亨利·詹姆斯、康拉德和狄更斯视为英国文学伟大传统的代表，却对18世纪的英国文学一笔带过地简略批评，而后者正是瓦特写作的起点。自20世纪初，英国文学研究逐渐得到学术上的确立，其中利维斯是重要的人物。作为英国传统中文化主义的奠基人，他倾向于从道德角度理解文学的认识内涵，将道德功能视为文学的历史意义所在；其所创办的《细绎》（*Scrutiny*）杂志是"细读"文学批评方法的阵地，由此形成从英国文化主义到美国新批评的学术脉络。瓦特的研究提供另一种学术认识视野，也就是在利维斯主义内部形成的不同脉络：通过反思新批评方法，重构利维斯主义的学术史意义。

（二）《小说的兴起》：问题意识和论证结构

基于以上梳理，我们接下来可以进入《小说的兴起》的问题意识和论证结构。在著作的开篇，瓦特提出一个经验性的问题：

> 任何人，如果对18世纪早期的小说家以及他们的作品感兴趣，都会问这样一个问题：小说是一种新的文学形式吗？对于很多类似于这样的问题，目前尚无令人满意的答案。假如答案是肯定的——正如我们通常所做的那样，即小说的兴起始于笛福、理查逊和菲尔丁，那么小说与他们之前的散文虚构故事之间有什么不同？譬如与希腊或者中世纪或者17世纪法国散文虚构故事之间有什么不同？出现差异的原因是什么？出现差异的时间和地点又是什么？[29]

瓦特要分析作为novel的小说如何形成，而这个问题不一定要求经验式的提问方式。事实上，瓦特曾经尝试用理论论述开启相关的讨论，依据哲学的假设推论提出小说形式的问题；在书稿的终版，考虑到普通读者与出版商的需要，这些方法论论证被删去。因此，瓦特展开讨论的起点看似是非常经验论的，却并非不证自明。我们需要追问：经验所给出的内容依赖了怎样的前提？思考小说兴起的形式问题如何可能？

探问瓦特论述的前提，可以发现他将现实主义作为小说的认识论来讨论："小说的现实主义不在于它表现哪种生活，而在于它怎样表现生活。"[30]现实主义作为小说的认识论如何可能？瓦特借助了哲学史的梳理展开观念的追溯，即17世纪末到18世纪基于个人通过知觉可以发现真理的见解而形成的实在论（realism），或知觉认识论，以笛卡尔与洛克为代表。从思想与社会的关系来看，我们认为瓦特的论述前提有足够的正当性：英国的思想与政治、社会与文学共同经历了一个认识转变的过程，由此确立自我作为真理的发现者的位置；这与法国、德国的情况不同。我们在阅读瓦特的论述时，应当避免过快地或无意识地接受一种普遍化的认识眼光，而应该将问题放置回18世纪英国政治、社会、思想的特定语境。

基于此，我们能够更具体地理解瓦特的分析判断所关联的范围。其中，个人经验的意义位置及认识转折可以说是核心问题："小说这一文学形式最充分地反映了这种个人主义的、富有革新精神的价值取向。"[31]瓦特的界定高度关注个人主体的道德意识，并以笛福的创作为其彰显的先声。在这种语境中形成的个人主义思潮，既根植于英国独特的宗教、社会、文学传统，但同时也是欧洲现代历史与思想变迁的一部分："自文艺复兴以降，个体经验越来越倾向于取代集体传统，成为现实的最终仲裁者。这种转变似乎在小说崛起的文化大背景中占有十分重要的位置。"[32]在此，瓦特试图把小说形式的出现还原到总体性的文化转折过程中认识。当时的英国语境中出现了关于天才（genius）与独创性（originality）的重要论述，爱德华·扬发表《论独创性作品》（Conjectures on Original Composition，1759），强调把握现实的方式在个人身上独立的特定性。这一思潮内含于从古典世界到现代世界的转变：个体的自我出场，再没有一个现存的、普遍的方式能够保证人类与世界的联系。由个体独特性的观念，瓦特进一步推演出对于小说作为新兴文学形式的理解：

> 情节必须由特定的人物在特定的情景中表现出来，而不是像过去那样，由一般人物根据一定的文学常规，在事先设定的背景中表演

出来。㉝

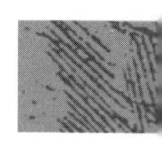

只有当时间和地点是具体的，观念才有可能是特定的。同样，只有将小说中的人物设置在特定的时间和地点背景中，他们才可能是个性化的人。㉞

也就是，在新的小说形式中，人物处于具体的时空、性格与情感的处境，由此获得个体相对于世界的位置；与之相比，人物在从前的文学形式里只是整体性意义表述中的一个环节。

这样看来，瓦特与卢卡契对小说的认知可以追溯到共同的问题意识，即现代世界整体性的破碎；对此，在英国经验论传统下的瓦特显得更为平和，相信个人能够掌握真理性的意义。即便如此，瓦特仍然重视小说形式内在的反讽，尤其透过创作与接受、形式与社会的关联，分析了笛福和理查逊的小说叙述中的道德反讽，揭示现代世界中与个人的发现相伴随的矛盾和冲突。这里的反讽不同于卢卡契从浪漫派那里借用的反讽，但它们都指向个人与世界冲突的存在处境。然而，对于瓦特来说，这种冲突不是个人生存处境的主要问题，小说仍然是资本主义时代呈现人类生存处境的最有力方式：

小说用以体现这种详尽的生活观的叙事方法，可以称为形式现实主义。……小说是关于人类经验的完整而真实的记录。㉟

与大多数文学形式相比，小说对读者的要求要少得多。这就不难解释为什么在过去的两百年里，大多数读者终于在小说中找到了合适的文学形式……㊱

不难看出，瓦特的这些分析以现代个人经验及实践的正当性为前提，以此论证小说在英国个人经验表征中的认识位置。小说相比于大多数文学类型更少有规则的限制，也正因此它具有容纳差异性的灵活空间，恰如现代世界的流动与变幻；而在文学形式和现实的对应关系之间，还有具体的思想脉络关系、民族国家处境，基于对这些具体的语境的辨析与界定，才有了关于现实主义的理论界定。瓦特的认识前提及其对小说的形式的界定方式，迥异于卢卡契基于德国历史经验的判断；可以说，两人对于形式的认识指示了相互对立的两极。对于个人与作为抽象实体的世界之间的冲突，卢卡契的眼光是相当否定的；瓦特则采取了一种正面的态度，在他那里，小说所表现的意识对应的是现实的、物质化的英国社会，其真实、生动的多元状态，在相当程

度上能够被蕴于文学形式的个人意识所把握。此外，两人的道德伦理的关切呈现的思想面向也不相同。瓦特与卢卡契都没有将形式问题完全视为小说的认识论问题，而是将这种形式所表征的主体意识、情感、精神及其与世界的不稳定关系视为道德伦理问题。但卢卡契的"左派伦理学"是抽象的，瓦特的视野则不局限于孤独个人与世界的关系，而将社会关系的维度纳入道德思考的视野，这一点恰是英国小说写作及其批评的重要维度。

事实上，这些差别使得瓦特有意识地将现实主义区分为认识论与道德论两个层面。在全书的收尾部分，瓦特明确将这两个方面界定为，作为陈述的现实主义（realism of presentation）和作为评判的现实主义（realism of assessment）。两个方面统摄于瓦特在第一章提出的形式现实主义概念，它们的区分则与英国的文化批评注重道德论的传统相关。我们一般认为，小说的价值评判维度属于内容而非形式，但瓦特意图通过形式的层面揭示小说的陈述内涵与评判内涵的关联。《小说的兴起》从第三章到第七章对笛福和理查逊的讨论侧重从陈述角度把握现实主义作为形式的结构意涵；最后两章对菲尔丁的讨论，则侧重从评价角度把握现实主义作为形式的道德意涵。事实上，原稿最后还有三章，继续第二方面的分析，分别讨论菲尔丁、索莫莱特和斯泰恩。瓦特在回应批评时，特别指出原稿的篇幅在处理这两方面的平衡关系。[37]不过，无论是在陈述还是评判的面向上，瓦特都注意到小说形式的反讽意味及其所包含的不稳定关系。[38]

总体而言，瓦特在《小说的兴起》对笛福、理查逊和菲尔丁的讨论，无论就认识论还是道德论而言，都没有简单将他们在小说形式层面的创造性开拓视为18世纪社会、政治与思想的产物，而是在充分透视时代思潮的基础上，认为这些小说家的创作包含着独特的认识价值，他们对于个人主义及其相关的情感与道德问题的呈现与评价，甚至超越了当时的一般思想与哲学论述。

在这种意义上，回到这部著作开篇的提问，瓦特最终并非只在文学类型演进的意义上证明小说作为新型文学形式的存在价值，而是将其内涵置于与现代社会分化出的不同认识领域相互竞争的意义位置上，提出现实主义小说所可能开创的认识并回应时代问题的方式。可以说，小说的兴起所包含的这种独特价值，是此前的虚构文学乃至史诗所不具备的。

三、时间与历史生成：巴赫金的现实主义探索

（一）巴赫金的歌德研究：一个尚未得到充分重视的维度

从我所接触的有限的材料看，巴赫金与卢卡契两人在其生活的时代，并无交集，但有一些间接的关联。1924 年，巴赫金在列宁格勒生活困难时，曾计划翻译卢卡契的《小说理论》，后来不了了之[39]；此后他关于小说和现实主义的论述，也并不在针锋相对的意义上呈现与卢卡契主张的关系。不过，较明显的是，在论述来源的方面，他们面临一些共同的批判和批评对象，包括新康德主义与德国文学；并且，他们都从歌德的创作中看到了小说的理想形式。

然而，遗憾的是，国内学界不仅没有注意到两人的这些隐秘联系。而且已有的对巴赫金的研究，过于集中于通过他的陀思妥耶夫斯基研究，强调其复调和对话思想；通过他的拉伯雷研究，强调其民间和狂欢化理论。[40]在这种认识处境中，巴赫金的小说理论一般不被界定为现实主义理论，但这种判断不应被不加追问地接受。就我们已有的视野来说，巴赫金的歌德研究还有待进一步认识，而歌德正是巴赫金思考现实主义问题的关键对象。

不过，通过巴赫金的歌德研究讨论现实主义问题是有材料限度的，他的遗稿多有散佚和损毁。我们现在能看到的这篇《教育小说及其在现实主义历史中的意义》（以下简称《教育小说》），写于 1936 至 1938 年，主要围绕歌德来论述。作者原本为这个问题写了一部书稿，但没能保存下来，现存的只是残留下来的短篇。由此，我们可以推想歌德对于巴赫金的特别意义。

事实上，即便从陀思妥耶夫斯基对巴赫金的意义，也能看出歌德的重要性。一般认为，巴赫金对陀思妥耶夫斯基的研究支撑了他学术上最关键的十年，在这类意义上，歌德的确无法与之相比。但歌德的形象在多处能构成巴赫金眼中陀氏的对立面；很大程度上，巴赫金是在与陀思妥耶夫斯基的诗学相对的意义上讨论歌德的意义。巴赫金逝世后，整理手稿的过程也为这一判断提供了支持。人们发现，在《教育小说》的草稿中，他曾经明确地写下这样的标题："歌德与陀思妥耶夫斯基的对比"，这里的"对比"其实隐含了两者的对照关系。事实上，稍微对照巴赫金现有的论述，也不难发现这一点。他从"成长"维度来理解歌德，但对陀思妥耶夫斯基小说的解读，则强调其中"共存和相互作用"的人物关系展开，也就是小说人物的思想存在并不来自他们的成长过程，而来自与他人的对话关系。

另一方面，如果以巴赫金的歌德研究为参照系，会发现，陀思妥耶夫斯基对巴赫金的意义不同于拉伯雷。巴赫金研究拉伯雷的视野并不与其歌德研究对立，而是渗透其中。《拉伯雷的创作与中世纪和文艺复兴的民间文化》被认为是他的代表作，目前我们看到的版本出版于1965年的莫斯科，脱胎于他写于1940年，但因观点的政治问题而被尘封的学位论文，论文原题为《拉伯雷在现实主义历史中的地位》。这本书为何改换名字，内容做过哪些调整，目前还不能掌握；不过，可以确定的是，巴赫金在写《教育小说》前后思考现实主义问题的方向，并不只有歌德，拉伯雷也在其中，而目前我们看到的版本中，现实主义的主题在拉伯雷研究中基本消失。由此可见歌德对于巴赫金思考现实主义问题的核心意义。巴赫金讨论小说理论的著作相当丰富，但专门从现实主义角度讨论小说问题的论述很少。值得追问的是，如何理解《教育小说》这篇文章与其他论述小说理论问题的著述，区别与联系：为何巴赫金如此看重教育小说对于认识现实主义的意义？这种方式与卢卡契的理解有何不同？

如前所述，卢卡契在《小说理论》中同样赋予了教育小说重要的认识位置，将《威廉·麦斯特》视作小说经过抽象综合得到的典型形态，但两人的表述差异很大。这要求我们在阅读时对他们分别依赖的资源和语境有必要的区分意识。但要想对巴赫金有足够整体的理解，并不容易。巴赫金在学术史上可称奇人，在其所处的20世纪俄苏社会语境中，其思考的独特性、丰富性、复杂性难以言诠。即便如此，我们仍然可以经由他早年的思考找到理解其现实主义探索的线索。

（二）行为哲学：《教育小说》的论述前提

与卢卡契和瓦特一样，巴赫金早期思考同样根植于对当时俄国现实的道德责任感。20世纪20年代，他痛感各学科知识的构造方式流于抽象，无法回应俄国当时社会道义责任沦丧的问题。为此，他尝试通过行为哲学的探索，重新构想一种新的道德哲学。由此出发，他提出"行为思维""参与性思维"，试图重构个人与世界之间行动和伦理的关系，希望这一关系通过自己的哲学写作得到有效的表达。留下的未完稿经整理被命名为《论行为哲学》，其实只体现了他宏大哲学构想的一部分。即便从未完稿中，我们也能找到理解其早期哲学构想的线索：

> 我的每个思想连同其内容，都是由我个人自觉负责的一种行为。而

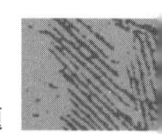

我的全部生活作为一连串行为过程，正是由这个行动构成的。因为我的整个生活可以看成一个复杂的行为，我以自己的全部生活实现着行为，而每个单独的行为体验都是我生活及一连串行为过程的一个方面。这个思想作为一个行为，是完整的东西：一方面是思想的涵义内容，另一方面是思想存在于我的真正意识之中的事实，这是一个独一无二的特定的我，在特定的时间和特定意识之中的事实，这是独一无二的完全特定的我，在特定时间和特定条件下的我，以及思想实现的全部具体历史的过程。这两个方面，即涵义方面、个人与历史方面（事实方面）在评价这个思想（作为我的一个负责的行为）时统一而不可分割的。不过却可以把思想的内容涵义方面单独抽出来，即把它视为具有普遍意义的一个判断。[41]

总之，由于我们把判断同实现这一判断的历史实际行为的整体分割开来，又把这判断归之于这种或那种理论体系之中，这样一来便无法从判断的内容涵义方面，进而达到应分，达到实际的唯一的存在的事件。从理论的认识内部出发来克服认识与生活的二元论，思想与唯一具体现实的二元论，就此所做的一切尝试都是徒劳无功的。当我们把认识的内容涵义方面与实现这种认识的历史行为割裂开之后，我们只有通过飞跃才能从认识达到应分，才能到脱离了实际认识行为的涵义内容之中去寻找实际的认识行为，而这无异于是想揪着自己的头发上天。[42]

对这段论述所包含的关键表述，巴赫金后来有所延续和发展。其中，"独一无二的特定的我"作为行为哲学中特别重要的因素，进入了巴赫金后来对现实主义的界定，强调小说当中的自我意识在特定时间和条件下，和世界之间产生的认识与行动关系。

思想的涵义方面、个人与历史方面，大致分别对应于一个人生活中思想文化的层面及与实际历史现实直接相关的内容。虽然在当时语境中这两个方面呈现为分裂状态，但在巴赫金看来，它们在一个人身上可以共存。在这个意义上，巴赫金行为哲学的构想包含对当时德国新康德主义的批判，后者只注重思想涵义方面，忽视个体的具体生命存在："现代哲学中可以发现一种倾向，即把意识的统一性和存在的统一性理解为某种价值的统一性。"[43]对于新康德主义观念内在的分裂，卢卡契与巴赫金有相似的批判起点。早期卢卡契更多地经由精神科学的脉络提出诉求，试图在社会和人的生命之间建立联系，不过精神科学对现实的界定仍在抽象层面。而后来的卢卡契和巴赫金，都尝试在具体的层面把握现实与社会。在这里，巴赫金提供了独特的思想路径：他希望通过独特的、具体的"我"，重构个体与世界的关联；世界的意义在此被纳入了"我"所承载的具体性。"我"的具体性构成巴赫金的道德哲学构想的基本前提，因为理论须经由"我"身上的特定关联才能显出沟通的能量。这一路径超越了意识哲学的抽象辩证：克服了"认识与生活的二元论、思想与唯一具体现实的二元论"，不是在观念内部，而是由个体自身的位置出发投入现实。巴赫金所提出的行为哲学，以行为思维和参与性思维重新界定了具体生命与世界的关系：

> 真正的作为行为的思维，是含有情感与意志的思维，是带着语调的思维，而且这种语调要深入地贯穿于思想的所有内容因素。情感意志的语调在行为中覆盖着思想的全部涵义内容，并把这种内容同唯一的存在即事件联系起来。正是情感意志的语调，在唯一的存在中起着定向的作用，并在其中实际地确定着涵义内容。㊹

> 确认自己独一无二地不可替代地参与存在这一事实，意味着自己是当存在不囿于自身情况下进入存在的，意味着自己进入了存在的事件之中。㊺

> 参与性思维，也就是在具体的唯一性中、在存在之在场的基础上，对存在即事件所作的情感意志方面的理解，换言之，它是一种行动着的思维，即对待自己犹如对待唯一负责的行动者的思维。㊻

在一切有思想涵义的地方，巴赫金看到了个人性的时空，由此将思想化入个体生命活生生的存在。唯此，人和世界的关系才能够获得与抽象相对的具体。由此，他从个体情感意志的角度，重新将思想带回人的存在之中。在此意义上，存在是正在发生的事件，是行动着的思维。巴赫金将处于这种生活的关系，并能够对世界负责之行动的意识和思维，视为新的哲学起点。这种理解，通向了他后来对歌德小说及其现实主义的解读。由此也可以说，歌德在巴赫金思想世界中具有特定的意义位置，他的位置与对话、狂欢存在距离，而更加关联着早期思想中道德伦理的诉求。基于这种哲学意识，巴赫金勾勒了"我"作为行动发源地的中心位置：

> 对于我的参与性的行动意识来说，这个世界作为建构的整体，分布在我行动发源的唯一中心——我的周围；要知道这个世界是由我发现的，因为我在自己的观照行为、思考行为、事业行为中都是从自身出发

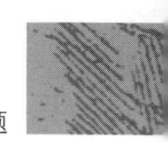

的。根据我在世界中所处的唯一位置——能动发源的位置，所有思考到的空间关系和时间关系，都找到了价值的中心，并围绕这个中心形成某种稳定的具体的建构整体。[47]

在意识状态中使整个世界得到重新发现的诉求，只能透过"我"的观照、思考与事业来实现；一种具体可感的整体性由此成为可能。这种生命和感觉意志的贯通突破了新康德主义的抽象理解；它不是用思想观念来结构自我，也不是仅以生命冲动面对世界，而是在过程中产生了联通的渠道，建成自我与世界、自我与他人的联系。巴赫金将一个人与他人关系的具体性视为行为的现实世界所遵循的最高原则：

> 行为的现实世界所遵循的最高建构原则，就是在我与他人之间在具体的建构上有着至关重要的相互对照。生活中存在原则上不同却又相互联系的两个价值中心，即自我的中心和他人的中心；一切具体的生活要素都围绕这两个中心配置和分布。内容不变的同一个事物，生活的同一个因素，视其同我或同他人相联系而获得完全不同的情感意志语调，在自己最为生气勃勃的、最重要的涵义中表现不同的价值。这并不破坏世界在涵义上的统一性，却可使涵义的统一性提高到事件的唯一性。[48]

作为原则，我与他人关系的具体建构与相互对照包含了两层意蕴：其一，其中涵义是发自个体、生机勃勃的；其二，由此表现的价值不为"一"而为"多"，其生机不是归于统一，而通过对照，显现世界中价值或意识把握方式的多样性。这意味着，自我跟世界的联系不是直接的孤立过程，而是以他人为媒介，在与他人的具体关系中通向世界。在此意义上，巴赫金对具体个人之重要性的强调，区别于德国唯心主义哲学的唯我论，不同于卢卡契所说孤独个体的"超验的无家可归感"。

概言之，巴赫金在早期的《行为哲学》展示出的对于时空特定性所决定的自我的唯一性，以及从这种唯一性的行为出发所重新构建的自我意识与世界构造之间的行动与价值的连接方式，奠定了他后来思考小说审美问题的哲学前提。从这种前提出发，我们便可进一步追问他重视歌德的原因，以及他由此思考教育小说所表征的现实主义问题中时间与历史生成的关系维度。

（三）现实主义："一切取决于对真实的历史时间把握的程度"

通过以上梳理，我们便可以正式进入《教育小说》。巴赫金在这篇残稿中这样界定现实主义的基本法则："一切取决于对真实的历史时间把握的程度"⑭。这种界定看上去和瓦特的界定很接近,真实也被他视为现实主义写作追求的基本目标。但在这里,巴赫金特别将这种对真实的诉求指向对历史时间的把握。他关心这一问题的方式并不是以个人感知世界的可能性作为认识尺度,而是特别关注的在时间变化的维度上个人的成长与历史的关系:"人的成长与历史的形成不可分割地联系在一起"⑩。也就是说,他从早期的行为哲学出发,在这种具体的关系性中看待人与历史、自我与世界的互动方式。因此,他特别看重教育小说作为现实主义写作的认识意义。

不过,仔细辨析巴赫金的论述会发现,他仍以相对于外在世界的个人意义感的形塑和重构为重要视角:"教育小说把世界视为经验、视为学校这一观点本身,是富有成效的;它使世界的另一侧转向了人,而这个侧面恰好是长篇小说此前所不熟悉的。这导致对小说的情节要素进行彻底的再思考,为长篇小说开辟了看待世界、赋予现实主义的新视角。"㊵显然,这样的论述仍有新康德主义哲学的色彩。通过歌德,巴赫金指出教育小说能够容纳世界的变化;作为意义结构,世界在其中不再是稳定和静止的抽象实体,而是在人面前展现了它的"另一侧",即它作为具体的层面。在此意义上,之前的长篇小说并不表述经验的具体性,或不曾赋予它决定性的意义;古典的时代既已在消逝中,现代人面临的道路,就是通过经验重构对世界的想象。由此,巴赫金揭示了教育小说在古今转变中承载的转折意味:通过它,世界在人面前变得直观可感,而人也由此获得新的可能性,

> 他与世界一同成长,他自身反映着世界本身的历史成长。他已不在一个时代的内部,而处在两个时代的交叉处,处在一个时代向另一个时代的转折点上。这一转折寓于他身上,是通过他完成的。他不得不成为前所未有的新型的人。这里所谈的正是新人的成长问题。所以,未来在这里所起的组织作用是十分巨大的,而且这个未来当然不是私人传记中的未来,而是历史的未来。发生变化的恰恰是世界的基石,于是人就不能不跟着一起变化。显然,在这样的成长小说中,会尖锐地提出人的现实性和可能性问题,自由和必然的问题,首创精神问题。成长中的人物形象开始克服自己的私人性质(当然是在一定的范围内),并进入完全另一种十分广阔的历史存在的领域。最后一种现实主义型的成长小说就是如此。

人在历史中成长这种成分几乎存在于一切伟大的现实主义小说中;因而,凡是出色地把握了真实的历史时间的地方,都存在着这种

成分。[52]

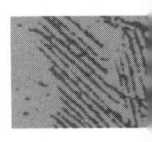

人物超出单个时代的内部而处在转折点上，意味着他获得了一个同时反观自身与世界之间关系的位置，不再有某种抽象的意义表象可以实现对他的完全掌控。在小说形式层面，教育小说超出古典小说的部分，是其中所包含的"未来"维度，"未来"由特定的个人经验向广阔的历史存在开放；它区别于卢卡契的现实主义论述，后者已为历史必然性的辩证法所笼罩。转折点的位置时刻发生着关联两个世界的运动，人物因此在变化中不断克服自身的私人性质，联系起两个世界；新世界的到来变得可以把握，成为个人经验构造的关键点。透过历史转折节点上个体位置的把握、个人与历史之间的关系性维度，巴赫金重新界定了现实主义写作的意涵，也就是现实主义所把握的究竟是何种现实：

> 恢弘的史诗形式（大型史诗，其中包括长篇小说在内），应该描绘出世界和生活的整体画面，应该反映出整个世界和整个生活。在长篇小说中，整个世界和整个生活是在时代的整体性切面上展开的。长篇小说中所描写的事件，应能在某种程度上以自身来代表某一时代的整个生活。能够取代现实中的整个生活，这是长篇小说的艺术本质决定的。根据这一本质程度的不同，因而也是根据艺术意义的大小，长篇小说相互间往往是各不相同的。决定着长篇小说的不同，首先是对这一现实的世界整体性进行现实主义开掘的深度；长篇小说整体中所形成的本质，正是从这一现实的世界整体中抽象出来的。"整个世界"及其历史，作为与长篇小说的艺术家相对立的现实，在歌德那一时代发生了深刻而重要的变化。[53]

巴赫金把长篇小说视为一种类同于史诗的形式，这个认识体现出德国传统的影响，即对整体性世界的欲求。围绕整体性的问题，巴赫金富于灵感地确立了现实的可感性媒介的位置，但他的论述仍然包含了如下的方向：具体的媒介可以通达世界的完整性，个人与历史在最终意义上实现和谐。"长篇小说整体中所形成的本质，正是从这一现实的世界整体中抽象出来的"——假如作为特定形式的长篇小说内在包含一种整体性，那么它必须和作为整体的世界之间有互动的关系。在歌德的教育小说的形式上，卢卡契与巴赫金寄托了同样的对整体性的渴望，意图弥合主体与对象之间的鸿沟。不过，卢卡契所依托的抽象综合方式及后来的现实主义论述，都没能为问题的解答给出明确的图景，而巴赫金在歌德的时空里看到了变化的发生，看到了个体与整

体之间真切的互动。

巴赫金对此的讨论，与他同时写作的《长篇小说的时间形式和时空体形式》（1937—1938）有关。在这篇论文中，他以时空体概念，将时间与空间的结合方式视为小说人物的行动前提。[53]而在《教育小说》中，他则将之表述为历史时间的苏醒和历史视觉的结构。歌德的重要性，就在这一时间和空间的相互构造关系上彰显出来。歌德在具体的空间中看到时间，也就是看到运动和变化，而运动和变化关涉着真实的自然与本真的生命之间的互动。换言之，巴赫金特别发掘了作为自然科学家或自然主义者的歌德的形象，通过这种形象将自然运动和变化的意义视为歌德世界观的关键组成部分，并由此延伸出行动中的成长和发展对于他思考具体的历史时空中的人的可能性的关键意义。不同于这一个从自然形象出发重构出的歌德，卢卡契的歌德形象代表了抽象综合的成就，包含着观念性的诉求，而巴赫金恰恰打破了主体与客体、观念与经验的二分。在此意义上可以说，巴赫金在行为哲学中对新康德主义的观念论取向的有力批判，在歌德这里通过自然的物质运动，获得了具体可感的历史时间的真实性。

在歌德身上，巴赫金早年的哲学批判实现为一个具体的形象，并且给出了对现实主义问题的回应。歌德通过威廉·麦斯特个人的成长历程，试图把握历史的内在必然性，这种必然性不再是抽象道德与理念的规范，而是个体生命对世界在过去、现在与未来的时间链条上具体可感的统一性的把握；巴赫金将这种把握视为现实主义文学的核心。相对于瓦特的经验论和卢卡契的观念论，巴赫金的现实主义论述包含着更加丰富、独特的思考面向和问题维度：小说人物经验的位置与构成，意义方式和实践方式，个体生命构架中的过去、现在和未来，世界的可感性如何被个人把握，等等。巴赫金所谓的现实主义的"真实"，指向这些方面的交汇和配合，也即开放的、历史时间的真实。这样的理解，与卢卡契相当不同。从方法论前提来看，卢卡契通过精神科学的抽象综合法来反思意识哲学的限度，但这种反思仍然将个体生命理解为心灵、意义与形式的抽象构造。而巴赫金所提出的行为哲学，实际上突破了意识哲学的抽象辩证，以行为思维和参与性思维重新界定了具体生命与世界的关系。就认识过程而言，对卢卡契来说，现代世界是破碎的总体性、形而上学的意义的瓦解，但他并没有还原出世界作为物质性存在的真身，而是仍然沿着意义客观性的逻辑处理个人经验与作为破碎观念的世界的紧张关系。巴赫金不再"把意识的统一性与存在的统一性视为某种价值的统一性"，而以个体作为唯一的时空存在的行动打破抽象的价值统一性，由此指出现代

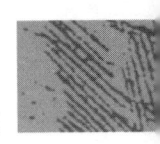

世界的可感性与直观化的新的存在方式，在具体的行动与责任的联系中重新思考道德世界重建的可能。

结语：现实主义理论的认识构成及其意义

讨论至此，我们基本上对卢卡契、瓦特和巴赫金的现实主义理解做了对比分析。大家从中可以看到在相似的问题意识，不同的历史处境中，他们发展出不同的现实主义理解。这些理解不能被简单抽象为普遍的现实主义理论，必须充分意识到理论家的自我感、时代感与理论感之间的互动关系，才能准确把握他们的理论的解释力，并有效限定其解释的范围，审视其解释的限度。最后，我想以四个延伸讨论的问题作为这次讲座的结束语，希望通过扎根于作为理论思考的现实主义的发生脉络及其遇到的问题，将我们之前在中国语境中已经固化的认识重新问题化。

第一，如何从不同维度（观念、行动、经验、自然）理解现实主义的"真实"与"再现"？我们常常把真实和再现当作不言自明的观念，似乎它们已经有固定的指涉，但这些维度到底是什么，有没有别的基本方式？

第二，如何把握现实主义的构成要素——个体与世界、经验与意义、行动与关系的认识内涵？这些要素是我们界定现实主义时所依赖的，但不同的理论家有不同的关注重心，那么，我们在认识层面应当如何准确恰切地进入这些问题及其涉及的作品对象？

第三，如何理解小说人物的意识边界及其把握世界过程中的反思与突破？对这个问题，成长小说可以作为典型，但人物感知的意义边界、与另外一种意义的互动方式，也出现在其他类型的小说中。意义的边界往往决定了把握世界的可能性，我们应该如何据此重建认识这些小说的理论视野？

第四，现实主义之为现实主义的特质是什么，这种特质如何在具体的民族国家和历史语境获得不同的把握？今天介绍的三种理论，作为对现实主义的界定都不充分；即便充分的界定是可能的，也不能简单地通过综合不同的理论实现。我想说的是，现实主义的特质恰恰不能够被表述为普遍的，那么，具体民族国家和历史语境中的现实主义如何可能？我们希望由此反观，对于不同的认识者、认识处境和历史问题而言，现实主义的特质意味着什么，它怎样实现为处置个人精神与时代关系的具体方式。每种可能方式的独特性，关系着它们对新的世界的构造和想象。

以上这些问题，我并不能给大家提供方便好用的答案，这些问题的解释还有待我们今后的共同探索。今天讨论的三位理论家,并没有提供解决问题的全部可能,但他们作为进一步探索的媒介,为我们通过更有效的理论探索重新回到中国20世纪的现实主义问题,提供了可以进一步推展的理论空间。相信对这些理论空间的深度开掘与严肃追问,将会照亮我们理解中国现实主义文学的前路。

互动环节

刘卓(中国社会科学院文学研究所副研究员):我有两个问题,想和你讨论。第一,卢卡契在写《小说理论》的时候,他会认为小说分析的各种形态受到当时的导师韦伯的影响。我在读这部著作的时候,不知道怎么从这个角度联系起来理解,所以也还是会沿着观念论,或者说像你刚才那样的方式,但不知道如何衡量韦伯的社会学在卢卡契的小说分析中的影响。第二个是卢卡契早期在写《小说理论》之前是做陀思妥耶夫斯基研究的,他关注的那个点就在道德问题跟立场的争论,这方面,我觉得跟巴赫金有一些隐秘的联系,但这次也没来得及特别地细读,陀思妥耶夫斯基在当时的欧洲对很多思想家来说都是一个思考的问题场域。不知道这个方面你有没有了解,应该如何理解?

符鹏:谢谢刘卓的问题。我觉得两个问题都很好。但抱歉,我之前没有特别处理这个脉络,不一定能够特别完整地回答你的问题。第一个,当年卢卡契是冲着韦伯去了海德堡,到了海德堡之后就进入韦伯的圈子。在韦伯的圈子背后有一个共同的理论语境,就是新康德主义思潮。在这个语境当中,韦伯的社会学要把社会的维度构造成可分析的对象,这个可分析的对象不是我们通常认为的实在的、具体的经验层面的社会。在德国语境中,这是包含着高度观念论色彩的社会。虽然在卢卡契的分析中,他并不是具体地把社会当作分析的前提,但他在从"心灵与形式"到"心灵与现实"的转变过程中,把现实理解为个人经验的开展所面临的更大的世界形象,这种理解和韦伯是比较接近的,虽然他没有直接用这个概念。我刚才讲到,黑格尔、精神科学和浪漫派,是他理解小说的三个核心思想资源。实际上,他在《小说理论》序言中说过,他对精神科学的接受,韦伯也是其中的一个媒介。可以说,他是以韦伯为媒介重新面对新康德主义的。不过,《小说理论》这部著作毕竟有黑格尔的色彩,这与韦伯颇有差别。所以,这著作出版后,他在给韦伯的信中表示,不知道对方是否能接受自己在该著开始部分对希腊文化的

"现实主义"专题

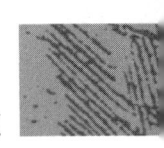

黑格尔式论述。㊵他说话的语气，就像是徒弟学了旁门功夫，担心师父不高兴。当然，我们在前面也说过，卢卡契对黑格尔的接受，也是通过精神科学，通过狄尔泰的黑格尔转向。所以，卢卡契转变过程中的各种思想因素其实是交杂纠缠在一起的。

你说的第二个问题。我记得在卢卡契早期致朋友保尔·恩斯特的信中，特别提到自己将写一部讨论陀思妥耶夫斯基思想的著作，而且还将以此呈现自己的形而上学伦理学和历史哲学。㊶不过，很遗憾，他自己最终没能写出这本代表其早期美学观念的著作。我们看到的是《小说理论》这部著作。仔细追溯的话，卢卡契在更早的《心灵与形式》里边，并没有特别讨论俄国文学，在《小说理论》的结尾他提到了陀思妥耶夫斯基，但并没有展开分析。在他看来，陀思妥耶夫斯基代表了一个新的世界，这个新的世界与浪漫主义无关，不在这本书的讨论范围之内。他重点讨论的是托尔斯泰。不过，在他眼中，托尔斯泰在《战争与和平》中，最终陷入形而上的激情幻灭中的世俗痛苦。这种看法当然是从精神科学出发，以抽象综合的方式对托尔斯泰的不公正评价；《战争与和平》的结尾，恰恰是揭示了世俗生活的重要意义。卢卡契在1960年反省自己的写作时，也承认自己当时对托尔斯泰的评价是扭曲的。

卢卡契后来改变了他对托尔斯泰的看法，在转向马克思主义之后，他将托尔斯泰、歌德，还有巴尔扎克视为19世纪现实主义写作的典范。他认为，现实主义顶峰之后的写作就不值得看了，比如福楼拜的写作就被完全否定，之后的现代主义写作更是被他视为对资产阶级败坏的现实的简单迎合。不过，有意思的是，他并不把陀思妥耶夫斯基视为这种写作类型的代表。在20世纪40年代，他写过一篇讨论陀思妥耶夫斯基的论文。在这篇论文中，他对比了托尔斯泰和陀思妥耶夫斯基，认为前者写的是过去，是历史小说，后者写的是现在，是在现实主义衰落之后进行一场伟大的思想实验。并且，他从马克思主义的视野强调，陀思妥耶夫斯基的小说是底层小说，他明确将底层从之前的作家笼统的社会关怀中区分出来，因而他的写作是一种新的写作。要仔细追问的是，他这里所说的"新的写作"的含义，显然已经与他在《小说理论》结尾所说的"新的世界"不同了。如果进一步与巴赫金相比的话，卢卡契显然对托尔斯泰的肯定更多，而对陀思妥耶夫斯基的评价，也与后者迥异。这一点，在这儿不方便具体展开。我大体就回应这些。

池新春（中国艺术研究院文艺学硕士研究生）：老师好，辛苦您了，我想提的问题是，您提到在现实主义理论的论述中，卢卡契是理论完成度最高的，也是一贯性最强的。那您认为他对"现实主义"这个概念的界定，是否也是完成度最高的？——相比于韦勒克、巴赫金、詹姆逊，等等，或者是马克思和恩格斯。用一段浓缩的话，您会如何阐释卢卡契眼中的"现实主义"概念呢？它与经典马克思主义之间有哪些联系或不同？我的提问完毕，谢谢老师。

符鹏：谢谢你的问题。这个问题比较宏观，可能我一时也不能给你比较圆满的回答。先解释一下，我说的这个完成度指的是就分析现实主义的理论体量来说，卢卡契大概是我们能看到的理论家中论述最多的。除了今天讲座中涉及的篇目之外，他转向马克思主义之后，还写了大量讨论社会主义现实主义的论文。而我说他的一贯性在于，他实际上一贯从唯心论美学出发，虽然后来这种美学的观念形态不断地被马克思主义的意识要素所重构，但是其中的观念论色彩并没有完全消失。

首先，他在讨论典型问题时，对典型环境、典型人物的理解，仍然跟他早期对人的心灵与世界之间关系的认识有密切关系。举个例子，《叙述与描写》的结尾部分分析了苏联的现实主义。读之前，我们可能会设想，卢卡契对现代主义的批评，最终会通向对苏联现实主义的肯定。但实际上，他基本上是否定的，觉得苏联现实主义是很糟糕的，已有的现实主义小说对现实的把握程度与方式同样存在自然主义式写作的毛病，也就是以描写的方式呈现人物与环境的关系，缺少叙事的有机性。在这里，他仍然是以人与世界之间关系的有机性来要求苏联的现实主义文学的。这种观点，当然跟他早期从精神科学出发的认识有关，也就是强调心灵、生命的活力及其与现实的有机关系。我觉得，对于卢卡契来说，这种认识现实主义的方式是特别的，与后来的很多现实主义认识很不相同。其次是他对世界观的重要性的强调。在他看来，世界观对一个作家把握现实来说是至关重要的前提。当然，我们可以说这种观念是马克思主义的——卢卡契对世界观的论述的确包含着阶级论的色彩。不过，从他的表述中，我们还能看到他早年从德国观念论出发，希望以观念征服世界或者重构世界的认识底色。最后，还有一点很有意思：卢卡契对现实主义的理解，不时地要用古典文学的眼光来审视现实主义所能把握的现实的性质，即便他后来转向了马克思主义，古典的眼光也没有完全消失。我觉得以上这些方面，都是卢卡契认识现实主义的特别之处。

至于你提到的其他人的现实主义理解。在这里没法展开，只能简单说几句。例如，巴赫金关于现实主义的论述目前可见的并不多，他更多是在小说的题材构成、结构要素和修辞构成方面来展开，也没有对现实主义做出严格

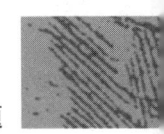

的定义。而后来我们所说的西方马克思主义美学，当然主要是西方马克思主义理论家的发明，马克思本来没有一个完整的关于文学和美学的论述。就像在讲座中所说的，巴赫金当初批评马克思主义缺少一种社会学诗学，因此，其美学论述主要来自德国的唯心论传统。这一点，在卢卡契身上特别典型。我大体想到这些，不充分的地方我们可以随后再单独交流。

何吉贤（中国社会科学院文学研究所研究员）：我有个问题想跟你讨论。今天的讲座，主要是从思想脉络来进入现实主义的论述，你特别讲到不同的思想传统，比如英国的经验论、德国的观念论等问题。但这里面是否还有一些维度可以讨论，比如，现实主义跟自然主义的对比关系当中，值得关注的是自然主义跟现代科学的关系，自然主义建立了人凭借科学可以去把握、去认识世界的自信。我想问的是，如果我们不是直接从观念、从理论内部出发，而是考虑到自然科学的维度的话，是不是可能会有不一样的看法？

符鹏：何老师提的这个问题很有意义。这方面，我今天没有特别讲。这里我稍作一点展开。先说瓦特的研究。他的讨论跟18世纪之后科学的兴起是有特别大的关系。18世纪是科学逐渐在认识层面占据重要地位的时期，宗教的衰落、个人认知地位的凸显，都是在这种语境中出现的。笛卡尔、洛克的认识论，以及在此语境中出现的现实主义理解，与18世纪的科学观念有密切关系。再说德国的观念论传统。在今天讨论的脉络中，兰克的实证史学特别依赖自然科学的成就，他由此为德意志奠定的政治的形而上学在当时影响巨大。卢卡契所接受的精神科学脉络，本身是对这种实证主义思潮的批判，认为它瓦解了德国人的精神根基，这不仅表现为实证论对宗教地位的冲击，而且与现实生活在科学影响下的物质化过程密切相关。其实卢卡契通过写作《叙述和描写》区分自然主义和现实主义，就是要正面处理这个问题。他把描写界定为自然主义的特点，就是以科学的眼光看待生活，直接地以一种现场的方式呈现给人看，而不对这个面貌本身施加从个人心灵出发的态度，并由这个态度构造一种有机性。与之相对的是，他强调现实主义需要个人心灵对世界的投入，与之建立有机关系，而不是像自然主义那样随意处置人和物。在这里，卢卡契对自然主义的批评，实质是批评其背后的科学眼光，这种批判眼光成为他后来反思不成功的现实主义甚至非现实主义的基本视角。

当然，科学在19世纪的意义与18世纪已有所不同。在瓦特研究的18世纪，小说正在兴起，科学观念变成个人掌握世界的信心。但在19世纪，随着人们物质生活的机械化、资本主义社会的败坏，科学被视为破坏心灵生活的异化力量。因此，在对自然主义的批判中，卢卡契其实在根本上认为，科学眼光破坏了人类心灵与世界之间的有机关系。我大概想到这些方面，可能还不是对你的问题的全面回答。

张千可（北京师范大学文学院博士生）：我想问的一个问题是，我之前读过一些英文的关于苏联文学的研究，更多强调现实主义在斯大林时代的苏联是一个比较模糊的概念。当时很多进步作家的作品，都会在某种意义上被归为现实主义。我比较困惑的是，我们在什么意义上可以把巴赫金作为一个现实主义理论家来讨论，或者说我们如何处理现实主义的模糊性，理论的梳理应该如何回应这个问题？

符鹏：谢谢千可的问题，这个问题很重要。不过，我不是专门研究俄苏现实主义的专家。这里稍微作一点展开。第一，我觉得巴赫金在20世纪30年代到40年代开始以现实主义的名义来界定他透过歌德（也包括拉伯雷）所讨论的小说理论问题，背后包含着他对苏联当时的社会主义现实主义的反思。在当时的政治语境中，巴赫金没有条件写批评性的文章，但是透过他对歌德作品对现实主义的讨论，你会发现这种理解在相当程度上不同于社会主义现实主义的论述。由于巴赫金手稿散佚，我们还不能充分掌握他的全部观点，还不能将之称为体系性的现实主义理论，但他透过歌德作品所展开的现实主义认识，为我们提供了把握这一问题的理论可能性。

第二，关于苏联语境中的现实主义的界定，确实不能一概而论。从当时的政治文件中，当然可以看到不同的关于社会主义现实主义的解释。从1934年日丹诺夫在苏联第一次作家代表大会上提出这个口号之后，随着苏联政治的不断转变，对现实主义的界定和讨论也在变化。其中，颇为有意思的一个方面是苏联对欧洲现代主义的态度。20世纪60年代之前，现代主义的写作被批判为颓废主义，被视为资产阶级腐朽的写作形式。但1956年的苏共"二十大"秘密报告颠覆了欧洲左派对苏联的认识，苏联对现代主义文学的批判也引发了巨大反弹，特别著名的便是加洛蒂的《无边的现实主义》一书对现代主义的辩护，由此出现了他与苏联批评家苏契科夫的交锋。不久之后，苏联的现实主义理解开始松动。1962年，苏联作协和苏联科学院世界文学研究所召开"人道主义问题与现代文学"研讨会，强调欧洲非现实主义文学也具有人道主义的特质。到了70年代，苏契科夫以及苏联的理论界也开始接受扩大现实主义边界的必要性。所以，这个问题，我的看法是，没法抽象地对现实主义下定义，需要在具体的历史脉络和思想传统中去认识这种创作类型的意义。这也是我在讲座一开始引述的韦勒克的观点：现实主义

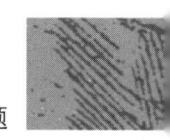

纷繁复杂，难以有明确的定义。或者说，一个抽象的定义对我们具体的认识也并没有那么大的意义。

谢俊（中央戏剧学院戏文系讲师）：有一个我比较关心的问题跟你讨论。你在讲座中，分别谈了卢卡契三个阶段的理解，但在具体解释上，你用他20世纪30年代的《叙述与描写》来对比早期的《小说理论》，又用他60年代的序言来解释早期的《小说理论》。在他这三个时段的态度之间，你有没有发现一些断裂？西方学者对卢卡契的讨论，更看重《小说理论》。你也提到，他早期受到新康德主义的影响，又有黑格尔因素的介入，但此后他并没有跨过由此带来的认识鸿沟，因为这个世界已经成为一个碎片化的、散文化的世界。这个世界到底还有没有可能恢复生机？卢卡契在区分史诗的两种类型时，确实意识到两个时代的差别，古典时代的整全、有机，现代世界的分裂、零散，就是阿多诺所说的世界的非同一性。在这种情况下，一个个体，不管是巴赫金式的理解，还是瓦特式的解释，怎样才能为这个世界重新赋予意义？在现实主义视野中，一个主体对世界的表征怎么就变成这个世界的"真实"呢？我觉得这里存在极大的鸿沟。现代世界不可能通过威廉·麦斯特式的个体漫游就获得意义的完成。我想问问，你如何看待这个问题，如何理解卢卡契前后期的差别？

符鹏：谢谢谢俊的问题，你讲这个问题我觉得特别重要。我尝试对你的问题作一些回应。我觉得问题的核心是对"反讽"的理解。我在前面的讲座中提到卢卡契和瓦特对这个问题的看法。相比之下，巴赫金似乎没有提供这个维度。他对现实主义的讨论，主要是通过歌德的《威廉·麦斯特》来展开的。但仔细看会发现，他一直说现实主义是一种仿拟，要把过去的文体用一种戏仿的方式重新表现出来，以显示出它作为一个新的表现类型和过去的价值关系。我觉得，在这里，"仿拟"问题在认识层面包含着与"反讽"相同的理论意义，只不过，巴赫金选择的是文体视野，不是直接从个体面对世界的方式入手。但究其实质，借用过去的文体来把握世界，也是个体与世界之间的直接关系无法通过文体呈现的表征。

我们可以说，在他们三个人的认识中，都包含着通过文体或修辞层面的反讽或戏仿来呈现主体与世界之间紧张感的维度。瓦特强调，在18世纪的英国文学中，通过个人来掌握真理性位置的诉求，在实际过程中遭遇很多困难，并没有直接地变成一种顺承的现实把握，只是作为一种构造的诉求和方向。而卢卡契的《小说理论》借助浪漫派的反讽把这个问题正面突出出来。他后来在60年代的序言中回顾自己的写作时，还强调这个障碍是很难跨越的。不过，他不同意浪漫派过于用观念来征服世界的强烈的反讽。而巴赫金则通过文体层面的混杂来表达这种表现世界的难题。在此意义上，可以说，小说所构造的新的形式和意义的秩序其实是不稳定的，这种不稳定性在不同的理论家那里得到不同方式的把握。而这种不稳定性也恰恰表明，他们赋予小说的在现代语境中把握世界的任务无法真正完成。

尽管卢卡契后来转向了马克思主义，但他仍然将典范性的现实主义认定为托尔斯泰、巴尔扎克以及歌德这样的19世纪作家的写作，他们的写作当然与我们一般认为的社会主义现实主义不同。所以，在一定程度上，卢卡契只是借助马克思主义获得新的分析眼光，而这个眼光所真正看中的对象仍然是19世纪现实主义的典范性作品。在他眼中，20世纪的苏联社会主义现实主义作品无法和他树立的这些19世纪的文学典范相比。我们通常认为卢卡契所借助的马克思主义的眼光，是其重新想象和判断一种新兴文学的基本尺度，但从这个角度来看，这种说法是值得推敲的。为什么卢卡契念兹在兹地觉得19世纪的现实主义其实最接近古典，虽然他知道古典是不可企及的？他在经历马克思主义转向后仍然把它们当作典范来认识，而不是说选择一个更高的典范来超越他认为19世纪现实主义文学在历史中的意义位置。因此，从19世纪到20世纪，从现实主义到社会主义现实主义的跨越，是否以及如何能够实现，确实如你所说，是一个需要被重新讨论的问题。充分回答这个问题，需要我们对卢卡契的写作有更完整的把握才行。这方面，目前我还做不到，就暂时先回应这些。

刘卓：插个话，我觉得其实这个问题很有意思。除了你刚才说的方面，在美国，因为现实主义与整个社会主义和共产主义期间的社会政治密切相关，所以被认为是压抑性的，常常被否定。但这不是唯一的接受路径。正好最近在看布达佩斯学派的书《美学的重建——布达佩斯学派论文集》，里边有一篇费伦次-费赫尔的《小说问题重重吗？〈小说理论〉的贡献》，对《小说理论》的贡献重新做了分析。他辩护的方式其实就是符鹏刚才所点到的那一点，就是从史诗到小说的变化中，小说开始以一个社会的、不再是自然的方式，作为自身经验本体的枯燥形式。而在卢卡契批评的资产阶级衰落期，愤怒地对待新生的中产阶级的文化形式，但并不能真正突破。他最终将可能置于社会这个形式层面，这与康德的二分法并不相同。关于这种辩护视角，我在这里没办法详述，推荐大家看这篇文章，作者提供了一个与美国的卢卡契的接受不同的辩护方式。

某未知姓名同学（清华人文学院的博士生）：符老师好，我想问您一个

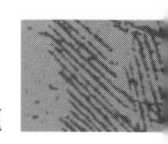

比较具体的问题。您刚才在讲到卢卡契的认识转变的时候，提到从"心灵与形式"到"心灵与现实"的转变，我觉得"形式"是一个比较有意思的概念，这个概念在《小说理论》中出现时，中文译者有一个译注，他认为形式是心灵或生命外化、客体化或者是客观化的表现方式。我不是特别理解这种表现方式具体指的是什么，它和之后的俄国形式主义所强调的与内容相对应的形式之间有什么关联吗？

符鹏：谢谢这位同学的问题。我大体说下自己的看法。"形式"这个概念当然没法笼统地界定和使用。在《小说理论》中，卢卡契对这个词有不同的使用，所以我们要注意他的使用语境。在"心灵与形式"的关系中的"形式"，就是说你刚才介绍的译者的说明，它是心灵或者生命的外化、客观化的表现方式。在这种使用背后是当时德国语境中新康德主义的思潮。当时的理论家——狄尔泰、席美尔等人，都是在康德意义上使用这一概念的。所以，卢卡契最早就直接用这对概念来命名自己的处女作。具体来说，就是如何理解心灵和意义的关系。心灵通过特定形式，获得了在意义中的位置，或者说掌握了意义。也就是说，心灵通过形式实现了客观化，但这里的"客观"仍然是抽象的。到了《小说理论》，卢卡契试图将"形式"指向现实，也就是说，现实是我们透过形式真正要处理的维度，在此意义上，心灵和形式之间的紧张感更实在地表现为心灵和现实之间的紧张感。而心灵要捕捉和对应的不再是原来意义上的形式，而是他透过黑格尔的历史化所界定的现实。此时，他使用的"形式"的康德背景被这种黑格尔色彩显著地弱化了。尽管康德的影响并没有消失，但在他的论述中，当现实维度被凸显时，形式和心灵之间的紧张感就不再被视为小说问题的根本方面，而是心灵如何把握现实。

卢卡契对形式的这种理解，当然和形式主义讲的"形式"有挺大的区别。形式主义讲"形式"，很大程度是在新的文学手段所表达的意义和感情的意义上，也就是说这种形式是经过了作家的创造被构造出来的，它不是本身就负载了意义，而是需要意义和心灵之间形成一个对应的形式。而且形式主义的强调主要是在文学分析的层面，形式被作家用一种新的方式构造出来，帮助我们重新去把握背后的情感、价值和意义。所以，形式主义是在形式的辩证克服的意义上看待形式的革新的。这与卢卡契对黑格尔的使用有相似之处，但并不是在康德意义上来认识形式和我们的生命之间的关系。在那个意义上，它所表述的"形式"和我们的文学感受之间仍然隔了一层，隔了一个作家的主动的构造作为中介，而不再是一个直接的关系。所以，康德意

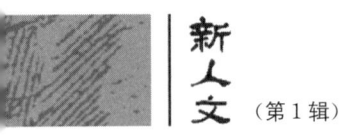

义上的形式不是人构造出来的，是先在的，是有先验性的形式。如果说卢卡契对形式的认识最终通向了他的现实主义理解，那么，形式主义对形式的认识，恰恰和当时俄苏的现实主义形成对峙和冲突。我想，这些不同的关系脉络，根植于两者对形式理解的差别吧。

注释：

①③参见韦勒克：《文学研究中的现实主义概念》，《批评的诸种概念》，罗钢、王馨钵、杨德友译，上海人民出版社2015年版，第214－215、225、223页。

②萨义德为《摹仿论》英译本五十周年纪念版写的导言特别指出，这是奥尔巴赫认识方式的盲点。萨义德：《〈摹仿论〉"五十周年纪念版导论"》，朱生坚译，奥尔巴赫，《摹仿论》，商务印书馆2014年版，第X页。

④⑤⑥⑦卢卡奇：《小说理论·序言》，《卢卡奇早期文选》，张亮、吴勇立译，南京大学出版社2004年版，第3、12、3、4页。

⑧在20世纪初的德国，战争危机使得"国家至上""民族至上"的呼声重新召回黑格尔的幽灵。原有的精神科学思潮的思想家纷纷转向黑格尔哲学，狄尔泰晚年写作《青年黑格尔》（1905）一书；文德尔班1910年在海德堡学院发表演讲"黑格尔主义的复兴"，认为黑格尔是德国人最好的"精神导师"，能够满足德国人对于世界观的渴望。关于20世纪初期德国哲学思潮从康德向黑格尔的转变，可参见克洛纳：《黑格尔哲学的现代意义》，《新黑格尔主义论著选辑》（上），商务印书馆1997年版，第591－598页。

⑨"反讽"概念是现实主义理论的一个重要枢纽，除了卢卡契之外，瓦特和巴赫金同样强调它在小说修辞中的重要性。

⑩⑫⑬⑭⑮⑯⑰⑱⑲⑳㉑㉒卢卡奇：《卢卡奇早期文选》，张亮、吴勇立译，南京大学出版社2004年版，第166、9－10、32、46、62、49、54、62、101、102、103、XII－XIII页。

⑪以往对卢卡契现实主义认识的讨论，往往以他转向马克思主义之后的"总体性"理解为前提。但实际上，他的认识根植于早期对古希腊的理想化认识，其"总体性"理解不同于西方马克思主义的一般论述。

㉓转引自韦勒克：《文学研究中的现实主义概念》，《批评的诸种概念》，罗钢、王馨钵、杨德友译，上海人民出版社2015年版，第225页。

㉔㉕㉖卢卡契：《叙述与描写》，《卢卡契文学论文集》（一），中国社会科学出版社1980年版，第56、59、68－69页。

㉗相关研究参见 Marina MacKay, "The Wartime Rise of The Rise of the Novel", Representations, Vol. 119, No. 1 (Summer 2012), pp. 119－143. 后来 MacKay 将这篇文章发展为系统地讨论瓦特战争经验与战后经历的著作 Ian Watt, *The Novel and the Wartime Critic*, Oxford University Press, 2018.

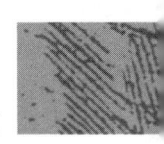

㉘巴赫金：《文艺学中的形式主义方法》，李辉凡、张捷译，《周边集》，河北教育出版社 1998 年版，第 125、148 页。

㉙㉚㉛㉜㉝㉞㉟㊱瓦特：《小说的兴起》，刘建刚、闫建华译，中国人民大学出版社 2020 年版，第 1、3、5、7、8、15、27、28 页。（引用时对译文略有修改）

㊲参见 Ian Watt，“Serious Reflections on ‘The Rise of the Novel’”，*NOVEL*：*A Forum on Fiction*，Spring，1968，Vol. 1，No. 3（Spring，1968），pp. 205－218.

㊳这方面的论述明显受到利维斯的《伟大的传统》的影响。在此不做具体展开，有兴趣的朋友可以具体对照两人的论述。

㊴克拉克，霍奎斯特：《米哈伊尔·巴赫金》，语冰译，中国人民大学出版社 2000 年版，第 133 页。巴赫金一厢情愿地想挣取稿酬的努力也往往化为泡影。刚到列宁格勒，他就动手翻译卢卡契的《小说理论》，但是从一位匈牙利朋友那里得知卢卡契对此书不再感兴趣之后，他便放弃了这个打算。

㊵对两人学术关系及其时代语境的比较研究，可参见 Galin Tikhanov，*The Master and the Slave: Lukacs*，*Bakhtin and the Ideas of their Time*，Clarendon Press，2000.

㊶㊷㊸㊹㊺㊻㊼㊽巴赫金：《论行为哲学》，《巴赫金全集》第一卷，河北教育出版社 2009 年版，第 5、9、39、35、43、45、57－58、74 页。

㊾㊿(51)(52)(53)巴赫金：《教育小说及其在现实主义历史中的意义》，《巴赫金全集》第三卷，河北教育出版社 2009 年版，第 226、227、228、228－229、253－254 页。

(54)参见巴赫金：《长篇小说的时间形式和时空体形式》，白春仁译，《巴赫金全集》第三卷，河北教育出版社 2009 年版，第 269－453 页。

(55)卢卡奇：《卢卡奇致马克斯·韦伯》（1915 年 12 月中旬），《卢卡奇早期文选》，张亮、吴勇立译，南京大学出版社 2004 年版，第 196 页。

(56)卢卡奇：《卢卡奇致保尔·恩斯特》，《卢卡奇早期文选》，张亮、吴勇立译，南京大学出版社 2004 年版，第 185 页。

［符鹏　北京师范大学文学院］

与"现实"缠斗：《讲话》以来的革命现实主义文学及其周边[*]

何 浩

新时期文学观念意识和文学研究的后续展开，可以大致看作是三种视域下的推进：一种是"文学是人学"；一种是"文学是语言的艺术"；一种是"人是社会关系的总和"。第一种视域发展出诸如强调主体自我、文学审美性、纯文学等，在重写文学史口号下重新发掘和讨论沈从文、张爱玲等作家，以纠正过于从政治视野出发对文学的评判；第二种视域借助"语言论转向"，划分内部研究和外部研究，对抗反映论，相对贬抑日常语言，发展出诸多文体问题的讨论，以及先锋派等文学实践；第三种视域回应中国社会诸多现实状况，并借用西方诸种理论，发展出权力话语分析、文化研究、后殖民研究、女权主义研究等，影响颇大的"再解读"也可看作是这一视域下的进展。

但时至今日，无论是纯文学、文学性，还是考察各种社会关系中的文学，它们所投射出的文学与世界的关系，都很难切实描述和确定身处这个时代中的我们百般纠缠又不可名状的生存感受。作为"人文学"的文学，还能在我们需要帮助的时候帮助到我们吗？我们是否需要重新回到"人文学"本身来寻找如何在当下时代捕捉不可被轻易回收的痛楚、渴望和期待？是否有某些"人文学"的关键意识和能力，在历史浪潮激进发展文学研究时已然丢失，又需如何重新练习、再次养成？

从这些问题出发，我们今天的学术工作，已经不只是需要在某个学科中展开对文学构想图景的检讨，而是需要重新探寻文学和文学研究对于现实中具体生命感受的含摄能力和表述能力，探寻其作为"人文学"的爆破点，并以此爆破力重新激活知识思想的现实穿透力。换句话说，我们现在或许已经不能再满足于直接考察新时期以来文学所给出的各种世界－社会－人的图

---

[*] 教育部人文社会科学重点研究基地重大项目"中国现实主义的当代探索形态与话语分析研究"（编号：22JJD750012）成果。

"现实主义"专题

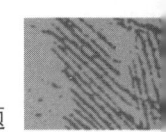

景。大致说来，这些图景都可看作是该文学以过于明确的姿态和方式所描绘，也更是相对于其各自所面对的之前某种文学形态的反弹。无论是新时期以来的文学，还是新时期所渴望反弹的文学，都过于以某方为想象性对手，过于将对方直接定形，同时也往往因此而将自身定形。对于我们渴望文学能更加包裹性地感知我们的历史处境和生命感受而言，这种种方式都过快预设了我们在新时期以来的历史结构中的相当明确和显豁的某个身位。可如果当历史中的我们对历史发展本身产生了巨大困惑，已经身处历史结构中的某个确切身位如何能有助于我们反观历史本身？当社会可以依托于某种势能来发展，那知识界依赖这种势能作为知识视野的立场或许不会出现太大恶果；可如果整个历史发展势能需要知识视野重新调整，以重新思考历史势能的构成和走向，那在既定历史发展势能结构中形成的知识视野就需要重构。

从这一问题意识来说，回到20世纪中国现当代文学史中，回到文学与历史发生激烈碰撞但又尚未定形的时刻，不只是回到文学描述的某种图景，更是回溯考察文学描绘历史－社会－现实图景的路径和方式曾发生怎样的裂变、调整和重建，这对了解此过程中的文学如何与中国政治－社会－现实状况深度碰撞并形成某种确定方式和形态，是非常有必要的。毕竟此后发生的种种文艺起伏消长，大致可看作此种碰撞之后的形态变化和逻辑结果。而文学直面现实，作家从与现实深度且剧烈的碰撞中重新生成文学，这在20世纪40年代的文学，尤其在《延安文艺座谈会上的讲话》（以下简称《讲话》）后的革命现实主义文学中有着丰富的实践探索经验。

也因此，本文重新讨论革命现实主义问题，并不是从某种学科知识架构、某种立场、某种理论出发的讨论，不是基于对某种既定立场或图景的坚持而出发的讨论，而是从人文研究如何面对作为历史塑造结果的我们今天的现实状况这一感觉意识出发，向历史深处的回溯和探究，且特别向历史深处中文学与现实深度碰撞的实践过程里回溯和探究。这就会将讨论重心往后移，放在《讲话》以政治碰撞文学时，文学在观念意识、感知方式、现实认知装置、表述重心等环节如何重构，或者说，重心在于讨论革命现实主义文学如何在与政治－社会－现实的往复互动中构成自身，而不是抽象或概括性地讨论革命现实主义的诸面向。或许我们可以在对革命现实主义文学经验的细致辨识中，深入理解这一文学形态的内在生成方式、路径及其可能性，从而于其中打散被快速确定的凝固形态，抽丝剥茧地辨析其不同构成因素的生息脉动，尝试建立新的历史关联，将其中仍有可能启发我们的因素剥离出历史硬壳，并探寻这些因素在新的历史机制中的活力可能，基于对这些经验的深入辨析和多层次处理,再度反思和构想文学的发展形态。

进一步说,《讲话》给文学带来的挑战不只是要求文艺服从于政治,也不只是要求文艺为工农兵服务。这些要求所带来的还有作家整个创作过程的改写和调整。而创作过程恰恰是作家面对世界时所有观念意识、感觉机制发出动作,对混杂现实展开绞转、切割、嫁接、黏合与重塑的过程。对它们的改写和调整,实际上意味着作家要重新形塑世界、重新生成文学,而并非存在一个固定的文学,等待外来的政治改造。对过程的改写,实际上意味着对文学生成路径的改写。而路径的差异,则意味着作家将给出另一个世界的构成方式。从这个意义上说,对革命现实主义文学的讨论,需要对其实践经验过程重新展开细致辨析,而不能将其简单回收到几个命题之中。

再进而言之,本文聚焦于《讲话》以来的革命现实主义及其周边,实则只围绕周立波、柳青、丁玲、李准等作家的创作实践经验来展开讨论,只着重处理1942年以来的几位作家在20世纪四五十年代的部分作品和创作实践经验。之所以选择这几位作家的创作经验来深入辨析,一方面是因为笔者积累有限,精力有限,无法充分讨论《讲话》以来的众多文学实践探索;另一方面,本文既然重心在于重述革命现实主义文学与"现实"缠斗过程中的内在构成方式和可能,也就意不在通过论述来构成某种体系化的表达,而是希望通过深入探究《讲话》以来的几个较有具体展开且较有代表性的文学实践经验,形成对革命现实主义文学内在状况的复杂认知,也为重新理解革命现实主义文学形成某些新的认知支撑点。如果能基于此而进一步帮助我们重新感觉文学与现实,则属于奢望。

在当代文学研究史中,学界对这几位作家创作经验的讨论相当有积累。但就我的陋见而言,每一位都有再度深入辨析的必要,而不能停留于将他们的创作经验回收为"政治规训文学"等笼统论述,或过快以某种价值立场收束了对小说本身复杂构造机制的讨论,从而错失经由细腻耐心辨析这些文学如何面对和呈现历史—现实经验所可能打开的对我们更具启发性的思想。比如我们常谈《讲话》之后,左翼现实主义文学转向了革命现实主义文学。那这一转向在具体作家的创作实践中,比如周立波,到底发生了哪些具体变化?作家感知现实、把握现实、呈现现实的方式在不同历史时期,具体又会有哪些变化?《暴风骤雨》和《山乡巨变》为何会差异巨大?哪些内容会被作为"现实",哪些内容会被排斥出"现实",或被弱化?

只有充分(本文的讨论仍然不能说充分)深入这些文艺的具体环节的构造机制,我们才能较为清晰地理解,左翼现实主义文学为何及如何转向革命

"现实主义"专题

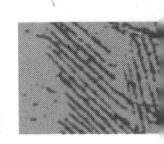

现实主义文学,这种转向对于这些作家来说,会带来哪些兴奋感和挑战?这种兴奋感对于文学面对现实意味着什么?而这种兴奋感又如何在历史中逐渐从文学里消退?可能只有在历史经验中具体深入辨析这些环节、层次、步骤、因素等问题之后,我们才便于能讨论革命现实主义文学对于作家所拓展出的内在空间和内在困境到底会是什么样态。初步理清革命现实主义内在运转机制和活力,便于我们不以理论或价值立场为认知前提,重新在历史中直面历史-现实的构造方式,深入理解革命现实主义与《讲话》碰撞的时刻和过程;也便于我们辨析文学、现实、政治、社会等因素在不同历史情境下的扭结、绞合、转动所拓展出的不同路径和分叉。由此,这些已成历史过往的文学实践经验,或许能在这些尝试和努力中被再次激活,我们可以再次感受人文如何在历史中努力挣扎,其哪一文学环节的用力才使它得以将历史中的某些因素绞合到某种形态,将历史晦暗不清的涌动一举确定成形,却又因遗漏或用力受阻,使其对现实的形塑充满各种可能。

这都需要我们先细致耐心地对革命现实主义文学创作实践经验展开充分的辨析和呈现。也因此,本文并非直接聚焦于常见的对革命现实主义诸多命题的讨论,而是尝试尽量回到对革命现实主义创作经验本身的动态构造的体察之中,回到文学与现实绞合的时刻和过程里,尽力紧贴其从有到无,又从无到有的生成的每一瞬,体察形塑和规定了我们今天的历史世界之形成与无可形成。本文所指的"与'现实'缠斗",大致即指革命现实主义的这一特质。

具体而言,从周立波的创作经验来说[①],他在《讲话》后面临调整认知装置以重新认识现实的问题。无论是《暴风骤雨》里快速接受革命大叙事所构造的小说叙述架构,还是《山乡巨变》里的多方面调整,都可看作他以政治为中介后在历史中的自我调适。但在尚未确定以革命大叙事结构《暴风骤雨》的叙述逻辑时,他的凌乱和尝试恰恰是遭遇《讲话》的挑战的后果。《讲话》并未直接给作家带来一马平川的写作坦途,反而,作家以政治为中介,更被卷入历史洪流之中,需重新凝神面对时潮,才可能养成洞察现实的能力,但也因此更肩负历史责任。周立波在《暴风骤雨》中的尝试并不能算作成功。但我们如果细致辨析其小说中对各种因素进行绞合的创作瞬间,便能看到,革命现实主义所开拓出的使文学得以深入历史的能力和可能,仍遍布其提笔疾书之前。

柳青与此不同[②]。柳青在《地雷》之后,又在《种谷记》中多年磨炼如何精准呈现历史现实。随后他在《铜墙铁壁》中尝试直接把握历史动向,并不成功。在农村多年间，柳青并不急于以文学把握现实，而是亲自投身现实实践，再开始《创业史》的写作。《创业史》可看作是柳青顺着政治逻辑展开内在于政治的文学探索（这与李准有相似之处）。两人的不同在于，柳青经由多年实践经验中的反复尝试、推动，才在《创业史》中选择探索更侧重于正面配合政治逻辑的美学人物，而不拘泥于现实状况；李准则沿着政治逻辑探究可与之配合的中国社会中的多种资源和可能[3]。

基于此，我们可以看到，一旦将论述重心之一放在对这些作家创作经验的尽可能的细致整理，就可以把对革命现实主义的讨论建立在一些基本创作环节和要素的构造方式的梳理和澄清之上，而不是直接以概念或作为结果的作品为基础。我想这样的细致描述和整理，更有可能使我们深入了解所谓革命现实主义内在的文学创作方式和感知方式，深化我们对于什么是革命现实主义文学创作状态的理解。在尽可能深入了解其相关文学经验的要素搭配、面貌构成基础后，才有可能更进一步对其展开具体而切实的美学分析。也正因此，我们发现，学界虽然对现实主义、革命现实主义有诸多论述，但这些论述大多仍停留于对概念、构成条件、发展脉络、美学形态等分析层面，而对于现实主义、革命现实主义文学到底如何在不同历史时期从观念形成、感知方向、现实捕捉、取舍切割、形态构造等方面逐渐生成、定形，仍缺乏具体切实的认知，这使得我们对文学的研究逐渐脱离文学实践经验本身。即便对作品的文学细读，也往往因并非将之回溯到其生成过程之中，而切断了革命现实主义实际上在构造过程中与历史－现实机制的往复互动和拿捏取舍等环节。

当我们尽量贴着革命现实主义生成过程来回溯，反而会发现，革命现实主义的生成所面对和处理的诸多因素和环节，每一个都对应着特定的形态和不同发展可能。每一要素和环节之所以被特定作家进行如此方式的黏合，既有历史观念逻辑的推动，有社会实践方向牵动的构想，有此历史境遇中生命状态的触动和感发，也有作家和历史双向碰撞中的选定和取舍。但这也就意味着，与现实这般缠斗后所确定的革命现实主义文学形态并非必然。它的敏锐洞察可能对我们有启发，但如果我们不对其在历史中的生成过程展开充分辨析，对其文学形态的直接接受也可能对我们而言是另一种遮蔽。这也是为何本文对革命现实主义文学的辨析，会强调从文学创作经验出发讨论其打开的层面和缝合的板块，而非直接用力于理论概念层面的辨析。

回到文学创作经验来探讨革命现实主义文学，反而便于我们看到，它之所以不同于西方现实主义，不同于左翼现实主义，不同于现代主义，既在于

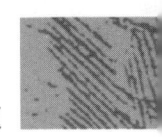

"革命",更在于因为革命而引发的它面对和处理"现实"时的不同逻辑构成。它并非因为是反映论而区别于现代主义,并非因为有政治而区别于西方现实主义,也并非因为当时的作家主体必须依附革命而区别于左翼现实主义。无论从周立波、李准,还是从柳青、丁玲来说,《讲话》所引发的作家对于现实状况的把握,都不是简单的反映论所能概括的。相反,对于"现实",不同作家不仅都不只是反映论,而且其各自的感知、把握和捕捉方式都差异巨大。我们并不是要否认存在革命现实主义或现实主义的反映论,而是可以基于这样的细致辨析来换一种方式提问,即当我们说现实主义或革命现实主义的反映论特征时,我们是在针对不同作家在不同历史时期的创作实践中的哪一环节或哪一特征?这种反映论特征是在何种特定机制和条件下形成的?原本如此复杂的绞合性创作机制,为何会在这一时期被简化为反映论这种特征?它是革命现实主义文学的必然特质吗?

与现实主义和现代主义都不同的是,革命现实主义中的作家所需要面对的创作挑战是,这是一个由《讲话》所中介、以政治为中介的现实世界。以周立波为例,《讲话》的挑战和吸引力在于给周立波打开了一个他之前在观念意识里苦苦等待的进入中国"现实"深层结构的机会。政治不是外在于他的一个待描写的对象,而是内在于他、帮助他形成认知装置的现实辨识器,且政治以其实践推动和伴随了周立波深入不同地方社会中的中国人,而这种深入所带给周立波的认知和体察又会被政治这一认知装置再度中介。又由于这一反复过程携带着周立波自身投入对社会的实践打造时所形成的所有感知,它在被政治反复中介后所形成的主体状态,就很难是能够外在于这一历史进程,外在于这一社会发展状态,外在于这一社会中的人心激荡的感觉意识状态。如果我们还是以现实主义的主体来区分他的理性和感性,那么,他的感性,是内含着这一历史实践过程、社会发展状况、人心起伏激荡的感性,而非简单个人化的感性;他的理性,也是内含着对这一社会在不同历史时期的遭遇的关切和问询的理性,而非不含摄人心跃动的理性。从这样的革命现实主义文学构成方式来说,这样的作家的主体状态有可能重新磨炼自己的主观和客观、理性与感性在此一历史-社会-现实中的浑然一体的洞察力。周立波是否能在这种革命现实主义文学实践中达到这种状态,我并不能确定。但观察柳青的创作实践,尤其是他在《创业史》写作过程中所呈现出来的主体状态,我们可以看到这种面貌的雏形。他依托于政治实践的打造过程,顺承这一逻辑来架构自己的叙述,却在政治眼光之外聚焦于中国人的"性气",以"性气"的顺畅与否和调动程度来构成小说叙述的内在推动力,看其在政治实践过程中的分散聚合,以其在历史中的命运来看中国社会的兴衰,以此作为自己内在写作动力的兴发和消散,恰可看出他以与"现实"缠斗的革命现实主义方式重新磨炼自己深入世界的把握能力的过程,和作为这一过程的特别感性却又理性地深入世界的主体状态。

也正是基于深入辨析革命现实主义文学于历史中的内在构成方式、路径、环节,我们可以发现这种文学构成的诸多环节。比如,革命现实主义文学之所以为革命现实主义文学,不只是它以"政治"中介作为认知装置,还在于它依凭这一认知装置再度以"社会"为中介,才能展开文学的叙述和架构。这时的"社会",是被不同时期的政治认知中介过的,过滤之后的,并不等同于现实主义所直接面对和书写的"社会",也不等同于社会学所认知和把握的"社会"。正是在拆解和回溯革命现实主义文学的实际创作经验过程时,我们不难发现,这种"社会"感知构成了革命现实主义文学非常重要和关键的环节。如果只有对革命政治大叙述的借用,和对文学技法的铺陈,并不能构成周立波《暴风骤雨》的架构。单纯的土改政治和孤立化的情节、人物,很难构成《暴风骤雨》特别的叙事走线。《暴风骤雨》的架构是依托于特定的元茂屯的土改,依托于这一具体地方社会的政治实践。而《暴风骤雨》中的元茂屯这一地方社会,也不同于萧红等诸多东北作家笔下的诸多东北地方社会,这里的元茂屯恰恰是被政治实践打造中的地方社会,此时的村庄结构关系(打掉哪个阶层、哪几个人物),人物心理情感走向(我跟这些人物的关系如何,是否会牵连到我),人物行动逻辑(我是否确信这是替天行道,是否能依赖宗族关系,是否要参与及参与多深),情节演变(某个人物在这一历史动态中必然会发出何种动作、涉及何人,又必然引发何人的何种反应),等等,都不同于抽象化叙述中的地方社会,也不同于被政治实践打造的其他地方社会。这一地方的"社会"是被特定政治实践搅动起来的社会,社会中的人心是被政治实践激荡出来的特定社会中的人心。我也是从这个意义上来理解"社会史视野"的。

与这一主体状态和"社会史视野"相伴随的一个美学逻辑特征是,当作家配合政治要求,以各自的认知装置面对社会现实时,其处理方式的标准似乎也不是"真实性"可以概括的;我更愿意用"精准度"来描述这几位作家的美学创作状态。对《讲话》所要求的及时反映现实来说,"真实性"并不是迫切所需。"真实性"可以是一个宽泛的、普遍性的基本要求,对历史现实的"真实性"描述,并不能满足"及时"对于时机、方向、选择、判断的渴望。"及时"反映现实的要求里,除了要"真实",更要能呈现历史当下的

社会状况、政治规划、人心感发、道德习俗，而这是"精准"。这里的"精准度"，不是科学意义上的精准，而是与作家主体所感知和把握的历史时代课题、社会伦理风貌、现实条件状况、人心向上冲动等密切相关，与此一历史时期的社会如若要发展良好，政治应如何调用和配置各种要素来反复掂量以调动人心、发抒人心相关。只有这样的"精准"，才能"及时"。作家即便以政治为中介，仍必须沉入历史发展态势之中，对此一历史、社会、现实、人心诸多因素深入体察、理解、判断，凝神汇聚、谨慎下笔才有可能达致这一美学效果。革命现实主义问题的关键不再是与反映论相关的真实性，而是基于对不同历史、社会、现实、人心的真实状况的准确把握，进而在不同情境下构思如何才能将各种历史势能绞合磨砺为某种具有精准度的文学形态，使得此一时代中的人们能于历史压力与混杂中迅速廓清自己所面临的问题和方向，并为如此精准把握和描述自身历史处境的身心感觉和意识的文学而深深震撼。这里的"精准度"不是在认识论层面上的问题，而是涉及文学叙述形式是否能准确判断历史发展态势，是否能深入理解社会道德习俗状况，是否能敏锐洞察人心发抒等层面的美学构造。这种"精准度"不只是文学性所强调的生动和感发能力，这是诸多文学都具有的美学特征。革命现实主义的"精准度"更强调文学的这种生动和感发能力与历史－社会－现实之间如何形成密切的结构性张力。"精准度"包含着能够更为丰富的理解、把握、体会历史－社会－现实中的人的层面。这是真实性和倾向性都没有的层面。

如此一来，这里的"精准度"就不是孤立化的技术要求，而是与内在于历史发展状况的诸多要求相关。最典型的例子是演员重排历史剧时，如何准确呈现几十年前的历史人物的状态。一个演员单纯模仿人物动作、衣着、礼节将无法传达历史人物的内在质感。他需要体察特定历史阶段的内在政治－社会－现实－精神状况，才有可能将某个动作或神态中所内含的特定机制特定氛围下的勃勃生机或郁郁寡欢之情精准呈现出来。比如一个演员要刻画战士对于刀枪的感情，不仅要考虑手腕如何用力、刀的高度以及刀刃的方向等[④]，不在于肢体动作的抽象化"到位""美"，而更关键地在于一个解放军战士对于刀的感情，与国民党战士对于枪的感情，很可能完全不同。演员身处另一种历史氛围之中，他要寻找这种历史和艺术的精准度，就需要特别深入地理解和体察这种属于特定历史人物的肢体动作所具有的该历史人物在特定历史情境下的特定感觉和精神。

周立波、柳青和李准等作家所面临的美学难题与此类似。《讲话》要求的深入生活所带来的美学挑战，我想正是对这种内涵复杂的"精准度"的要求。周立波在《暴风骤雨》中改写了东北土改的实际实践过程，很快就遭到熟悉这一过程的不少作家们和评论家们的批评。他们熟谙文艺美学，当然可以理解周立波的艺术手法。可他们仍对周立波《暴风骤雨》感到不满，恰恰是渴望一种新的对历史实践具有"精准度"的美学原则。换句话说，从"社会史视野"出发对革命现实主义文学美学特征的探究，不应停留于真实性，而应推进到对"精准度"的讨论，才能捕捉和打开这种特别的文学中与众多历史因素反复纠缠而形成的复杂美学特质。

从美学上说，与"现实"缠斗的文学实践并不一定只能采取现实主义的表现方式，因为就本文讨论的这几种革命现实主义形态来说，关键在于创作过程中与"现实"缠斗的深度、广度、密度甚或精准度，而不仅仅在于其表现手法。我们也看到，无论周立波、柳青、还是李准、杜鹏程，也无论是本文中只是提及而没有充分展开的丁玲，他们都在与"现实"缠斗后，或多或少使用了非现实主义真实性的方式。他们关注的其实是与"现实"缠斗之后，对于理解历史－社会－现实来说更重要的精准度。而这样的精准度，以现代主义的艺术表现方式同样可以传达。也就是说，当我们不以常见的革命现实主义理解来规束我们对于《讲话》以来的文学实践经验的辨析，而是回到文学实践经验的过程和环节之中，反而可以帮助我们打开对革命现实主义、现实主义、现代主义的新的理解空间。

比如，强调革命现实主义基于真实性的更加含摄历史时代趋势、社会广阔风貌、人心微妙调整的精准度，可以回应20世纪80年代之后中国新时期文学的种种困境。贺照田在他2003年的《后社会主义的历史与中国当代文学批评观的变迁》中对这一困境有非常深入的辨析：

> 在八十年代中后期确立出了在接下来中国主流文学理论、文学批评界被自觉不自觉奉为首要律令的前提和出发点——表现自我、寻找自我，而不管其是否缺乏对世界和历史的理解和责任驱动，也不管他的感受和经验是否会过分单一，是否只是对时代环境、时代流俗的简单随波逐流，等等；更不管如果主体在面对政治、经济、物质生活的现代展开时如缺乏一种复杂的感知和审视能力，文学也就不可能对读者提供出，他们面对、组织与理解历史新情境中自我感受与自我经验时常常需要借助的知觉形式，以获得认知上的参照，与因此阅读契机产生出的有效自我反观、自我整理；当然更谈不上对阅读主体提供深层的安慰和感动，并以这种安慰与感动对主体的触发为媒介，为那些受制于现下逻辑与氛围而又对这逻辑和氛围状况深感不满和不安的读者，提供出可以帮助其

"现实主义"专题

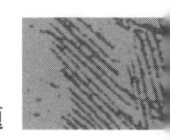

重塑乃至重构其自我主体的启发性契机。

由于把语言、文体创新界定为现代主义的首要美学追求，使得中国的现代主义、先锋派不可能安心于既有的写作手法和语言风格，这样，当然也就很难存在对先前手法与风格体会、挖潜、转化所需要的氛围和心情，而是汲汲于把自己放在一个不断进行技法与风格革命、甚至为革命而革命的序列中，以寻求建立自己的美学风格和提供新的美学震惊给读者为第一义。等而下之者，甚且以美学需要为理由，绞尽脑汁去冒犯社会通行道德、习俗和人们的认知常识，以获得读者的阅读惊异。于是，先前通过把主体自我与历史、文明、民族等外在目标对立起来后为主体赢得的自由，便由于这强劲单一的陌生化美学要求，致使看似摆脱了一切羁绊的中国现代主义、中国先锋派作家不是感觉更自由了，而是因陌生化美学要求所逼变得更焦虑了。这一焦虑使中国八十年代特有的、和外在一切对立的关心"自我"的写作，变得更加单一和贫乏——因为当一种美学和道德形式并未构成对生存主体、写作主体的误导和压抑时，作家、艺术家却非得给出一个明显标示断裂、至少是特异的美学行为和道德意识，必然导致他们的创造追求中充满着人为的、不必要的扭曲。换句话说，便是走向表达历史中自我感受和自然感受的反面。因为这样一种对创造力的单一界定和对创造力的绝对强调，使得很多作家、艺术家已不是在和他人相通的生活样态中去捕捉可能使自己产生风格的灵感，而是为了风格、为了创造力，全力把自己的生活改变成他们自己认为适于产生特异灵感的生活样态。

所以当九十年代以市场逻辑来重塑一切的新意识形态降临时，坚持八十年代现代主义和写作教训的那部分九十年代写作虽然没有被市场完全收编，但它除了谴责别人无创造力和不能为文学本身献身外，却也因它自身致命的逻辑束缚，不仅不能去努力探究新时代逻辑和氛围对主体的粗暴重塑，以使读者有对时代经验不同于流行逻辑、流行教诲的理解，获得反思自己新经验的特别立足点；也不可能去致力发现新的途径，以便在它提供的知觉形式中既包含着内在于这一现下历史条件的可能开展，又突破此一现下世界推给我们的主体建构逻辑，从而为读者的自我精神开展、自我生存救治提供营养。

只有当我们回看这二十余年后文革文学的历史时，特别留心那些不把新时期文学和前三十年文学观念截然对立起来的思考与写作，也即当我们特别注意那些不把自我观念封闭化、语言观念绝对化，而真实触及着语言、主体、历史、审美知觉形式、社会结构的自我再生产等几方面间复杂相互关系的思考和写作努力时，我们才能为中国今后文学重新健康、有力的开展清出一个更真实、更开阔的历史地平线，才能为当下文学承继与转化被有问题文学观束缚与伤害多年的、充满着理想关切与责任感的八十年代精神能量，打下一个更真实、更开阔的思想与观念平台。⑤

基于贺照田的这些观察，我们可以很直接地看到，革命现实主义的这种精准度，恰恰在多方面回应了中国20世纪80年代中后期所发展出来的文学困境。

首先，革命现实主义的这种精准度不是局促于孤立化的文学语言、形式的精准，而是基于社会史的展开所获得的一个更真实、更开阔的历史地平线。它不把自我观念封闭化，不把语言观念绝对化，而是尽力真实触及语言、主体、历史、审美知觉形式、社会结构的自我再生产等几方面间复杂的相互关系。无论是赵树理、丁玲、柳青，还是周立波、李准、杜鹏程，他们都共享着要将自己充分投入社会生活之中的热情，作家自我是在与社会实践的互动中来重新构成的，其文学语言在这一社会实践的重构中重新打磨，这一点在柳青的创作过程中极为明显。正是经过在社会实践中的多年磨砺，我们可以看到柳青从《地雷》到《种谷记》再到《创业史》的文学语言的巨大变化。而这种变化，不是孤立化的文学语言探索，而是与他的主体、历史实践、审美知觉形式、社会历史结构的自我再生产等多方面纠缠打磨的同步展开与互构。

其次，这种精准度的探究在某些历史时期（比如政治压力过大）会遭遇巨大压力而变形，变为对某些观念教条挤压下的尝试；而一旦政治压力撤除，这种文学所追求的精准度的内在构成方式，仍可为作家的主体提供开阔的空间，以"探究新时代逻辑和氛围对主体的粗暴重塑，以使读者有对时代经验不同于流行逻辑、流行教诲的理解，获得反思自己新经验的特别立足点"⑥，这一点在20世纪80年前后的诸多文学创作经验中可以明鉴。比如常被关注到的蒋子龙的《赤橙黄绿青蓝紫》《乔厂长上任记》，周克芹的《许茂和他的女儿们》，张洁的《沉重的翅膀》等等，以及不常被研究界提及的王安忆的《分母》，周克芹的《山月不知心里事》，田中禾的《五月》，浩然

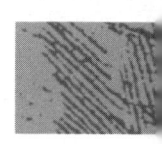

的《苍生》等等。如果耐心仔细辨析这些与历史－现实深度纠缠的文学探索，我们就无法简单将之归为过时的文学创作方式，如果再结合中国新时期前后的历史演进，便不难发现这些文学所"提供的知觉形式中既包含着内在于这一现下历史条件的可能开展，又突破此一现下世界推给我们的主体建构逻辑，从而为读者的自我精神开展、自我生存救治提供营养"。[⑦]

再次，新时期文学思潮的探索方向有历史势能的真实性，反弹政治规定性过强所带来的种种后果。但如果我们不在政治/文学二元对立的架构中来理解革命现实主义文学遗产，如果我们从社会史视野充分展开对这些文学经验的讨论，就会发现虽然新时期文学思潮探索方向的历史真实性令人报以同情之理解，但并不意味着把自我、语言、文体创新界定为现代主义的首要美学追求等是新时期文学反弹政治时唯一的、必然的文学思考走向。或即便新时期以后的文学沿着这样的方向发展几十年之后，我们今天还能如何基于其自身的内在经验来做出可适用于它的调整？从革命现实主义的精准度来说，它不急于要探索文学语言手法和风格，这种探索内在于作家自我深入历史进展和社会风貌的程度，它对文学手法和风格的探究是内在于现实人心状况的变动，对某一种风格的体会、挖潜，也与这一深入程度相磨合和激荡，是在与某一村庄的具体村民的相处相生中感知其具体形态和冷暖，感知其氛围和心情，可根据这种具体情境来打磨和调整文学手法与风格的相适度。作家不需"把主体自我与历史、文明、民族等外在目标对立起来后为主体赢得的自由"，将自身置于美学要求的孤境，"以美学需要为理由，绞尽脑汁去冒犯社会通行道德、习俗和人们的认知常识，以获得读者的阅读惊异"，"因陌生化美学要求所逼变得更焦虑"。[⑧]精准度本身是由其背后的社会史视野作为支撑和前提的，丧失这一前提，精准度就会变成孤立化的美学要求。但由于社会史视野的要求，作家在打磨精准度之前，必须充分进入对社会现实与人心的深度体察和了解，作家也就获得一个与具体时空中的人－社会相生相济的空间，"在和他人相通的生活样态中去捕捉可能使自己产生风格的灵感"，无需"全力把自己的生活改变成他们自己认为适于产生特异灵感的生活样态"。[⑨]

另外，精准度的首要要求不是急于孤立化地表现自我，寻找自我。它的内在驱动力更多是对历史－社会－现实的担忧与责任，出于这种担忧与责任而投身于实践，并在实践中与历史－社会－现实逐步碰撞、磨合，在往复多次的碰撞、磨合中重构自我。只是在具体历史展开过程中，在 1942—1985 年的具体文学发展过程中，这一对历史－社会－现实的理解和责任有着不同的落实逻辑和脉络，也展现为不同的文学创作经验和形态。当文学以政治为中介，而这一政治具有高度活力和说服力时，文学相应能更为开阔和丰富地呈现历史－社会－现实－人心；但当政治规定性过强，这时期文学的教条化和公式化也会非常明显。我们在历史中看到，这时期的作家也并没有对政治、经济、社会的展开不顺利做出充分复杂且具有对峙性的审视。不过我们还是不能因此而简化地理解这种文学构成方式的潜能。比如在1976—1985年期间的很多文学探索中，当政治压力撤除，这种文学还是能发挥出"他们面对、组织与理解历史新情境中自我感受与自我经验时常常需要借助的知觉形式，以获得认知上的参照，与因此阅读契机产生出的有效自我反观、自我整理"。如果批评界研究界对这些文学探索足够敏感，实际上可以发现这些文学"对阅读主体所提供的深层的安慰和感动"，"并以这种安慰与感动对主体的触发为媒介，为那些受制于现下逻辑与氛围而又对这逻辑和氛围状况深感不满和不安的读者，提供出可以帮助其重塑乃至重构其自我主体的启发性契机"。

与"缠斗"相关的层面还需要关涉研究者自身的种种观念意识的历史构成。即便研究者希望能进入历史，从历史中重建新的知识视野，任何研究者都并不天然具备不预设已进入历史的能力。不对此问题有足够的警醒，很可能会导致即便我们以为进入历史，进入对革命现实主义文学实际经验的辨析和讨论，却不过仍是陷入以后设立场或理论切割历史经验的窘境。这就使得研究者在进入历史时，需在进入历史对象与"现实"缠斗的同时，也展开反复往返的自我"缠斗"。历史－现实－自我三重缠斗，是对这种时代状况下的知识工作提出的必要要求。

这种与"现实"缠斗的方式，它既可能是美学的，也可能是历史的，同时与该时期的社会发展状况、具体人心的向上冲动又密切相关。如果要叙述《讲话》以来的中国当代文学史，我想这应该是一个必要的基础性的工作。限于个人能力和精力，本文仅仅是择选了有代表性的几位作为有启发性的个案来讨论。如何内在于革命现实主义文学的构造方式、感知方式来理解这一段特别的文学实践，来讲述当代文学史，我想还有大量的工作可以展开。以类似方式来展开整理和描述的作家与作品，当代文学史中应该还有非常多，其将呈现出的美学面貌应该也还会有很多。对于这些，本文都只能点到为止。

比如，本文选择的这几位都是在相当程度上已经有颇为具体展开的文学创作经验的作家，但围绕《讲话》周边，还有一些并未充分展开，但同样内在于文学如何面对历史－现实的创作经验。比如丁玲的《在医院中》[①]。丁

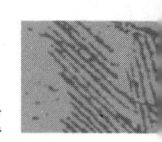

玲在此小说中并未直接聚焦于革命者，我们很难说陆萍是一位充满革命斗志的新人或者战士。陆萍既没有家仇国恨，也没有为人类的远大理想。但她渴望新生活。奇怪的是，陆萍不是在上海，而是到了延安来寻求新生活。按理说，陆萍既然并未有革命理想和抱负，为何要来延安这样一个明显在物质生活、文化程度远低于上海的地方来讨寻？但历史实际却恰恰说明，当年在远离延安的一所医院，在革命的后街[11]，在物质条件、文化程度都远远不够的地方，陆萍是可能找到这样的新生活的。物质条件、文化程度、管理理念、机械设备都有限的条件下，陆萍完全有可能打开新的生活空间。丁玲让陆萍"以身试险"，将之放在一个各方面都捉襟见肘的环境里去探索，实际上却是让陆萍面对一个非常核心的现代问题：人类社会在绝大多数时间里，都不可能具备充分满足的各种条件，那么在远离天国理想的每一历史时期、每一尘世，我们还有可能寻找到"新生活"吗？

陆萍的探索成了延安经验中少有人提起，却是藏于革命后街的重要部分。关于延安经验，海内外学界有诸多研究成果。讨论延安经验也成为革命史和革命文学的一个重心。但延安经验中到底有哪些，可以在细致辨析之后，启发我们将自身处境相对化，在相对化的裂缝和悬置中反复反观每一历史时期内在构造机制的向上动力，以重辟当下人心和社会的展开路径，这并不是一个自明的问题。在被学界讨论的延安经验中，很少有人重视丁玲让陆萍展开的探索。革命实践没有让陆萍充分展开探索，并将她的探索经验放置于前线。但革命后街的故事，最终在20世纪70年代成了困扰革命的命题。当人类某一历史阶段的发展无法摆脱比如工资制、等级制等资产阶级法权，我们是否就不能拥有"新生活"？社会主义生产的二重性是否对于我们具有如此巨大的规定性？[12]

陆萍的未及展开，未尝不是我们今天所遭受的历史后果之因。如果我们将陆萍未及展开探索、丁玲未及继续深究的路径再往前推进，我们还可以发现，丁玲关注的陆萍这样没有很强家仇国恨、没有天下为公意识的人物，恰恰是一些没有革命观念的普通人，这样的人对革命观念浸染不深，但对新生活的渴望强烈。陆萍虽然是在延安这样的革命空间中展开探索，但"无腿之人"建议她的自我构成路径，和她可能展开的路径，并不必然依赖阶级论等革命观念、革命理想。而《讲话》所要求的深入生活、为工农兵服务的内部，实际上也内含着这样的自我重构方式（只是《讲话》以来的文学实践并未充分展开这方面的探索）。陆萍这样的人物所拓展出来的生活道路、自我构成方式，恰恰也可以作为后革命时代的人们重思、重构自我的思想资源，甚至可以作为人们面对现代社会的挑战时重构自我的基础，以及现代社会在自我证成时的重要参考。从这个意义上说，革命的后街，也可以是现代社会的后街。

之所以想特别提及丁玲《在医院中》，也是想尝试不在一个被确定了的《讲话》之后的革命现实主义文学谱系内（有时甚至被限定在社会主义现实主义）来理解这种文学与"现实"缠斗的丰富经验。这种"缠斗"的方式、路径，应该或多或少都与《讲话》相关，但我们并不确定是以怎样的方式相关。也许从某种意义上说，革命现实主义文学不能简单理解为现实主义文学，不能简单将这样的文学探索理解为一种文学创作方法。从历史中的文学实践经验来说，以现实主义命名革命现实主义，可理解为一种借用，或是一种临时命名。从革命现实主义实际创作经验（尤其是早期）来说，它更重要的特征是文学重新面对被搅动的现实，与"现实"缠斗，在缠斗中直面现代社会的良好人生与可能。缠斗的现实主义是剥离种种理论概念之后的重新面对世界，是历史巨大倾斜后的自我的重新校正，将历史的"重"卸下，将不可名状的混沌的"无"重新放置在生命感知的天平上。它关注在历史中行动的身心，焦点从艺术化的动作转移到历史实践中的整个行动过程，校正身/心二分、艺术/现实二分。它不是聚焦于抽象的行动。聚焦于抽象的行动仍然缺乏几个维度，比如历史、现实、身心。革命现实主义的身心必须是在历史中行动的身心，其特征是"缠斗"，是为生命在历史中抒发的"缠斗"。

注释：

① 参见何浩：《"搅动"—"调治"：〈暴风骤雨〉的观念前提和展开路径》，《中国现代文学研究丛刊》2021年第7期；《〈讲话〉的挑战与"社会"的生成——从〈暴风骤雨〉和〈种谷记〉座谈会说起》，《中国现代文学研究丛刊》2022年第6期。

② 参见何浩：《〈创业史〉与建国初期的创业史——建国初期文学实践的思想意涵》，《文艺理论与批评》2018年第6期。

③ 参见何浩：《从赵树理看李凖创作的观念前提和展开路径——论另一种当代文学》，《文学评论》2020年第4期；《与政治缠斗的当代文学——重读李凖的〈不能走那条路〉》，《文艺争鸣》2020年第1期。

④ 参见刘柳对2014年舞剧《红色娘子军》的分析，她提到，舞剧导演说，演员容易像"娘子"，但不容易像"军"。刘柳：《刀枪——塑造〈红色娘子军〉女战士舞姿的技术之法》，《画刊》2022年8月。

⑤⑥⑦⑧⑨ 贺照田：《后社会主义的历史与中国当代文学批评观的变迁》，《开放时代》2003年3期。

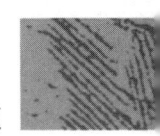

⑩对丁玲《在医院中》的详细分析，请参见何浩：《想象历史？不，与历史缠斗——〈新解读〉序》，《新人文（第2辑）》，待出版。

⑪革命的后街，对应于革命的前线。丁玲虽然熟悉前线战况，但她并没有直接描述前线战况中的种种，而是选择远离战场、远离延安的一个小医院，在空间意义上来说，《在医院中》可看作是在革命的后街发生的事。以革命核心原理的讨论来说，《在医院中》也并没有讨论诸如持久战、阶级论等话题，也可以看作思想层面上的革命后街。

⑫关于对社会主义生产二重性的具体讨论，请参见贺照田2018年在北京师范大学的"新时期文学兴起的历史、观念背景——通过历史文献的细腻解读重新审视新时期文学"8次课程。

[何浩　北京师范大学文艺学研究中心　中国社会科学院文学研究所]

○ 域外延安学研究

传播到太平洋彼岸的"边区形象"
——中国共产党海外宣传事业中的延安木版画解析[*]

陈琦 撰 刘凯 译

引 言

迫于1937年7月中日战争全面爆发和日本对中国的侵略,中国国民党和中国共产党确立了暂时性的合作关系,即"第二次国共合作"。然而在40年代初由于再次受到"皖南事变"等因素的影响,这一合作关系又退回到了失和的态势。在中日战争接近尾声、局势逐渐明朗的1944年前后,双方都面向国际社会呼吁并开展了广泛的宣传活动。这对于当时军事实力明显处于劣势的共产党而言是一场尤为重要的较量。

1938年,在共产党领导部门的提议下,延安鲁迅艺术学院(以下简称"鲁艺")成立了。它的作用是培养文艺干部、实践文艺政策以及推进宣传活动。鲁艺成功地完成了上述任务,并且在紧随中日战争之后的国共内战中发挥了重大作用。

在此要特别指出的是,鲁艺美术系是共产党领导下"边区"的视觉表象的"生产部门",肩负着重大使命。鲁艺美术系内部聚集了诸多投身于新兴版画运动的人才,该运动自20世纪30年代起在鲁迅的提倡之下诞生和发展而来。此外,随着共产党的新根据地在陕北地区稳固以后,有许多版画工作者从国民党统治的国统区几经艰难险阻,最终抵达边区,并且加入了鲁艺美术系。

虽然是美术系,但是由于战争中物资运输极为困难,他们在穷乡僻壤的

---

[*] 本文原题为「太平洋の対岸へ発信された"辺区像"——中国共産党の海外宣伝事業に使われた"延安木版画"を解析する」,发表于日本学术刊物《亚洲游学》(『アジア遊学』)第269号,2022年5月。感谢作者授权译出并发表。

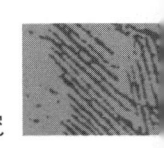

陕北面临着资源不足的问题，所以彼时的"美术"是以相对廉价的木版画创作为中心展开的。"美术系＝木版画系"由此也不可避免地创造出了带有地方色彩的视觉表象。从30年代初开始，人们就形成了一种固定观念，认为木版画这一媒介本身就是左翼美术活动的主要创作领域。因此，作为左翼"大本营"的边区的表象以木版画的形式向外界传播也是水到渠成之事。简言之，"边区形象"（内容）和"木版画"（形式）曾经是密不可分的整体。

一、来自边区的礼物
——《鲁艺木刻选》七十三年后回到故乡

2018年4月，以木版画集《鲁艺木刻选》为主角的展览在复旦大学召开并引发反响。这本版画集共一册，收录了15张版画，它还被拍摄成了电视纪录片[①]。考虑到这本版画集是20世纪40年代中期中日战争期间中美关系的绝佳物证，那么对它的反应也就没有什么不可理解的了。它也被认为是在近年来中美关系不明朗、不和谐的背景下，中方通过彰显历史中的特定部分传递对美姿态的一个案例。

这本《鲁艺木刻选》原本是太平洋战争期间投身对华援助的美国空军中校乔治·韩伦（George A. Hanlon）的收藏品。此次展览是以他的后代将之从美国赠还给中国为契机的。

1944年，韩伦中校驾驶的飞机被日军击落时恰好被华北农民发现，他在之后得到了共产党游击队的救助。他长途跋涉后进入延安，受到了毛泽东等领导人的欢迎，并且在返回时获赠了由鲁艺创作的纪念品《鲁艺木刻选》。历经七十余年后，这一系列木版画经由他的子女之手终于再次出现在了中国公众的面前。这些作品向人们讲述了版画在延安时代曾经担当的角色。

包括韩伦中校一家返还的《鲁艺木刻选》在内，我们当前可以确认至少有三种不同版本的由鲁艺制作的木版画作品集曾被当作纪念品赠送给访问过延安的外国人。

第一个是韩伦中校收藏的《鲁艺木刻选》（以下简称"韩伦版"，图1）。

第二个是纽约市立图书馆收藏的、与韩伦版极为相似的版本。这是曾经在延安与毛泽东有过频繁接触的美国记者哈里森·福尔曼（Harrison Forman）的藏品（以下简称"福尔曼版"，图2）[②]。

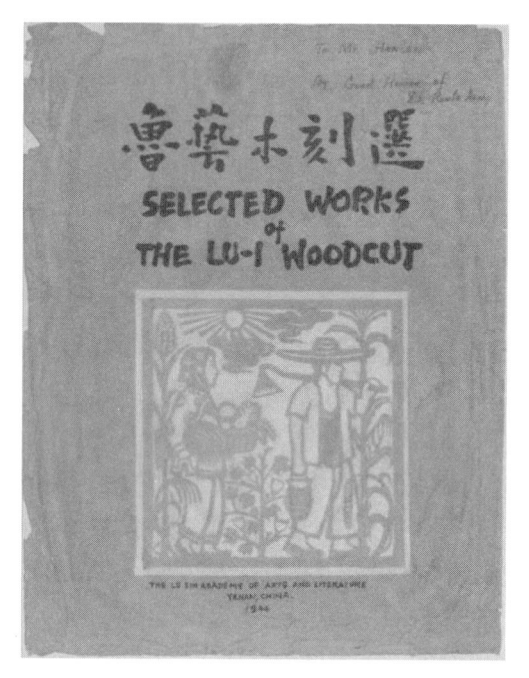

图1　《鲁艺木刻选》（韩伦版），1944年

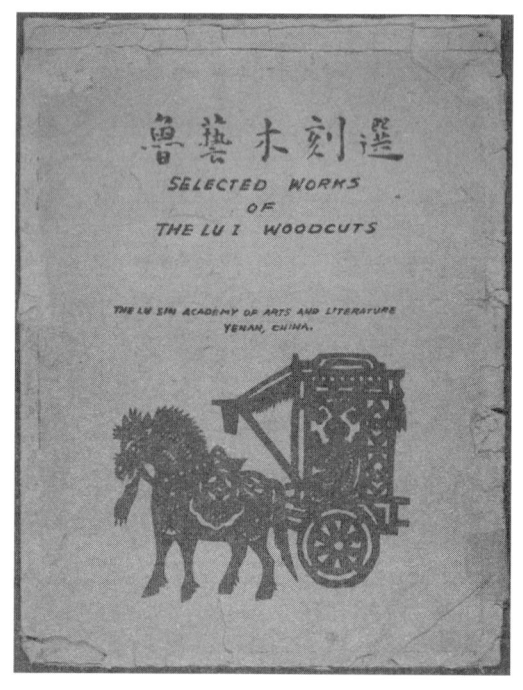

图2　《鲁艺木刻选》（福尔曼版），制作年代不明，推测为1944—1945年间

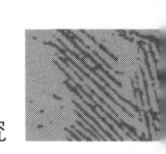

第三个是直到近年才被发现的《鲁艺木刻选集》，名称与韩伦版仅一字之差，它是网络上某"专业版画美术商"持有的商品，目前只有一部分内容公开。该画集还附有当时在延安鲁艺的版画家力群（1912—2012）的亲笔鉴定书，以及工作于鲁迅博物馆的李允经（1936— ）的介绍文章。依据这些内容，这个版画集被认为是当年周恩来赠送给"比尔将军"[③]的礼物。[④]因为有关这个版本的信息尚不充分，所以本文主要针对前两个版本展开论述。

韩伦和福尔曼受赠的《鲁艺木刻选》虽然略有差异，但是可以看出采用了相通的装帧样式。两者都将手工印制的作品逐个装入茶色封套（韩伦版15张，福尔曼版18张，详情见表1、表2），封套上有用毛笔字体写就的中英文标题"鲁艺木刻选 SELECTED WORKS OF/of THE LU－I WOODCUT"。标题下方贴有一张纯红色的剪纸（韩伦版的剪纸看上去是黄色，这大概是因为保存状况等原因导致后来褪色了），这是陕北地区典型的民间艺术。此外，封面上还标有出版地等信息（THE LU SIN ACADEMY OF ARTS AND LITERATURE, YENAN CHINA）。

表1 《鲁艺木刻选》（韩伦版）收录作品

名称	作者	年份	尺寸
《逃亡地主又归来》*	古元	1942	14.5cm×16.0cm
《延安鲁艺校景》	力群	1941	18.5cm×12.4cm
《人民的刘志丹》*	古元	1944	18.0cm×25.0cm
《卫生合作社》*	彦涵	1944	15.5cm×22.5cm
《登记结婚》*	古元	1943	15.5cm×20.5cm
《移民到陕北》*	彦涵	1944	20.0cm×16.0cm
《奋勇突击》	彦涵	1943	15.7cm×24.1cm
《不让敌人抢走粮食》*	彦涵	1944	20.0cm×28.0cm
《村选》*	彦涵	1944	14.5cm×20.5cm
《家庭生产会议》*	计桂森	1943	16.0cm×20.5cm
《妇纺小组》*	计桂森	1943	19.0cm×14.5cm
《牛犋变工队》*	胡一川	1943	12.5cm×20.0cm
《炼铁厂》*	马达	1944	15.0cm×19.5cm
《八路军生产运动》*	古元	1943	16.0cm×25.0cm
《延安风景》	古元	1943	8.5cm×12.9cm

注：标 * 号者为韩伦版和福尔曼版共同收录的作品。

表 2　《鲁艺木刻选》福尔曼版收录作品

名称	作者	年份	尺寸
《纺线竞赛》*	计桂森	1943	19.0cm×14.5cm
《家庭生产会议》*	计桂森	1943	16.0cm×20.5cm
《劳动英雄回家》	夏风	1943	15.0cm×22.0cm
《炼铁厂》*	马达	1944	15.0cm×19.5cm
《牛犋变工队》*	胡一川	1943	12.5cm×20.0cm
《结婚登记》*	古元	1943	15.5cm×20.5cm
《人民的刘志丹》*	古元	1944	18.0cm×25.0cm
《运草》	古元	1940	12.0cm×16.5cm
《八路军在生产中》*	古元	1943	16.0cm×25.0cm
《八路军在学习中》	古元	1943	16.0cm×25.0cm
《冬学》	古元	1941	14.5cm×24.5cm
《逃亡地主又归来》*	古元	1942	14.5cm×16.0cm
《不让敌人抢走粮食》*	彦涵	1944	20.0cm×28.0cm
《卫生合作社》*	彦涵	1944	15.5cm×22.5cm
《当敌人搜山的时候》	彦涵	1943	23.0cm×19.0cm
《移民图》*	彦涵	1944	20.0cm×16.0cm
《村选》*	彦涵	1944	14.5cm×20.5cm
《饮》	力群	1941	21.0cm×15.0cm

　　除封面设计外，福尔曼版中收录的作品大部分都被装裱到了相同尺寸的衬纸上。这大概是因为画作本身的范围和画作用纸之间的空隙太过狭窄，于是创作者将画作装裱到衬纸上以留出空白，从而可以在作品下方标注作品、作者名称及其英译。此外，因为各个作品的原始尺寸不一样，所以使用衬纸应该还可以减少作品整体不规整的感觉。不过，由于韩伦版在此次上海的展览中被重新装裱了，所以很遗憾的是，衬纸的原初状态以及附着其上的信息已经看不到了。⑤

　　关于此类被当作纪念品的木版画集的制作过程，延安木版画创作的代表者之一古元（1919—1996）、漫画家华君武（1915—2010）都留下了文字记录。根据华君武的回忆，由于 20 世纪 40 年代的延安受到了国民党的严峻封锁，所以向外界传播延安的艺术作品几乎是不可能的。但幸运的是，到了

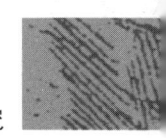

1944年，在统一战线的形势下，一个美国观察团进驻延安，鲁艺美术系的人借机向访问者们介绍了鲁艺的木版画。这个活动由华君武和蔡若虹主导，他们从古元、彦涵、力群、胡一川、罗工柳、焦心河、夏风、郭钧等木版画创作者那里搜集了手工印刷的作品。二人将搜集来的作品装裱到更为结实的衬纸马兰纸上，并且用毛笔在封套上写下了中英文标题后封装好，然后再将这些成套的作品分别赠送给美国观察组的客人带回。⑥

古元的传记当中也有类似的记述。他回忆说，当时经常与其他版画家一起用马兰纸印刷版画，并且自己也清楚那是要赠送给访问者的礼物，"那是延安当时唯一能送人的礼物"⑦。

此类版画不只存在于延安，在国统区也可以得到。根据彦涵的记录，周恩来曾经直接找到他和古元订制木版画。周恩来在频繁往返于延安和重庆两地期间，曾借机将木版画携带到外界。⑧简言之，"木版画纪念品"受到了中共领导层的高度重视，甚至领导人亲自将其带到了国统区。

二、《鲁艺木刻选》呈现的边区形象

韩伦版和福尔曼版中的木版画组合是以古元和彦涵的作品为中心的。以福尔曼版为例，一套18张的作品中每一张都附有英译。部分作品名称的英译与中文原名并不完全一致，有时候英译名称甚至要比中文名称解释得更为详细。让我们看几个例子。

以彦涵的《移民图》（图3）为例，这个作品分为上、中、下三层，上层描绘的场景是边区民众（左侧）拿着美味的食物热情招待背着行李到来的外来移民。中层描绘的是男女老少各自埋头劳动的场景，挂在窑洞入口处的锦旗上写着"建家立业"。下层描绘的是向移民宣读文件的场景，那个文件可能是跟边区政策有关的公告或报纸。另外，根据右侧正在伐木的两个人以及中间偏左手持算盘的一个人可以推测，这个场景很可能是移民为建设新居，正在和地方上的相关工作人员进行事前的商讨。由此可见，这个作品展示的信息非常丰富，其构图也被设计得非常细致且复杂。但是对于不熟悉边区状况的人（特别是外国人）来说，一眼望去很难理解这个作品从头到尾讲的是什么内容，并且可能看不习惯延安木版画的这种独特的"层状构图"。所以，《移民图》这个作品名称的英文最后被意译成了"Immigrants founding their happy new homes"（正在建设新居的移民）。

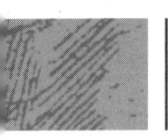

图3 《移民图》（彦涵作），1944年

像彦涵的《移民图》那样，《鲁艺木刻选》中处处散见欢迎移民边区的政策、陕北农村的生活样貌等被认为面向海外公开的信息。从入选作品的题材来看，韩伦版和福尔曼版的作品组合很相似，都是在表现中共领导下的边区生活。如果做一个大致的分类，它们的主题分别是：①地方风物、②生产劳动、③边区政策、④战斗场面。当然，一个作品当中也可能同时出现多个主题。韩伦版的作品中有八成也被收录到了福尔曼版当中，可见主要的作品群是通用的（在下文中除特别说明者外，笔者使用的版画图片都来自保存状况较好的福尔曼版）。

从木版画集全部作品呈现出的氛围来看，尽管其中有以战斗为主题的作品，但实际上整个氛围并没有被战斗场面或硝烟所笼罩。与40年代在全国范围动员抗战的抗日宣传相比，这个木版画集显示出了"延安地区"的特色，酝酿出一种别样的安定感和地方性。

福尔曼版中有两幅与战斗相关的作品，分别是《不让敌人抢走粮食》（Struggle for grain，图4）和《当敌人来搜山的时候》（As the enemies search among the mountains，图5）。意味深长的是，两幅作品描写的重点都不是与敌方激战的场面，而是在强调我方的人员构成。

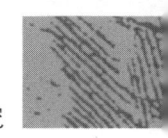

图4 《不让敌人抢走粮食》（彦涵作），1944年

图5 《当敌人来搜山的时候》（彦涵作），1943年

这两幅作品都出自擅长金字塔式构图的彦涵之手，可以看出他在凸显我方人员构成的多样性上下了很大功夫。图4抢夺粮草的场景讲述的是参与战斗的居民的样貌，除了两个爬上牛车与敌人战斗的壮年男子（或许是民兵）外，还可以看到系着围裙的妇女和光着脚的男性正试图让牛车停下。图5描绘的是

正面迎击前来搜山的敌人的场景，但是敌人已经从这个场景中消失了。四个人在下面托举一个穿着正规军装的士兵（八路军）。除民兵样貌的人之外，还有一个老人让这个士兵踩在自己的后背上。另外还有一个孩子匍匐在所有人的脚下，正向上递手榴弹，这个部分进一步升华了作品的戏剧性结构。

总之创作者最想传达的是，为了与地方武装组织（共产党军队）建立深厚的信赖关系，在边区不论男女老少都想要与他们连成一体、协作战斗。与"斗争"相比，想要参与到斗争当中的很多"人"的表现才是这些作品的宗旨。贯穿其中的内容不是国家规模的壮烈的抗战场面，而是发生在地方的、每个人都能够切身感受到的斗争。

除此之外，表现军队（八路军）形象的画作还有古元的《八路军在学习中》(The 8th Route Army in learning，图6）和《八路军在生产中》(The 8th Route Army in production，图7）。两者都采用了轻松愉快的构图，牧歌式地描绘了八路军的训练、劳动等现场的风景。特别是在以八路军的学习场景为主题的前者当中，劳动中的农妇、张开翅膀的鸭子以及已经被开膛破肚的家畜都被放置到了左侧近景处较为醒目的位置。在右侧近景稍微靠里的位置，有一个士兵坐在稻草堆旁写着什么。稻草堆左侧，好像是一个识字的人正在给围坐在旁边的三个人读报纸。而在他们的右侧，有一个人正倚靠在稻草堆上休息。画面的更深处，士兵们正在进行手榴弹投掷训练，大家的目光都被飞向空中的手榴弹所吸引。

图6 《八路军在学习中》（古元作），1943年

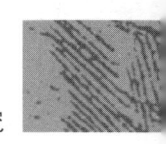

图7 《八路军在生产中》（古元作），1943年

说起军队的形象，人们往往容易想到井然的秩序性和暴力性，但是古元的这张作品当中飘荡着闲散的生活的感觉，"农事"和"读写"就在这样的氛围中被推到了前台。简言之，我们从构图上可以读取到的是"农事→读写→暴力"这样一种顺序。

意味深长的是，这种构图同时还与《鲁艺木刻选》所呈现的边区形象在隐喻层面和立体层面相重叠。也就是说，共产党将陕北农村的农事现场的生活感觉作为基调推到前台，然后在这种温厚的日常感觉当中展开教化活动（普及读写能力和意识形态）。并且，"暴力"场面在画面深处成为背景，它虽然占有一定的空间，但是又被置于相对边缘的位置。从政治地理的角度看，应该是因为当时战争的激战区域同延安有一定距离的缘故。

描绘八路军生产劳动场面的作品（图7）要比前面的作品更加富有力动感，并采用了更有秩序性的"前景—中景—远景"的构图。在这幅画作中，最前面一排士兵手中挥舞着农具，中景部分飞扬的谷物落向地面，远景中的士兵背着收获的粮食向群山的方向走，很容易勾起观看者的联想。在古元那里，无论是怎样的现场感都会被他的作品再现得淡泊悠远且令人印象深刻。他的感觉能够在一瞬间把握到出色的构图。他的作品能够在国统区获得广泛的赞誉是理所当然的，但是能够在海外引发关注，无疑是因为他成功地运用悠然的笔调表现了这个位于高原之上的"意识形态集散地"、堪称"赤都"的"国中之国"。

虽然是要将边区形象传递到外界，但是《鲁艺木刻选》中收录的作品并非全都具有强烈的政治色彩或带有明显的宣传特征。其中既有只向外界传递

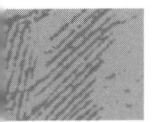

边区的一个侧面的画作,也有若无其事地传达边区的中性形象的作品。在前者中,除上述彦涵强调军民一体的两幅作品外,还有描绘边区婚姻自由政策的《结婚登记》(Registration of marriage,图8)、描绘普及卫生知识的《卫生合作社》(Health preserving cooperation,图9)、描绘利用休耕时期推进扫盲政策的《冬学》(The winter school,图10),等等。

图8 《结婚登记》(古元作),1943年

图9 《卫生合作社》(彦涵作),1944年

域外延安学研究

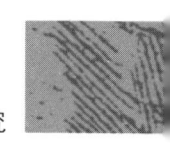

图10 《冬学》（古元作），1941年

在后者中，有古元的另一幅名作《运草》（Straw conveyance，图11）。坐在马车上驾驭着马儿的农夫的剪影传递出一种静谧的牧歌情调。它的政治色彩极为淡薄，会让人以为这是一幅用于装饰的插画。此外，画集中还收录了力群的名作《饮》（Drink，图12），这幅画作展现出了超群的素描能力。在几乎都是1942年以后的作品的这部画集中，创作于1941年的《饮》多少算是一个异类。因为它是毛泽东在1942年发表《在延安文艺座谈会上的讲话》并提倡为工农兵审美服务以前的作品，其中明显残留着以国统区的细密的素描为基础的欧式木版画的风格。可以推测，在1944年这个时点，力群的这幅画作很有可能已经因为背离了工农兵审美等理由被指认为"问题作品"，但是这个版画集将其收入进来又说明，与工农兵相比，此时编选者大概更注重海外鉴赏者的审美感受吧。

总体而言，边区的实像在这个木版画集中是否得到了呈现，我们暂且不论，这些作品试图向鉴赏者传达的是，共产党政权以陕北农村的牧歌情调为基础，在边区推行文化教育、卫生管理、民主政治以及各种建设活动。简言之，尽管处于战争当中，但他们此时的焦点既不是民族战争，也不是阶级斗争，而是存在于延安的新中国的可能性——这才是这个木版画集最想要展示的内容。当然，将阶级问题模糊化不仅在统一战线的形势下是有必要的，而且在与资本主义国家美国打交道时也是不得不考虑到的。因此，在两个版本的《鲁艺木刻选》中，以土地问题等社会革命内容为主题的画作一幅都没有。

图 11 《运草》（古元作），1940 年

图 12 《饮》（力群作），1941 年

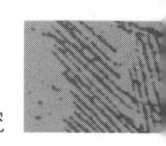

三、潜藏在陕北农村牧歌情调背后的"误解空间"

一般说来，这些画作因为是由擅长宣传工作的共产党赠送的，所以按道理应该会更加直接地表现共产党在边区的政治活动。但是如前所述，从《鲁艺木刻选》收录的作品情况来看，其中尽管有以古元作品为代表的政治性信息，但是并没有让人感觉到强烈的说教性或宣传性，相反有不少作品悠然地描摹了陕北地区的日常生活细节。或许，他们正是通过酝酿出共产党领导下的充满牧歌情调的"边区形象"，进一步凸显了国民党统治地区和交战地区的非人性。这也是一种比较灵活的宣传战略，从结果看，的确收到了来自外界的良好反响。然而，这种为尊重普遍审美感觉而选取的风格也为后来阐释作品的意义时留下了空白和暧昧之处。因为暧昧之处的存在，海外读者就会根据自身立场进行解释，以至于出现了一些针对边区形象乃至中国共产党的不当言论。

其中一种代表性的解释来自小说家赛珍珠（Pearl S. Buck），她曾创作了以中国农村为主题的长篇小说《大地》，并于 1938 年获得诺贝尔文学奖。她从中国木版画研究会（重庆）国际宣传部送往美国展览的 180 张新兴木版画作品中挑选出 82 张，编辑成木版画选集 China in Black and White（《从木刻看中国》），于 1944 年在美国出版，大大提升了中国新兴木版画在海外的知名度。《鲁艺木刻选》中就有几张版画被收录进这本选集。其中特别成为问题的，是上文提及的描绘边区教育政策的画作《冬学》（WINTER SCHOOLING，古元作，图 13）。赛珍珠针对这个作品做了如下解说：

> 然而，上了年纪的农民们一边伸着懒腰，一边微笑着自言自语："为啥俺们必须得学习认字啊？俺们都已经有田耕，也结婚生子了，现在都抱孙子了。俺们向来都是这么过活的。为啥非得兴师动众地让我们学习认字啊？"

赛珍珠曾经在中国南方度过半生，并且对中国农村有着长年的深入观察，而这就是她对古元《冬学》的解释。向海外读者传达边区的样貌，共产党向来都是很欢迎的，但是赛珍珠的这个解释反而引起一番微妙的骚动。周恩来翻阅了这个选集后曾对她的解释表达了不满，认为她是因为不了解延安的实情，所以才会那样写。因此，获悉此事的时任中国木版画研究会常务理事的王琦（1918—2016）特意撰文发表到上海和香港两地的报纸上，试图纠

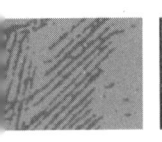

WINTER SCHOOLING　　　　　　by Ku Yuan

Farmers at a people's school take in a little food for the mind while bodies rest. It is a good thing to learn to read— at least, so the young say. But the old people yawn and smile and ask themselves, "Why should we learn to read? We have tilled our fields, married and had children. Now we have grandchildren. We have lived our lives. Why should we learn to read?"

图 13　收录在木版画选集 China in Black and White 中的古元《冬学》[⑨]

正赛珍珠的误解。王琦的解释如下：

> 作者（古元）要指出那里的老百姓已经得有学习的机会，把学习已经当作乐事，而且也明了学习的重要，他们对于学习已是自发的而不是强迫的了。所以在这帧画面上，农民们都显示对于学习感到乐趣、欣欢面孔。[⑩]

他还进一步指出，赛珍珠眼中的农民形象还停留于生活在多年以前的专制体制和军阀政治统治下的"愚昧状态"。他批评赛珍珠没有认识到在中国共产党的指导下，农民早已不是曾经那种愚昧且悲惨的存在了。从对这番骚动的回应可以看出，不仅中共很重视自身在海外的形象，而且中国木版画界对待赛珍珠的国际影响力也很慎重。赛珍珠编选的这套木版画选集后来被美国大型画报《生活》（Life）在介绍中国版画时作为推荐新书（图 14）。[⑪]

域外延安学研究

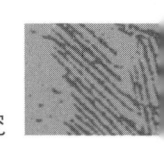

图14 美国《生活》选登的鲁艺木刻版画（1945年4月9日），这个版面的底色被特意设计成了红色

可以说，在赛珍珠和王琦二人的对立性的解读之中，我们能够看出，古元作品的丰富性使得多元的认识成为可能。王琦的解读方式代表了共产党的官方解释，《冬学》受到了他的高度评价，并且被认为是应当拿到国统区展览和出版的杰作。然而，在赛珍珠眼中，这个作品表现了农民固有的生活方式受到来自外界（共产党）的强制性干涉时的样貌。简言之，双方都从古元的作品中看到了支撑自身解释的元素。

那么这种暧昧性究竟是如何产生的呢？从画作的构图看，距离观赏者最近的左下方的人物姿态同以前画作中的人物一样，都是背影，这在古元的作品中是很常见的设定。前文中提到的《八路军在学习中》（图6），左下方农妇背影的构图原理和这个作品正好一样。画面最深处靠近窑洞墙壁的农民要么同近景中的人物一样是背影，要么就是俯下身低着头。右侧近景中露出脸的两个人好像正专注于他们自己的对话。画面中的人物都沉浸在各自的思考当中，既有分组学习的人，也有独自坐在角落里自学的人，甚至还有人学习中途不经意间开始在墙上写写画画起来，这才是这幅画作的精妙之处（参见图15）。

179

图15 *China in Black and White* 中古元《冬学》的局部放大画面

总之，他们既没有刻意地为了回应外部视线而采取容易被观看的身姿，也没有故意地摆出渴求知识的整齐划一的姿态。墙壁上的涂鸦所展示的恰好是飘荡在那个场景中的毫不紧张的气氛。在这个作品中，那种面对试图捕捉政治意味的视线时表现出积极迎合姿态的农民形象完全不存在，他们的表情和姿态中有着暧昧的、中性的内容，绝不是像王琦所解释的那样决然明朗且欢快。而且，从古元作品当中我们不会感受到他在有意识地去明确或定义那个场景中的农民的情感或态度，不如说他最大限度地保留了那个场景的瞬时性和偶然性，将其中所欠缺的意义完全委托给观看者去解释。赛珍珠大概在古元创作的画面当中感受到了某种令人怀念的、恒久不变的，甚至是停滞的气氛，由此触发了她对于传统农民的一成不变的认识。

将古元的作品视为延安木版画的核心也不为过，这种"毫无造作地"表现各类边区生活场面的内容在他的作品中很常见。在世界各地弥漫着硝烟的20世纪40年代，这种罕见的静谧通过他的作品从边区被传递到了世界。至于这种静谧感与牧歌情调究竟是现实，还是带着乡愁的乌托邦，毫无疑问需要通过历史实证研究加以证明，但是至少我们可以说，古元非常出色地建构了一种类型化的"边区形象"。从他的作品在外界引发的反响来看，对共产党有利的和不利的内容混杂在一起。这种不愠不火的宣传特征一方面叙述了鲁艺美术系的创作环境在一定程度上拥有独立性和自律性，另一方面也展示了中国共产党在此一时期与各方势力妥协、争取理解和同情时的相对暧昧的姿态。

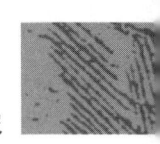

结　语

　　包括赠送给来自海外的访问者的纪念品《鲁艺木刻选》在内，依托木版画向外界传播中国共产党领导下的边区形象，这种做法对于中外媒体来说早已成为惯例。对中国共产党政权抱有同情的上海英文报纸《密勒氏评论报》（*China Weekly Review*）曾经积极地介绍过中国新兴木版画作品，并且评价边区的木版画"……在再次被国民党占领的沿海地区，木版画依然享有很高的人气，与此同时，它们在共产党领导的地区也被当作高质量的传播媒介"[12]，敏锐地指出当时的边区形象（大而言之，"解放区形象"）已然和木版画这一媒介保持了紧密的关系。

　　迄今为止的研究在讨论边区形象的成立与传播时，往往是从中国共产党的宣传意识或战略出发的，如果脱离这个角度并尝试突破，就不可避免地会遭遇困难。这个困难不在于如何讨论中国共产党这个主体，而在于如何分析木版画家的创作意图。换言之，问题的关键在于，面对那些受到了政治的影响但同时又没有被政治完全回收的艺术，我们应当怎样叙述它们，才能"逼真地迫近"当时的情形？当然，本文也解决不了这样的困惑。但是，以古元作品为代表的中国新兴木版画运动在延安的新发展中仍然存在许多尚未解决的问题，摆脱那些千篇一律的"公式化的论说"并重新检讨这些问题，在今后将是非常令人期待的。

注释：

①《归来 A JOURNEY ACROSS TIME AND SPACE》，2019－12－19 17：20，https：//www. youtube. com/watch?v＝5vjtPnVKwJQ. （图 15）。

②The New York Public Library. "Lu Yi Mu Ke Xuan ＝ Selected Works of the Lu Yi Woodcuts". *The New York Public Library Digital Collections*，1940—1943. 2019－12－19 17：20，http：//digitalcollections. nypl. org/items/510d47e3－eccd－a3d9－e040－e00a18064a99.

③"比尔将军"应当是指 1945 年参与了国共重庆谈判的美国战争情报分析员威廉·辛顿（William Hinton），Bill 是他的昵称，他有一个更广为人知的中国名字"韩丁"。此外，他的妹妹是琼·辛顿（Joan Hinton），即著名的寒春。——译者注

④详情见李允经：《布谷鸟又飞回了她的故乡——〈鲁艺木刻选集〉重印序言》，《鲁迅研究月刊》2014 年第 6 期。

⑤关于这一点，笔者曾询问了参与策划"《鲁艺木刻选》归乡展览"的唐小兵教授

本人，得知韩伦版也使用了衬纸记录作品名称及其翻译，但是其字体与福尔曼版中的手写毛笔字体不同，韩伦版采用的是打字机字体。

⑥孙新元、尚德周编：《延安岁月：延安时期革命美术活动回忆录》，陕西人民美术出版社1985年版，第131页。

⑦曹文汉：《古元传》，吉林美术出版社1989年版，第137页。

⑧刘竞艳：《游"艺"沧海 放歌桑田——彦涵先生访谈录》，《美术之友》2009年第6期。

⑨Pearl S. Buck, *China in Black and White*. The John Day Company, 1945, p. 52.

⑩王琦：《王琦美术文集：理论·批评（上）》，中国文联出版社2007年版，第128页。

⑪关于中国新兴木版画与美国之间的交流，参见泷本弘之：《中国抗日战争时期新兴版画史研究》第一部《考论编》，研文出版2007年版，第246－247页。

⑫这则报道的英文原文是："[...] although the coastal areas have been reoccupied, woodcuts have maintained their popularity in Kuomintang China, while they are a standard medium of expression in Communist areas." "Woodcuts". *The China Weekly Review* (*1923—1950*), Jun 21, 1947, p. 74. https://search.proquest.com/docview/1371517751?accountid=14357.

[陈琦　东京大学综合文化研究科]
[刘凯　四川大学外国语学院]

革命的力比多，1945年重庆与延安之间

——抗日武装队的"行走"纪行*

郑珠娥　撰　陆　玲　译

绪论：1945年重庆与延安之间，"行走"的力比多

"1945年的朝鲜，真可谓造出了形形色色的人。"[①]为了伺机加入朝鲜义勇军而停留北京的金史良（1914—1950），在1945年5月看到北京的一家旅馆几乎变成"朝鲜候车室"[②]的光景后，不禁这样感慨。商贩、骗子、政客、军人等身份各异的人，为了躲避战祸，抑或顺应革命风潮，出于各式各样的原因汇聚到了这里。既有为了倒卖战争特需品在中国各地奔波的人，也有像金史良这样为了逃离环境险恶的朝鲜半岛而亡命奔波的一群人，还有因为征兵身不由己来到中国的朝鲜人。

在日本帝国主义统治期间，所谓"大东亚战争"爆发后，日本为了搜刮殖民地物资和征用人力，使朝鲜半岛的政治和文化处于被极度压抑的状态。但是通过金史良的叙述可以得知，政治越是险恶，人们的活动反而愈发活跃。在政治、经济陷入持续混乱，生存受到威胁，愈发动荡不安的时候，无论是自发还是被迫，有越来越多的人开始远离故土、辗转他乡。这时的"行走"，是在现实生活中为了生存或者为了获得更好的生活条件，最容易被调用的手段，有时也是唯一实际可行的方法。它既是为了地区间、国家间的移动而采取的必要方法，同时也是用火车、船只等交通手段的附加。特别是，当人们无法堂堂正正地展现政治血性的时候，更成为一种活证明。

本文讨论的是解放前[③]加入抗日武装队活动的朝鲜人的手记或纪行文中体现的"行走（长征）"概念。[④]本文提到的"抗日武装队"，是以重庆的临时政府为根据地的韩国光复军和以延安的共产党军队基地作为根据地的朝鲜义勇军的统称。在殖民地末期的种种"行走"类型中，本文特指"理念指向

---

* 原文刊登于韩国现代文学研究学会：《现代文学的研究》2017年第62辑，第219—250页。

型行走"以及该"行走"生发的情热问题。但是本文的焦点并不在于阐释韩国光复军和朝鲜义勇军的理念或者组织,而是旨在通过加入抗日武装队的个人的手记或纪行文,考察推动个人"不惜牺牲生命行走"的政治冲动的性质,以及与肉体的苦痛成正比甚至更加强烈的理念幻想,以此探究他们通过路途上的苦行让特定政治理想自我反映的过程。

当然,本文之所以将殖民地时期中国大陆的政治取向称为"理念的幻想",仅是出于从事实出发的考虑——当时,能够发挥颠覆既有不合理现实、建设新体制的情热的政治体制在现实中尚无法实现。向着革命的情热总是超越了殖民地的现实状况,不得不以盈余的形式存在,无论是民族主义还是社会主义,由特定政治体制构成的政治共同体的形象,充当了吸收这种革命情热的结构性中心。再者,殖民地时期,无论是追随作为国家意识形态的民族主义或社会主义,还是解放和自由的理想,都无法先于具体的政治体验存在。一言以蔽之,"理念的幻想",是为了突出强调革命情热压倒性的优先地位,基于它甚至可以将特定政治体制能否实现变成次要问题,也就是说,"理念的幻想"这一说法,是为了叙述现实和情热的颠倒状态。

因此,抗日武装队的手记和纪行文中出现的"行走的记录",是不得不将理想与现实比照、考验自身意志的记录,同时也是政治叙事自我反映过程的记录。本文主要分析的文本为张俊河(1918—1975)的《石枕》(1971)、金台俊(1905—1950)的《延安行》(1946—1947),以及金俊烨(1920—2011)的《长征》(1987)和金史良的《驽马万里》(1946—1947)等。以往他们的抗日武装队体验,除了时期较早的金台俊以外,主要都是与申相楚和鲜于辉等一起,在讨论"学兵世代"的特殊性时被提及。[5]这些学兵世代在朝鲜半岛殖民地化后出生,作为接受过日本教育的精英,属于被"既是佣兵又是奴隶"的自我意识所困扰的一群人。[6]很长时间以来,学界都把他们逃出学兵队伍加入光复军后逃到南边的一系列行为和解放后右派民族主义的"嫡统意识"联系起来讨论。[7]这样一来,"学兵世代"这一观点自然与解放后韩国的右派知识分子的系谱和国家构想的主题相关。[8]

这些先行研究虽然值得参考,但是当把论述对象调整为抗日武装队的"行走"这一原初层面时,会产生什么样的视角差异呢?本文要讨论的不是韩国光复军或朝鲜义勇军,而是想把重庆和延安这两个地方放在首要位置。向着作为抗战根据地的这两个地区的"行走记录",即便最终还是会被还原成国家主义意识形态,但至少没有从国家出发展开论述。他们的行走不是已经从属于某个集团、获得了特定身份的人的行走,而是渴望身份/资格的个

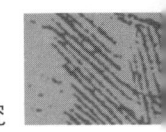

人的行走。对于他们来说，重庆和延安，还只是有可能实现他们的政治愿望的未知之地和约定之地。

如上所述，我们可以整理出以1945年的重庆与延安这两个特殊地点作为论述出发点的两大原因。一个原因是想要摆脱以往把抗日武装队体验追溯到对特定理念的推崇来进行解释的框架。学兵出身的人，或者是中国或朝鲜半岛的民族主义、社会主义集体，都曾以不同的形式加入抗日武装队。无论是民族主义者还是社会主义者，都决心参与抗日武装队的活动，都共同拥有向着革命的共同情热。事实上，正是这一情热支撑着政治组织和国家共同体的概念。另一个原因则是，即便最终还是不得不作为某种政治理念的分子活下去，个人也必然会思考个体的实践伦理，这时就体现了回忆性写作的功能。这同样超越了"重庆，还是延安"这种所谓理念对立的共同现象。最终，不是在"重庆，还是延安"的终点选择，而是通过离开出发点向着目的地的旅程中间的体验或其记录确认了以上论点。综上所述，比起关注重庆和延安的政治色彩而分析其理念的对立，着重分析向着重庆与延安行走的青年的内心、贯穿于两个地区之间的革命情热和写作情况，才是本文的主旨。

一、革命的力比多与"行走"，幻想与修行

众所周知，韩国光复军或朝鲜义勇军，都是在1937年中日战争以后得到中国方面的帮助的韩人武装团体。光复军作为临时政府的国军创立，而义勇军曾是华北地区的地方团体——独立同盟麾下的武装团体。[9]在成立初期，二者维持了一段时间的上下等级关系，后来韩国光复军受到中国国民政府的干涉，强化了反共路线，朝鲜义勇军则转移到中共八路军地区，随后彼此呈现出竞争关系。在张俊河和金史良加入光复军的1944年至1945年左右，韩国光复军正处于被中国军事委员会露骨的指挥和作战权牵制的难堪状态下；朝鲜义勇军则是自1943年开始从独立同盟中分离出来，隶属于中共八路军。[10]两个韩人武装团体都因为中国的政治形势而受到约束。1944年以后，要被征去华北地区的学兵们纷纷逃出军营，加入了光复军或义勇军，两个队伍呈现出人员增长的趋势。[11]同时，似乎预感到日本会在太平洋战争中战败，这些武装队伍也士气渐涨。

1945年5月，金史良找借口搭乘朝鲜出身的学兵慰问行车抵达北京。当时的他实在难以忍受日本当局的监视和思想管制，下定决心找机会逃脱。从金史良的《驽马万里》中可以得知，除了他自己，当时被征召的学兵都将

脱逃视为必经程序。大家首先要做的事情就是成功逃脱，逃离朝鲜，逃离关东军部队，逃离敌占区到达解放区，等等。这是不再被当作帝国主义宣传或战争的炮灰，并过上更有价值的生活的唯一出路。此时逃跑本身是比"去哪里"更为首要的问题，不是为了特定的理念赌上性命，而是为了成为生命的主体，不惜冒着失去生命的风险。因此，本文的目的不在于考察从要加入光复军还是义勇军这样的理念出发的亡命人士或学兵们的生活，而是考察他们为了成为生命的主体，选择理念并将其融入自身的过程。这虽然看似是常识性的东西，但往往容易被颠倒过来，本文试图探索矫正这一视角的可能性。

张俊河和金俊烨等人向着临时政府所在的重庆行进，而金台俊和金史良则是追随朝鲜义勇军去了延安的八路军地区。日本帝国主义末期，怀抱武装斗争的梦想跻身中国大陆的他们，必然有自己选择的目的地。"重庆，还是延安"这向着目的地的问题，直接关乎理念的抉择。他们的行动路径都向着某个目的地，看似一开始就有了明确的决定，但实际上这些过程充满了偶然性，因为他们此前都没去过重庆或延安。虽然决心为了祖国成为武装革命队员，但对于没有具体方案的他们来说，无论是重庆的临时政府还是延安的朝鲜义勇军根据地，充当的都是"约定之地"——让他们充满期待的幻想。对于日韩合并以后出生、从未真正拥有过"祖国"的学兵出身的人来说更是如此。[12]张俊河曾说，与其被征去当学兵，倒不如当派遣兵到中国徐州去：

> 明天只要混进中国派遣兵的行列，我就有希望成为祖国的儿子，当时我在绝望中还抱有一丝希望，那就是去到重庆——位于中国四川省的当时中国的首都——的临时政府的一丝幻想。[13]

对于张俊河来说，临时政府这一存在是从未去过的祖国形象的幻想。这一幻想让他渴望被选进派遣到中国的先遣部队。就连下定决心为了共产主义运动前往延安的金史良，在第一次接触到临时政府的地下工作者并接过对方递来的临时政府发行的刊物时，也曾说过"接过刊物时我的双手忍不住颤抖"[14]——记录下了这一战栗的瞬间。严格说来，不是加入临时政府或朝鲜义勇军，而是加入派到中国的先遣队、接过宣传手册的那一瞬间让他们激动和战栗不已。他们的文字中显示出潜在的理想转换为现实的瞬间的战栗。若说是对遥远的祖国或解放区的幻想作为唯一目的支配着他们，那么此时的他们才真正朝着幻想迈出了修行的第一步。

他们离开朝鲜或逃离日本军朝着幻想出发的路途究竟如何呢？首先来看张俊河的情况。1944年1月，被召进学兵队伍的张俊河在那年7月从部队

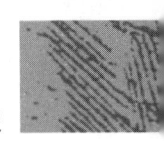

逃脱，被中国游击队救下，在那里遇见了金俊烨。在这之后，两人于8月抵达了韩国光复军特殊训练班所在的临泉。从韩国光复军特殊训练班肄业后，11月，他和50多名队员一起出发前往重庆，途经南阳、老河口、巴蜀岭等地，于1945年1月末抵达临时政府。距离从日军部队逃出来后有5个月又24天，徒步行走了约6000里路。⑮

> 谁也不知道路程和里程。一切仅仅是为了了却"重庆"二字代表的夙愿，六千里也好，一万里也好，我们横穿黑黢黢的平原，一路向西，向西走去。……心中沸腾的情热胜过了大地的热气，我们不分昼夜地行进着。走下去就能活下去。这样的信念指引着我们。走下去才能活下去。这样的想法不断给我们施压。走下去才能活下去。⑯

> 为什么走上了这条路？
> 为了去往重庆。
> 为什么要去重庆？
> 重庆有让我们民族活下来的力量。我想跳进湖中。一定有那样的一片湖。分明就有。有的。不，一定有的。
> 自问自答让我温习了自己的想法。不，实际上，或许是那灼热大地的热气烤熟了我的思想。⑰

张俊河的《石枕》回顾了从1944年逃离徐州的日军部队到解放后归国期间的事情。为了追逐去临时政府的梦想而无数次风餐露宿的体验，使他想起了从神那里得到以色列建国承诺的雅各的石枕。虽然讲述的是解放前后的事情，但这本书却将重心放在了从临泉越过巴蜀岭，一直到目睹临时政府的太极旗为止的行军过程。出身于平安北道宣川的基督教信徒张俊河回忆行军时，将这条路称为"雅各之路"⑱，所引用的内容充分体现了路途艰辛的隐情。在他心中，对"重庆"拥有拯救祖国的力量的盲目信念，以及对这种信念的怀疑，交织在一起。重庆的临时政府是让他迈上路途的强有力因素，但临时政府能否成为答案尚且不得而知。甚至没有见过临时政府的他，只能将这一切交给想象。无论多么怀疑和不安，也无法得到任何明确的答复。重庆的临时政府、祖国的未来都是他的信仰。因此，每当被怀疑和不安束缚时，他自然就无数次强调"脚踏实地"。唯有"走路"的行为才是将幻想变成现实，变成可以用全身直接感受到的现实的唯一修行方式。

金台俊于1944年11月27日从首尔出发，到1945年5月抵达延安。⑲日本殖民统治末期国内共产主义运动的基础被破坏后，首尔共产主义者集团

（com-group）⑳开始策划与延安的朝鲜独立同盟合作进行武力斗争㉑。于是金台俊和妻子朴镇洪一起向延安出发。同时，他们也暗自期待在国内下落不明的朴宪永可能会在延安。他在解放后写的《延安行》共分三次被刊载在朝鲜文学家同盟机关报《文学》上。㉒金台俊的文体十分单一，除了出于共产主义革命家的立场，声讨日本帝国主义和赞扬解放区的八路军的内容以外，几乎没有表达个人情感的部分。然而，冒着生命危险的行路过程，同样给他带来了茫然的绝望感：

> 不一会儿——村子里的土狗冲破黑暗狂吠，夜就变得更深了，四面仿佛变得更加凄凉。天上无数寒星一眨一眨地看着我们。"这对夫妻的命运究竟会如何呢？"我问自己……每经过一个堡垒就会口干舌燥，饥肠辘辘。再加上 P（金台俊妻——译者注）的腿脚浮肿，难以行走，这心中的苦楚不知向谁诉说。㉓

为了进入八路军地区，金台俊夫妇从平壤出发搭乘京义线到达新义州，又跨过鸭绿江，试图穿过伪满洲国。每次都是一见到日本军人就编造谎言、隐瞒身份，靠着这样才最终走出伪满洲国境。为了去见把自己带到解放区的联络人，途中他甚至遇到了危险，只能熬夜赶路。他和张俊河不一样，并非基督徒，没有可以将自己的处境用作比喻的依托。他的艰苦无处诉说。在疲惫不堪的行路过程中，他还要拷问自己将来的命运如何。在这路的尽头究竟有什么样的命运在等待他？这个问题的答案只有他自己可以找到，而他能做的就只有走下去。

离开北京，跟着地下工作者，金史良首先去到的不是延安，而是朝鲜军队的最前方——太行山地区。他在1945年9月从北京出发，跟随地下工作者每天赶路150里，终于在5月30日突破日军封锁线㉔，稍微休息后，于6月2日再次出发，向着太行山根据地前进，最终到达了义勇军的大本营南庄村。《驽马万里》记录的就是从逃出北京开始到抵达南庄村的路途：

> 基本上是机械地一直跟着走、跟着走，但全身酸麻，关节异常酸痛，只想瘫坐在地上。在两侧陡峭山壁的缝隙中，洞穴般的道路不停地往前延伸……
>
> 再走15里再休息吧。知道为什么叫八路吗？因为是要走路的八字（命，译者注），所以叫八路……崔同志的玩笑引得大家都笑了。"那么，这位同志来中国走了多少里路了？"——"从上海开始被追赶，经过南京、武汉到重庆，然后逃离西安，到了延安这儿，我大概也走了数万里

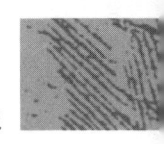

路吧。在战地上奔波的李秀满也跑了不少路。同志你如果想追击倭寇一直到朝鲜，恐怕还得走一万里。追击万里，是不是这么一回事？"……㉕

"因为是走路的八字，所以叫八路"，这句玩笑话概括了抗日武装部队的生活。为了寻找临时政府而逃出来的青年们，为了加入朝鲜义勇军而站出来的无名青年们，来到重庆和延安，前往太行山地区。就像"追击倭寇到朝鲜必须走万里路"这句话所道出的一样，在加入抗日武装部队之后，"走路"也是战斗的一环。于是，历尽千难万阻才来到太行山大本营的金史良，将自己的回忆录取名为《驽马万里》。虽然有同志拿抗日武装队的命运是"追击万里"来开玩笑，但与之不同，金史良一想到朝着朝鲜半岛解放的理想前进的现实道路是多么沉重和缓慢时，不得不感到焦虑。

前面我们提到的张俊河、金台俊和金史良等人的行动具有一定的共同点。最初，重庆临时政府或延安地区只是他们各自通过各种渠道所获信息构成的想象对象。甚至金史良也不知道地下工作者们为什么要把他带到太行山地区，而不是延安。㉖驱动他们的是"民族""国家""解放"等强大的观念创造的幻想，也是对革命的情热。冒着生命危险走路是将这种茫然的观念幻想变成现实的一种修行方式。通过在重庆和延安之间某个地方行走的行为，学兵或亡命者作为武装斗士拥有了肉体，从而让幻想获得了具体性。

通过行走的行为，体现作为某个理念的一分子的存在感，这件事的象征性原型应该是中国工农红军长征。坚忍卓绝的行走的原型——"红军长征"，对于被革命气息感染而行走在大陆上的人们来说，无论路线如何，都是超越理念的体验的一部分。众所周知，为了突破国民党的多次"围剿"，中共1934年11月放弃革命根据地江西瑞金，率领工农红军于1936年10月抵达陕西省延安。长达两万五千里的长征，出发时将近10万人的主力人员最后减少到了仅8000人。㉗毋庸置疑，从朝鲜独立同盟中分离出来，实际上隶属于八路军的朝鲜义勇军自然受到了红军长征的感召，因为八路军本身就是以完成长征的红军为母体组建的部队，长征和游击战是八路军自豪感的源泉。金史良在《驽马万里》中详细记载了对毛泽东领导中国工农红军长征的介绍，似乎就是在证明这一点。㉘实际上，金史良在《驽马万里》的序言中表示，虽然不知道自己关于亡命过程和山寨生活的记录的连载何时结束或中断，但希望能够写到"义勇军越过鸭绿江，越过长白山进军首尔的《长征记》"——那时，他已将该章的题目命名为《长征记》。㉙

然而，红军长征被当作证明理念的"行走"的原型，并非仅存在于选择

了延安行的青年们当中。正如前面所引用的那样，"我们横穿黑黢黢的平原，一路向西，向西走去"，故意将自己所要去的方向写下来的张俊河，无意识中也可能受到了红军长征的影响，因为长征当时也被称为"大西迁"。与之相比，在解放后将自己的回忆录取名为"장정（长征）"的金俊烨就更是刻意模仿。韩语里，在字典中代表"遥远征途"的"장정"这个词语的汉字，既可以写作"长程"，又可以写作"长征"，而金俊烨自然会选择添加了"征伐"含义的"长征"。如此看来选择使用词语"长征"自有其道理。原因是，虽然后来"长征"作为一种比喻性的表现形式，常常被用来形容某位人物的生平、跨国经历或体育竞赛等，但对于中华人民共和国成立前实际依靠步行横穿中国大陆的人来说，"长征"仅仅是作为一种表现形式存在的固有名词。

张俊河的《石枕》、金俊烨的《长征》、金台俊的《延安行》和金史良的《驽马万里》等都是类似这样的"长征"记录。他们留下的记录与实际到达的目的地——重庆和延安（八路军地区）的体验的比重相同，甚至以更多的篇幅集中介绍了从逃离日军部队到抵达目的地的路途。考虑到他们的记录是以行路过程中抽空记录的日记、笔记和记忆为依据，在解放后进行整理的，我们也可以了解到他们人生中抗日武装队的体验是如何被意义化的，即实践目的指向型生活，并且这一实践的方式是"行走"。如果说选择了抗日武装斗争的人们迫切希望的是革命，那么刺激意志的情热就像是不具备某种方向或形态的茫然的生命的欲望（生的冲动）。"行走"可以释放从内心生发的本能性的力比多。他们解放后在回忆中可以自称是"祖国的儿子""祖国的一员"，不仅仅是因为曾经在临时政府或解放区待过。主动逃离并走到重庆或延安的体验的坚定不移，保证了政治叙事的真实性和诚恳度，从这个意义上讲，"行走"可以说是回忆录中最核心的行为。

二、"长征"的召唤与写作

上一部分探讨了一个问题，即抗日武装部队体验的记录是以什么为核心，并考察了其核心是使观念肉体化的幻想"祖国"的修行行为——"行走"的体验。但是，如果联系他们的记录是回忆录这一事实，即，如果考虑到向着革命的"行走"的体验是事后才被记录下来的这一点，那么不可避免地要问：他们为什么会召唤"行走"的体验？正如"行走"是主动塑造自我认同感的方法一样，在某个瞬间，"行走"的记录以回忆录的形式被召唤并不是单纯的事情。因为，如果我们注意到向着目的地的"行走"是赋予观

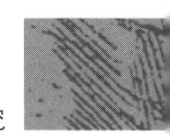

念、幻想以肉体并确认自我意志的修行之路，那么就可以得出推论——召唤行走的体验是出于再次回顾行走的情热的需要。从这个角度来看，我们才能超越重庆和延安的政治对立格局和抗日体验记录的政治偏向性，看到让主体不惜冒死前进的革命理念是以回忆性写作的内在形式被吸收的。

1945年1月31日，张俊河到达目的地——临时政府，他激动地望向太极旗的瞬间一过，便立马陷入了幻灭之中。他对临时政府要员的衰老和不知妥协的派系之争感到失望：

> 自从我们到达重庆以来，我辗转听到临时政府的成员讲述的一个名为"教养"的故事，起初想着他们在水陆几万里异国他乡为光复祖国过着这样的生活还心怀敬意，但时间久了我才明白，这些都是对本党的宣传，对他党的诽谤。这匪夷所思。也许是出于对某种期待的背叛而产生了空虚感。[30]

从某种角度来看，张俊河失望是理所当然的结果。作为"祖国"替代物的临时政府及其性质是他创造的幻想，因此现实的临时政府不可能满足他的要求。很难说这是因为他不了解大韩民国临时政府[31]过去的情况：此前临时政府在政治军事资金筹措问题上已饱受煎熬，同时还要顾及中国国民政府，在十多次避难的过程中也已势衰力竭，分裂成多个政治派别。拒绝理解的不是他的理性，而是他的情热。他所感受到的背叛感和空虚感，让他在扔下一句"如果继续这样，还不如再向日军和他们的物资投掷炸弹"[32]后，在进入临时政府大楼仅20天后，就离开前往郊外地带。这些愤怒都源自他之前抱有的绝对幻想。因此，作为赋予幻想以肉身的修行"行走"，不是到达重庆就结束了，而是直到他的幻想得到满足为止，也就是直到他与梦想的"祖国"的形象相遇为止，在此之前，必须一直持续下去。他反复回忆起向重庆前进的往事。解放后，他与包括金九在内的临时政府要员们回国后的第一天晚上，在京桥庄前院徘徊，想起了"前往重庆时雪地里的脚步声"[33]。《石枕》中的回忆仅描写到在如愿回到祖国却未能发出自己的声音的情况下，临时政府的要员忙于参加各种欢迎会的情景。

这本回忆录的发行时间是1971年，张俊河在描写临时政府要员在欢迎会上举杯的情景时，似乎是意识到了美国和苏联当时正在讨论托管案。然后，他将虽然回到祖国但未能发挥应有作用而四处碰壁、彷徨的命运，比喻成了"无法看到通往重庆的道路"。总之，他的意思是，国内找不到通往目的地的道路，也找不到为了追寻目的地而坚定地走完这段路的人。

虽然也像大陆的亡命之路一样风雪交加，然而在国内怎么也看不到"通往重庆的路"。㉞

如此一来，我们不难看出成就《石枕》（1971）的元体验是"通往重庆的'行走'"。但这里要注意的是，这本回忆录是在1971年以事后回忆的方式被记录下来的。也就是说，如果支配着《石枕》的是"通往重庆的'行走'的情热"，那么我们也不能忘记用这种情热填满字里行间、强烈呼唤这种长征式革命情热的人，是写作时反体制的舆论家和政治家张俊河。他在回忆录的序言中感慨道："翻开现代史，放眼望去皆是站在为了独立流血牺牲的无名尸体上的持刀者。"

实际上，如果我们仔细看《石枕》中的叙述，在重庆这个空间中的青年张俊河，和"十月维新"㉟前夕生活在大韩民国的张俊河之间，有着千差万别。尤其是看待临时政府主席白凡金九的视线和描写方式，鲜明地体现了青年张俊河和壮年张俊河之间的差别。重庆时期的金九是一边说着"羡慕大家这么年轻"㊱，一边流泪诉衷肠的老道的革命斗士。然而，解放后回国的金九却被刻画成临时政府本身的象征、民族主义的活证明，兼具神话般的威严和度量的贤者。在美军政和吕运亨的朝鲜人民共和国等这样的政治派别的利害关系下，金九的形象演变成了掌握着临时政府命运的殉教者的模样：

经历了多年的亡命生涯、危险的地下活动和千难万阻，作为民族的象征、饱经磨难的政府，要在我们的民族史上以什么样的方式被留下来呢？㊲

在满怀着对临时政府的期待、行走了6000里路的热血青年张俊河看来，眼前的白凡金九不过是年老体衰的志士。那么将白凡金九重新刻画成民族领袖的又是谁呢？那是解放后为了表达对金九先生过往经历的敬意的壮年张俊河。金九的不幸身亡可以和临时政府的命运画上等号。《石枕》中描写的解放后白凡金九的苦难史，和1970年张俊河让自己不得不陷入死地的苦难史息息相关。㊳萦绕着《石枕》的行走的情热，是在白凡金九和临时政府此前的艰苦历程上叠加了试图颠覆维新前夕被幻灭笼罩的韩国社会现实的意志。众所周知，"石枕"引用自《创世纪》里雅各的苦行神话。横跨中原六千里，向着重庆进发的"行走"，由此通过回忆录的形式，作为延续至今的苦难史和尚未完成的征程被召唤出来。

1945年，到达延安的金台俊和向着延安出发但被编入太行山地区的金史良，他们在目的地又有什么样的感悟，我们至今不得而知。�439在被分成三

域外延安学研究

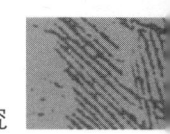

次连载的金台俊的《延安行》中,并没有提及到达延安后做了什么、有什么样的感想等内容。最后一次连载的内容是以日记的形式写的从1945年1月13日到1月23日访问八路军解放区并突破日军封锁线向延安行进的经过,也相当于"从军日记"。日记的最后一部分是和试图扫荡八路军的日军展开的激烈游击战,以为了突破日军封锁线在严寒中砥砺前行的内容结尾。金台俊在《延安行》连载时称他是1945年4月5日抵达延安的,由此可以得知,金台俊夫妇这段艰险的历程又延续了两个月。⑩

> 晚上9点,P在山脊上说:"我不能再走了,我要和你在这里分手。你一个人回到祖国,把这儿的情况告诉同志们和母亲吧!"然后倒在了雪地里。我在黑暗中数次凝视着她,暗自陷入沉思。P实在可怜。我从监狱出来才40天就带着腿还没消肿的她过来,怎么能在这座不知名的山上,连尸体都不带走就离开呢。……旁边有獐子跑过去,只有两人的雪山变得暂时拥挤起来,夜是那么黑,咫尺之遥也无法分辨。我鼓足勇气,背着P,慌慌张张地走了约20里。⑪

在《延安行》里,在如此艰难的行路过程中,金台俊对革命的幻想是被"同志"这一实体渐渐填补起来的。从首尔出发,经过鸭绿江,越过伪满洲国的界线,到达八路军地区,金台俊的纪行文最大的特点就是对他遇到的人的评论。这和之后要讲的金史良有异曲同工之处,但是两人的叙事态度与张俊河的《石枕》形成了鲜明对比。《石枕》中的"长征"记录,主要集中刻画他本人为了把队伍带到目的地付出了多少艰辛。⑫与之相反,金台俊几乎事无巨细地报告了自己所接触的地下工作者、处所的主人、普通居民以及军人等身边的人。即便是在任谁都觉得千钧一发的处境之下,他也没有忘记对当时周遭的人物进行说明。金台俊的《延安行》在记录自己的历程时采取了以事实为中心的枯燥的文体策略,而对周遭人物的描写记录却近乎叙事,于是呈现出了不均衡的特点。

他在评价逃脱过程中遇见的人物时态度十分鲜明:对物欲横流和自视甚高的自私的人加以批判,反之,对正直且利他主义的人则给予赞扬。前者主要是伪满洲国的人贩子、日本警察的眼线、因为教育程度高或相对低而互相瞧不上的同志。后者主要是以妻子P为主的朝鲜人、中国人和日本人中超越民族界限,在同一理想下团结起来的同志们。以下的引文即体现了金台俊对"国际友谊"和"国际同志情"的亲身感受:

> 我特别想将这里的朝鲜青年们同仇敌忾诅咒并痛骂日本鬼子的场景

193

让国内的同胞们也看上一看。……晚上，中国、朝鲜和日本三个国家的同志相聚一堂，乘着余兴熬夜到天亮。日本同志真田、宫本等人冷峻的面容和他们的国际友谊，与在朝鲜看到的日本匪徒们相比，就像是完全不同的人类。[43]

八路军十分爱护朝鲜义勇军。他们常常讲："朝鲜义勇军日后回到朝鲜定是伟大的人物，一定要爱惜自己的身体，专攻学习就好。有战役的时候，好好藏起来，尽量避免牺牲，等到形势确定下来的时候再来参战见习也成。"他们站在热情的国际同志情的立场上如此爱惜我们，实在感人肺腑。[44]

基于《延安行》是从1946年至1947年间以回忆录的形式写成的这一事实，值得注意的是，比起个人，金台俊更着重于描写人物群像。并且，他的视线不仅集中于朝鲜同胞内部以及朝鲜义勇军内部的分裂状况，还集中在超越民族的同志情所缔造的共同体的美好。这是因为，对于金台俊来说，解放和回归就意味着"行走"带来的共同体的幻想将转为幻灭。

解放后回国的金台俊参加了朝鲜共产党和韩国共产党指挥部。至少在1950年6月被美军政当局逮捕被判死刑以前，他参加了多个团体并写了和组织相关的时论。根据美苏共同委员会的争论结果可知，美军政对朝鲜共产党的压迫与日俱增，此外，也不能忘记当时朴宪永正因为与北边的朝鲜共产党的竞争关系而处于被孤立的境地。[45]1946年中期开始连载《延安行》时，美军政当局因为"精版社伪币事件"[46]关闭了朝鲜共产党本部，共产党机关报《解放战线》被停刊，这一时期也是朝鲜共产党的对外活动开始经历政治困难的时期。[47]同年9月，朝鲜劳动党委员长朴宪永被下达了逮捕令。总之，可以说这是曾经合法性得到认可的朝鲜共产党开始走上地下组织化道路的起点。金台俊的《延安行》唤起"行走"的记忆时，唯独怀念在八路军游击战时期经历过的同志情，当我们对照着解放后的情况来读的时候，其意义不言而喻。

金史良的情况也与金台俊的"行走"体验被召唤进回忆录的脉络相似。当然，他和金台俊不同，他在解放后曾在朝鲜艺术总同盟及其下属组织朝鲜文学同盟担任过要职。单行本《驽马万里》（1947年10月）和连载本《驽马万里：延安亡命记》（《民声》，1946年3月—1947年7月）的差异，不仅仅是三八线被固定下来，南北之间很难送达原稿，连载本更能体现太行山山寨的现场感，更重要的是，在紧急出版的单行本中，他想补充幕后的故事。作为单行本出版后大幅增加的内容，大部分都和他去太行山的路上有关，还

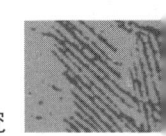

添加了在太行山山寨生活时遇到的同志们的内容。特别是历史上明确会被匿名处理的朝鲜义勇军和八路军的个人的故事，与连载本的现场感相比，单行本更具有叙事性，也是因为增加了诸多人物故事。

1947年左右，对于金史良来说，是必须眼睁睁看着"延安派的抗日斗争"从朝鲜正式的历史记录中被删除的时期。将太行山战斗中英勇奋斗的朝鲜义勇军的故事戏剧化的《蝴蝶》没能收录在朝鲜发行的《解放一周年纪念戏曲集》里。[48]为了构建以金日成为中心的抗日斗争史，延安派[49]没有介入的余地。虽然《蝴蝶》被排除在文学史之外，但金史良却像是对此表示抗议一般，写下了《驽马万里》。他的作品主要写的是在太行山一带徘徊，开着"因为是走路的八字，所以叫八路"的淳朴玩笑的抗日武装部队隐姓埋名的战士们的生活。对于归依朝鲜体制的金史良来说，虽然人身安全没有受到威胁，但作家的使命意识在历史面前不断被拷问，在此情况下，"行走"的体验被再次召唤出来。

结论：行走的实践伦理与回忆形式

本文主要论述的是解放前韩国现代史上重庆和延安这两个地区所代表的意义。重庆是跟随国民党政权辗转的临时政府的所在地，而延安则是共产党在红军长征结束后固定下来的根据地。众所周知，朝鲜人以驻扎在两个地区的中国国民党军队和麾下的韩国光复军及共产党朝鲜义勇军的名义，在两地开展过抗日武装活动。这些武装军的中坚力量是由强制被征召又随后逃脱出来的学兵，或是难以忍受国内政治体制、决心亡命的朝鲜青年组成。此时重庆或延安，是这些"行走在路上"的青年们选择的最终目的地。换言之，"重庆，还是延安"这个问题，对于抗日运动来说，是理念抉择的问题。加入重庆的临时政府，意味着民族主义运动的延续，而加入延安的朝鲜义勇军，意味着投身于共产主义运动。因此，这个问题既反映了在处于内战对峙状态的国民党和共产党的直接影响下朝鲜抗日武装队的命运和版图，又预示了解放后韩国将要产生的左、右理念的对立。

但是，本文并非从重庆或延安两个抗日据点本身出发展开，而是从仰望着重庆和延安的青年们的视线出发展开论述。也就是说，并非从以往十分容易被还原成民族主义和共产主义之对立的重庆和延安的象征意义出发，而是旨在理解冒死逃脱、向着这两个据点奋勇前行的青年的情热。由此，在追溯理念问题之前，主要是想考察视死如归、满怀热血的青年们的内心风景。

通过以上分析，可以说本文将易被还原为理念对立的解放后的文学史的视角，扩大到了当代青年的革命情热这一维度。日本战败以后，民族国家的建设成为最大的课题，这是众所周知的事实，但抛开特定政治意识形态的区分，我认为包括当代青年一代的浪漫热情才能被称为解放时期的情热。这时浪漫的热情，不是指节制和合理性这一古典范畴，而是指渴望逃离的高度热情被视为美德的情况。另外，之所以使用抽象的"情热"一词，是想强调所谓革命的热情，是在选择特定政治意识形态之前，在没有特定方向的情况下产生的一种冲动。对贯穿解放前后的革命情热的理解，进而可以成为对政治和文学这一长期主题的反省。当然，本文中提到的关于回忆录的分析和讨论方向，也不能代表所有抗日武装部队回忆录的普遍内容。但是，我承担着一般化的风险，从几篇回忆录中提取出共同倾向，是因为看到了透过政治情热转移到写作情热的过程来讨论文学在一系列政治状况下所占据的位置的可行性。抗日武装队员的手记和纪行文通常具有鲜明的政治偏向性，因此，虽然承认其作为历史辅助史料的价值，但将其作为文学文本进行解释时确实遇到了困难。回忆性写作所具有的延续性的时间中本身所蕴含的理想和幻灭的交叉，以及其中总是要超越生活这一现实而存在的个人情热，或许可以提供减轻这种困难的线索。因为不知满足的情热最终推动了回忆性写作，所以"行走的记录"与回忆录的内在形式相同。本文另外还想特别强调，召唤"行走"修行的写作不是为了主张特定理念的正当性，而是为了强调陷入危机的个人在各自位置上思考实践伦理而衍生出来的。

注释：

①②⑭⑮⑳㉓金史良：《驽马万里：延安亡命记》，《驽马万里》，实践文化社2002年版，第299、291、284、152、304、187页。金史良的《驽马万里》连载于《民声》（1946年3月—1947年7月），1947年以后在平壤以单行本的形式出版。

③本文中的"解放"指的是1945年8月15日朝鲜半岛摆脱日本殖民统治的时期。——译者注

④先前的学者主要集中讨论张俊河和金俊烨，在关注学兵世代的情况下，讨论他们的抗日体验与写作的有金允植：《日帝末期韩国人学兵世代的体验性写作论》，首尔大学出版部2007年；《韩日学兵世代的光芒与黑暗》，昭明出版2012年；等等。将学兵世代的抗日体验与解放后大韩民国的建国及文化政策联系起来进行讨论的有金建宇：《逃到南边学兵世代的解放后八年：试论学兵世代研究》，《民族文学史研究》2015年第57辑，第201—322页。

⑤申相楚的《逃脱》（绿文阁，1966年）也是学兵世代的抗日武装队记录中较为典

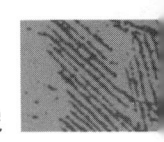

型的作品，但本文并未提及。本文所讨论的文本，都是作家后来在自己选择并加入的政治体制下回顾过往抗日武装队经验而写作、出版的。也就是说，向着目的地行走的体验在后期通过"行走"所融入的目的地代表的体制被重新阐释，具有双重结构。相反，申相楚逃离日本军队，加入了中国共产党新四军，抵达延安，解放后又离开了朝鲜义勇军，回到故乡平安道定州，后又回到南边。申相楚的《逃脱》与本文中的其他文本相比，政治因素尤为复杂。

⑥金允植：《日帝末期韩国学兵世代的体验性写作》，首尔大学出版部2007年版，第188页。

⑦金建宇：《民族文学史研究》2015年第57辑，第313页。

⑧金允植的研究主要集中在学兵世代关于国家的先行观念不得不向日本学习因而具有存在论上的局限性，以及随之产生的法西斯式的国家观及其克服的问题，而金建宇的研究则是把范围缩小到民族主义倾向强烈的西北出生的学兵世代，侧重于其与右派民族主义的形成之间的关系。

⑨⑩⑪金光载：《朝鲜义勇军和韩国光复军比较研究》，《史学研究》第84辑，韩国史学会2006年12月，第235、199、212页。

⑫这点可以参照学兵出身的人们被"既是佣兵又是奴隶"的自主意识所困扰的研究结果。当然，这一点可以用来解释学兵世代作为一个世代的劣等感，并且这也刺激了他们对祖国的幻想以及加入武装队伍的憧憬。然而，张俊河、鲜于辉和学兵世代出身的李炳柱和张荣学等人体现的对政治体制本身的批判性眼光，让世人对学兵世代的看法轻易下了结论。（此处的"学兵"指的是1917—1923年之间出生，在殖民地朝鲜接受了高等教育，通常为人文、法律和社会学科的精英，在三四十年代作为帝国日本对外侵略战争的征兵对象的一批人。他们既是被殖民的奴隶，亦是作为社会精英而被征用的佣兵。韩国历史学者对学兵世代的研究详见注释④。——译者注）

⑬⑯⑰⑱㉓㉔㉟㉗张俊河：《石枕》（增改版），世界社2007年版，第23、109、119、217、284、286、390、471、304、389页。

⑮张俊河：《石枕》，世界社2007年版；朴敬洙：《张俊河：民族主义者之路》，石枕出版社2003年版。

⑲林英泰：《革命知识分子金台俊》，《社会与思想》1988年9月，第240页。金允植《解放空间韩国作家的民族文学写作论》（首尔大学出版部2006年版，第75页）再引用。

⑳首尔共产主义者集团（com-group）即"京城共产主义者集团"（1939.1—1945.8.15），指的是日据末期在朝鲜（朝国）首都首尔（旧名汉城）组织建立的抗日共产主义秘密结社，其核心成员有李观述、金台俊、金三龙、李铉相等。

㉑金容稷：《金台俊评传》，一志社2007年版，第306-308页。

㉒《延安行》分别刊载在《文学》（1946年7月），《文学》（1947年2月，杂志误将日期印刷成1946年2月）和《文学》（1947年3月），本文中引用的《延安行》的页数

参照《朝鲜文学家同盟丛书1》(《文学》第1、2号，创造社1999年版)和《朝鲜文学家同盟丛书2》(《文学》第3号，创造社1999年版)。

㉓金台俊：《延安行》(《文学》第2号，1946年6月)，《朝鲜文学家同盟丛书2》，第189页。

㉔据说在北京为金史良的延安行牵线的是吕运亨一派的建国同盟北京联络员李永善。金容稷：《金台俊评传》，一志社2007年版，第341页。

㉗金承一：《毛泽东：13亿中国人的精神支柱》，生活社2009年版，第28—38页。

㉙金史良：《驽马万里：延安亡命记》，《驽马万里》，实践文化社2002年版，第269页。《驽马万里》(1947年10月)作为单行本出版前，金史良通过《民声》杂志连载了记录离开北京进入太行山的过程的《驽马万里：延安亡命记》(《民声》1946年3月—1947年3月)。他为了强调这一部分是在山寨里生活时写下来的，还特意加上了写着"1945年6月9日太行山中华朝鲜独立同盟朝鲜义勇军本部"字眼的序言。比起为了出版而删改的单行本《驽马万里》，《民声》的连载版更具有在山寨生活所写的札记的生动感。关于《驽马万里》的写作经过可以参考金在湧：《关于〈民声〉连载的〈驽马万里〉》，《驽马万里(释题)》，实践文学社2002年版，第257-260页。

㉛"大韩民国临时政府"是1910年韩日合并以后，由朝鲜半岛独立运动家发起，1919年在上海成立的流亡政府。中日战争爆发后经历了多次迁移。1940年9月17日，在中国战时首都重庆成立了光复军司令部，后因太平洋战争的爆发，重庆大韩民国临时政府成为大韩民国的临时首都。——译者注

㉟"十月维新"指的是1972年10月17日朴正熙在总统特别宣言上颁布维新宪法，以强化自身的长期执政权和统治体制。——译者注

㊳1953年创刊的《思想界》由于在1970年5月刊载了金芝河的《五贼》而引发笔祸，被迫停刊。张俊河自己则是借着猛烈批判1965年韩日协定的演说，加入了在野党，正面参与政治。他由于公开抨击朴正熙总统的言论，不断重复着被拘禁、被捕入狱又被释放的生活。

㊴申相楚的《逃脱》中有一段话，据此可以推测出日后到达太行山朝鲜义勇军根据地的金台俊和金史良曾经历的困难。"在受到严密监视、令人窒息的紧张的20多天的生活后，我们集体向着祖国出发，离开了这里。虽然是后来知道的事实，但这里(太行山朝鲜义勇军根据地——引者注)知识分子出身的自己和别人都公认的共产党员，后来作为朝鲜劳动党干部被逮捕并被枪毙的金台俊的思想也被怀疑过，还因此开过批斗大会。而且作为作家，在解放前涉足这里的金史良也差点被当成日本帝国主义派过来的密探。"(《逃脱》，绿文阁，第149页)考虑到申相楚的《逃脱》是以共产主义者出身去到南边的人的身份写成的文本，需要慎重考虑并判断其的可信度。

㊵《金台俊评传》的作者金容稷教授说，《文学》3月号印着《延安行》的广告，那么可知金台俊已完成了手稿，然而因为韩国国内的共产党运动转换为地下暴力斗争路线，金台俊被拘禁，所以没能发表。金容稷：《金台俊评传》，一志社2007年版，第

366—367页。

㊶㊸㊹金台俊：《延安行（3）》（《文学》第3号，1947年4月），《朝鲜文学家同盟丛书2》，创造社1999年版，第108、100、107页。

㊷向着重庆进发的6000里行军路上，与张俊河同行的人有50多人，由于作家的自我意识在前景，这些人就相对而言后退为背景。这样的叙事态度无法成为价值判断的依据。这也可以追溯到基督教色彩较强的西北地区出生的知识分子集团的民族主义运动路线的传统。由于民族主义信念和基督教传统信仰的形态交织在一起，所以从开化期开始，贯穿殖民地时期的民族主义文化运动的基本方向兼具启蒙主义精英以及基督教的殉教者的特质。这两个倾向的共同点是全都十分重视引领该团体前进的个人领袖特质。

㊺李钟奭：《金日成的"反宗派斗争"与朝鲜权力结构的形成：最早关于亲苏派、南劳系、延安派肃清的研究》，《历史批评》1989年8月，第238—271页。

㊻指的是1945年10月20日起，朝鲜精版社社长朴钟洛等朝鲜共产党员先后六次伪造货币等事件。——译者注

㊼金容稷：《金台俊评传》，一志社2007年版，第427页。

㊽以《蝴蝶》《驽马万里》为中心展开的金史良与解放后朝鲜之间的摩擦，可以参照金惠妍：《金史良与朝鲜文学的政治距离》，《韩国学研究》第38辑，2011年。这篇论文列举了金史良解放后的创作倾向与朝鲜当局之间的不和的三个证据：《蝴蝶》从解放一周年纪念集中遗漏，《驽马万里》被改写，《凝香》被审查。作者通过分析《驽马万里》的三次改写中体现的固执，读出了与体制约束不成正比的创作渴求。

㊾"延安派"指的是以金枓奉、武亭、朴一禹、崔昌益、金昌满、许贞淑等为首的出身于朝鲜义勇军并在延安活动过的朝鲜政府政治派别。1938年建立了朝鲜义勇队，积极参加中国抗日战争。其后赴华北地区，在中国共产党的帮助下逐渐壮大。1942年联合中国境内的韩人共产主义者成立了朝鲜独立同盟，并在以毛泽东为首的中国共产党的庇护下在延安开展抗日活动，建立军事学校，培养革命干部。因此被称为"延安派"。日本战败后，于1945年9月进入朝鲜，但到了20世纪50年代，在"八月宗派事件"之后，最终瓦解。

[郑珠娥　江原大学国文系]
[陆玲　延世大学国文系]

俄罗斯《中国精神文化大典》中关于延安文学的文章或词条[*]

《中国精神文化大典》是俄罗斯及西方汉学界中第一部对中国古代至现代文明进行全面阐释的大型工具书，涉及哲学、宗教、历史观念、政治、法律、科技思想、文学、艺术等多个领域。1994年俄罗斯科学院远东所（现已更名为俄罗斯科学院中国与现代亚洲研究所）所长、俄罗斯中国友好协会主席季塔连科院士提出写作倡议，由他本人担任全书主编，数十名来自莫斯科、圣彼得堡、新西伯利亚、乌兰乌德和符拉迪沃斯托克的顶尖汉学家作为编委会成员，合力完成《中国精神文化大典》六卷的编纂与出版工作。

四川大学文学与新闻学院刘亚丁教授主持的国家社科基金重大项目"俄罗斯《中国精神文化大典》中文翻译工程"自2012年立项以来，国内近20所相关院校70余位俄罗斯文学研究学者与翻译专家参与编译工作。刘亚丁教授认为，《中国精神文化大典》对中国优秀传统文化的现代转化做出了肯定回答，而翻译《中国精神文化大典》就是文明对话的一种形式。《中国精神文化大典》中文译本12册将于不久后出版。

《中国精神文化大典》中针对延安文艺的相关评介为全书针对中国现当代文艺研究的重要组成部分。В. Ф. 索罗金（В. Ф. Сорокин）、А. Н. 热洛霍夫采夫（А. Н. Желоховцев）、А. А. 罗季奥诺夫（А. А. Родионов）等9位汉学家针对延安文艺座谈会及同时期作家与艺术家进行了较为详细的介绍与评述。《中国精神文化大典》编委会在进行具体作家、艺术家的选择与词条撰写时，主要的参考资料为历年来俄罗斯汉学界尤其是苏联时期的相关研究积累，选择了在俄罗斯已有一定学术研究基础的中国作家与艺术家，并重点关注那些在中苏文化交往中做出较大贡献的中国文艺工作者。

---

[*] 文本选摘自《中国精神文化大典》的《文学·语言文字卷》和《艺术卷》，系国家社科基金重大项目"俄罗斯《中国精神文化大典》中文翻译工程"（12&ZD170）结项稿，由赵心竹博士组稿。编辑部对刘亚丁、刘文飞、王志耕教授和译者的支持表示感谢。

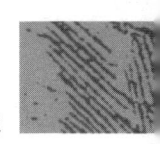

一、《文学·语言文字卷》

战时文学（1937—1949）

1937年7月7日，日本发动全面侵华战争。中国共产党和国民党宣布建立统一战线，这是民族团结的标志。为联合爱国作家的力量，中华全国文艺界抗敌协会组建（1938年3月成立，老舍任总务部主任）。突如其来的灾难性战争使工业条件落后的中国雪上加霜，同时，它要求作家们以全新的感觉和形式将战争现实体现出来。自然，散文、短篇小说、小剧本及宣传诗歌之类短小体裁的作品便以最快的速度达到了这一目的。其中尤以散文为盛，占据了当时文学杂志的大幅版面。抗日战争时期的主流杂志有官方机构文协创办的《文艺阵地》和茅盾主编的《抗战文艺》[①] 等。

最初的散文多表达爱国热情，但通过广泛观察人们的生活，作家们对时势的理解也逐渐深化。这在邱东平和刘白羽所写的有关游击队员的优秀散文中表现得尤为明显。丁玲、周立波及沙汀则在作品中描述了在共产党、八路军领导下的华北根据地农村的新生活。

全面抗战早期，除散文作品外，诗歌也呈现出前所未有的繁盛景象。自1937年至1941年，有近百部诗集问世，另有大量诗刊在全国各地涌现。其中最受欢迎的是胡风主编的《七月》杂志，它主张延续鲁迅传统，深入挖掘百姓生活。全民性的战争扩大了文学的影响范围，底层民众也参与到创作中来。对祖国的热爱与对侵略者的仇恨战胜了所有其他情感。诗人在其战争诗篇中描绘人民受难的场面和侵略者的可憎嘴脸，强调中国人民作为被侵略者的道德优势。许多诗歌以住所、家庭和母亲为描写对象，而这些对象也逐渐演变为祖国的形象。战争年代的中国诗歌几乎忘记了爱情诗的存在。这些诗在群众大会或夜间集会时朗诵，或通过广播传播。人们甚至组织专门的宣传队伍，不止一次地深入前线朗诵诗歌。诗歌朗诵的轰动性、政治倾向，加上通俗的语言和形式，保证了这种大众艺术形式的传播效果。业余戏剧表演的迅猛发展和前线剧团的大量涌现，要求剧作家们更加积极高效地创作。人们开始尝试使用传统的戏曲和说书形式，许多剧本也由民众集体创作。并不复

[①] 《抗战文艺》是全国文协的会刊，1938年5月创刊于武汉；《文艺阵地》创刊于1938年4月，由茅盾主编，词条作者疑将二者颠倒。——译注

杂的故事情节，近乎样板式的人物性格，使这些宣传剧在战争初期受到广大观众的热烈欢迎，但很快便不再能满足人民的需求。

1938年以后，在短篇小说和剧本之外，开始出现思考战争时期国家命运的中长篇小说，如茅盾的《第一阶段的故事》和巴金的《火》。茅盾的小说记录了历时三个月的淞沪会战的景况，从最初的日本入侵一直写到上海沦陷。但作家关注的并非该事件的战斗部分，而是不同类型上海居民的行为和生活态度，主要描写资产阶级和知识分子形象。他们中有些人因不安而东躲西藏，有些人准备与侵略者合作，还有些人建立了抗日小组。在巴金的长篇小说中，第一部分的主要描写对象是上海及当地的爱国青年，但随后主人公的活动范围不断扩大：他们组成戏剧小组，奔赴农村，在群众中展开讲解工作。之后读者被带到敌后城市，并见证一位信守基督教教义的主人公如何在民族解放战争中找到自己的位置。总的来看，全面抗战早期的小说，其绝对主题是提升人们的爱国热情，唤醒民众的自觉意识。

而直接诉诸军事题材的文艺作品，数量和质量都不高。原因之一是作者对前线情况了解不充分，所掌握的信息主要来自其他目击者的转述，要么就是空洞的理论说教，就连文学大师老舍的《火葬》也未能免俗。而前线作家则有这样的弱点，即他们描写极端形势下敌军的兽行和同胞们神话般的战功，以此打动读者。

全面抗战初期，作家们经常对国内敌后生活的阴暗面避而不谈，他们认为这种批评性作品会分散读者对抗战大事的注意力。但随着时间的流逝，这种做法的负面影响越来越明显。所以，1939年张天翼的短篇讽刺小说《华威先生》引起舆论界一片哗然。从华威这位虚伪、爱好空谈的利己主义者身上，大家也许能看到稍显夸张的蒋介石政府的化身，该政府其时正在奉行"积极反共、消极抗日"的政策。

一些未能及时转入中共领导的敌后根据地的进步作家都设法去了香港。1941年，茅盾在香港发表长篇小说《腐蚀》。这部小说采用日记体，主人公是一名年轻的国民党保密局女特务。书中各种心理描写、政治批评和暗探侦查交织在一起；作者声讨国民党政府的特务制度和恐怖行径，痛斥其不道德。这部小说连同其他在香港出版的优秀作品，历经磨难，最终都到达"大后方"读者手中。但1942年1月日本占领香港后，这条路径也遭封锁。

在战争年代，许多作家极其担心其作品受众的局限性。他们时常认为造成这一问题的罪魁祸首是语言民主化问题。这一问题由瞿秋白和鲁迅提出，但并未得到解决。所以，普通读者还不习惯他们那种欧洲文学式的叙述方

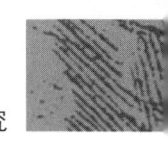

式。战争开始后不久，有些作家（如老舍、赵景深、欧阳山）曾尝试用传统民间故事的形式创作。随后，人们围绕"民族形式"问题展开一场持久而热烈的大讨论（1939—1940），争论的焦点在于：应当继续发展"五四文学"（"欧化"）的传统还是应回归中国民间文学的形式？持极端观点的人并不多，大部分人保持这样或那样的中立态度，但立场的相似并不能解决问题，或许只有分别实际采用上述两种原则，以瞻后效，才能解决这个问题。

敌后根据地作家的创作活动在另一种条件下开展起来。作为"共产主义知识分子的熔炉"的延安及延安鲁迅艺术学院成为创作的中心。最初，诗歌是根据地文学最有力的武器，参与其中的既有专业人士，又有农民或者士兵。在马雅可夫斯基"罗斯塔之窗"的影响下，受到中国诗人青睐的"街头诗"在延安出现，并很快流行起来。之后军队中又出现"枪诗"，战士们把诗贴在枪托、炮身和枪管上。

艾青的抒情诗和叙事长诗是抗战时期诗歌的里程碑，同样，其自由诗、歌词及宣传诗的写作手法也颇为成熟。也许，中国现代诗人中没有人能比艾青更了解农民和战士的心灵，没有人能比艾青更有力、更绝望地表达出对祖国大地的热爱。1942年，他写下献给苏维埃共青团员的诗作《卓娅》，此后，苏维埃主题成为他创作的重要部分。

与艾青并肩创作的还有诗人田间，他被闻一多准确地誉为"时代的鼓手"。田间的诗歌热烈激昂，朗诵起来铿锵有力。诗人的第一部诗集《未明集》（1935）对"没有笑的祖国"表示深切的哀痛；全面抗战初期他还创作了爱国长诗《给战斗者》《她也要杀人》，以及众多充满战斗气息的"街头诗"。成熟的诗人柯仲平（1902—1964）在抗战时期创作的长诗《边区自卫军》《平汉路工人破坏大队》也颇负盛名。

抗战后期根据地作家的创作异常活跃。1943—1945年间出现了赵树理的短篇小说《小二黑结婚》《李有才板话》，李季的长诗《王贵与李香香》，贺敬之与丁毅的现代戏《白毛女》等。它们是新小说、新诗歌和新戏剧的范本，也翻开了中国文学史的新篇章。

而此时，国统区文艺工作者的处境却愈加艰难。他们身陷抑郁的政治环境，疲于持久战，物资匮乏，只有极少数意志坚强的人从战斗和恶劣的生活泥淖中抽身出来。纯娱乐性的作品和"深度"感伤的作品数量交替上升，但关于平凡生活和日常感受的作品始终很少。战争主题几乎销声匿迹。历史题材重回舞台，激昂的艺术家们站在人民的立场上，以隐讳的方式将自己的感受和思考传达给读者。其中最先发挥作用的便是戏剧，阳翰笙、陈白尘、欧阳予倩创作了一系列剧本，讲述人民为自由而战的传统，以及进步力量团结一致的重要性。剧作家们经常从太平天国运动中挖掘素材，这一发生于19世纪的历史事件本身即颇具戏剧性。而郭沫若的剧作所追溯的年代更为久远，其历史剧之一《屈原》（1942）给观众留下极为深刻的印象。作者表现了这位伟大诗人在古代的命运，并充满激情地号召人民与邪恶力量做斗争，绝不妥协，为保卫祖国而团结一致。

全面抗战时期的文学图景相对单一贫乏，但也有一系列严肃的现实主义作品，这些作品并不直接关乎时事问题，如沙汀描写四川人民各方面生活的《淘金记》和《困兽记》，曹禺的戏剧《北京人》，以及其他中老年一代作家的作品。他们一次又一次将中国社会一些尚未解决的现实问题摆在读者面前，这些问题曾被战争掩盖；他们重新燃起人道主义的理想信念，准备为祖国的复兴投入新一轮战斗。

1945年日本投降，人民群众情绪高涨。国民党反动派已无力压制不满民声，对立派结成了民主联盟。政论作品、长诗（尤其是讽刺性长诗）复苏。1947年，袁水拍（1916—1982）出版诗集《马凡陀的山歌》，其中有大量揭露和批判性诗歌。20世纪40年代，讽刺作品不断抨击政客、国民党反动派和国民党保密局，它们鞭挞落后阶层的固有缺陷，并对人类精神复兴充满希望。

在战后发表的长篇小说中，首先值得一提的是老舍先生的三卷本长篇小说《四世同堂》（1945—1950），它展现了日军占领期间北平人民的生活。路翎（1923—1994）的长篇小说《财主底儿女们》引起社会的广泛讨论，它讲述20世纪30年代抗战期间人们的道路选择，包括年轻人在内。学者钱锺书（1910—1998）也创作了一部优秀的长篇小说《围城》，它以幽默、讽刺、同情相结合的笔触塑造了小城知识分子形象。古典现实主义以及时常与其混为一谈的社会主义现实主义的拥护者（胡风）同与毛泽东提出的"工农兵文学"思潮的追随者（周扬、何其芳）之间重新掀起争论。1946年夏，战争再次爆发，这次是内战。国民党统治区的政治气氛日趋压抑，越来越多的文艺工作者开始逃离，先去香港，后又辗转来到解放区。国家的政治生活和文学生活均步入一个新的时期。

* 《正传：中短篇小说集》，莫斯科，1929年；《中国：文学作品集》，哈尔科夫，1939年；田军（萧军）《八月的乡村》，列宁格勒，1939年；《中国短篇小说》，莫斯科，1944年；《中国作家短篇小说》，莫斯科，1953年；《中国中短篇小说》，莫斯科，1955年；《中国诗选》，第4卷，莫斯科，1958年；《中国新诗（20—30年代）》，莫斯科，1972

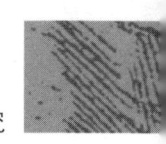

年;《雨:20—30年代中国作家短篇小说》,莫斯科,1974年;《记忆》,莫斯科,1985年;钱锺书《围城》,莫斯科,1990年。

**《中华人民共和国的文化革命问题》,莫斯科,1960年;《中国1919年的五四运动》,论文集,莫斯科,1971年;《20—40年代的中国文化与当代》,莫斯科,1993年;Н. А. 列别杰娃《萧红:生活、创作和命运》,海参崴,1999年;Н. Ф. 马特科夫《殷夫:中国革命的歌手》,莫斯科,1962年;Н. Т. 费德林《中国当代文学概述》,莫斯科,1953年;Н. Т. 费德林《中国笔记》,莫斯科,1955年;Л. Е. 车连义《中国新诗》,莫斯科,1972年;Л. Е. 车连义《战时中国诗歌》,莫斯科,1980年;М. Е. 施耐德《瞿秋白的创作道路》,莫斯科,1964年;Л. З. 艾德林《论当代中国文学》,莫斯科,1955年;*Essays in Modern Chinese Literature and Literary Criticism*. B., 1978; Lee L. *The Romantic Generation of Modern Chinese Writers*. York, 1981; *Modern Chinese Literature in the May Fourth Era*. Cambr., 1977; *Modern Chinese Literature and Its Social Context*. Stockh., 1978; Prusek. *Studies in Modern Chinese Literature*. B., 1964; *A Selective Guide to Chinese Literature*, 1900—1949. Vol. 1—4. Leiden - N. Y., 1988; Scott A. *Literature and the Arts in the Twenties Century China*. L., 1963; Zhang Jingyuan. *Psychoanalysis in China: Literary Transformations*. Ithaca, 1992.

(В. Ф. Сорокин 撰 葛灿红译)

艾 青

原名蒋正涵。1910年生于浙江省金华县,1996年卒于北京。20世纪著名诗人。出身地主家庭,幼年被一位农妇养育。毕业于一所不完全中学,之后在杭州(浙江省)国立西湖艺术院学习。1929年到法国继续接受教育。1932年回国后加入中国左翼美术家联盟,但很快被捕并入狱3年,其间真正开始诗歌创作。他用自己保姆的名字命名的第一部诗集《大堰河》于1936年一经出版,就成为新诗歌中令人瞩目的现象(像他后来的多数作品一样,他的诗均为自由诗)。他的诗歌表达诗人对家乡及其人民的热爱,对他们精神之解放的渴望,也表现出20世纪初法国文学以及马雅可夫斯基对中国文学的巨大影响。

艾青的才华在民族解放战争年代得到充分展现。从1938年到1941年,他创作了诗集《北方》《旷野》《他死在第二次》《黎明的通知》、长诗《向太阳》《火把》和其他作品。艾青的很多作品都渗透着巨大的悲剧力量，同时也创造出光明的、"太阳般的"形象。1941年艾青来到解放区的中心延安，加入中国共产党。他继续创作关于抗日战争和苏联人民伟大卫国战争的诗歌（长诗《卓娅》）。1942年，他发表了几篇反对文学功利化和不尊重作家态度的文章，在官方报刊引起评论。后主要从事党的工作和教育工作。

中华人民共和国成立后，他在创作团体、社会机构和杂志社编辑部中担任一系列领导职务。出版诗集《欢呼集》（1955），两部题为《诗论》的论文集（1949）。苏联之行为他带来《宝石的红星》（1953）这本书的灵感。智利之行使他创作出一系列关于美洲的诗（1955）。1957年诗人被错划为右派，多年在遥远的边区进行"劳动改造"。1973年回北京治病，直到1978年才重新开始诗歌创作。批判"文化大革命"的长诗《在浪尖上》（1978）及诗集《归来的歌》（1988）引起广泛的社会共鸣。

*艾青著、А. 基托维奇译、В. 彼得罗夫序《黎明的通知：长短诗集》，莫斯科，1952年；艾青《我的一生》，载《远东问题》1985年第3期，第183—184页；Г. 雅罗斯拉夫采夫、Л. 车连义、И. 戈卢别夫、М. 巴斯曼诺夫所译一组艾青诗作，载《中国20世纪诗歌小说：关于过去，面向未来》，莫斯科，2002年，第108—128、182—189、261—280页。

**В. В. 彼得罗夫《艾青》，莫斯科，1954年；Л. Е. 车连义《艾青：向太阳》，莫斯科，1993年；王克俭《艾青怀乡诗选析》，北京，1994年；周红兴《艾青研究与访问记》，北京，1991年；杨匡山、杨匡满《艾青传》，上海，1984年。

（В. Ф. Сорокин 撰　侯玮虹译）

丁　玲

原名蒋冰之，1904年生于湖南，1986年卒于北京，曾在上海和北京求学。1927—1928年间发表的处女作《梦珂》和《莎菲女士的日记》引起读者关注。与后来出版的短篇小说集《女性》（1930）及其他作品一样，它们都以青年的精神探索和女性解放为主题，以严肃的观点和大胆的评判著称。20世纪30年代初，丁玲在中国左翼作家联盟非常活跃，社会题材占据了其大多数作品（长篇小说《韦护》和中篇小说《水》等）。1933年，国民党当

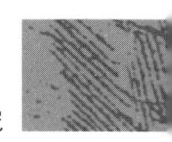

局逮捕了她，关于她将被处决的传闻惊动国际社会。1936年，她成功到达共产党占领的西北地区，在那儿度过整个战争岁月，参加前线部队，投身政治运动，发表了一系列短篇小说和特写集。《太阳照在桑干河上》（1948）这部讲述土地改革和农民生活变迁的长篇小说获1952年苏联斯大林奖金。

中华人民共和国成立后，她在中国共产党中央委员会工作，任中央文学研究所所长，并作为时事评论员和批评家发表作品。1957年被错划为"反党集团"成员遭到残酷迫害，并被下放接受"再教育"。"文化大革命"期间被关进监狱。晚年发表有回忆录、散文和访谈。1956年开始撰写的长篇小说《在严寒的日子里》最终未能完成。

　　*《丁玲文集》，6卷本，长沙，1982—1986年；丁玲《太阳照在桑干河上》，莫斯科，1949年；《丁玲选集》，莫斯科，1954年。

　　**Л. В. 巴拉诺娃《中国作家丁玲（1904—1986）的生活和创作道路》，学位论文，莫斯科，1996年；Н. А. 列别杰娃《作为对儒教禁忌之突破的20世纪中国女作家的命运和创作》，载《中国、中国文明和世界：历史、当代和前景》，第四届国际学术研讨会论文提要，第2卷，莫斯科，1993年，第51—56页；Н. А. 列别杰娃《丁玲的三种生活》，载《远东》，哈巴罗夫斯克，1989年，第149—153页；А. С. 季托夫《不屈者队列中的一员（忆丁玲）》，载《远东问题》，1987年第6期，第96—101页；Н. Т. 费德林《中国文学》，莫斯科，1956年；Л. З. 艾德林《论中国当代文学》，莫斯科，1955年；《丁玲研究在国外》，长沙，1985年；周良沛《丁玲传》，北京，1993年；Alber, Ch. J. Embracing the Lie: Ding Ling and the Politics of Literature in the PRC. Westport, 2004. Feuerwerker I-tsi (Mei). Ding Ling's Fiction: Ideology and Narrative in Modern Chinese Literature. Cambr. (Mass.) -L., 1982.

（В. Ф. Сорокин 撰　万海松译）

杜鹏程

原名杜红喜，笔名司马君、红喜、普诚等，1921年生于陕西韩城，卒于1991年。由于家境贫寒，他被基督教传教士收养，在教会学校半工半读。1937年，杜鹏程加入抗日先锋队。1938年来到延安，并在鲁迅艺术文学院学习，毕业后在延安解放区的农村工作。1941年进入延安大学学习，1944

年作为基层干部被派往工厂工作,在此之前他开始文学创作。

1947年,杜鹏程任《边区群众报》的军事记者,撰写大量报道、札记、散文和剧作。1951年,作家起初为新华通讯社西北地区特派记者,后任新华社新疆分社社长。这一时期,杜鹏程完成其大型长篇小说《保卫延安》(1954)。该小说以历史编年为结构,大量、具体地描绘了八路军和国民党军队之间的战斗。从内容和风格看,《保卫延安》是一部英雄主义的史诗;就对主要人物性格的刻画而言,又受到中国古典小说的影响。杜鹏程的这部小说是新中国文坛第一部如此大规模地讲述解放战争的作品,因此它也具有某种与生俱来的特点,即把这一时期复杂的历史形势加以美化、简单化的倾向。因为描写了后来被错误批判的元帅彭德怀的形象,该小说在1959年遭到批评并被禁。

杜鹏程的其他优秀作品都被收入短篇小说集《光辉的历程》和中篇小说集《在和平的日子里》。"文化大革命"开始后,作家被错误指控为"利用文学创作反党"。

1977年,杜鹏程重新开始写作。他担任中国作协和中国文联的一系列高级职务,其中包括中国作协陕西分会副主席、中国文联陕西分会副主席。杜鹏程晚年发表了一些散文和论文学创作的文章:《速写集》《杜鹏程散文特写选》《我与文学》等。

* 杜鹏程《保卫延安》,北京,1954年;杜鹏程《保卫延安》,А. 加托夫、Б. 克立朝译,莫斯科,1957年;杜鹏程《在和平的日子里》,Я. 舒拉文译,莫斯科,1959年;杜鹏程《年轻的朋友》,Д. 波斯佩洛夫译,载《〈春雷〉及其他》,莫斯科,1959年,第27—45页;杜鹏程《平凡的女人》,Л. 普利谢茨卡娅译,载《中国作家短篇小说》,莫斯科,1959年,第2卷,第304—318页;杜鹏程《李同志》,Н. 涅斯捷连科译,载《贝加尔湖上的光》,乌兰乌德,1960年,第87—95页。

**陈思和《中国当代文学史教程》,上海,1999年,第55—61页。

(Е. А. Завидовская 撰　万海松译)

欧阳山

原名杨凤岐,1908年12月11日生于湖北省荆州,2000年9月26日卒于广东省广州市。作家,社会活动家。因家境贫寒幼年被卖给别人家。1922—1926年就读于广东师范大学附属中学。1927年在中山大学(广州)

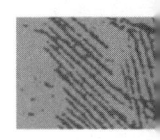

旁听，听过鲁迅的课。此间欧阳山积极参加革命与罢工运动，同时尝试文学创作。欧阳山的第一篇短篇《那一夜》于1924年在上海发表，第一部诗集《坟歌》1926年在香港出版，第一部长篇小说《玫瑰残了》于1927年在上海面世。1926年，欧阳山成为广州文学会组织者之一，该学会后在鲁迅参与下改组为南方国文学会，欧阳山任《广州文学》杂志主编。1928年因受通缉，欧阳山迁居上海，成为职业作家。1928—1937年间，在抗日战争爆发前，欧阳山共发表6部长篇小说、2部中篇小说和11部短篇小说和随笔集，他的中篇《单眼虎》（1933）用粤语方言写就。欧阳山20世纪20年代的作品主题多为青年知识分子于不公正的社会寻觅定位，爱情幻灭。30年代，他的作品关注普通大众的生活重负，社会批判趋势进一步增强。1932年，欧阳山赴广州组织"普罗作家联盟"并领导《广州文艺》杂志社。1933年他返回上海加入中国左翼作家联盟，成为其宣传部门的领导人之一。抗日战争开始后直到1940年，欧阳山在大后方的广州、长沙、重庆等地积极从事爱国工作和文学活动。这些年间，欧阳山尝试戏剧创作，写出剧本《敌人》（1938）。1940年，欧阳山加入中国共产党，后于1941年前往延安。毛泽东于1942年5月在延安文艺座谈会上的讲话，对欧阳山的创作具有突出影响，使其作品出现了阶级意识，服从于现实的政治任务，语言简单化，努力贴近普通百姓的日常口语。尽管如此，欧阳山运用方言写作的追求仍保留下来，但此后系用陕西和甘肃等西北省份的方言。他这一时期最著名的作品为长篇小说《高干大》（1947），小说的故事发生在1941—1943年间的陕甘宁边区。主人公为共产党员高声亮，绰号"高干大"，在当地居民支持下寻求组织农村合作社的新办法，但他仍不得不克服重重阻碍。中华人民共和国成立后，欧阳山任广东省文联主席，《作品》杂志主编，还担任其他一些党政工作。1959年，欧阳山的小说五部曲《一代风流》（1959—1985）的第一部《三家巷》面世。在这部小说中，欧阳山以几个毗邻而居的家庭为例，展示了20世纪20年代中国社会的一个横断面和广东革命运动的诞生，展现了主人公、共产党员周炳走过的不平凡的思想成长道路。《三家巷》有清晰的阶级立场，并且因为它有复杂的情节设置和性格塑造、注重表现中国南方的地方风俗和生活习惯而在当时的文学背景下显得别具一格。五部曲还包括《苦斗》（1962）、《柳暗花明》（1964，1981）、《圣地》（1984）和《万年春》（1985），这些作品反映了1949年之前革命运动和主人公们的命运。"文化大革命"期间，欧阳山下放"干校"接受"劳动改造"。恢复名誉后，欧阳山继续积极地创作和参加社会活动，并于1979—1985年间任中国作家协会副主席。

* 欧阳山《人民公仆》，Н. 巴霍莫夫缩译，莫斯科，1951 年；欧阳山《高干大》，Н. 巴霍莫夫、В. 斯拉勃诺夫译，莫斯科，1961 年。

**《中华人民共和国的文化命运（1949—1974）》，莫斯科，1978 年。

（А. А. Родионов 撰　王丽欣译）

萧　军

原名刘鸿霖，笔名田军、三郎等，1907 年生，辽宁锦县人，卒于 1988 年。作家。青年时参军，1925 年进入三十四骑兵团服役，1926 年进入奉天（沈阳）东北陆军讲武堂学习，毕业后留校任教。1931 年 9 月"奉天事变"爆发，这一事件揭开日本侵华序幕。萧军此时正处于"奉天事变"发生地，他从被占领的奉天逃到相对平静的哈尔滨，在哈尔滨开始为报纸杂志撰稿，逐渐成为《国际协报》固定撰稿人，被视为大有前途的文学家。1932 年结识的萧红后成了他的妻子，1933 年出版他和萧红的小说散文合集《跋涉》，此集收入萧军 6 篇作品，此书遭到日本书刊检查机关查禁，两位作者在 1934 年 6 月被迫逃往青岛。在青岛，萧军成为《青岛晨报》副主编，主编文学副刊，并开始系统写作其第一部长篇小说《八月的乡村》。

在青岛，萧军给鲁迅寄去手稿，请鲁迅审阅。1934 年 10 月，他与萧红去了上海。

鲁迅明白反映东北抗日的文学作品的重要性和迫切性，开始编辑作品，亲自为萧军的《八月的乡村》作序，并出资在 1935 年 8 月出版此作。

这部长篇小说反映抵抗日本侵略的斗争，作品是由一系列描写抗日游击队转移过程的短篇故事构成，但有统一的主人公和统一的主题。萧军笔下的主人公十分鲜活，他们身上体现了被迫服兵役的农民的个性特征。作家成功地展现了在战争熔炉中人的重铸，其中包括农民、士兵、前犯人以及城市知识分子代表。这似乎体现了这部小说的某些理想化主题。但不应忘记，《八月的乡村》写于那些事件发生后不久，是记录时代的艺术文献。作家认为其作品的主要使命，就在于能助战士们一臂之力。萧军称其长篇小说为"青杏"，鲁迅则尤其强调这是中国文学史上第一部描写东北地区抗击日本侵略的作品，同时指出萧军在这部小说中借鉴了法捷耶夫的写作风格。

萧军于 1936 年出版两部短篇小说集《江上》和《羊》，并开始创作长篇小说《过去的年代》，甚至发表了该小说前两章。当战争蔓延至国家中部地区，萧军与萧红被迫逗留不同城市，如武汉、西安、重庆、临汾（山西）。

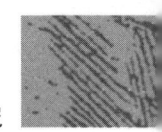

萧军积极从事爱国活动并成为中共党员，加入中华文艺界抗敌协会，参加由丁玲领导的西北战地服务团的工作。他后与萧红离婚，一年后再婚，这段婚姻一直持续到生命尽头。

萧军的活动热情在号召作家"弃笔从戎"的"前线"运动中得到反映。萧军参加军事作战，在战争中表现英勇。战争年代他曾两次前往解放区中心延安。在延安，他创建鲁迅研究会，任鲁迅艺术文学院教员，1942年5月参加由毛泽东组织的"文艺座谈会"。这一时期，萧军写出剧本《幸福之家》以及旅行随笔集《侧面》。

抗日战争结束后，萧军在佳木斯担任鲁迅艺术文学院院长，1947年在哈尔滨创建鲁迅文化出版社担任社长，并主编《文化报》。

1948年，在中共中央东北局的决议后开始了一场反对萧军的运动，萧军被解除职务，下放矿山劳动。在此期间，他创作了长篇小说《五月的矿山》，在作品中满怀热情地描写即将来临的自由时代，展现了东北地区工人的英雄性格。1951年，他来到北京，开始研究文学和戏剧。1958年2月萧军再次遭到批判。在"文化大革命"时期萧军被错划为"老牌反党分子"被捕。1978年后，他得到平反，恢复名誉，得以重操他喜爱的旧业，还被选为北京文联副主席[①]。1980年出版有历史小说《吴越春秋史话》以及《萧军近作》，另有《萧军五十年文集》面世。

*萧军《八月的乡村》，载《国际文学》1938年第6期，第3—40页；萧军《八月的乡村》，М. Г. 日丹诺夫译，萧三序，列宁格勒，1939年。

**Н. А. 列别杰娃《文学选集》，载《俄罗斯与亚太地区》，海参崴，1993年第1期，第92—98页；Н. А. 列别杰娃《作家与时代（以中国作家萧军的生活与创作为例）》，载《中国、俄罗斯和东北亚其他国家20世纪末—21世纪初合作前景：第三届中国、中国文明与世界国际学术研讨会论文集》，第2卷，莫斯科，1997年，第57—63页。

（Н. А. Лебедева 撰　王丽欣译）

萧　三

原名萧子暲，在苏联以笔名"爱弥·萧"知名。1896年生于湖南，卒于1983年。生于教师之家，师范学院毕业后曾任教3年。1920年萧三前往

[①] 似为北京作协副主席。——本卷中译编者注

法国学习工作，1922年到莫斯科，进入东方劳动者共产主义大学，随后在莫斯科东方学院任教。1923年把《国际歌》译成汉语。

1928—1939年，萧三一直在苏联生活，主编《国际文学》杂志中文版。萧三的散义、诗歌作品常在办联出版，他在其俄文诗歌散文集（如《诗集》，1932；《拥护苏维埃中国》，1934）中描写中国人民反抗日本侵略的英勇斗争。他是毛泽东和朱德元帅最早的传记作家之一。写有诗集《血书》（1935）和《湘笛》（1940），这两部诗集均被译成俄语。

1939年起，萧三成为延安地区文化生活的积极组织者，编辑面向外国读者的杂志《大众文艺》和《中国报道》。在这两份杂志上，萧三也向中国读者介绍俄国文学，撰文介绍高尔基、鲁迅、瞿秋白等作家。他著有描写抗日战争（1937—1945）、反映共产党人在抗日战争中的主导作用的文章、随笔和小说（如文集《英雄中国》，1939；《中国不可战胜》，1940；《中国小说》，1940）。他写有《伟大的导师马克思》（1953）、《高尔基的文学观念》（1950）、《纪念人物》（1954）等书，他还把普希金、马雅可夫斯基以及其他俄苏诗人和作家的作品译成汉语。

抗日战争结束后，萧三返回中国北方并参加土地改革，1949年当选为文联主席团成员，后成为全国人民代表大会代表。

1949年，萧三出版了介绍毛泽东青少年时代的书（《毛泽东同志的青少年时代》），他还将毛泽东的诗词译成俄语。1951年出版特写集《人物与纪念》，1952年出版诗集《和平之路》，1958年出版诗集《友谊之歌》。60年代停止发表文字。

*萧三《拥护苏维埃中国》，А. 罗姆译，哈巴罗夫斯克，1934年；萧三《英雄中国》，莫斯科，1939年；萧三《中国故事》，莫斯科，1940年；萧三《诗集》，В. 罗果夫序，莫斯科，1952年；萧三《选集》，莫斯科，И. 弗连克尔译，莫斯科，1954年；萧三《人物与纪念》，北京，1954年；《萧三诗选》，北京，1960年；萧三《珍贵的纪念》，А. Н. 热洛霍夫采夫译，载《远东问题》1987年第1期，第152－166页；萧三诗作，Г. 雅罗斯拉夫采夫译，载《20世纪中国诗歌与小说》，莫斯科，2002年，第29－32页。

**Н. Н. 康拉德《未发表的作品·书信》，莫斯科，1966年，第294、500页；С. Т. 玛尔科娃《1937—1945年民族解放战争期间的中国诗歌》，莫斯科，1958年；Н. Т. 费德林《中国文学》，1956年。

（Е. А. Завидовская 撰　王丽欣译）

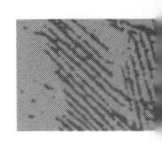

田 间

原名童天鉴。1916 年生于安徽省，1985 年去世。诗人。1933 年开始发表作品，中国左翼作家联盟成员。文集《未明集》（1935）和《中国牧歌》（1935）反映对当时社会现实的批判和对未来变革的期待。田间是现代文学中抒情叙事诗的发起人之一，在叙事诗《中国——农村的故事》（1936）中讲述农民起来进行斗争的故事。在全面抗日战争时期（1937—1945），田间展现了自己作为诗人演说家的才华，他是"时代的鼓手"，马雅可夫斯基的崇拜者。他在这一时期的诗歌均收入诗集《给战斗者》（1938）和《她也要杀人》（1938），其中很多诗歌是面向群众的篇幅短小、饱含激情的作品（街头诗，传单诗）。

在解放区，诗人参加土地改革工作，创作长篇叙事诗《赶车传》（1946—1948），后来又对长诗进行续写。20 世纪 50 年代诗人对国家生活中的所有重大事件都作出了回应，他作为散文作家和政论作家持续发表作品，并编辑出版诗歌杂志。1978 年，献给周恩来总理的诗集《清明》出版问世。田间作品的俄译出现在多种俄文版中国现代诗歌选本中。

　　＊田间《我的短诗选》，北京，1953 年；田间诗作，载《中国在广播》，赤塔，1953 年，第 16-35 页；田间诗作，载《新中国诗人》，莫斯科，1953 年，第 109-141 页；《赶车传》，北京，1954 年；《一九五八年创作歌选》，北京，1958 年；《长诗三首》，2 卷本，北京，1958 年；田间诗作，载《中国新诗（1919—1958）》，莫斯科，1959 年，第 296-332 页；《中国诗歌》，莫斯科，1982 年，第 176-177 页。

　　＊＊С. Д. 马尔科娃《中国民族解放战争时期的诗歌》，莫斯科，1958 年；Л. Е. 车连义《战争年代的中国诗歌》，莫斯科，1980 年。

（В. Ф. Сорокин 撰　侯丹译）

周而复

原名周祖式。1914 年生于南京，2004 年于北京逝世。作家，社会活动家。出身职员家庭。1933—1938 年在上海光华大学英国文学系学习，此时开始创作诗歌和短篇小说。1936 年出版第一部诗集《夜行集》。学生时代的周而复还从事《文学丛报》《小说家》等文学刊物的编辑工作。抗日战争期间，他积极参与 1938 年创立的中华全国文艺界抗敌协会的工作。1938—

1944年，他深入中共领导下的解放区，带领当地文协从事宣传工作，并进入党校学习。1944年他来到重庆，任党的机关刊物《群众》的编辑。1945年，他以新华社、《新华日报》特派员身份陪同周恩来赴中国各地考察。1946年他被派往香港，任《北方文丛》编辑，并与茅盾及其他作家一同出版杂志《小说》。这一时期，他出版了政论文集《晋察冀行》(1946)、短篇小说集《春荒》(1946)、《高原短曲》(1947)，这些作品反映了解放区的生活及社会改造的状况。中华人民共和国成立后，他曾任中共上海宣传部副部长。1949年出版短篇秧歌剧作集，秧歌剧采用秧歌现成的曲调，如《兄妹开荒》，另有小说《燕宿崖》、杂文集《北望楼杂文》、五幕剧《子弟兵》等。长篇小说《白求恩大夫》(1949)是他同期最出色的作品，后来被搬上银幕，小说描写国际共产主义者、加拿大医生白求恩充满英雄主义色彩的一生，获国内评论家高度肯定。

中华人民共和国成立后10年间，他一直在上海工作，并再版诗集《夜行集》(1950)。1954年，他与郑振铎一起带领中国文化活动家代表团出访印度和缅甸，出访印象反映在其游记中。1957年，他与巴金一起创办后来最著名的文学杂志《收获》。对共和国成立后上海生活的观察启发作家创作了长篇历史小说《上海的早晨》，第一部于1958年出版（剩余各部分别在1962、1979、1980年出版）。这部小说已被拍摄为电影。这部广为人知的作品可看作是茅盾小说《子夜》的独特延续。小说反映了1949—1956年间上海资产阶级生活方式和观念的变化，同时也展示了中国民族工业改革之路。由于了解新历史条件下不同社会阶层的生活特点，作家不仅反映了当时中国社会政治的现实，而且收集了丰富的民族学素材。1959年，作家迁居北京，任中国人民对外友好协会副会长。

"文化大革命"期间，他遭受残酷迫害，1968年被下放到"干校"进行"劳动改造"，持续到1975年。小说《上海的早晨》成为作家被打入"反革命分子"之列的主要依据。

平反后，周而复于1978年当选为第五届全国人民政治协商会议副秘书长兼文史资料委员会副主任；先后当选第五、六、七届全国人民政协会议委员，还担任文化部副部长。20世纪80年代上半期，他出版了一批随笔集，还发表了文艺批评集《文学的探索》(1984)。20世纪八九十年代之交，他创作了长篇小说《长城万里图》，第一部《南京的陷落》于1987年出版。《长城万里图》由6部构成，全面描述中国人民1937—1945年的全面抗战，荣获中共中央宣传部"五个一"工程文学奖。他历经近20年研究周恩来的

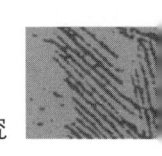

生平和事迹，创作出长篇叙事诗《伟人周恩来》（1997—2000）。这部中华人民共和国成立以来最长的史诗表现了周恩来复杂又真实的一生，同时塑造了历史上众多活动家形象，包括毛泽东、刘少奇、邓小平、尼克松和丘吉尔。20世纪90年代末，他的几部书法作品集出版。2004年秋，其作品集（22卷）在他去世后出版。

　　＊周而复《上海的早晨》，北京，1980年；周而复《白洋淀》，С. 霍赫洛夫译，载《中国作家短篇小说选》，第2卷，莫斯科，1959年，第100－111页；周而复《西流水的孩子们》，Г. 梅里霍夫译，莫斯科，1959年；周而复《白求恩大夫》，А. 法因加尔译，莫斯科，1960年；周而复《上海的早晨》，В. 斯拉博诺夫译，1960年。

（О. П. Родионова 撰　靳芳译）

二、《艺术卷》

传统戏曲

　　戏剧改革的中心转移到了中国共产党领导的地区。1938—1939年间演出的戏剧成为挑选和变革剧目、建立改革旧戏剧的标准的实验基础。评剧团开始了创建新戏剧的尝试，但是其迈出的第一步并非一帆风顺。关于传统戏剧的命运和改革的可能性的讨论被重新掀起。1939年，张庚在延安鲁迅艺术学院发表演讲，他坚定地表示传统戏剧和话剧必须相互结合。当时制定了第一份改革评剧的具体计划，接着在1940年出版了第一本评剧戏剧集。1942年召开的延安文艺座谈会对戏剧的命运产生了深远的影响。延安文艺座谈会在理论上支持保留与发展传统艺术的思想，但在戏剧改革的实践当中，从实用主义的角度评价文艺作品的思想却不时显现出来。会议将艺术的阶级属性简单化的思想占主导地位。会议取得的理论成果在中共中央1943年发布的《关于执行党的文艺政策的决定》中体现出来。

　　延安成为改革的中心。在这里，以战斗评剧社为基础组建了延安评剧研究院，该院从事了大量实际问题的研究工作。在研究院的支持下，两部京剧流派剧本相继推出：李伦的《难民曲》和张一然的《上天堂》。尤其是《上天堂》的演出非常成功，该剧讲述了解放前农民的生活，戏剧内容与京剧传

统曲目自然结合，深受大众的喜爱。

1943—1944年，延安评剧研究院创作团体完成了两部传统剧目的创作——《三打祝家庄》和《逼上梁山》。这两部戏剧的内容选自长篇小说《水浒传》以及取材于该小说的一些传统戏剧作品。毛泽东在给《逼上梁山》的附信中提出了重新思考历史事件、历史人物的意义和性质的问题。此为中国共产党的政治思想引领戏剧领域的开端，众多以反抗日本侵略、解放全中国为目标的新型创作团体成为这类创作的领导力量。战争结束前夕，华北戏剧音乐工作委员会成立，负责审查众多京剧剧院的演出剧目。

1939—1940年，一种新的音乐剧体裁——新歌剧诞生了。1944年，戏剧作家贺敬之、丁毅和民族音乐研究者马可共同创作了歌剧《白毛女》。该剧的主要内容取材于白毛仙姑的传说。这一传说在整个根据地广为流传，因此该歌剧作品获得演出的成功。同时，歌剧在流传已久的民间歌舞秧歌的基础上创作而成。歌剧中塑造了女英雄的形象，该形象拉近了新剧作品和以前许多传统戏剧之间的距离，同时在舞台上推出了新的英雄形象——人民战士、人民解放者，这一形象也确定了悲剧情节终将走向幸福的结局。《白毛女》的出现成为新歌剧的开端，它在观众当中引起的强烈反响使得人们看到了把传统艺术形式和新内容相结合的希望。

（С. А. Серова 撰　刘玉颖译）

新剧的产生

抗日战争时期，话剧活动在中国西南地区积极开展起来。太平洋战争开始后，大部分职业演剧活动家（田汉、欧阳予倩、夏衍、洪深、马彦祥、焦菊隐等），以及部分"抗敌宣传队"、学校，从上海、汉口转移到桂林，促进了西南地区戏剧的活跃。广西戏剧改进会和由欧阳予倩领导的广西省立艺术馆对话剧活动的开展做出了巨大贡献。在桂林活跃着两个职业演剧团体——话剧实验剧团和新中国剧社，出版杂志《戏剧春秋》。在大批优秀剧目中，有《忠王李秀成》（欧阳予倩）、《再会吧，香港》（洪深、夏衍合著）、《秋声赋》（田汉）、《雷雨》（曹禺）。1944年在桂林举办了规模空前（持续3个月，1000人左右参加演出）的戏剧节，这次戏剧节成为一个重大事件，是对话剧所取得成绩的一次大检阅。在上演的22部戏剧中，有前面提到的曹禺、夏衍、田汉、欧阳予倩、阳翰笙等人的作品。外国戏剧作品被搬上舞台的有奥斯特洛夫斯基的《大雷雨》、果戈理的《钦差大臣》、小仲马的《茶花女》、萧伯纳的《卖花女》。戏剧节上也演出了一些宣传戏剧——"活报"，

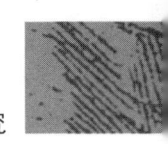

但是它们所占比例较微。重庆和桂林的著名戏剧家们竭力维护戏剧的艺术本真性，坚决反对强加给戏剧的左倾路线原则，诸如"戏剧运动的主旨在于宣传""艺术性取决于政治策略"之类。戏剧家宋之告诫要反对对艺术性的漠视，强调"上等璞玉也要经过伟大雕刻家之手才能成为完美的珍宝"。但是也有一些不同的声音。例如，认为话剧"不能深入民众"（张庚）；"高雅的语言""对于革命作品是不适用的"，而话剧本身的发展是"洋化病"（周扬）；将郭沫若、欧阳予倩、田汉、阳翰笙等很多著名戏剧家的作品列为"扼杀香花的毒草"（引言为意译，田进）。

战争的回声同样传入了上海的戏剧生活中。上海是重要的进步戏剧活动中心。日本军队入侵后，特别是太平洋战争爆发后，留在上海的戏剧团体转而演出政治上中立的戏剧，或者进行戏剧改编（常为国外作者的作品），他们把精力集中到对创作的艺术探寻和演剧职业化上，演出了《乱世英雄》（根据莎士比亚的《麦克白》改编）、《大马戏团》（根据安德烈耶夫的《吃耳光的人》改编）、《舞台艳后》（根据奥斯特洛夫斯基的《无辜的罪人》改编）、《夜店》（根据高尔基的《在底层》改编）和果戈理的《钦差大臣》。

在上海表面繁荣的戏剧生活中，却流淌着对艰难岁月的悲痛、对实事的逃避。在此背景之下，1945 年（日本投降和上海解放之后）排演的田汉新剧《丽人行》被认为是"震撼所有人的惊世之作"，"其全部"皆被接受。作者采用蒙太奇手法，通过三个社会地位不同但都被战争摧残的女性的命运，呈现出 1944 年上海社会政治生活的广阔、深入的图景。20 世纪 30 年代末至 40 年代，革命根据地和解放区的戏剧活动的一个区别性特点是，戏剧一致为宣传工作和大众思想政治教育服务。根据"无产阶级戏剧"的思想，来到延安的职业演剧人员和戏剧爱好者组建了数量众多的流动宣传演剧队，他们在前线和后方进行宣传工作。1938 年鲁迅艺术学院在延安成立，该学院进行戏剧人才的培养工作。鲁迅艺术学院设有 3 个系：音乐系、美术系、戏剧系（由张庚领导）。学院第一批学制为三个月的毕业生和教师组建了"实验剧团"，该剧团的主要任务是创作宣传性戏剧。1939 年，日本入侵行动受阻，戏剧宣传队的活动数量减少，得以把大部分精力投入固定的戏剧演出。为了培养专业人才，鲁迅艺术学院把学习期限延长到 3 年，在教学大纲中设置了舞台实践、斯坦尼斯拉夫斯基体系导论等课程。在严肃戏剧匮乏的情况下，职业演剧人员和"业余剧人协会"的导演建议排演中外著名戏剧家的剧本。根据毛泽东的提议，第一部被搬上舞台的戏剧是中国戏剧家曹禺的《日出》。在此之后，各个演出团体排演了曹禺的其余作品，以及夏衍的《法西斯细菌》《秋瑾传》、宋之的《雾重庆》。排演的外国戏剧作品有 H. 包戈廷的《带枪的人》、B. 伊万诺夫的《铁甲列车 14—69》、K. 西蒙诺夫的《俄罗斯人》、Б. 拉甫列涅夫的《毁灭》、F. 沃尔夫的《马门教授》等。

然而，在 1942 年延安文艺座谈会上的讲话中，随后（在更小的范围内）在与鲁迅艺术学院集体的见面会上，初步形成了毛泽东的批评意见。艺术学院的活动被称为"低劣的"，其创作人员、毕业生、戏剧的参演者被称为"包着外国馅的馅饼"，而"工农兵的革命战斗生活"被认为是"伟大的大学"。在延安文艺座谈会之后展开的"整风运动"中，老师和学员都进行了自我批评，他们在发言中批判了自己"关起门来提高自身水平""低级趣味""关注外国戏剧""演出城市生活的话剧，却不关注农村、不反映普通大众的生活"等错误。造成这些错误的一个主要原因被叫作"崇洋媚外"。

"整风运动"之后创作的第一批被认为是高水平的话剧作品中，有《同志，你走错了路》（姚仲明、陈波儿合作）。该剧讲述了党员和军人服从党的路线的必要性，以及要无条件地在生活中贯彻党的路线。话剧《粮食》（集体创作）颂扬了八路军战士和农民在为粮食丰收及贯穿其中的与"阶级敌人蓄意破坏"的斗争中展现的劳动革命热忱。

然而，20 世纪 40 年代末期在解放区进行的延安话剧演出远非所有人都赞同。在东北地区，这些话剧被认为是针对农村的，而对于城市无效。这时也出现了维护专业化戏剧的观点，即不同意提高艺术水平意味着"为艺术而艺术"，批评了为迎合政治而进行的歪曲表现，批评了对创作人员的成见和不信任。

在中华人民共和国宣告成立前夕召开的中华全国文学艺术工作者代表大会上，同样出现了关于戏剧艺术的不同观点。会议上出现了两种基本立场。在周恩来、郭沫若、周扬、张庚的发言中，延安的实验是"中国新戏剧的雏形"，而把戏剧工作转到纯粹地为政治服务上来是一种"新风格"，对于全国来说是必要的。东北地区代表在发言中认为应该重新审定"农村规范"，提高专业创作的地位。阳翰笙发言反对国统区对话剧创作和演出的否定态度。

20 世纪上半期，开始进行欧洲歌剧风格的创作尝试，歌剧对于中国来说是一种新的戏剧。20 世纪初期，一些大城市创建了欧洲模式的音乐学校。在这里，来自国外的音乐家和在世界上著名音乐学府接受过教育的中国音乐家共同授课，为学生介绍欧洲音乐史和欧洲音乐的特点，其中包括歌剧。第一位投入歌剧创作的是作曲家黎锦晖。他创作了十部校园戏剧类型的儿童短

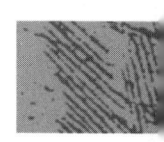

剧。其中最优秀的作品之一是《麻雀与小孩》，该剧曾于1993年在中国中央电视台播出。20世纪30年代，以故事和历史为题材进行歌剧创作的有青年作曲家沙梅（《红梅阁》）、黄源洛（《秋子》）。他们广泛应用了民族传统戏曲的创作手法。40年代初期，延安的青年作曲家——鲁迅艺术学院的毕业生时乐蒙、马可、陈紫等尝试以流行的民间音乐形式创作歌剧。这些作品被称为"秧歌"（群体性歌舞形式）、"花鼓"（鼓伴奏下的说唱形式）。音乐剧成为以歌剧手法进行创作取得的丰硕成果，其一方面在音乐和演唱风格上倾向于民族传统，而另一方面使用了欧洲学派所特有的合唱和集体舞蹈，代表作品有《白毛女》（马可作曲）、《刘胡兰》（陈紫、茂沅作曲）、《王贵与李香香》（梁寒光作曲）。在这个阶段，民族话剧自身的特点也显现出来：剧中添加了对话，演员的表演运用传统戏剧元素，而在合唱中则使用民族唱法。上述作品经受住了时间的考验，这些作品的出现可以认为是与西方戏剧相类似的艺术形式在中国的诞生。

1955年开展的批判"胡风反革命集团"运动遏制了戏剧艺术的发展和戏剧剧目向革命艺术框架以外的扩展。那些反对在戏剧作品中不突出矛盾的公式化的表达形式，坚持利用国外经验提高艺术水平的必要性的人遭到猛烈抨击。他们以"国外经验"批评了对戏剧的行政化领导方式以及对知识分子创作群体的不信任。

伴随批判运动的是对戏剧剧目的"净化"。其结果是，在第一届全国话剧观摩演出（1956）中，历史革命题材和战争题材的作品占据明显优势地位，这些作品颂扬了工业建设（13部）和农村社会主义再教育（15部）所取得的成绩。政治指令对曹禺的话剧《明朗的天》也产生了影响，该作品批判了在北京医院工作的美国医生的犯罪行为。

1956年"百花齐放"方针宣布和"整风运动"开展之后，发生了从"禁止"到"无限"自由，从批判所有异己思想的出现、批判任何与政府戏剧政策相悖的意见到鼓励自由发表言论的急剧转折。不久之前才经历过批判运动的戏剧界受到了来自政府机构的批评，被认为"意志薄弱"、不愿意推进"整风运动"。在这种情况下，戏剧家们都先后着手进行了改变戏剧剧目的尝试。1957年，在纪念话剧运动50周年庆上，田汉、曹禺、夏衍、郭沫若、欧阳予倩等人的民族话剧经典剧目回归舞台。重新搬上舞台的还有国外经典作品，如莎士比亚、哥尔多尼的剧作。出现了一批新作，作品中的直接说教和口号让位给了对人性的关注、对人的喜怒哀乐和家庭问题的关注，如岳野的《同甘共苦》、艾明之的《幸福》。出现了一批社会讽刺性的尖锐作品，如杨履方的《布谷鸟又叫了》等。戏剧家们反对戏剧服务于政治这种狭隘的理解，反对"粉饰"英雄人物，他们坚持"书写真理""揭露社会生活不良现象""深入真实生活"，批评了以党的名义对戏剧进行指挥的一些工人的外行行为。中国共产党中央委员会于1957年6月发出了"反对资产阶级右派分子"的倡议。杂志社、戏剧作家、戏剧评论家（吴祖光、李强、孙家琇、戴涯等），以及前面提到的大批戏剧剧目的作者都遭到了严厉打击。讽刺剧《布谷鸟又叫了》尤其引发了强烈的愤怒，该剧中党支部书记是负面人物，在与其进行的争取由自己解决个人问题的权利、反抗专横管制的斗争中，起来反抗的普通农民宣告胜利。这次打击以各种形式实施，他们为自己设置的任务不仅是要引领知识分子创作阶层无条件地服从政治指令，更是要重新定位戏剧，为支持1958年开始的"大跃进"制造土壤。1958—1959年，所有延安时期的指令重新恢复，戏剧界需要无条件地遵守："打破惯例"，以大规模增加作品数量的途径达到"繁荣"；制定措施，要求作品通俗易懂，不设质量上的高要求；实行集体创作的方法；实现独立创作的"大跃进"。"无产阶级戏剧"的经验也重新恢复：成立了为数众多的宣传工作队，他们在街头、工厂、学校进行演出，宣传"大跃进"。为完成领导层的"愿望"，田汉创作了《十三陵水库畅想曲》，歌颂了水库建设者的工作热情；老舍创作了《红大院》《女店员》，描写北京街道里的居民投身"大跃进"；段成滨创作了剧本《降龙伏虎》。这些剧本的共同之处是，口号性的台词、宏大的场面、鲜明的戏剧性。一批知名导演和演员的加入也促进了上述特点的形成。战胜一切困难的激情、对中国共产党和光明未来的信任，体现在那些年创作的历史革命题材戏剧中，如《八一风暴》（集体创作）、《红色风暴》（金山创作、导演、主演）、《智取威虎山》（根据曲波的长篇小说《林海雪原》改编）。

（Р. Г. Шапиро 和 И. В. Гайда 撰　刘玉颖译）

油　画

在欧洲文化渗入之前，油画在中国是不存在的。中国与油画的初识与16—18世纪欧洲传教士在中国的传教活动和艺术创作息息相关。中国油画起初只局限于肖像画。19世纪末到20世纪初，尤其是1911年革命之后，许多年轻的中国艺术家蜂拥到日本、欧洲和美国留学。在上海、杭州、广州和其他城市开始形成大量的艺术家团体；开始出现两种倾向——现实派（主要代表人物是徐悲鸿，1895—1953）和印象派，以及后现代派（丁衍庸，

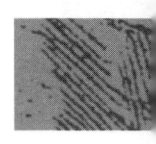

1902—1978；林风眠，1900—1991），还有达达派、立体派和超现实派（庞熏琹，1906—1985；倪贻德，1901—1970）。1938年成立于延安的鲁迅艺术学院对现代派的确立起到重要作用。

（С. Н. Соколов-Ремизов 撰　王玉珠译）

1949年之前的电影

在共产党领导的地区（延安），电影创作所走的是一条具有自身特色的道路。一方面，著名导演袁牧之、编剧应云卫等人在那里工作。另一方面，摄影机、胶卷、化学制剂等拍摄物资严重匮乏成为不可逾越的重大阻碍。事实上，当时延安的电影也只处于入门阶段，在1949年以前，其作用和意义只局限于延安地区。延安电影是作为之后发展起来的中华人民共和国"人民电影"工作原则试验基地而存在的。延安电影具有很强的意识形态性，目的是实现快速宣传的效果。这时的影片几乎是清一色的纪录片（只拍摄了一部专题短片），主题几乎都是反映军队生活和百姓对部队的支持。

1942年，毛泽东在延安文艺座谈会上的讲话奠定了中国新电影的方法论基础。毛泽东明确地把思想性从艺术性中分离出来，按照两者的重要程度，把思想性放在不容争议的第一位，而艺术性则处于从属的第二位。他认为，艺术不是复制生活，而是把生活"典型化""浓缩化"；艺术不是依赖于生活，而是要推动生活的发展。

（С. А. Торопцев 撰　刘玉颖）

李焕之

李焕之，1919年1月2日生于香港，2000年3月19日于北京逝世。著名作曲家、指挥家、音乐理论家。1936年入上海国立专科音乐学校，师从萧友梅（1884—1940）学习和声学。1938年到达延安，在鲁迅艺术学院音乐系读研究生，师从冼星海学习作曲指挥，后曾写过有关冼星海的文章，被翻译成俄文发表。毕业后留校任教，抗日战争结束后，在河北省张家口担任华北联合大学艺术学院音乐系主任。中华人民共和国成立后，任中央音乐学院音乐工作团团长、中央歌舞团以及中央民族乐团团长。1960年2月，他组建了生平最后一个有组织的乐团，该乐团由百余人的民族乐队、合唱团和研究创作小组组成。2000年8月该乐团在联合国（纽约）参加了"中华文化走遍全美"联欢节的开幕式表演。自2002年起，该团每年在人民大会堂为代表们献上新年音乐会。2003年8月23日，在马林斯基剧院（圣彼得堡）演奏了由徐志军改编的阿拉姆·伊里奇·哈恰图良的《马刀舞曲》。1954年起李焕之为中国音乐家协会常任秘书，并在1985—1999年间担任中国音乐家协会主席。

李焕之自幼爱好民间音乐，并在作品中大量使用民间乐器。1935年开始创作歌曲，作品有《牧羊哀歌》（郭沫若词）、《黄花曲》（蒋光慈词）。1937年后，在抗日战争时期参加了创作型知识分子抗日活动，与蒲风和爱国诗人们创作了歌曲《厦门自唱》（燕风词）、《保卫祖国》（克锋词）。40—50年代，创作了300余首声乐作品，其中包括周恩来喜欢的著名革命歌曲《社会主义好》（希扬词）。他还为电影配乐，例如谢铁骊导演的电影《暴风骤雨》（1961年根据周立波同名小说改编）。1955—1956年间创作四段管弦乐《春秋组曲》，成为新年音乐会的必演曲目。此外，他曾在盛大的音乐会上指挥合唱团演唱歌剧《白毛女》。1957年在第六届莫斯科世界青年学生联欢节上，他指挥的北京青年业余合唱团获得金牌。他的音乐理论著作有：《作曲教程》、《怎样学习作曲》（北京，1959）、《音乐创作散论》（北京，1979）、《民族民间音乐数论》（济南，1984）、《论作曲的艺术》（上海，1985）等。

* 《李焕之声乐作品选集》，北京，1996；李焕之主编《当代中国音乐》，北京，1997；李焕之、龚琪《李焕之的创作生涯》，北京，1999；李群编《李焕之音乐文论集》，北京，2009；李焕之《冼星海的创作之路》，见《论中国音乐》第1辑，莫斯科，1958，第120—142页；

** 蔡梦《音乐研究》，北京，2006；蔡梦《李焕之的理论著述及其历史贡献》，见《音乐研究》，北京，2008，第4期；《中国大百科全书.音乐.舞蹈》，北京，1998。

（А. И. Кобзев 撰　姜敏译）

冼星海

冼星海（1905—1945），作曲家。曾就读于上海音乐学院（1927—1929）和巴黎音乐学院（1930—1935，В. 邓迪和П. 洛克的高级作曲班）。1938—1940年间担任延安鲁迅艺术学院音乐系主任。1940年开始居住在莫斯科。大合唱《黄河大合唱》（1939）、《九·一八大合唱》（1939），交响曲

《民族解放交响曲》《神圣之战交响曲》，狂想曲《中国狂想曲》（1944年在莫斯科医院完成）的作者。一生共创作250余首歌曲，并且创作了小提琴和钢琴演奏的作品。

* 《中国大百科全书. 音乐. 舞蹈》，北京，1998。

（А. Н. Желоховцев 撰　姜敏译）

钟惦棐

钟惦棐（1919—1987.03.20），电影评论家。曾在延安鲁迅艺术学院学习。1951年起，他在中国共产党中央委员会宣传部工作。他写了反对教条主义和命令主义的文章《电影的锣鼓》，受到严厉批判，也因此被革职，禁止从事专业工作，被错划为"右派分子"，直至1978年平反。"文化大革命"（1967—1977）结束后，他加入中国电影工作者协会理事会，负责领导电影评论家协会，汇编出版《电影美学》，撰写过多篇文章。

* С. А. 托罗普采夫《中国电影的艰难岁月》，莫斯科，1975；С. А. 托罗普采夫《中国电影史概论》，莫斯科，1979；С. А. 托罗普采夫《落日余晖中的蜡烛：中国电影札记》，莫斯科，1987；С. А. 托罗普采夫《社会主义大地上的中国电影》，莫斯科，1993；《中国大百科全书》，北京，1991；《中国电影大辞典》，上海，1995。

（С. А. Торопцев 撰　许力译）

袁牧之

袁牧之（1909—1978），导演、演员、编剧。20世纪30年代出演过一些优秀影片，如《都市风光》（1935，上海底层生活的全景风貌）、《马路天使》（1937）。1938年，他前往宣传重地延安拍摄纪录片。1940年被派往苏联参加谢·爱森斯坦的电影《伊万雷帝》的拍摄工作，还拍摄了关于哥萨克诗人江布尔的纪录片。他从1946年起担任行政职务（长春电影制片厂厂长、中国电影事业管理局局长）。在批判运动结束后，于1952年退休，此后不再从事创作工作。在"文化大革命"期间，他遭到迫害，后平反。1983年，袁牧之的电影艺术理论著作集出版。

* С. А. 托罗普采夫《袁牧之——演员、导演、编剧，剧作家》，见《今日亚洲与非洲》，1979年第3期；С. А. 托罗普采夫《中国电影

的艰难岁月》,莫斯科,1975;С. А. 托罗普采夫《中国电影史概论》,莫斯科,1979;С. А. 托罗普采夫《落日余晖中的蜡烛:中国电影札记》,莫斯科,1987;С. А. 托罗普采夫《社会主义大地上的中国电影》,莫斯科,1993;《当代中国电影》1—2卷,北京,1989;《中国大百科全书》,北京,1991;《中国电影大辞典》,上海,1995。

(С. А. Торопцев 撰 许力译)

○ 读 札

《大众文艺》与延安文艺的"刊物领导"

——从萧三《正确地认识马雅可夫斯基》中的若干疑点说起*

郭鹏程

延安文艺研究中常将《延安文艺座谈会上的讲话》（以下简称《讲话》）视为延安时期党全面领导文艺的标志性事件，而此前的文艺领导工作被视为零散和无力的，与之相对应的是这一时期的文艺被认为是自由与繁荣的，文学社团与期刊的涌现则是这一趋势的重要表现。这种看法有一定的道理，《讲话》前后文艺领导工作在深度和广度上都无法相提并论，但这不意味着之前的文艺处于放任自流、野蛮生长的状态，党仍然采取了多种方式推行文艺领导工作，这其中既有领导人发言这类直接领导，也有发起文艺组织这类间接领导。此外，还有一种以往研究中没有得到足够重视的文艺领导方式——刊物领导。要剖析这种文艺领导方式，不妨先从萧三的一篇文章入手。

一、两个疑点

1940年4月15日，延安《大众文艺》创刊号开篇第一个栏目即为"马雅可夫斯基逝世十周年纪念特辑"，特辑中包含着马雅可夫斯基的三篇译作、两篇人物介绍及一则消息。其中尤其值得注意的是萧爱梅的《正确地认识马雅可夫斯基》。作者萧爱梅即留苏归来不久的作家萧三[①]，而萧三同时也是《大众文艺》的主编[②]和该专栏的主要供稿人，六篇文章中的两篇译作和一篇人物介绍都由他提供（其中使用了肖三、萧三、萧爱梅三个名字）。这篇

---

* 中国博士后科学基金第73批网上资助项目"抗战时期延安形象的文学塑造研究"（编号：2023M732490）阶段性成果。

介绍马雅可夫斯基的文章很长，占据了纪念专辑的近半篇幅，介绍了其幼时起参与革命活动，后又从一个未来派作家成长为坚韧的革命作家的人生经历。作者明确指出写作动机是为了纠正中国文艺界对马雅可夫斯基一向"不很详细，而且是不很正确的"[3]认识，萧三的"正确认识"毫不吝惜对马雅可夫斯基的溢美之词，对他的介绍也不可谓不细致。但文章对马雅可夫斯基的介绍仍然暴露出诸多疑点及前后不统一的地方。

第一个疑点是马雅可夫斯基与苏维埃政权的关系，马雅可夫斯基被萧三称为"人民的诗人""为无产阶级社会主义而斗争的忠实有纪律的战士"[4]，这样的作家受到苏维埃政权礼遇自是理所应当的，在萧三笔下也确实如此。文章开篇引用了斯大林对马雅可夫斯基的经典论断，称他是"苏维埃时代最优秀、最有天才的诗人。忽视他，对他的作品冷淡——是罪过"。萧三把这句话作为马氏受到苏联推崇的依据，但事实并非如此。据瑞典学者扬费尔德《生命是赌注》介绍，该论断来源是马雅可夫斯基死后其情人莉莉痛感苏联社会对他的冷淡而致信最高领袖斯大林请求其帮助实现马氏留下的革命遗产，斯大林阅读此信后在给叶若夫的批示中写下了这句话，此后，已被苏联社会遗忘多年的马雅可夫斯基才重新得到重视。另据俄罗斯文学翻译家蓝英年研究，莉莉是为了在大清洗中保全自己而在其另一位情人、契卡工作者阿格拉诺夫建议下向斯大林写了这封信，而这与斯大林介入文学以实现政治目的的意愿一拍即合，于是才有了这段文字。萧三还提到了马雅可夫斯基的讽刺诗《开会迷》被苏联的另一位领袖列宁大加赞赏。事实上，列宁及布尔什维克对以马雅可夫斯基为首的未来派诗人从来就没有好感，1921年，马雅可夫斯基的长诗《150 000 000》历尽波折终于出版后，他第一时间寄给了领袖列宁并致以"共产未来主义的问候"，未曾料想这部长诗却令列宁勃然大怒，称其为"十足的蠢话"。[5]直到1935年被斯大林经典化以前，当局对马雅可夫斯基都保持着相当的距离，而马雅可夫斯基本人也不像萧三所说在革命一开始就一头倒向了苏维埃政权和革命诗歌的创作。

第二个疑点是马雅可夫斯基与"纯"诗人的关系，萧三在文章中将象征派和"纯"诗的代表——两类"纯"诗人，置于马雅可夫斯基的对立面，将他们描述为孤芳自赏、脱离现实的文人，而马雅可夫斯基的创作是艺术性与社会性的结合。问题在于，上述两类文人的内在区别和马雅可夫斯基与二者的关系被简化了。谈到象征派时萧三指出，相较于这些"脱离生活，脱离民众，脱离民众的语言、思想、感情"[6]的诗，马雅可夫斯基"创作的第一步就是站在街头上的"[7]。但从创作上来看，马雅可夫斯基与象征派的分歧并

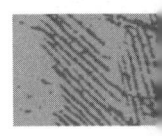

没有这么显著,在因为参与政治活动入狱期间,马雅可夫斯基赞赏安德烈·别雷和康斯坦丁·巴里蒙特在诗歌形式上的创新,而他日后的创作也对象征派诗人对诗律与韵脚的使用多有继承[⑧]。若将马雅可夫斯基的早期代表作《穿裤子的云》与巴里蒙特的代表作《为了看看阳光,我来到世上》进行对比,可以发现前者在象征与语言上的新奇难解远胜后者。

至于"纯"诗的代表,萧三并没有指明是哪一群体,结合文章与苏联文坛情况来看,该群体攻击马雅可夫斯基的时间是20世纪20年代,当时象征派诗人已经逐渐衰落,马雅可夫斯基的主要对手是"拉普""列夫"和"山隘派"。"拉普"即俄国无产阶级作家协会,该组织拒绝接纳马雅可夫斯基为无产阶级作家,将其视为资产阶级身份的"同路人",但"拉普"的核心观点是文艺为政治服务,并不是萧三说的"弹孟多林的诗人"。"列夫"全称为"左翼艺术战线",马雅可夫斯基曾经是列夫的领袖,列夫派维护无产阶级政权,激烈谴责"反动的资产阶级"的倾向,主张从艺术中进行革命工作。"列夫"对马雅可夫斯基的攻击很大程度上源于他对未来主义的背离。三者中最接近所谓"纯"诗观点的流派是"山隘派"(全苏工农作家联合会),该派主张与"拉普"相反,反对文艺中的"庸俗社会学",强调尊重古典文学传统、捍卫艺术尊严,"山隘派"阵地《红色处女地》曾发文抨击马雅可夫斯基的作品是"报纸宣传"。但是,"山隘派"虽然重视艺术的自足性,遵循的仍是现实主义的创作原则,对于当时的苏联文坛来说,鼓吹纯艺术的思想也并非主流。"山隘派"主将沃隆斯基被打为托派后,"山隘派"和《红色处女地》也遭受重创,并无力量与马雅可夫斯基形成如萧三所描述的那样尖锐的对立,他们对马氏的打击力度远在"拉普"之下。可以看出,萧三所描述的马雅可夫斯基与"纯"诗人的对立并不符合当时文坛的实际情况。

除了上述两方面的疑点,文章中最大的矛盾之处在于,萧三一方面指出马氏从第一步就是"站在街头上的""从小便为革命而工作"的诗人,另一方面又不能绕开他作为未来派诗人的那些极端"左"的、无政府主义的写作。萧三采取的处理方式是将马氏那些极端的作品解释为革命前为欺骗沙皇检查官吏而故意进行的"装怪写作,装怪说话",而革命胜利后,马雅可夫斯基就再也不必"隐藏假装"。从马雅可夫斯基的人生经历和创作历程来看,他并非从一开始就是一个坚定的革命者,青年时支持他参加革命活动的主要是一种无政府主义的狂热情绪,出狱后很快就放弃了政治工作,直到十月革命开始后他仍与苏维埃政权保持着一定的距离。他崇尚新奇狂躁的未来主义写作风格,诗歌作品粗鲁但不通俗,这一特点即使是在他后来的政治鼓动诗

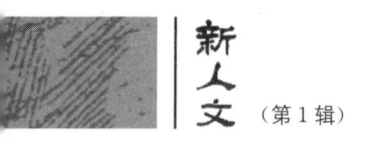

中也并未彻底改变。

"装怪说"显示出萧并非对马雅可夫斯基游离革命之外的一面一无所知，但在此文中为了观念的一致性牺牲了部分事实。结合上文对马雅可夫斯基与苏维埃和"纯"诗人关系的分析来看，萧三通篇紧密围绕作为无产阶级社会主义文艺战士的马雅可夫斯基展开，意指他的诗歌是为革命服务的，写法是大众化的。如此鲜明地塑造出一个革命作家马雅可夫斯基，萧三显然有着自己的考量。文章结尾部分显示出萧三介绍马雅可夫斯基的动机，作者写道："举起我们的火把，铁锤！投射我们的子弹，刺刀！大声地呐喊，喊得像马雅可夫斯基的声音一样响亮，有力罢！马雅可夫斯基是今天中国诗人的模范！"[9]可以看出，萧三此文一大动机是为了把马雅可夫斯基树立为无产阶级革命诗人的典范，考虑到延安紧张的印刷出版资源和有限的文艺刊物，主编萧三在创刊号中以极重的篇幅译介马雅可夫斯基，其背后的深层原因和关联因素需要进一步研究。

二、萧三在延安的角色

问题还要从萧三在延安文艺中的角色说起，在延安时期的文艺工作者中，萧三不以创作见长，也未以文艺领导者身份出现，以往的研究中没有充分注意到他，但种种迹象显示，一段时期内他在文艺领导工作中的重要性和影响力甚至是在丁玲和周扬之上的。这一点很早就为熟悉社会主义文艺体制的苏联研究者所注意。在苏联，萧三是颇有影响力的中国作家[10]，苏联学者很早就意识到他是"'特区'中心——延安文化生活的组织者"[11]，这是对他文艺领导地位的肯定。

萧三是中国革命元老，早年与其兄萧瑜、毛泽东、蔡和森等人共同创建"新民学会"，1922年加入中国共产党，后长期在党内从事文化工作。他曾充任中国左联与苏联国际革命作家联盟间的联系人，并担任国际革命作家联盟书记处书记，其间经常与鲁迅通信。萧三还是延安最高领导人毛泽东青年时代的好友，与毛私交甚笃。在延安期间任延安鲁艺文学院编译部主任、中华全国文艺界抗敌协会延安分会（延安文抗）常务理事、延安文化俱乐部主任、新诗歌会负责人等文艺职务。在延安，萧三的文艺观点密切配合着毛泽东的文艺领导方针。1938年毛泽东作《中国共产党在民族战争中的地位》报告，提出著名的"民族形式""中国作风和中国气派"等说法，其后在延安关于民族形式的讨论中，萧三比较早地会意到"民族形式"重点在于如何

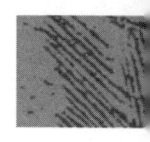

更好地利用老百姓喜闻乐见的民间形式以发动边区群众。1939年毛泽东的秘书陈伯达到鲁艺作《中国文化启蒙运动与文艺的民族形式》报告，侧重新形式的何其芳、沙汀、周扬与侧重旧形式的萧三展开了激烈辩论，萧三批评他们"将艺术脱离抗战，脱离政治"，后来又在《论诗歌的民族形式》中明确表示"新形式要从历史的和民间的形式脱胎出来"。从《讲话》后延安的文艺导向来看，萧三对民族形式的把握比周扬等人更接近毛泽东的设想。

从当时的情况来看，毛泽东和边区文协[12]都需要有人来进行一些文化领导工作，萧三的文学和革命资历是足够的。据朱子奇回忆，1939年的延安，当他还是文学新人时就对这个"列宁故乡来的革命家、诗人""毛泽东的老同学"[13]满怀尊敬，常与其他青年一道聚集在萧三周围讨论文学。很多史料都可以佐证萧三对延安文艺的领导。毛泽东对萧三的文艺才能也颇为器重，他曾两次谒见萧三，与其就文艺问题展开交谈。在1939年5月12日的谈话中，毛泽东告知萧三中央派其去鲁艺编译部工作的决定，还告知其"可以在延安办一个文艺杂志"[14]，其后萧三就主编了《大众文艺》。毛泽东谈话中还特别提到了瞿秋白，"秋白假如现在还活着，领导延安的文化运动，多好啊！"[15]这句话传达出两个信号，一是延安的运动尚缺乏有资历的文艺工作领导者；二是有意让萧三沿着瞿秋白的思路在延安进行文艺方面的领导工作[16]，后者曾在上海长期领导中国的左翼文化运动，对文艺大众化多有探索和推进[17]。萧三还是文化俱乐部的领导者和《新诗歌》的主编，吴敏在《宝塔山下交响乐》中指出"由于边区文协力图树立一个'文化领导'的形象，因此，大家商议以文化俱乐部为中心，由萧三牵头，联合延安的战歌社、战地社、山脉文学社、鲁艺文学系多个诗歌团体和诗人，组成新诗歌会"[18]。可见文化俱乐部和新诗歌会都不是单纯的文化团体，而是负有文化引领任务的。起初文化俱乐部拟由丁玲领导，但丁玲以专心创作、"怕管事"为由推辞，后由萧三担任文化俱乐部主任，在萧三领导下，这个名义上以"文化娱乐""联络感情"为宗旨的文化场所起到了团结和引导延安文人的重要作用。与《新诗歌》的另一负责人柯仲平不同，萧三主编《新诗歌》是以文艺领导者的身份介入的，他坚持文艺为政治服务的功利文学观，在《新诗歌》发刊词中，萧三明确要求诗歌要如子弹、刺刀，要写诗到战士中唱、到群众中读。根据其在《我与诗》中的说法，他在列宁《党的组织和党的文学》启发下意识到文学是革命的武器，抱着"文艺的功利主义"想法进入诗坛，而延安时期主编《新诗歌》"就是以这样的思想为指导"[19]，这与他在前述马雅可夫斯基纪念专题中的观点是一致的。

萧三在当时领导文艺工作的边区文协、延安文抗等组织中都颇有影响力。延安文抗首届理事推选出周扬、萧三、沙可夫三人为常务理事。《大众文艺》第一期上刊载了延安文抗的《向总会报告会务近况》，报告中第二届常务理事署名部分，萧三排在丁玲后的第二位并负责出版部工作，后三位分别为周扬、周文、曹葆华，由此亦可见萧三在文艺领导中的重要性。直到后来，丁玲就《太阳照在桑干河上》"政策上是否有问题"曾向多人请教，其中就包括萧三（另外几人为周扬、胡乔木、艾思奇），由此可见在延安作家眼中萧三是一个懂政策的人。在1940年前后，尽管毛泽东还未花费太多精力在延安的文艺领导上，但毛泽东对文艺工作的一些想法和建议与萧三本人的文艺观念一拍即合，这种结合在《大众文艺》上得到了集中展示。

三、《大众文艺》的改造与教育

1941年，萧三在《关于高尔基的二三事》一文中赞誉高尔基"集合了组织了苏维埃的智识界"，"要脑力劳动者为苏维埃政权，为工人、农民服务"[20]，从《大众文艺》刊发的文章来看，这也是他主持《大众文艺》期间试图完成的工作。作为刊物主编，萧三在刊物上以不同笔名发表了共计13篇创作或译作，其中创刊号有4篇，第一卷第5期有3篇，相当的篇幅都在引导延安文艺工作者的方向。其中既有《对有志于文学者的一点意见》等直接进行指导的文章，也有前述《正确地认识马雅可夫斯基》和《苏联文学的一个重要决定》这类通过介绍苏联文艺以框定延安文艺的文章。纵观《大众文艺》，其发刊倾向与萧三是高度一致的，《大众文艺》有意发挥文艺领导的作用，刊物并不将发表文学作品作为重点，而是以"改造老作家"和"培养新作家"为主要目标。

所谓"改造老作家"，指的是将那些来到延安以前就已经相对成熟的作家从文学为艺术的道路引向为革命、为政治、为大众的道路。采取的行文方式包括短论、译介、论争等，边区文协中的萧三、周文、雪韦、艾思奇、林默涵、李又然等作家既是编辑者又是撰稿人，常亲自撰写文章谈论老作家在新环境中的创作问题，话题围绕老作家该"写什么"与"为了谁"的问题展开。刊物中不少短论都在贬抑老作家，尤其反对老作家脱离生活、脱离群众、一味追求形式上的"高级"。例如，田民的《从作家上前线谈起》认为当前战场和后方的作家还不够深入生活，为此要向群众和民间汲取资源。[21]李又然的《关于名气》将沽名钓誉的艺术工作者讽为"苍蝇"，认为作家要

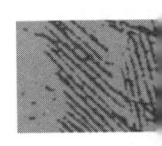

埋头苦干。㉒丁玲的《作家与大众》认为为艺术而艺术的作家已经落伍了，作家不能满足于说明生活，而是要为大众服务，参与大众生活，运用大众语言。㉓周文的《"别人"的事》批评了那些只说不做、轻视文艺大众化工作的作家。㉔他的另一篇文章《搜集民间故事》将文艺大众化的路径对准民间故事，要求作家"深入群众，去实际了解群众，同时去大量搜集民间故事"㉕。这些文章建议的对象是从各地奔赴延安的老作家，希望将这些作家引到革命工作的轨道上来。

在改造老作家的过程中"五四"也被重新阐释，艾思奇的《五四运动在文学上的主要贡献》是对五四文学和五四作家的重新阐释，文章突出了五四文学大众化、通俗化的一面，甚至将文学服务抗战也作为五四的遗产，进而要求"写出人民大众（以农民、工人、士兵为主）的艰苦奋斗的情况"㉖，文章大力宣扬这部分作为新民主主义的文化。雪韦在《写作讲话》第三回中认为郭沫若、郁达夫、汪静之、许杰等老作家已经过时了㉗。默涵《批评的观点》虽然对五四文学的历史意义评价较高，但也承认它们现在已经不大为人所注意了㉘。可以看出，《大众文艺》上这些大众化、生活化的要求并非泛泛而谈，而是针对当时文坛状况有的放矢，一些文章甚至直接将批评指向更强调艺术自足性的老作家。

《大众文艺》上的理论文章对文艺政治化的强调是相当集中的，甚至连译介苏联文学的专题都强调了文学为苏维埃政权服务的特点，相关文章将苏维埃作家树立为延安文艺的榜样和模范。由于苏联文艺在延安是有着相当权威性的，此举要比直接提出"改造"方向与建议更有说服力。除了前文分析过的《正确地认识马雅可夫斯基》，刊物对高尔基、绥拉菲摩维支等作家的介绍也是如此。第3期署名未艾（即殷白）的《M·高尔基》结构与马雅可夫斯基的纪念文章相近，作者指出高尔基在无产阶级斗争中从进步的浪漫作家逐步转变为成熟的革命作家，始终和布尔什维克及列宁站在一起，领导苏联的社会主义文化事业。㉙第4期孟长川的《A·绥拉菲摩维支》热情讴歌了党的模范作家绥拉菲摩维支，将这位获得列宁勋章的作家称为一颗巨星，文章结尾引用了绥的话"我们，所有的作家，想以新的力量新的勇气，为我们卓越的社会主义祖国而工作和服役"㉚。

另外，文学才能之争是《大众文艺》改造"老作家"与培养"新作家"两项追求的集中体现。此次论争的起点是何其芳在《中国青年》第2卷第6期发表的《怎样研究文学》一文，文章以才能为先，认为没有才能的人不适宜文学工作。就此问题，《大众文艺》从第1卷第4期到第2卷第2期陆续刊发了一批看法不同的文章，包括读者陈正亮向《大众文艺》编辑部的提问，雪韦、何其芳的复信，默涵的《关于文学的才能》，漠芽的《谈才能或天才》，以及茅盾和编者对才能问题的意见。《大众文艺》上刊发的文章大多对何其芳的看法提出了反驳，他们或认为不存在所谓文学才能，或认为文学才能的作用不及后天学习。此次论争参与人数多、持续时间长、讨论程度激烈，引起了广泛关注，但以往研究并没有将其置于一定的语境下进行讨论，往往视其为一个孤立事件，没有给予足够重视。

若从《大众文艺》领导文艺的角度来看，刊物有组织地对何其芳的观点进行了批判，其中雪韦、默涵都是边区文协和《大众文艺》编委会的重要人物，刊载陈正亮等人问答文章的第1卷第4期编后记清楚地表达出刊物的态度，"意见上虽各有出入——但读者却不难从这里找到正确的结论的"[①]，这里所说的"正确的结论"就是占大多数的对何其芳唯才能论的反对。反对的逻辑是清晰的，唯才能论对初学作家是一种伤害，会导致文学新人不敢放手写作，不利于新的、为革命服务的文艺工作者成长。刊物对文学才能问题论争的重视一方面批评了来自老作家的文学贵族与精英主义观点，另一方面有力地保护了新的文艺工作者的创作积极性。总的来说，《大众文艺》展现出的是文艺领导者的姿态，对于外来的老作家评价不高，常把批评的矛头指向他们身上精英主义的创作脾性。

《大众文艺》在培养新作家方面着力更多，刊物中的编后记和论文多次谈到对初学作家的教育。第1期编后记介绍了刊物的编辑方针：

> 本刊除一般大众的文艺杂志应有的任务外，还应该是对文艺小组及初学作家的一种带教育性的刊物。本期所以有专论述文艺小组的文字，有塞克对于写歌词的基本原则的讲话，有雪韦的写作讲话……除《写作讲话》雪韦允许以后每期继续下去外，其他如怎样读小说，写报告，作诗，怎样演戏，唱歌……等问题，以后都要请各名家写文章在本刊上发表。[②]

这段文字显示出《大众文艺》对培养、教育文艺工作者的重视，将其作为刊物的一项使命来推行。文艺小组是陕甘宁边区的学校、工厂、组织、机关内文化人和文艺爱好者自发组织成立的自我学习、自我教育团体，后来被文艺工作者注意到并视为"培养大众作家的最好的方法"[③]。《大众文艺》特别注意培养文艺小组，除了推介文艺小组的习作，还发动老作家在刊物上发表创作谈以指导文学新人。通过这种方式，《大众文艺》的编辑、出版、互动成为边区文协领导文艺的重要场域。

读札

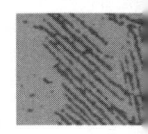

　　《大众文艺》第1卷第1期上有一篇署名小山的文章《谈延安——边区的"文艺小组"》，小山即主编萧三的笔名，该文对文艺小组的态度不仅是提携与爱护，还为文艺小组赋予了更加"伟大的意义"，将其视为文艺大众化的方向和中国新文艺发展的前途[34]。与之配套的是刊物第1卷第1期到第3期上连续刊载了刘亚洛、柳风、雷弓三位工厂文艺小组成员的作品。刘亚洛是机器厂文艺小组有名的工人作家，在第1期上发表了反映工人生活的《小伙伴——青工生活的两色画》。柳风是解放社印刷文艺小组骨干，曾汇编了《檬园》《小米饭和白面条》两部文集，第1期上刊载的《妻的条件》即为柳风所作。《越老越进步》是八路军总政治部印刷工厂文艺小组雷弓所作，小说主人公经历了从不适应工厂生活、不爱学习到主动学习的转变。

　　《大众文艺》强调其主要功能是教育新作家，教育的方式是通过创作谈和文学短论引导文学新人创作。最突出的是雪韦的《写作讲话》，该系列以连载形式分别于第一卷的第1、2、3、5期发表了四篇文章：《这个也有用处》强调文学要服务革命，《不用害怕》帮助初学者克服文学上的贵族主义和畏难思想，《慢慢儿来》反对初学写作者投机取巧、急于求成，《两种学习》驳斥了文学与政治无关的论点。《写作讲话》虽然是写给文艺小组的写作指导，但写作者是自觉站在文艺领导层面上的，很少涉及具体的写作方法和经验，核心在于发动新作家为革命服务，在指导新作家的同时也表达出对老作家身上的精英主义和脱离大众倾向的批评意见。

　　值得注意的是，这些旨在培养文学新人的文章背后有着鲜明的文艺领导痕迹，编委会成员常为刊物供稿或组稿以保持刊物的文艺导向和领导功能。《大众文艺》虽被称为延安文抗的机关刊物[35]，但其编辑仍由边区文协进行，边区文协中的萧三、周文、塞克、雪韦、默涵都是其中的核心人物，有力地主导了刊物的方向。萧三在主持刊物上用力甚勤，站在文艺领导者的高度以不同的笔名发表了多篇文章，像开篇提及的《正确地认识马雅可夫斯基》那样，即使是译介和论文也大多围绕着"改造"与"培养"两个目标展开。《大众文艺》第2卷第2期上发表了萧三的《苏联文艺底一个重要的决定》，该文虽然写的是苏联文艺，但透露出萧三对社会主义中作家、文艺组织教育作用的理解，在"改造老作家"与"培养新作家"两个方面都有探讨。文章认为中国作家应该有意识地投入文艺教育事业，应该是刻苦用功，为祖国和人民服务；在"培养新作家"方面，萧三翻译了苏联作家会对苏联作家的五点教育意见，其中包括打破关门主义、"很爱护地和耐心地培养青年文学家"，成名作家如何与无名作家相处等。[36]

233

除了主编萧三，周文、雪韦、默涵、艾思奇等也都是在刊物发文的常客（发文情况见表1），文抗常委周文也是刊物宗旨的坚定贯彻者，常在文章中对"改造"和"培养"两个方向进行推进。他在《创作生活和集体生活》中指出"一个作者一定要参加进步的集体生活""每个文艺工作者都有他自己的工作机关，同时又可以参加文艺小组，集体和创作生活是可以有机的融合起来的"。㊲文章同时面对新、老作家，要求老作家改掉单打独斗的毛病，新作家在文学集体中成长进步。《鲁迅先生和"左联"》表面上是对左联时期文艺工作和鲁迅先生贡献的追忆，事实上紧扣着当时延安的文艺环境，切入点集中在文艺领导中老作家培养提携新作家的重要性，与《大众文艺》上的一批文章都有所勾连。㊳默涵《做一个"适当其时"的作家》针对一些作家不为"实用"牺牲艺术的主张，认为文学成为斗争的武器才有永久的价值。㊴这些文章与主编萧三的论调是一致的。其中大部分文章涉及如何发展文艺的问题。在当时，延安的印刷条件是相当匮乏的，很多作家都为没有地方发表感到苦恼，《文艺突击》的停刊也与印刷条件不足有关，在这种情况下，刊物编委会成员以相当的篇幅发表文章，足见编委会领导文艺的强烈意愿。

表1 《大众文艺》主要作者发文情况

作家	文章	期数
萧三㊵	《左的进行曲》	第1期
	《正确地认识马雅可夫斯基》	
	《与列宁同志谈话》	
	《儿童节》	
	《谈延安－边区的"文艺小组"》	
	《贺龙将军》	第4期㊶
	《八路军万岁》	第5期
	《朱总司令在延安》	
	《贺龙将军（二）》	
	《对有志于文学者的一点意见》	第6期
	《续范亭先生》	
	《鲁迅在苏联》	
	《国际名作家与这次世界大战》	
	《苏联文学的一个重要决定》	第2卷第2期

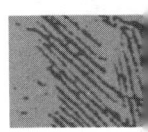

续表 1

作家	文章	期数
周文	《"别人"的事》	第 1 期
	《我的一段故事》	第 2 期
	《搜集民间故事》	第 4 期
	《鲁迅先生和"左联"》	第 5 期
	《再谈搜集民间故事》	
	《创作生活和集体生活》	第 6 期
雪韦	《写作讲话（一）》	第 1 期
	《写作讲话（二）》	第 2 期
	《写作讲话（三）》	第 3 期
	《写作讲话（四）》	第 5 期
	《关于一部伟大著作的出版》	第 2 卷第 1 期
默涵	《文学和科学》	第 2 期
	《做一个"适当其实"的作家》	第 3 期
	《关于果戈里的〈婚事〉》	
	《关于文学的才能》	第 4 期
	《批评的观点》	第 5 期
	《〈雷雨〉的演出》	第 6 期
艾思奇	《弄文艺的人要注意宪政运动》	第 1 期
	《五四运动在文学上的主要贡献》	第 2 期
	《纪念八一》	第 5 期

注：未标注第 2 卷的出自第 1 卷。

  刊物上不少文章都提到了编委会组稿的现象，塞克的《我写歌词的几个基本原则》主旨是歌曲要追求政治性、时代性，强调歌词大众化、民间化，文章开篇介绍乃应"怎样填歌词"命题而作[42]。向隅《唱歌·齐唱》介绍写作动机时也指出"编者同志要我写文章，文章要通俗，又要谈音乐"。[43] 萧三《对有志于文学者的一点意见》指出文章源于《大众文艺》编委会的决定，"请作家们对初学写作者说说他们自己的经验、意见等等，我这次就写这点意见贡献给大家"[44]；同期《编者的几句话》也提到了编委会邀请作家为初学者介绍创作经验一事[45]。相对于筛选自由来稿，编委组稿是对刊物风格更

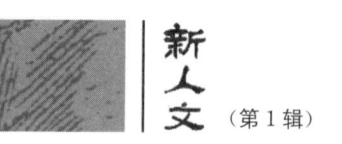

深度的介入，显然零散的来稿不能满足编委会的要求，编委会组稿体现出刊物编委以文章引导延安文艺的迫切愿望。

刊物中从不同角度探讨文学前途的短论很多，最后都回到了从培养新作家到延安文艺未来走向的话题，这意味着刊物编辑者除了供稿与组稿外，在选稿环节也特别注意发挥文艺领导作用。如殷潜之的《"五一"的感想》、胡蛮的《鲁迅的最深苦痛》、梅行的《论部队文艺工作》等都涉及培养大众的文艺工作者。甚至一些翻译作品都显示出向培养新作家话题靠拢的迹象，如D·康兹达洛夫的《我怎样成为一个苏维埃的智识份子》讲了挖煤工人学习文化知识成为"智识份子"的过程，可以被视为工农通过文艺实现智识化的成功案例。[46]

整体上，《大众文艺》体现出了"老作家－刊物－文艺小组"的文艺领导布局，小山（萧三）在《谈延安——边区的"文艺小组"》中隐约透露出这种领导思路，"《大众文艺》的主要任务之一，应该是教育扶植文艺小组、初学作家""使文艺深入、普遍、大众化（即使大众接近文艺）——文艺小组是很好的办法。提拔新的作家，新的人，新的中国的新人——文艺小组是很好的方向"，这种方式的逻辑过程是首先使延安占很少一部分的具有成熟创作经验的老作家从唯艺术论转到艺术功利论的道路上，进而使老作家通过文艺刊物成为新作家学习创作的领路人，以此方式从大众中培养出更多的文艺工作者后，再由他们进行大众所喜闻乐见的文艺创作。在编辑和写作中，萧三抓住一切机会强化这一办刊思路，甚至使得刊物上的翻译文学也大多为此服务[47]。事实上，萧三这一思路在革新后的《文艺突击》中就已初具雏形，萧三（署名山）的《从大众中培养新作家》指出文艺大众化进展缓慢原因在于"智识份子"的局限性，要解决这个问题，一要号召作家了解大众、参加生活，另一方面要从工厂、部队、农村培养大批大众作家[48]，这两个方面恰好与《大众文艺》的"改造"与"培养"两大方向对应起来。可以看出，前文提到的"改造"与"培养"实际上是刊物领导的一体两面，核心还是实现文艺大众化。

细致分析了《大众文艺》的人员、文章、编选特点后，再来把握《正确地认识马雅可夫斯基》，可以看出文章并非仅仅是对苏联著名诗人的纪念，而是萧三经过深思熟虑后撰写出来的，其中充满着文化政治的意味，也对整个刊物起到了纲领性的作用。其中关于作家该如何处理"为政治"与"为文艺"的关系以及中国作家该向谁学习和往何处去等话题都有强烈的现实针对性。至于为何是马雅可夫斯基而不是高尔基或绥拉菲摩维支，客观因素是刊

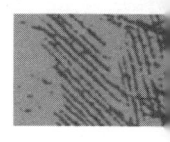

物创刊适逢马雅可夫斯基的逝世周年纪念活动，更主要的原因在于马氏为"罗斯塔之窗"撰文的经历和"社会订货"式的写作为延安的一般文艺工作者提供了极佳的学习范本，这并不需要极高的文学天赋和领导才能，需要的是以文字参与革命宣传的工作激情。萧三自20世纪30年代留苏时起就在列宁的《党的组织和党的出版物》影响下确立了文学为政党服务的观念，其中涉及的作家为谁服务、写什么样的作品等问题在后面的文章中得到了进一步展开。以萧三为首的编辑者虽然没有明说，但以编辑和创作践行着文艺领导工作，而《大众文艺》也成为萧三文艺领导工作的重要阵地。

四、夭折的"刊物领导"

在延安，毛、张等中共高层鼓励支持文化人通过办文艺刊物来指引文艺是对当时党领导文艺的局面和困难有着清晰判断的，张闻天在1941年8月13日的中共中央政治局会议上就表示："过去中央文委对文艺政策的研究，虽有分工，但很少研究，我们又不内行，作家写的东西又没有地方发表。因此我们对文艺政策的管理有很大的困难。加之我们现在缺乏文艺工作的组织者。"[49]而由文化人自己编辑刊物实现对文艺的领导则能够兼顾"内行""发表"与组织文艺工作三项要求，可见这一现象的出现并非偶然。

《讲话》前，党对文艺的领导相对松散，领导人讲话、政策文件等直接领导和通过文艺组织间接领导是两种常见的领导方式。前者包括毛泽东、洛甫、博古在中国文协成立大会上的讲话，毛泽东在鲁艺的讲话，毛泽东、洛甫在边区文协第一次代表大会上的报告，还有领导人与作家的一些谈话、通信以及关于文化的政策文件等；后者有中共中央宣传部支持下发展起来的文协、文抗、文联等文艺协会和战歌社、鹰社、新诗歌会、文艺月会等团体。

在这些形式的文艺领导中，报纸副刊和文艺刊物主要起到配合宣传作用，如《红色中华》副刊、《新中华报副刊》（包括《青年呼声》《特区文艺》《边区文艺》《边区文化》《动员》）、《战地》等，它们或刊载领导人的文艺讲话，或报告延安文艺的最新动向，或零星发表各类文艺理论和文学作品，甚至还有一些并非文学的时政要闻。其中《新中华报》副刊在较早的1938年就已经有意识地发挥文艺的政治作用，其中一份副刊《边区文化》发刊词明确提出了反映边区生活、介绍边区文化工作经验和培养工农兵文化干部的三点追求，但尚未有清晰的领导思路、领导方式和目标群体。除了导向性不明之外，受副刊形式所限，文章数量和篇幅都不大，因此很难说它们起到独立

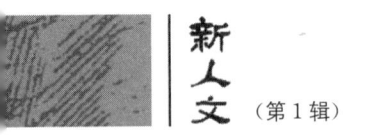

的文艺领导作用。

像《大众文艺》这样通过专门刊物的编辑与发表来领导文艺的模式可以被称为"刊物领导"。"刊物领导"指的是《讲话》还没有成为文艺领域的主导力量时，在中共高层特别是毛泽东支持下，文化人通过创办、编辑文学（文化）刊物来自觉领导延安文艺的方式。这些刊物不以发表文学作品为主要任务，而是通过发表理论文章来指出文学发展方向，指导作家创作，培养新的文艺工作者，力求将作家纳入革命轨道，以此建立起一支有指挥的"文化军队"。该模式并非始于《大众文艺》，应该向前追溯到《文艺突击》的革新，后来集中在《文艺突击》《大众文艺》《中国文化》《大众习作》等几份刊物。

《文艺突击》创刊于1938年9月，发起者有奚定怀、刘白羽、柯仲平等人，刊物创办之初并未承担太多政治使命，是一份以发表作品为主的文学刊物。第1期编后记中写道"《文艺突击》热诚地盼望着同志们的稿子，关于边区各个角落的生活的反映和前线战壕里、工作中种种反映"[50]。改版后刊物重心从文艺"突击"转到"动员"，服务革命的功能得到强化。1939年革新号出版，刊出了毛泽东的题字"发展抗战文艺、振奋军民，争取最后胜利"，革新号创刊词（《文艺界的精神总动员》）指出革新号的任务就是配合、反映和推动抗战动员，今后不再是单纯刊载文学作品的刊物，而将成为一切文艺工作的镜子。可以说创刊词已经揭示出《文艺突击》革新号领导文艺服务抗战的实质。革新后虽只出版了两期，但从编选篇目来看已经发生了很大的改变：革新前以发表文学作品为主[51]，每期大致发表10篇文学作品，题材风格不固定；革新后在刊载文艺作品之外加入了大量关于文艺发展的短论，包括新《政治号召与文艺》、山《从大众中培养新作者》还有社论《文艺界的精神总动员》等，还发表了艾思奇、萧三、柯仲平等人关于民族形式问题讨论的系列文章。此时的《文艺突击》已经展现出"理论＋创作"的文艺领导方式，而《大众文艺》延续并深化了这一编选思路。

从革新后的《文艺突击》到《大众文艺》，这一脉文学刊物发表文学作品的功能进一步弱化，甚至常常沦为配合理论文章的案例。刊物虽被冠以"大众"的名号，表示"要更名附其实的成为大众的文艺刊物"，但实际上并不是提供给工农兵层面上的大众阅读的，《大众文艺》介绍创刊原委时就提到过是应"工厂各机关的文艺小组及部队里的中级干部和许多文艺工作者"迫切需要，还"应该是对文艺小组及初学作家的一种带教育性的刊物"[52]。纵观全刊，其读者应该是具有一定文化水准的文艺工作者和即将成为文艺工作

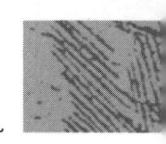

者的初学作家。

　　自《文艺突击》革新起，通过刊物领导文艺的方式在当时的《中国文化》《大众习作》等文艺刊物上都有所体现，但领导的具体方式又与《大众文艺》有所不同。《中国文化》的定位是文化工作者的理论园地，主要刊载哲学、艺术、文字、语言等领域的学术文章，倾向是重视文章学术性，鼓励学术争鸣。《中国文化》虽不具备旗帜鲜明的文艺领导姿态，但把文艺放在文化的最突出位置上[53]，谈论文艺的文章具有超出其他领域文章的现实性和功利性。此前已经有学者注意到《中国文化》试图建立起一套指导文化与文学发展的理论体系，对于"延安和整个抗日民主根据地的文化和文学的深远影响，罕有刊物能与之相比"[54]。如果说《大众文艺》是通过刊物实现对文艺工作者的领导，《中国文化》则是高屋建瓴地把握文艺方向，单凭第一期上毛泽东的《新民主主义的政治与新民主主义的文化》就足以证明其在文艺领导上的重要性，但毛泽东、张闻天的文章都是边区文学第一次代表大会的发言整理，尚不足以彰显本文所提"刊物领导"的独特性。

　　刊物上的文章是围绕毛泽东、张闻天二人对文化的相关观点展开的。毛泽东提出文化为工农兵，建立和领导文化军队[55]；张闻天提出文化服从抗战建国，动员全国人民[56]。在毛、张二人文章指导下，刊物上发表了一批要求文艺反映现实，服务社会、政治与大众的理论文章，对文化团体和运动也进行了指导[57]。值得注意的还有刊物对"民族形式"问题讨论的持续关注，在这一关乎边区文艺走向的问题上，从创刊号上周扬的文章开始，刊物陆续发表了茅盾、郭沫若、陈伯达、周文、王实味探讨"民族形式"的文章，由批评向林冰归结到将现实生活作为"民族形式"的"中心源泉"，系列文章阐发和丰富了延安文艺界对"民族形式"的理解，使得延安文艺的发展方向更加清晰。另外值得一提的是，《大众文艺》核心人物萧三也是《中国文化》上发文数量第二的作者（13篇；第一为艾思奇，16篇），他在这些文章中延续了一贯的文艺服务政治的写作思路[58]。

　　边区文协的另一刊物《大众习作》是《大众文艺》的补充[59]，《大众文艺》第1卷第5期对其创刊进行了介绍，刊物主要面向通讯员和一般初学写作者[60]，亮点是同时刊载初学作家的初稿和老作家的改稿。《大众习作》看似只是文艺大众化工作中的一份习作指导刊物，但结合《大众文艺》刊行情况来看，它也是在前文所述"刊物领导"框架之内为培养党的文艺工作者而创办的。周文在大众读物社成立一年后组织社员撰写的工作回忆与总结著作《大众化工作研究》中介绍过通过《大众习作》培养大众通讯员，再由通讯员主持群众阅读《边区群众报》的大众化工作设想。[61]曾参与刊物编辑的王牧在《"大众习作"是怎样一个刊物》中提到编辑《大众习作》是响应毛泽东建立"文化军队"的要求,为"文化军队"培养基本干部。"文化军队"的相关表述最早出自《新民主主义的政治与新民主主义的文化》,指有一定文化的人民大众,而文艺工作者被比作军队的各级指挥员。[62]从《大众文艺》的情况介绍和《大众习作》的实际内容来看,《大众习作》的目标群体不是识字都有困难的广大群众,而是基层通讯员,是为提升他们的工作水平而编辑的。王牧的说法点出了"刊物领导"中培养文艺工作者这一关键。在"改造老作家"方面,王牧也道出刊物要求编辑者本身也要大众化,除了教育初学者,更重要的是"向他们学习"。《大众习作》虽然与《大众文艺》侧重点不同,但领导文艺工作的动机和思路是趋同的。这一刊物在陕甘宁边区受到初学写作者的欢迎,还得到了毛泽东的来函肯定[63],茅盾也在文章中赞赏了该刊物[64];在其他根据地,刊物也产生了广泛影响[65]。

《大众文艺》《大众习作》《中国文化》三份刊物都是边区文协的机关刊物,三者联系紧密,常互相刊发目录和广告,内容和人员上也互有交集[66],在领导文艺的方式和侧重点上又有区别。萧三虽从事文艺工作,但他首先是一个革命家,他的理论来源是苏联的列宁、高尔基等人对文学服务政治的相关论述,因此《大众文艺》上的文章常采取作家该如何的指导、教育姿态。艾思奇是共产党的理论专家,其理论来源是马克思主义哲学,主编《中国文化》时比较注意文章的学理性,鼓励学术探讨,一些不同的声音也能够得到发表。周文是左联时期就参加革命工作的老作家,对文艺大众化的探索最为深入,领导大众读物社主编了面向群众的《边区群众报》和面向基层文艺工作者的《大众习作》,希望以此建立起社—通讯网—读报组的大众化工作体系,相较于《大众文艺》的创作教育,《大众习作》在培养文艺工作者上更具实践性。

《讲话》前影响力较大的文艺刊物还有《文艺战线》《文艺月报》和《中国文艺》[67]。其中《文艺战线》在延安编辑,在国统区出版,延安地区很难见到,对延安文艺影响力有限[68]。《文艺月报》由萧军主编,主要目标是推介文学佳作,鼓励文学批评,提携文学青年,其关注的问题在文学内部,只有零星的理论文章和文艺小组作品,虽然体现出萧军领导文艺的个人气质,但对文化政治层面上的领导工作涉及不多。而《中国文艺》虽然名义上是《大众文艺》的继承者[69],但在周扬主持下转至鲁艺编辑的《中国文艺》,已经失去了"刊物领导"的鲜明特点,并且只刊出一期,风格倾向尚未得到完

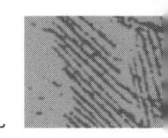

整呈现。

值得注意的是，丁玲主持《解放日报》文艺副刊期间对延安文艺发挥了重要的引领作用，直接引发了讽刺与暴露的热潮以及文艺整风的开展，她曾指出《解放日报》有"团结边区所有成名作家""尽量培养提拔青年作家"[70]的作用。这两点与《大众文艺》的"改造"与"培育"看起来思路接近，实际上差距很大，丁玲比萧三要更重视文艺的独立性，与萧三站在政治家的角度指导文艺的思路是不同的。改版后《解放日报》由"不完全的党报变成完全的党报"，其文艺副刊的领导力度得到了强化，《大众文艺》的一些编辑思路得到继承，但此时已经不是文艺界自我领导的刊物，政治运动也很快取代了文艺刊物上的政治。

五、"刊物领导"暴露出的问题

"刊物领导"的代表性刊物是《大众文艺》[71]，随着《大众文艺》的转向，"刊物领导"也渐趋退潮[72]，以文艺创作作为中心的刊物逐渐取代以文艺领导为中心的刊物。有研究者指出，《大众文艺》刊行后期，发表的文章越来越向鲁艺师生倾斜[73]。事实上，此时主编《大众文艺》的萧三也已经逐渐被边缘化了，在1940年召开的延安文抗年会上萧三还是常务理事的二号人物，而1941年延安文抗年会的常务理事就已经改为周文、丁玲、刘雪苇、周扬、李伯钊，并无萧三。另外从《文艺月报》对文艺月会的介绍来看，周文、刘雪苇二位《大众文艺》的核心人物仍然有一定影响力，而曾经在文艺领导中发挥重要作用的萧三则并未被提及。

萧三的边缘化和《大众文艺》的转向与萧三在文艺界引起的反感不无关系。因为萧三常以代言人身份出现而在创作上没有太多成绩，当时有一篇题为《想当年》的文章批评他爱摆自己"在苏联如何如何""与高尔基如何如何"的老资历[74]。萧军在日记中也将编辑《文艺月报》与"第一个打击俄国贩子萧三"[75]作为自己延安时期的重要贡献。萧军向来维护文学独立性，非常反对将文学政治化，厌恶萧三是正常的事情。延安文艺座谈会期间也有人讽刺萧三"言必称苏联""贩卖别人的东西"[76]；萧三在与毛泽东的交谈中还曾提到自己因为埋头行政事务被讽刺"多才多艺"，创作上没有建树也使"一些同志对我有些意见"[77]。这种局面甚至使得曾经主编《大众文艺》《新诗歌》两份文学刊物、在边区文协和延安文抗担任要职的萧三也面临无处发表的困境。[78]

更重要的是，尽管有着毛泽东的支持，萧三和他在《大众文艺》上进行的文艺领导没有得到当时主管文艺的最高领导张闻天的肯定，据萧三回忆，因为洛甫的指示，萧三的刊物主编位置被周扬取代[29]。萧三在文艺领导上的思路与张闻天存在一定偏差，张的观点是在有益抗战前提下尊重文艺自足性，保护创作的自由，而萧三则坚持文艺服务政治的功利文学观。这一时期周扬及鲁艺更贴近张闻天的文艺观点，而萧三则如他自己在诗中说的那样"被开除'诗人'之列"[30]。

不可否认，"刊物领导"的退潮与核心人物萧三在延安文艺圈的处境有关系，但当时参与文艺领导的刊物并不只有《大众文艺》一份，抛开人事问题来看，领导风格最激进的《大众文艺》反而持续时间最短，没有了《大众文艺》，"刊物领导"就失去了方向。"刊物领导"是文化人能够实现自我领导的一种相对有效的方式，在发表条件匮乏的延安，它可以依靠发表对写作进行引导，但这种方式也存在局限性，编辑、发稿、组稿的规定性一定程度上压抑了文艺自由发展，引起了一些文化人的不满，其效果也不甚理想。萧三相对粗暴的文艺领导方式曾受到毛泽东的批评，毛认为延安文艺界情况复杂，文艺工作要以建议为主，"不能强加给别人"，要将愿望与实效结合起来[31]。

在"改造老作家"方面，一些文章在政治逻辑下对新旧作家的区分过于激烈，难免令老作家们心生不满。在如何看待老作家的问题上，刊物主要作者雪韦、默涵出于文艺的政治功利性考虑，给予了五四老作家作品以"过时"的评价[32]，这一倾向与主编萧三的文艺观点是相符的，也贯穿了整个《大众文艺》。整个刊物在谈到文艺政治性与艺术性话题时基本上对艺术性持贬抑态度，而《大众文艺》停刊后产生的《中国文艺》《谷雨》《文艺月报》，以及《解放日报》文艺副刊等刊物都特别强调文学的艺术价值，这包含了延安作家群体逐渐扩大并趋于专门化后对前者编选思路的不满和纠正。在文学才能之争中，《大众文艺》以鼓励论争的姿态刊发了双方的一系列文章，但重视文学才能作用的何其芳被树立为批评的标靶，雪韦、默涵、漠芽、陈正亮等人都对何其芳的观点提出了反驳，刊物也将雪韦等人的观点作为"正确的结论"[33]，孤立无援的何其芳不得不在问答栏目中承认了自己的"缺点和错误"[34]，可见《大众文艺》并没有太多自由讨论的氛围。

作为"刊物领导"的中心，萧三曾指出《大众文艺》的主要任务之一，应该是教育扶植文艺小组、初学作家"。然而，这一任务并未被很好地完成，《大众文艺》将文艺大众化的实现盲目寄希望于提携文艺小组的方式本身就

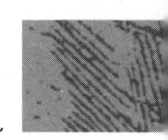

存在缺陷，延安的文艺小组本身还不具备大量生产党的文艺工作者的文化基础。从刊物发表的文艺小组成果来看，这些作者往往过去就是有一定创作基础的文化人。发文的杰出组员刘亚洛是在《文艺突击》上就多次发文的成熟作家[85]；另一杰出人物柳风早在20世纪30年代初担任北平左联的出版委员，负责编审、出版、发行左翼作家作品工作[86]；发文的雷弓[87]、曼硕[88]等小组成员也同样是不能代表文艺小组普遍水平的。

文艺小组的运行情况可以参考柳风在《大众文艺》上介绍的三个阶段，其中第一阶段的写作者主要是由知识分子转变来的工人，第二个阶段文艺小组的工作仍呈现拖沓散漫的状态，到第三个阶段是第一次文协代表大会后文艺小组趋于成熟，事实上一、二阶段才是文艺小组的真实写照[89]。文艺小组的发展并不像萧三等人设想的那么乐观，而即使是这样出自工厂知识分子的文艺作品，自第1卷第4期起也在逐渐弱化。对此，第2期编后记解释了因为五月烦忙，未及等到来稿而仓促付排，排不出稿子很大程度上是因为来自文艺小组的成熟稿件实在是稀少[90]，而盲目刊出水平较差的习作又不符合刊物"择优登载"的设想，可以看出刊物培养新作家的初衷和实际工作上的困难形成了很大的冲突。

另外，刊物中的写作教学开始时还相对通俗，刊行后期趋于专门化，偏离了指导初学作者的设想。一些内容连成熟作家都需要时间来消化吸收，其中涉及创造典型人物（《关于人物性格的创造》第4期）、文学才能、文艺与政治（《写作讲话（四）》）、集体生活与创作（《创作生活和集体生活》）的文章和第2卷第3期戏剧专号上的文章理论性、专业性都相当强。到后来，《大众文艺》几乎成了鲁艺师生发表作品的阵地，从文艺小组中培养新文艺工作者的设想显然是失败了，无怪乎毛泽东给后来的《大众习作》以高度评价而对《大众文艺》并无表示[91]。

结　语

"刊物领导"在高层的关注下展开，领导人认为需要有既懂文艺又懂政治的文化人来建立发表阵地、领导延安文艺。大方向上，萧三坚持文艺为政治服务的观点与毛泽东是一致的，这也就解释了毛泽东在召开延安文艺座谈会之前专门征询萧三的意见[92]以及会议期间对萧三发言的支持[93]，被萧三奉为圭臬的《党的组织和党的出版物》也在《解放日报》上得到刊载（题为《党的组织和党的文学》），但萧三的"刊物领导"呈现出思想上激进、行动上保守的特点，《大众文艺》承接了左联时期的大众化思路，属于"工农知识分子化"的范畴。在涉及知识分子如何加入革命的问题时，萧三给出的设想是老作家要一边进行思想改造一边在写作技巧上给予新作家指导，以此将新老作家共同塑造为符合革命需要的文艺工作者。前者需要贬抑作家主体性，后者则需要强化其知识权威，将思想与技术二分，这一过程本身就存在矛盾。而当时的延安革命工作更迫切的需求是"知识分子工农化"，也就是后来的"下乡入伍"，"刊物领导"则因之成为一段鲜为人知的文学制度史。

注释：

①据萧三1963年给臧克家的一封信交代，该名由其外文名"Emi"音译，是1936年曹靖华为其所取，当时是为了在《中流》杂志上翻译萧三在《真理报》上写的鲁迅悼念文章，参见张元珂：《考释萧三的几封信》，《文艺报》2017年4月24日。

②据方纪回忆，在边区文协时，萧三负责编辑机关刊物《大众文艺》，方纪负责发稿、校对。

③④⑥⑦⑨ 萧爱梅：《正确地认识马雅可夫斯基》，《大众文艺》第1期，第4、6、4、5、12页。

⑤本特·扬费尔德：《生命是赌注》，广西师范大学出版社2019年版，第152页。书中指出尽管列宁的批评迟至1957年才公开，但对同时代人来说不是秘密。

⑧德·斯·米尔斯基：《俄国文学史》，刘文飞译，商务印书馆2020年版，第661页。

⑩宋绍香译/编：《中国解放区文学俄文版序跋集》，中国文史出版社2004年版，第2页。

⑪и·弗连克利：《〈萧三诗选〉俄文版前言》，《中国解放区文学俄文版序跋集》，中国文史出版社2004年版，第271页。《萧三诗选》为萧三自译，и·弗连克利编校。

⑫《大众文艺》刊行期间，文协与文抗基本处于"一套人马，两块牌子"的状态，虽然文抗在向总会报告时将《大众文艺》作为会刊，但其主要参与人员和编辑工作还是归属于边区文协的，故本文也不对刊物的归属作特别的区分。

⑬楼沪光、孙琇主编：《中国序跋鉴赏辞典》，河北教育出版社2003年版，第1363页。

⑭萧三：《窑洞城》，《红旗飘飘19》，中国青年出版社1980年版，第299页。

⑮萧三：《毛主席的两次谒见》，《延安文艺档案·延安文论第37册》，太白文艺出版社2015年版，第70页。

⑯1942年，毛泽东在与李又然的谈话中提及"怎么没有一个人，又懂政治，又懂文艺！要是瞿秋白同志还在就好了！"这番话可以证明毛泽东迫切需要像瞿秋白一样能领导文艺工作的人才。引自高杰：《延安文艺座谈会纪实》，陕西人民出版社2013年版，

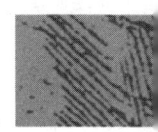

第 190 页。

⑰左联时期瞿秋白思想指导下的大众化工作委员会一个重要的工作是组织工人文艺小组，并且吴奚如也曾主编一份刊登工人习作的刊物《大众文艺》。

⑱吴敏：《宝塔山下交响乐——20 世纪 40 年代前后延安的文化组织与文学社团》，武汉出版社 2011 年版，第 73 页。

⑲萧三：《我与诗》，《萧三诗文集·诗歌篇》，北京图书馆出版社 1982 年版，第 481—483 页。

⑳萧三：《关于高尔基的二三事》，《中国文化》第 1 期。

㉑田民：《从作家上前线谈起》，《大众文艺》第 1 卷第 2 期。

㉒李又然：《关于名气》，《大众文艺》第 1 卷第 2 期。

㉓丁玲：《作家与大众》，《大众文艺》第 1 卷第 2 期。

㉔周文：《"别人"的事》，《大众文艺》第 1 卷第 1 期。

㉕周文：《搜集民间故事》，《大众文艺》第 1 卷第 4 期。

㉖艾思奇：《五四运动在文学上的主要贡献》，《大众文艺》第 1 卷第 2 期。

㉗雪韦：《慢慢儿来》，《大众文艺》第 1 卷第 3 期。

㉘默涵：《批评的观点》，《大众文艺》第 1 卷第 5 期。

㉙未艾：《M·高尔基》，《大众文艺》第 1 卷第 3 期。

㉚孟长川：《A·绥拉菲摩维支》，《大众文艺》第 1 卷第 4 期。

㉛㊸《编后记》，《大众文艺》第 1 卷第 4 期。

㉜㊷《编后记》，《大众文艺》第 1 卷第 1 期。

㉝㊽山：《从大众中培养新作者》，《文艺突击》新 1 卷第 1 期。

㉞原文为"使文艺深入，普遍，大众化（即是使大众接近文艺）——文艺小组是很好的办法。提拔新的作家，新的人，新的中国的新人——文艺小组是很好的方向。使工农份子智识化，培养由工农出身的文人，作家，智识者，提高工农的文化文艺的水平，——文艺小组是很好的桥梁。发展新中国的新文艺，提高新文艺的质量，——文艺小组有很好的前途"，引自小山：《谈延安——边区的"文艺小组"》，《大众文艺》第 1 卷第 1 期。

㉟根据延安文抗给总会的报告，《大众文艺》乃由《文艺突击》更名而来，"将内容改变为适合于对文艺大众的教育的刊物"。

㊱萧三：《苏联文艺底一个重要的决定》，《大众文艺》第 2 卷第 2 期。

㊲周文：《创作生活和集体生活》，《大众文艺》第 1 卷第 6 期。

㊳周文：《鲁迅先生和"左联"》，《大众文艺》第 1 卷第 5 期。

㊴默涵：《做一个"适当其时"的作家》，《大众文艺》第 1 卷第 3 期。

㊵其中《左的进行曲》《国际名作家与这次世界大战》为萧三翻译，《与列宁同志谈话》为萧三与李又然合译，《正确地认识马雅可夫斯基》署名萧爱梅，《谈延安－边区的"文艺小组"》《八路军万岁》署名小山。

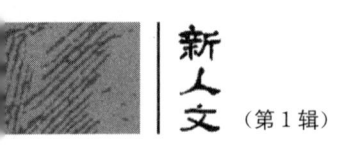

㊶第1卷第2、3期没有萧三的文章发表，由第4期编后记可知这一时段萧三随贺龙部在前线工作，《贺龙将军》就是萧三在此期间写成的。

㊷塞克：《我写歌词的几个基本原则》，《大众文艺》第1卷第1期。

㊸向隅：《唱歌·齐唱》，《大众文艺》第1卷第3期。

㊹萧三：《对有志于文学者的一点意见》，《大众文艺》第1卷第6期。

㊺《编者的几句话》，《大众文艺》第1卷第6期。

㊻D·康兹达洛夫：《我怎样成为一个苏维埃的智识份子》，《大众文艺》第1卷第2期。

㊼例如《大众文艺》第1卷第2期上的《我怎样成为一个苏维埃智识份子》对工厂文艺小组有很好的借鉴意义。

㊾中共中央党史研究室张闻天选集传记组编：《张闻天年谱·上卷1900—1941》（修订本），中共党史出版社2010年版，第452页。

㊿《编后记》，《文艺突击》第1期。

㈤改版前刊物几乎不承担领导文艺的功能，即使是文协核心人物理论文章也只是围绕全国范围内的文艺动向泛泛而谈（如柯仲平《持久战的文艺工作》、艾思奇《学习鲁迅主义》、周扬《十月革命与中国知识界》等），很少有对延安具体的文艺工作做出指导的文章。

㈢《中国文化》第2卷第6期说明"用较大的篇幅容纳了文艺稿件、文艺创作及理论，以后将占本刊约一半的篇幅"。

㈣杨义：《中国现代文学图志》，生活·读书·新知三联书店2009年版，第559页。

㈤参见毛泽东：《新民主主义的政治与新民主主义的文化》，《中国文化》第1卷第1期。

㈥参见张闻天：《抗战以来中华民族的新文化运动与今后任务》，《中国文化》第1卷第2期。

㈦参见杨义：《中国现代文学图志》，生活·读书·新知三联书店2009年版，第559页。

㈧萧三在《中国文化》上发表《高尔基社会主义的美学观》，后将其整理呈送毛泽东，附信"高尔基的许多主张，对整顿今天延安文艺界的'文风'问题很有裨益"。

㈨有资料认为周文是《大众文艺》主编，这种说法是靠不住的，原因一是方纪回忆作为萧三助理编辑《大众文艺》，原因二是萧三本人后来回忆《大众文艺》为他所编，原因三是周文在文章中对他主编的《边区群众报》和《大众习作》颇为得意，但很少提及《大众文艺》。根据相关人员回忆，《大众习作》是《边区群众报》的辅助刊物，目的是提高通讯员与群众写作的水平，但从刊物来看，《大众习作》仍是一份偏向文艺教育的刊物，与《大众文艺》对初学作者的培养一脉相承。

㈩《大众读物近况》，《大众文艺》第1卷第5期。

㈠周文：《序》，《大众化工作研究》，新华书店1941年版，第1页。

㉒有研究者认为,"文化军队"是毛泽东在1942年延安文艺工作座谈会讲话上首次提出的思想,实际上在更早的《新民主主义的政治与新民主主义的文化》中就已经提出来了,原文为"一切进步的文化工作者,在抗日战争中,应有自己的文化军队,这个军队就是人民大众",而文化工作者被称为文化军队的各级指挥员,这与前文毛泽东鼓励萧三等人领导文艺的相关材料可以进行对读,意味着在讲话前的1940、1941年中,毛泽东就已经在理论和人事方面着手布置更有组织、更高效的文艺领导工作。

㉓"周文同志:群众报及大众习作第二期都看了,你的工作是有意义有成绩的,我们都非常高兴",引自中共中央文献研究室编:《毛泽东书信选集》,中央文献出版社2003年版,第151页。

㉔参见茅盾:《我走过的道路下》,人民文学出版社1997年版,第369页。

㉕1943年《山东文化》刊文提到"在延安出版过的大众文艺""把很多不成熟的习作和同样内容的改作同时登出""登了许多工农干部和战士的创作。于是它就能吸收比较广大的群众欢迎"。由于《大众文艺》并未采取过习作与改作同时刊出的形式,文中说的"大众文艺"当为《大众习作》。

㉖萧三是《大众文艺》主编,又是《中国文化》上发文量第二的作者;周文是《大众文艺》的核心人物,又是《大众习作》的主编。

㉗《谷雨》和《草叶》以刊发作品为主,少有指导文艺的文章,题材内容不一,难以承担"刊物领导"的功能。

㉘周扬曾指出《文艺战线》在国统区已经出到第6期,延安才看到第1期。

㉙"延安中华全国文艺界抗敌协会分会出版的《大众文艺》,最近改为《中国文艺》:创刊号有周扬立波丁玲等文章十数篇",引自《消息》,《文艺月报》第3期。

㉚丁玲:《编者的话》,《解放日报》1942年3月12日。

㉛据惊秋《陕甘宁边区新文化运动的现状》介绍,《大众文艺》是延安主要的文艺刊物,每期由八路军总政治部印1500份。

㉜《中国文化》与《大众习作》对文艺的领导各有侧重,并不像《大众文艺》这样集中,尽管两份刊物在延安都保持了较长时间,但并不能挽回"刊物领导"在文艺领域的颓势。

㉝主要根据为第1卷第4期"鲁艺文艺工作团"系列报告和第2卷第2期对鲁艺师生作品的集中发表。参见吴敏:《宝塔山下交响乐——20世纪40年代前后延安的文化组织与文学社团》,武汉出版社2011年版,第63页。

㉞参见庞海音:《延安鲁艺:我国文艺教育的新范式》,群众出版社2019年版,第76页。

㉟萧军:《萧军全集18》,华夏出版社2008年版,第527页。

㊱㊲㊶㊸王政明:《萧三传》,北京图书馆出版社1996年版,第318、321、322、318页。

㊳在萧三与高长虹的通信中,高长虹表示萧三的诗"也是不容易找到发表地方的";

萧三也曾当面向毛泽东表示了没有地方发表文章的困境。

⑦⑨萧三回忆："《谷雨》是鲁艺的，文联的《文艺突击》后叫《大众文艺》是我编的，洛甫在会上说交给周扬去办吧，一句话，就把我甩开了。周扬不知是半月刊还是月刊，后来他就办了《谷雨》。最后所有的刊物都停了，文联后又出了《文学月报》，是丁玲、萧军他们编的。"参见高陶译：《萧三佚事逸品》，文化艺术出版社2010年版，第172页。

⑧⓪萧三：《我的宣言》，《北京文艺》1964年第4期。

⑧②"过时"的作家包括康白情、许钦文、汪静之、郁达夫、郭沫若等人。

⑧④《关于文学上的"才能问题"》，《大众文艺》第1卷第4期。

⑧⑤据马可日记，刘亚洛在延安担任教育工作，"常常在边区刊物上写文章的一个——算是文学家吧"。李西安主编：《马可选集·日记卷上》，人民音乐出版社2017年版，第653页。

⑧⑥姚辛编著：《左联词典》，光明日报出版社1994年版，第186页。

⑧⑦雷弓原名周洁夫，1938年赴延安，就读于延安抗日军政大学，同年参加八路军，此前曾随救亡团到江苏做宣传工作，其间开始习作短诗。

⑧⑧曼硕即王曼硕，早年赴日学习美术，抗战前在北平艺专任教，到延安后被分配到延安鲁迅艺术学院任美术教员，《大众文艺》将其作为文艺小组中的初学写作者。

⑧⑨程鸿彬在《延安"文抗"研究》中也认为文艺小组中的突出作者和作品大多具有外来性，并不能充分说明延安文艺小组的成绩。

⑨⓪根据王牧对另一份培养文艺工作者的刊物《大众习作》情况的介绍，当时"一般的来稿，水平都很低。有些稿子，意思虽然不错，可是文字都不清楚，不明白，所以必须要修改以后才能发表"。该段文字可以作为当时延安初学作者水平的参考。（王牧《〈大众习作〉是怎样一个刊物》）

⑨①毛泽东曾致信周文，信中写道："群众报和《大众习作》第二期都看到了，你们的工作是有意义的有成绩的，我们都非常高兴。"见任一鸣主编：《延安文艺大系28·文艺史料卷下》，湖南文艺出版社2015年版，第757页。

⑨②参见《高杰延安文艺座谈会纪实》，陕西人民出版社2013年版，第208页。

[郭鹏程　四川大学海外教育学院]

"西川风"系列读书会:"延安文艺与世界文学"与"当代文学中的世界文学"综述

卢思宇　苟健朔

引　言

中国现当代文学的诞生与发展既有其独特的中国情境,又离不开世界文学及其庞大体系。中国现当代文学在包含丰富的世界文学元素的同时也在走向世界。突破简单的影响研究与比较研究,尝试从世界文学语境与视野中考察中国文学,为中国文学定位,绘制新的世界文学版图,以及从中国文学主体出发,讨论中国文学如何将世界文学内化为自己的有机组成部分并重新发现中国文学与世界文学的丰富面貌,已成为近年来火热的研究趋势。鉴于此,在2022年9月15日、10月16日,四川大学文学与新闻学院"西川风"团队先后举办了以"延安文艺与世界文学""当代文学中的世界文学"为主题的比邻读书会,分别选择了《威廉·燕卜荪传》《周立波鲁艺讲稿》与洪子诚老师的新著《当代文学中的世界文学》为对象并就其中相关话题展开探讨。读书会由周维东老师发起,主要目的是学习、研讨名家名作,并由此引发对团队近年的研究重点——"世界视野中的延安文艺"的进一步思考。

一、"延安文艺与世界文学"读书会综述

本次读书会由周维东教授担任主评人,博士研究生刘牧宇、硕士研究生陈田田分别导读《周立波鲁艺讲稿》与《威廉·燕卜荪传》。《威廉·燕卜荪传》由上、下两卷构成,本次阅读重点是上卷第15、16章,相关章节讲述了燕卜荪1937到1939年间在中国的经历,作者约翰·哈芬登是英国谢斐尔德大学英文系教授,编辑有《燕卜荪诗全编》。燕卜荪虽未到过延安,但书

中不少段落都提到了他对延安红色政权的看法，是研究"世界视野中的延安文艺"话题值得参考的资料。《周立波鲁艺讲稿》是1940到1942年间周立波在延安鲁迅艺术学院讲授"名著选读"课程的讲稿，讲稿由他的夫人林蓝整理并首先在《外国文学研究》（1982）上刊载，讲稿中呈现的主要是周立波对外国文学的讲解，体现出周立波的马克思主义文艺观和他个人的文艺美学观点，对于研究鲁艺、周立波和延安文艺都有很多启发。

读书会伊始，陈田田导读了《威廉·燕卜荪传》第1卷。陈田田首先对《威廉·燕卜荪传》一书的内容与背景做了简单介绍，随后，从"燕卜荪如何影响中国"与"中国如何影响燕卜荪"两条路径考察了"燕卜荪与中国"这一主题。"燕卜荪如何影响中国"具体反映为燕卜荪对英美现代诗歌的介绍，燕卜荪在中国的文学活动影响了"新批评"方法在中国的传播。陈田田认为，燕卜荪对中国现代文化和诗歌的转型起到了举足轻重的作用，对中国文学批评方法的进步做出了不可忽视的贡献。"中国如何影响燕卜荪"则呈现为燕卜荪在作品中对中国的描述，通过解读《南岳之秋》《中国》《中国歌谣》等诗作，从佛教、道教、民间文化等角度，能够发现中国对燕卜荪产生的影响：在《南岳之秋》中，燕卜荪把圣山的命运解释为个人的不朽或肉体的毁灭，这与20世纪30年代初燕卜荪谈到佛教的死亡观的看法一致；在《中国》中，燕卜荪把日本比作一条毒蛇，是由中国这条巨龙所孵化的巨卵，意指中国和日本在文化层面精神相连，而日本对中国的侵略就像是肝吸虫侵害肝脏一样，中国最终会以自身的韧性将日本的侵略消化掉；在《中国歌谣》中，燕卜荪以独特的玄学诗视角翻译《王贵与李香香》中的一节，在中国民谣形式与英国民谣形式之间构建联系。陈田田在导读中提出：读者能够通过燕卜荪的著述发现中国的传统文化乃至现代诗歌如何丰富燕卜荪的视野，提升他对世界和生命的认知；中国的不同思维如何完善燕卜荪的研究，推进他对东西方人文传统的思考。

刘牧宇试图从不同于现有研究成果的视角出发，对《周立波鲁艺讲稿》进行研读。刘牧宇选择了《梅里美和他的〈卡尔曼〉》《莫泊桑和他的〈羊脂球〉讨论提纲》《谈果戈里和他的〈外套〉》三篇讲稿，考察周立波现实主义美学思想在延安"落地"的过程。在此进程中，周立波从"使艺术负担起社会的使命、起到改造人的灵魂的作用"走向"主张对生活的祝福多于诅咒，歌颂光明多于暴露黑暗"，刘牧宇认为，这一改变体现在周立波的创作实践中，但其作品《牛》等仍存在着欧化和自然人性的痕迹，与农民之间有着距离和隔膜，在革命斗争环境中显得不合时宜。周立波自我反思的关键时间点

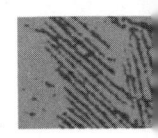

是延安文艺座谈会，但其改变并不是政治因素导致的"绝对克服"或"完全消弭"，而更倾向于一种在革命逻辑基底上自我调适和认知变动的文学外化。刘牧宇指出：周立波的"转变"只是外国文艺资源经作家之手在延安"落地"后的发展个案，它在延安以及当代的延续、转换和变异的更多路向及可能，仍需学界继续探讨。

在评议与研讨环节中，针对陈田田的导读内容，郭鹏程提出了燕卜荪研究可能的生长点，如：燕卜荪笔下的"中国形象"为何？如何理解燕卜荪反特权思想与精英教育的矛盾？如何更好地考察中国对燕卜荪的影响？在研究燕卜荪与其笔下的"中国形象"时，包括燕卜荪在内的 20 世纪三四十年代以来的外国观察者都习惯用一种政治化的眼光看待东方国家，有些观察者将苏联作为理解中国的方式，这一点值得引起重视。在探讨燕卜荪的反特权思想时，郭鹏程指出，联大时期的燕卜荪对红军和共产党抱持怀疑态度，在这一点上燕卜荪和联大学生对共产主义的热情是存在分歧的。梁仪同样关注到燕卜荪研究多维度、多方面的可能性与必要性，提出应以"延安文艺与世界文学间的关系"为路径开掘"燕卜荪与中国"的深度与广度。邱迁益认为"燕卜荪与中国话题"或许更应该双向展开，即燕卜荪视野下的"中国形象"和学生对燕卜荪学说的接受。燕卜荪及"新批评"长期存在自我界定的问题，这肇始于新批评基于文学语言与科学的理性语言区分以界定自身本体的进路。但自新文化运动以来，在西南联大学生那里，这样的区分很可能造成困惑。如果中国文学向来且当下均没有"区分"的潜意识，那么这恰恰是燕氏学说难以在我国落地的缘由。在这一过程中，读者可能看到的不是两种文化的区隔，相反却是新文化运动以来中西双向交融的一种奇特的错位。杨雅涵以服饰与山岳文化为切入点，考察了燕卜荪对中国文化的具体理解。对于刘牧宇的导读内容，郭鹏程从"艺术的客观与真实"这一角度做出了补充：从周立波在介绍蒙田、梅里美和果戈理等作家时反复提及的"趣味""幽默""诙谐"等一系列概念范畴，可以看出周对文学趣味的重视，而从后来周立波的小说《暴风骤雨》来看，幽默也是他在创作中注意营造的审美感受，这其中的联系还有待于进一步研究。

读书会最后，周维东教授对与会者的报告进行了点评。周维东认为，通过本次读书会研讨的两部作品，我们能够考察同一时空中西南联大与鲁艺的异同。以延安为中心考察《周立波讲稿》，则能够再现延安文人建构"世界文学"的过程，这个"世界文学"不同于歌德与苏联语境中的"世界文学"，体现出不同主体建构自身对于"世界"之理解的方式。

二、"当代文学中的世界文学"读书会综述

《当代文学中的世界文学》收录了洪子诚教授近年撰写的16篇论文、讲稿，系列论文围绕当代文学在建构自身的过程中如何吸纳、借鉴世界文学资源展开，也通过观照其他社会主义国家的文学生态来把握中国当代文学的发展脉络。

领读人刘青主要对书中《反华电影剧本〈德尔苏·乌扎拉〉批判集的读书笔记》一文进行了细致考察与分享。首先，刘青对有关《德尔苏·乌扎拉》电影与剧本的研究现状进行梳理，分析历年来对电影与电影剧本的解读变化、优势劣势及其时代因素，进而形成问题，并由此进入对文本的领读。其次，刘青对文章进行了整体回顾，分析从原著《在乌苏里的莽林中》到电影剧本《德尔苏·乌扎拉》的历史过程，并通过对原始资料与不同版本《在乌苏里的莽林中》的封面变化来梳理不同时代中国受众如何定位此书的文学价值与现实意义。刘青发现，《德尔苏·乌扎拉》以一种暧昧的态度出现的时候，苏联、日本和中国对其的有趣反应成了我们入手了解文学与政治及时代的关系的重要途径。此外，刘青提出一些可供思考的点，如《德尔苏·乌扎拉》批判组等对影片的批判是否真的存在误读，有多少误读？最后刘青为帮助大家深入了解原著与电影及其所涉及的系列话题，推荐了相关书目：《中国学术》（刘东著）、《黑泽明自传》（黑泽明著）、《时光中的时光——塔可夫斯基日记》（安德烈·塔可夫斯基著）。

领读结束后，郭鹏程结合《德尔苏·乌扎拉》剧本中译本初版本目录与内容引发思考，分析中国受众对剧本的批判方向及其落脚点，并由此来窥探当时中、日、苏三国的外交关系。同时，郭鹏程也向大家普及了《在乌苏里的莽林中》作者苏弗·克·阿尔谢尼耶夫的身世及其在苏联所受的冷遇，在他看来，阿尔谢尼耶夫的悲惨经历与黑泽明类似，其中隐含的共鸣感或许是黑泽明选择《在乌苏里的莽林中》的因素之一。

邱迁益认为《德尔苏·乌扎拉》及其批判可以说是特殊时期文学的一种特殊存在样态，需要回溯到历史现场才能寻找到文学呈现背后的逻辑。因为外交上的交恶，一方面，我们对苏联文艺的引介都是有目的性的，无关乎其作品内容，只要有热点就必然会以批判的形式引介，至于批判本身，都是命题作文。但另一方面也确实因为这样的引介，许多当时的青年在新时期接触到了非常多特殊的作品。

读 札

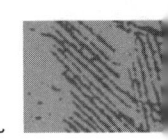

　　李宛潼主要对《德尔苏·乌扎拉》电影中的"中国形象"建构发表想法，她认为，相较于《在乌苏里的莽林中》，电影《德尔苏·乌扎拉》建构的"中国形象"的确倾向于一种负面性。如着意描写了一段"红胡子"的恶劣行径，从主角德尔苏的口中说出诸如"作孽"一类的评价，并说"红胡子是不好的中国人"，且影片结尾删去了原著中"德尔苏很可能死于俄国人之手"的推断，这些改动使这部原本无意卷入国际政治纷争的文学作品染上了浓重的意识形态色彩。影片中也模糊了乌苏里地区原本归属于中国的历史事实，这些都是当年批判此电影"反华"的重要理由，即使在今天来看，这些理由也还是有其合理性的。只是随着政治形势的变化，《在乌苏里的莽林中》逐渐从意识形态的解读还原为作者和作品本身超越国家与民族的、文学性的部分。

　　张萌对于批判对象是《德尔苏·乌扎拉》的剧本而非电影本身产生思考。《第四十一》与《德尔苏·乌扎拉》的批判情况正好相反。《第四十一》讲述了苏联内战时期的故事。红军女战士马柳特卡奉命押送白党中尉途中遭遇变故，两人产生爱情，最后马柳特卡革命意识又苏醒，打死了白军中尉。20世纪60年代报纸刊载系列文章，指责电影"不但严重地歪曲了生活，而且实际上诅咒了革命和革命战争的'不人道'"。但与此同时，同名小说《第四十一》并未受到任何批判，而根据批评的言论，时人所不满的是故事的主旨、思想内容。对于文本和电影作品所受批判力度的差异，很难从"体裁"这个角度来解释。当然，对电影《第四十一》的批判还有一些场外因素，比如正赶上"修正主义"的反对潮流，国人同《第四十一》导演格里高利的意气之争等。但除此之外，如何理解这种批评的错位？这个问题还需要仔细思考。

　　除去《反华电影剧本〈德尔苏·乌扎拉〉批判集的读书笔记》，也有许多同仁对书中其他单篇产生兴趣，有所思考。如杨雅涵的思考主要聚焦于书中《与〈臭虫〉有关——马雅可夫斯基，以及田汉、孟京辉》一文。首先，杨雅涵认为，洪子诚所提到的梅耶荷德和马雅可夫斯基致力倡导"打破舞台与观众席的界限，提倡观众参与、介入"的艺术手段尽管得到孟京辉的响应，但在观众介入上，孟京辉版本的《臭虫》还表现得不够突出。由此，杨雅涵分享了"沉浸式戏剧"这一热点文化概念，并对其概念阐释与流变进行溯源，提出沉浸式戏剧的起源也可以是苏联式的。其次，杨雅涵发现学术界对科幻类文学的探讨主要集中于小说这一文类，而忽视了科幻戏剧，建议将其放置在科幻文学史脉络中加以系统整理。

黄天翊着重关注的文章是《1964："我们知道的比莎士比亚少？"——中国当代文学中的世界文学》。她评价此文详尽地梳理了中国当代对莎士比亚的翻译和研究，分析了在当代文学场域中不同的莎士比亚形象背后的意识形态话语，并以此为窗口，考察了世界文学的内涵与经典选择变迁是如何与话语权力的运作机制紧密贴合的。她认为，莎士比亚固然伟大，但如何定义"伟大"却众说纷纭。英国《工人日报》在1964年就"莎士比亚崇拜"发生争论，莎士比亚是否超过了我们的理解能力？是否"我们知道的比莎士比亚少"？在我们不断重新返回莎士比亚时，也许同样不该忘记这些分歧和争吵。

张敏继续补充，引发她思考的是，世界文学如何存在于中国当代文学之中？怎么从世界文学的视野考察中国当代文学？与国外各类学者站在各自立场去仰视莎士比亚的视角不同，中国学界借助历史唯物主义和阶级论，在肯定莎士比亚的前提下又着重指出他的局限性。洪子诚老师通过凯特尔的例子以及题目中的发问，侧面透露出他的态度：问题本身并不重要，重要的是这个问题本身映照出作为中国的我们与世界的不同——我们在1964年的世界中处于一种怎样的思想状态？此外，对于中国的1964年这个问题洪子诚并没有真正回答，他用英国共产党的问题对照中国的问题，但最终还需要后来者真正从中国入手来深入思考。这就回到这本著作的标题，回到之前提出的"世界文学如何存在于中国当代文学"这个问题。如洪子诚自己所说，他要讲的不是世界文学，而是当代文学中的世界文学，他想要做的是从世界文学这个角度和视野来关注中国当代文学。这个想法不仅是他学术研究的一个方式，更重要的是他自己深受俄罗斯文学影响的亲身体验。

除去对单篇具体文章章节的细致分析，读书会同仁更多对《当代文学中的世界文学》全书进行了整体性讨论，讨论内容大致分为三大板块。

第一是关于书的命名及其内涵问题的讨论。

吴皓仪针对书名称提出困惑，她认为书中除莎士比亚部分，其他章节大多讲的是苏联文学，而全书的主体内容也主要为社会主义中国如何把社会主义阵营的文学和理论内化为本国文学的构成成分。从这个角度而言，题目似乎为《当代文学中的苏联与其他社会主义阵营文学》更为贴切。吴皓仪进一步提出自己的看法，她以聂鲁达的诗人身份在中国的变迁为例，发现政治文化语境处在动态变化中，"世界文学"的指称在一定意义上比较符合当时的政治文化语境，作为一种想象共同体而涉及社会形态和民族、阶级、主义的认同方面的种种问题。在这种筛选机制下，欧美大部分文艺作品被过滤掉了，这是由时代原因而呈现的一种意识形态切割。

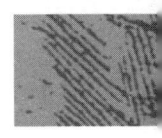

卢思宇就命名问题与吴皓仪展开交流。他提出，洪子诚老师书中对左翼文学情绪与美感的感知是一种最本质的精神内核，这种本质性存在给我们理解世界文学及其对中国文学的影响提供了动力与思路。在这种研究精神下，对书名做靠向苏联方面的改变容易窄化它的内涵，同时会遮蔽很多信息。

陈田田也就吴皓仪的困惑进行回应，并对卢思宇的观念做出补充。她认为，在"题解"中洪子诚提到"当代文学中的世界文学"这个题目有三个关键词，其中最主要的应当是"中的"，也就是强调"内化"，因此我们不应该拘泥于"当代文学中的世界文学"是什么、"世界文学"这个指称是否是扩大化了等问题，而应该把注意力放在开掘这一内化的过程上面，即去寻找差异并回答为什么会产生这些差异。中国文学对世界文学的接受既包含移植、挪用和借鉴，也存在许多改写、转化甚至是批判，洪老师的研究向我们展示的主要是第二种，并以此反映中国文学建构自身的价值取向。

第二是有关社会主义文化与社会主义现实主义的探讨。

彭钰婷发现洪子诚老师以1954年发布的一份书目为对象阐释了"当代文学中的世界文学"，洞察当代文学初期的文学形态是如何在建构过程中吸收、借鉴世界文学的。在欧洲部分，洪老师提到当时中国受众对古典文学批判现实主义的借鉴、吸收的态度存在矛盾。一方面肯定古典文学中"反封建、反阶级压迫""弘扬人的主体性"的思想，认为可以纳入社会主义文学中；另一方面又认为这些文学可能会有通向个人主义的危险。而这问题之后存在着一个长期以来的有关"社会主义现实主义"和"现实主义"区别的争论。

刘牧宇也对此有所思考，他提到，洪老师在两次关于新书的研讨会上都提到它的主题在于对社会主义文化命运的思考，而他对于社会主义文化在当代中国的成效是持否定态度的。所以，有评论说此书的潜在倾向便是发掘社会主义现实主义"正统"以外的资源以及各类异质理念。正如刘复生老师所言，该书是以否定性的方式推想了理想的社会主义文艺的面貌，它意味着更开阔、更有包容性的世界性，是对历史文化传统的真正扬弃与克服，并且要在此基础上创造出更高级的文艺形态。刘牧宇进一步思考了延安文学与世界文学的关系。在他看来，延安文艺与新中国成立后的文艺不同，它尚且不具备那种从"国家设计"层面对苏联文学进行的有规划、成谱系的引介，因此不仅存着一定窄化、延后问题，还会经过某种再筛选和裁切后才完成内化。由此出现的问题便是：通常以整体出现的"苏联文学"还能否被视为发挥着重要作用的延安文艺乃至新中国文艺的"前史"？二者之间这种直接影响的

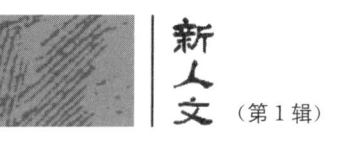

关系是的确存在，还是一种被演绎出来的幻象？这都需要小心辨析。

郭鹏程继续补充，他认为对外国文学的研究可以分为外部和内部。外部即纯粹的对外国文学的研究，而内部则是以世界文学的视野来观照中国文学。在他看来，书中多数文章描述世界文学对中国文学的影响，并非强调一个关联的状态，即并非强调外国文学明确影响到中国某部作品或某种思潮，而是隐约地以一种大背景的方式展现出来。1954年的一份书单中提出三个要点，一是19世纪的批判现实主义，二是现代派，三是中国文学的世界化。前两者都是围绕现实主义的讨论，这也在书中随处可见。如何理解现实主义？现实主义在社会主义中是怎样一种情况？这是书中的一条明线。由此引出的第二条线是洪老师对文学与政治关系的理解，即如刘牧宇同学所言，是以一种否定性的方式推想更理想的社会主义。

第三是对于洪子诚老师研究方法与思路的讨论。

梁仪认为看书有两种方式：一是走进去看，被某些篇章吸引，能对某些材料做一个自我思考的延伸；二是跳出来看，即思考作者为何会对这一话题形成问题意识，关注作者的研究方式与特点。洪子诚老师对于当代文学的研究是连续性的，是在"20世纪文学史"这一线路上专注于当代文学的研究，提出了许多富有创见且具有引领性的思考，包括对"当代文学"概念的反思，如，与许多研究者不同，洪子诚老师认为当代文学并非对五四精神的背离而是一种延续。"当代文学中的世界文学"这一话题成为文学研究的一个热点，在关注它的同时，也要思考：为什么它会成为一个热点？是否存在"当代"这个文化语境因素？每个时代对于世界的想象都是不同的，如今我们讨论的世界又与80年代存在何种不同？这是在研究中需要思考的。

钦佩认为洪子诚老师的研究旨在打开广阔的现实主义道路，具有强烈的现实主义关怀。如何贴近洪老师用生命体验激活的研究？钦佩老师认为读一些亲历者的回忆录与历史当事人的日记是非常好的办法，同时也可以专注当时的摄影与音乐，这些可以帮助我们建立一种感性认识，建立我们与研究者的情感链接。

包辰泽赞同钦佩的看法，他总结此书某种程度上是洪子诚老师个人经历的再现，并提倡同仁在研究中同样可以尝试亲身经历现场与文学素材，然后从灵感与思想中生发属于自己的东西，用热情转化一个问题，维持知性独立的思考。此外，包辰泽认为书中有关莎士比亚与《德尔苏·乌扎拉》等的研究都呈现出一种历史性的变化，这启发出如何回到研究延安文学中的世界文学这一问题。

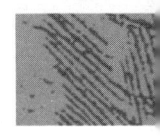

史子祎根据个人阅读体验得到的更多是方法上的启发：此书不是以一种比较的视野，而是以一种整体性的历史化眼光来看待世界文学。这首先跳出了以往世界文学理论"同与异"的窠臼，在当代中国文学发展的进程中看待世界影响的输入，包括对象的选取、定位及目标等过程，关注它们如何参与当代文学的自身建构。在这个思路和方法之下，输出也是同样值得关注的，例如讨论对《德尔苏·乌扎拉》的批判，其中日本所使用的方法和话语实际上就是一个典型的输出影响。不仅如此，这部电影在当时被定性为"反华"，在当下回头审视这部电影，可能会发现形成了一个遥远的呼应。另外，洪老师的方法实际上可能也突破了世界文学理论难以摆脱的"中心－边缘"模型。

苟健朔同样也对洪子诚老师整体性的历史眼光深有感触，在他看来，此书突破了以往单纯就时代写文学、论现象，最后佐证时代与社会的逻辑封闭怪圈，在充分历史化的基础上融入个人的经验情感，做到了研究创新与社会关怀的整合。同时，在书中，"中国当代文学"不再成为一个限制性前缀，有关作家作品的研究视野也不只限于世界文学于中国的在地化，而是提供了许多详尽的本土历史画面。如《死亡与重生？——当代中国的马雅可夫斯基》一文虽然副标题为"当代中国的马雅可夫斯基"，但文中也细致呈现了马雅可夫斯基在苏联如何名声大噪、苏联当局对马雅可夫斯基态度的变化等历史细节。这种方式不仅提供了一种直观的比较视野，同时也赋予作家作品更多完整性。

赵相宜讨论了书中的几个面向，譬如20世纪50年代对于现实主义边界的讨论，譬如对马雅可夫斯基接受史的梳理及其戏剧衍生研究，又譬如60年代国内文艺界面对境外电影的微妙态度等。这些面向都含有很强的时代感与历史感，这启发她在研究与阅读中应加深了解彼时政治氛围和制度文化。唯有进入时代的场域，真正在文献中触摸真实的魂灵，方能在隐隐的心灵共振中走入不同学人精神文化的深处。

讨论中，专著涉及的独特文学现象和重点篇目引发了与会同仁的热议。会上提炼出三个重点议题：一是由《德尔苏·乌扎拉》引发的文学与世界意识形态冲突问题；二是洪子诚老师在其世界视野中对现实主义文学及理论的注视问题；三是由《当代文学中的世界文学》延伸到"世界视野中的延安文艺"话题的研究重点和展开路径，这些话题将在下一次读书会中得到进一步探讨。

[卢思宇　四川大学文学与新闻学院]
[苟健朔　四川大学文学与新闻学院]